LAURA G. MIRANDA

Ecos del fuego

*Para todos los seres que conviven con un síndrome,
en especial, con el síndrome de Sjögren.*

Para mis hijos, Miranda y Lorenzo, siempre.

La lluvia se detendrá, la noche terminará,
el dolor se desvanecerá.
La esperanza nunca está tan perdida
que no se puede encontrar.
Somos más fuertes en los lugares
en los que nos hemos roto.

Ernest Hemingway

3

Prólogo

Ser diferente y capaz de desafiar los límites para vivir con las consecuencias.

Sentir que falta algo y no saber qué es.

Convivir con la sensación de capítulos en blanco en mi historia.

Intentar a diario ponerle palabras al silencio para que otros puedan comprender lo que yo misma, a veces, no entiendo.

Mirar el mundo y no poder evitar sentir que no sé quién soy ni adónde pertenezco.

Recordar mi niñez y las lágrimas derramadas. Verme pequeña con mis kilos de más y mi pelo erizado. Mi madre, lejos. Siempre cerca de rechazarme y a gran distancia de un abrazo. Yo era un pequeño ángel. ¡Tan solitario y anónimo! Solo mi abuela me amaba por quien yo era. Como ahora.

Tolerar, desde entonces, la injusticia que amenaza la vida en forma constante y actuar en favor de revertirla. No sucumbir ante lo inevitable. Sufrir y romperme en el trayecto. Juntar las piezas de mi ser. Volver a comenzar. Reconstruirme.

Perder la capacidad de llorar. Vivir ahogada en lágrimas que no son ni de emoción, ni de angustia, ni de felicidad. No ser capaz de exteriorizar mi sensibilidad como el resto de las personas y saber que hacerlo es la esencia de mi corazón cansado de latir al ritmo de lo que le es negado sin razón. Buscar otro modo. Aceptar mi vida.

Encontrar a alguien que entienda los colores de mi silencio y pueda ver a través de mis ojos quién soy.

Ser testigo de la manera en que avanza mi oponente. ¿Es mi adversario? ¿Soy víctima de mi pasado y mis decisiones? ¿O acaso es mi destino que me enfrenta a lo mejor y a lo peor de mí para transformarme en una mujer más fuerte? ¿Es mi culpa? ¿Podemos cambiar lo irreversible? Creer que sí es mi respuesta.

Alguna vez, todos hemos estado convencidos de que nada tiene sentido en el exacto momento en que el presente no es bienvenido. Querer huir de su escenario por ausencia, por dolor, por amor, por vacío, por presiones.

Enredarnos por la noche atosigados por un problema que parece tan grave y urgente que nos mantiene despiertos, y luego pierde esa gran importancia al amanecer.

Querer escapar de uno mismo, por tristeza, porque rendirse es la mejor opción, cuando en verdad la respuesta es resistir y dar batalla, porque todo lo que necesitamos para ser felices está esperando la oportunidad de mostrar que nada es lo que parece y que, allí donde vemos oscuridad, hay también siempre una estrella junto a la luna que ilumina la noche de los sueños cansados pero vivos.

Mi nombre es Elina Fablet y esta es mi historia. Decidí contarla el 16 de abril de 2019, día en que se incendió parte de la Catedral de Notre Dame y, con ella, el arte lloró una

jornada de angustia y llamas. La misma noche en que los recuerdos no me entraban en la memoria y mi cuerpo parecía estallar. Entonces, comencé a pintar el cuadro que revelaría las respuestas que le faltaban a mi vida, guiada por los ecos del fuego.

CAPÍTULO 1

Elementos

En un incendio sin explicación,
hay un silencio del tamaño del cielo.
Oswald de Andrade

JUNIO DE 2006. MONTEVIDEO, URUGUAY.

La mirada de la ciudad dormía. La madrugada inmersa en el silencio de la soledad. Aire convertido en viento fuerte. El perfecto sonido de las ramas de los árboles moviéndose. La calle fría y el asfalto algo húmedo por la helada nocturna. La tierra sobrevolando los límites del clima y metiéndose fastidiosa en los rincones de esa víspera fatal. En el interior de la casa, el abrigo de las mantas y los ojos cerrados en cada habitación. El insomnio de los pensamientos. El estruendo mudo de las preguntas sin respuestas golpeándose contra la nada.

–¿Por qué no me quieres, mamá? –preguntó levantando la voz. Tenía los ojos enrojecidos por las lágrimas contenidas.

—Nunca dije que no te quiero —se ofendió.

—¡Claro que no me quieres! Lo que no entiendo es por qué no lo reconoces de una vez por todas —replicó. Como si el hecho de poder escucharlo de su boca cambiara en algo la dolorosa realidad.

—Eres difícil, todo lo cuestionas, vivir contigo es un conflicto permanente —respondió. No dejaba de caminar por la casa, como si el desplazarse por los ambientes le permitiera escapar de la situación. No miraba a su hija directamente a los ojos.

—Solo una vez me has dicho que me quieres. ¡Una sola vez! —recordó—. A mis trece. Desde niña espero esas palabras, y no llegan. ¿Por qué? ¿Qué te he hecho? Me aferro a tu único abrazo y trato de averiguar qué hice mal… —se quedó en silencio un instante buscando en su memoria la sensación una vez más. La joven insistía convencida de que tenía que haber un motivo.

El pasado atropelló brutalmente a la mujer. No quería escucharla más. Sus emociones paralizadas frente a la verdad que no era capaz de pronunciar. Los pies sobre la tierra cruda, el elemento que lo sostiene todo. La estabilidad que da un secreto bien guardado. Tenía presente en su memoria el único abrazo al que se refería Elina. Lamentaba lo ocurrido ese día. Se arrepentía de su decisión.

—Me haces sentir todo el tiempo como si me faltara el aire. Me ahogas con tus reclamos. Eres sinónimo de problemas y me agotas. ¡Siempre! Desde… —empezó a decir y no concluyó. Eligió cambiar el rumbo de sus palabras—: Ya tengo demasiado

conmigo como para seguir discutiendo contigo –respondió enojada–. Me asfixia tu manera de ser.

–¿Desde qué? ¡Dilo!

–Desde que tienes ese carácter de mierda –improvisó.

–¡Mentira! Puede que ahora te moleste "mi carácter de mierda", como dices. Pero esto no empezó ahora, a mis casi diecisiete años. Siempre me has hecho sentir que te hubiera gustado no tenerme. Esconderme del mundo. ¿Por qué? ¡¿Porque era gordita o tenía el pelo erizado?! ¡¿Porque no me parezco a ti en nada?! –su tono oscilaba entre extrema angustia al borde del llanto y una furia contenida durante años–. ¿O porque me parezco a un padre que no conocí?

–No sabes lo que dices. Eres quejosa y vives disconforme. ¡Te lo he dado todo! ¡Me he sacrificado por ti! Y tú siempre con reproches –respondió eludiendo las referencias concretas de su hija.

–No me diste lo único que necesitaba: tu aprobación y tu cariño. El amor de una madre es esencial para vivir. No se niega. ¡Es como un vaso de agua! Es lo que da paz y cura todos los males. Lo sabes, porque la abuela siempre está para ti; pero tú, nunca para mí. Solo quiero saber por qué –exigió.

Una vez más, la disputa originada en la convivencia había quedado atrás. Poco importaba si juntaba las toallas del baño, ordenaba su ropa o el modo en que apretaba el pomo de la pasta dental. Si ponía música fuerte o si no lavaba los trastos sucios. Si se vestía de una manera o de otra. La cuestión de fondo, lo que no se decía, renacía cada vez con más fuerza,

porque el amor cuando falta grita por su ausencia. Necesita razones, imagina motivos y deja marcas de dolor.

—¡Siempre me ocupé de ti! No soy demostrativa. Eso es todo. Cuando tengas tus propios hijos decide cómo tratarlos, pero no me digas a mí como debo ser madre —respondió indignada. Le molestaba que su hija la hostigara con esa cuestión del amor maternal. No le faltaba nada.

Sin agregar nada más, se fue a su habitación. La joven, con la tristeza de los incomprendidos, hizo lo mismo. No tuvo ánimo de ponerse su pijama. Permaneció vestida sobre el edredón, como detenida en el sufrimiento inexplicable del rechazo.

Cada una en su cama, llorando distintas lágrimas, hasta que el sueño les ganó la pulseada. Lo último que Elina escuchó fue sonar el teléfono en la habitación de su madre.

* * *

Abruptamente, sin que pudiera precisarse cuánto tiempo había transcurrido, el calor agobiante despertó a la joven. Inhalaba un aire tan caliente que sentía que se quemaban sus pulmones. Estaba desorientada y mareada. Pudo ver por la parte baja de la puerta de su dormitorio, la luz de las llamas.

—¡¿Fuego?! —dijo con debilidad.

De pronto el brillo se convirtió en una humareda densa y oscura que comenzó a invadir la habitación. Sintiéndose casi asfixiada pudo llegar a la manija. Intentó abrir, pero no pudo. La temperatura extrema le quemó la mano y un acto reflejo

hizo que desistiera momentáneamente. Sentía el ruido de los objetos víctimas del incendio. El humo avanzaba. Le costaba ver. Tenía que ir a rescatar a su madre. Entonces, envolvió su mano en una toalla y abrió. Una ráfaga de fuego se abalanzó sobre ella y la penetrante humareda gris colapsó definitivamente el dormitorio. Su manga se encendió y en medio de un alarido se quitó el jersey de algodón. Se cubrió la cara con ambas manos por la cercanía de las llamas, y retrocedió. Cayó al suelo. Tosía. Su mano y brazo derecho se habían quemado. Yacía debajo de la ventana. Fueron instantes eternos. Supo que si quería vivir debía salir de allí de inmediato.

Le costaba respirar. Una nube de diferentes tonos oscuros crecía ocupando cada lugar del dormitorio. Mucho calor y poco oxígeno. Escuchaba caer estructuras en la planta baja y chamuscarse objetos. Vio abierta la puerta del dormitorio de su madre. ¿Habría logrado salir? Se puso de pie. Sin pensarlo, rompió el vidrio con una lámpara de bronce que tenía sobre su escritorio y, desde el techo, se tiró.

La casa entera ardía. Las llamas descontroladas consumían todo a su paso. Chispas agrias y crujientes se multiplicaban hasta el infinito. Ese olor tan particular, consecuencia de los distintos materiales quemados, y el sonido del incendio le perforarían los recuerdos por mucho tiempo. Los ecos del fuego, las sirenas, la destrucción, la pérdida. Su decisión. Los latidos de la urgencia. El rechinar de los chispazos que se devoraban la historia de la casa, porque claramente no era un hogar. Era como si el destino se hubiera empecinado en volver

a los cimientos. ¿Era la forma de comenzar a reconstruir? No tener nada es una cosa, pero perderlo todo es otra muy diferente.

Los cuatro elementos, que manifestaban la energía de la naturaleza, se habían mezclado aquella noche fatal para demostrar que la ausencia de equilibrio y el desamor pueden destruirlo todo. El agua no había sido una lluvia inspiradora o un mar sereno, sino mangueras potentes que la lanzaban brutalmente con la intención de apagar la locura del fuego que lastima. No fue el renacer del ave fénix, no era el fulgor luminoso, eran llamas tóxicas. El aire no era el que da de vivir, por el contrario, aliado del viento, había propagado la tragedia.

Finalmente, solo la firmeza de la tierra soportó el peso de la vieja casa convertida en escombros. En ese escenario, la vida solo daba dos opciones: renacer o morir.

Recuperó la conciencia en el hospital. Su abuela sostenía su mano. Elina Fablet llevaba en su sangre la determinación de los sobrevivientes. Miró a su abuela. No hacía falta palabras. La abrazó y lloró hasta que no le quedaron lágrimas.

CAPÍTULO 2

Equilibrio

Hay que buscar el buen equilibrio
en el movimiento y no en la quietud.
Bruce Lee

Abril de 2019. Montevideo, Uruguay.

Lisandro observaba la felicidad en el rostro de su hijo y se sentía pleno. Ese niño era todo para él. El sol caía sobre la plaza mientras, sin apartar la mirada del pequeño Dylan de cinco años que andaba en su bicicleta con rueditas de entrenamiento, hablaba con Melisa.

—Estamos bien. ¡Que tengas buen viaje! —le dijo Lisandro al celular.

—Eres un gran padre, ¿lo sabías? —preguntó ella con ternura.

—Claro que lo sé —respondió. Era poco habitual esa relación con la madre de su hijo. Lo que su amigo, Juan Elizalde, llamaba con cierto humor irónico "una separación soñada y perfecta". ¿Acaso había algo de perfecto en una pareja con un bebé que terminaba? Su caso era el literal opuesto del de su amigo.

Lisandro Bless y Melisa Martínez Quintana se habían enamorado, siete años antes, durante un viaje a París en el que se habían conocido. Él, un simple turista que viajaba solo y ella, licenciada en Turismo que se alojaba en el mismo hotel. Tenía su propia agencia de viajes, *Life&Travel*, con sedes en Argentina, Uruguay, Francia, Italia, España y México; negocio que dirigía con su padre. La atracción había sido inevitable. París era el escenario del romance. Allí, una historia de amor, entrega y pasión los había sorprendido. Parecía tener ese sabor de lo que se siente cuando la magia oculta la finitud de su tiempo.

Ya de regreso en Uruguay, los permanentes viajes de Melisa y el trabajo de Lisandro, que era psicólogo especialista en adolescentes, no eran compatibles.

Una noche, sin saberlo, el encuentro de esos dos seres gestó una vida.

Como sucede con los enamoramientos, llegó el día en que la realidad rompió el hechizo, aunque no del todo, y se descubrieron diferentes. Enterados del embarazo, Melisa le confió honestamente, luego de pensarlo muy bien, que le gustaría tener ese bebé, pero que sentía que no podría ser una buena madre. Amaba su trabajo y no imaginaba instalarse en un solo lugar y cumplir ese rol. Ella era nómade, pertenecía al mundo. Su vida transcurría entre maletas, vuelos, hoteles y negocios por el mapa que recorren los seres que aman la

libertad en su más extrema expresión. Sin embargo, quería ese hijo. Era una contradicción. ¿Cómo salir de ese laberinto?

En verdad, no conocía demasiado a Lisandro, pero su percepción de la energía que irradiaba le indicaba que, si había de ser madre alguna vez, sería con él. Un ser generoso, dulce y decidido. Se divertían juntos y lo que más le gustaba era que jamás juzgaba a nadie. Parecía tener una sabiduría milenaria mezclada con un hombre simple y apasionado por la vida en cada instante. Muy acorde a su profesión, no lo limitaban las estructuras sociales.

Lisandro la había escuchado atentamente. Sentía que Melisa era así y nunca había disfrazado su forma de disfrutar la vida ni la manera en que amaba viajar, conocer y crecer en su carrera empresarial. Todo lo que habían hablado en París era cierto y continuaba allí. No los habían unido los planes, sino los momentos que compartían.

Entonces recordó la conversación:

—Mel, puede que sea una locura… lo sé… es poco tiempo…

—Nunca hice nada guiada por lo que otros hacen. Generalmente hago locuras… —había interrumpido con una sonrisa. A pesar de su independencia, sus sentimientos le habían enviado esa señal con sus palabras.

—Debes saber que aceptaré lo que tú decidas.

—¿Pero…? —ella sabía que no era todo.

—Pero yo quiero ese bebé. No es un acto de responsabilidad. Lo siento así. Quiero ser padre y no me importa que tú no seas el modelo tradicional de madre.

Unos minutos en silencio hacían su trabajo en el interior de Melisa, que intentaba descubrir la respuesta.

–¿Serías capaz de adaptarte a mi vida? –había preguntado ella, por fin.

–Lo intentaría. Y si no lo logro puedo asegurarte que nunca te reprocharé nada. Continúa con el embarazo, sigamos juntos y yo me haré cargo de todo para que puedas seguir con tu empresa.

–¿Es eso justo para ti?

–Es lo que elijo. ¿Quién dice qué es justo y qué no? ¿Sería justo para ti que yo te exigiera dejarlo todo por ser madre?

–No lo haría. No voy a mentirte.

–Lo sé. ¿Sería justo negarle a ese bebé la oportunidad de dos padres auténticos? –agregó.

–Supongo que no, considerando que no es que no lo quiera. ¿Sabes? Eres distinto y me encanta todo de ti. Comienzo a sentir que me gusta que un hijo tuyo viva en mí ahora y empiezo a pensar que el hecho de que ese hijo mío crezca contigo después, me hará feliz.

–Crecerá con ambos. Formarás parte de su vida. No serás una madre convencional, pero sí una leal a sus ideas que lo protegerá y lo criará a su manera, con mi apoyo.

–Eso es cierto. Estaré para él. Me ilusiona. Me da miedo también, pero correré el riesgo. Confiaré en ti –había agregado con entusiasmo. Así era Melisa, no necesitaba tiempo para tomar decisiones, simplemente seguía sus impulsos.

De ese modo, luego de una larga conversación en la que

fueron claros, los dos habían llegado a un original acuerdo y continuaron juntos hasta que Dylan tuvo un año. Para ese entonces, la pareja se había convertido en un par de buenos amigos que se cuidaban y entendían, pero que pasaban poco tiempo juntos. Si bien se querían, una familia era otra cosa. Ambos lo sabían. Entonces, se habían separado razonablemente sin necesidad de trámites legales ya que nunca habían contraído matrimonio. Desde ese momento, Dylan vivía con Lisandro en Uruguay. Cuando Melisa estaba en el país, se iba con ella, y cada día hablaba con el niño por Skype o videollamadas de WhatsApp. Era una madre atípicamente presente del modo que la tecnología y su manera de vivir le permitían. Funcionaban bien de esa manera.

Lisandro volvió de sus recuerdos cuando Dylan pasó frente a él dando su cuarta vuelta a la plaza. Esa tarde, Melisa lo había llamado desde el aeropuerto de Italia mientras esperaba su vuelo a Francia.

—¿Qué hace Dylan?

—Está andando en bicicleta.

—¿Y tú?

—Lo cuido, Mel. Hoy no tengo consultorio.

—Me refiero a si estás bien.

—Claro que sí.

—Okey. Hay dinero en la cuenta que compartimos, por si lo necesitan.

—Está bien. No lo utilizaré pero, de ser necesario, recurriré a ti primero que a nadie. Quédate tranquila —su profesión

no le daba un pasar económico holgado, vivía al día pero dignamente y tenía todo lo que quería.

—Bien. Sabes que haría todo por ustedes.

—Lo sé. También yo.

—Dile que lo amo.

—Le diré. Cuídate.

—Te llamaré al llegar. Adiós —se despidió.

Lisandro pensó que era afortunado. La relación con Melisa era tan buena como podía ser. Juan, su amigo, no podía creer que ella hubiera abierto una cuenta conjunta donde siempre había dinero disponible y, menos aún, que Lisandro no usara nada de ese dinero, salvo que Dylan necesitara o quisiera algo que él no podía darle.

Se acercó a su hijo quien se detuvo delante de él.

—¿Era mamá?

—Sí. Dijo que te ama. Está por tomar un avión a Francia.

—¿Cuándo regresa?

—No lo sé, pero nos llamará más tarde.

Dylan se distrajo al observar a dos niños que pasaron rápidamente en sus bicicletas. Cambió de tema, era natural para él que su mamá estuviera de viaje trabajando.

—Papi, ¿por qué no tienen rueditas sus bicis?

—Porque son más grandes y pueden controlar el equilibrio.

—¿Yo no puedo?

Lisandro lo pensó un instante.

—La verdad es que no lo sé. No lo hemos intentado.

—¿Podemos?

–¿Ahora?

–¡Sí!

Lisandro fue hasta la camioneta y tomó del maletero las herramientas necesarias para quitarlas. Le encantaba compartir el tiempo con su hijo y ser testigo del modo en que crecía feliz.

Minutos después, sostenía el pequeño asiento con fuerza mientras Dylan luchaba por no caer hacia los lados.

–Tranquilo, hijo. Estoy aquí, no te soltaré –le repetía una y otra vez. Le parecía mentira estar diciendo las palabras que su propio padre le había dicho a él tantos años atrás. Tan simbólico y tan cierto. "Tranquilo, hijo. Estoy aquí, no te soltaré". Eso era ser padre, estar ahí para su pequeño y no soltarlo. Sabía que llegaría el día en que tendría que hacerlo, pero de momento faltaba mucho tiempo para eso.

Por breves instantes, cuando advertía que Dylan podía solo, lo soltaba sin decirle para que no perdiera la confianza y corría detrás de la bicicleta para sostenerlo de inmediato si tambaleaba.

–Te soltaré de a poco, hijo –anunció luego de varios ensayos.

–Me da miedo. No me sueltes –respondió dándose vuelta para mirarlo. Entonces perdió el equilibrio y cayó de lado. Raspó su rodilla contra la acera. No lloró, aunque tenía ganas.

–¿Quieres que dejemos esto para después, hijo? –preguntó con cariño mientras lo ayudaba a levantarse–. No es nada. Yo también me caí mientras aprendía.

–¿Con el abuelo?

24   –Sí.

–¿Y en cuánto tiempo lo lograste?

–Luego de una tarde entera. Después, me animaba solo, pero tuve varias caídas más.

–Sigamos –dijo el niño y montó su bicicleta con determinación. Dylan quería ser como su papá.

Quizá la vida fuera exactamente eso, la posibilidad de buscar el equilibrio con decisión. El justo balance entre lo que somos, lo que queremos conseguir y el mundo que nos rodea con sus desafíos permanentes desde que comenzamos a andar.

Quizá saber qué se desea en la vida y moverse en esa dirección sea la manera más clara de obtener equilibrio.

Dylan y su padre lo sabían.

CAPÍTULO 3

Diagnóstico

*Y diagnosticó: esta muchacha
tiene el alma toda desparramada.
Y recetó: precisa música para rejuntársela.*

Eduardo Galeano

Elina volvía caminando a su casa. Intentaba comprender. Quería llorar, pero las lágrimas se le negaban, al punto de sentir que ella misma no entraba en su cuerpo y que iba a colapsar a fuerza del llanto retenido en su interior. ¿Qué significaba todo eso? ¿Podía existir un error? ¿Por qué sus ojos no eran consecuentes con su angustia?

A cada paso procuraba entender el diagnóstico helado que acababan de darle. Recordaba los hechos que habían devenido en lo que revelaban los resultados de los análisis.

Todo había comenzado con la consulta al oftalmólogo por un episodio de queratitis. La inflamación de la córnea le provocaba mucho dolor y la visión borrosa. Lo atribuía a las lentes de contacto. Había dejado de usarlas durante esos días, tenía los lentes comunes para cuando le ocurría eso. A sus treinta años, cada vez eran más frecuentes las molestias en los ojos, solían ponerse rojos y le ardían. Su abuela le decía que se involucraba mucho con su trabajo y que el estrés se hacía notar en la vista, que pasaba muchas horas frente a un monitor escribiendo informes o leyendo expedientes.

El especialista le había recetado gotas y un gel, Treaplos y Aclylarm, ambos lubricantes. Los tenía desde entonces en su bolso y los utilizaba según su necesidad. A veces, cuando estaba muy mal, cada media hora; y si no, lograba intervalos de entre dos y cuatro horas. Se había sentido cansada y preocupada porque "le dolía ver". Usar la computadora o el celular y leer se volvían actividades tortuosas. Todas ellas formaban parte de su trabajo, por lo que el nivel de nerviosismo aumentaba y todo parecía empeorar. Debido a que los antibióticos recetados le producían alivio temporal pero la incomodidad ocular volvía y se había agregado cierta sequedad en la boca, la habían derivado a un reumatólogo que se estaba ocupando de su caso desde hacía algún tiempo.

Esa tarde, con los resultados de todos los análisis y estudios indicados, había ido a una nueva consulta. El médico especialista había analizado los informes y, con una fría naturalidad y sin explicar demasiado, le había hecho saber su situación:

—Tienes una enfermedad autoinmune. Se llama síndrome de Sjögren. Los síntomas pueden ser muy diversos. En tu caso es primario. Eso significa que no está asociado a otra

enfermedad. La artritis es la más común. Pero tus ojos secos y la poca producción de saliva en tu boca, son características del síndrome.

Silencio.

–No entiendo muy bien…

–Tienes un síndrome. Es autoinmune –repitió.

–¿Podría explicarme? ¿Dijo *autoinmune*? ¿Cómo es el nombre? –preguntó sumergida en una gran confusión. Sentía que había recibido un puñetazo en el mentón y estaba a punto de caer noqueada de la silla.

–Es Sjögren. Yo le digo *Siogren* porque es más fácil. Autoinmune significa que tu sistema inmunológico ataca las células sanas. Se convierte en agresor de tu cuerpo en lugar de protegerlo.

–Pero… –la interrumpió el sonido del teléfono celular del médico, que estaba apoyado en su escritorio. Si bien él canceló la llamada luego de mirar la pantalla, Elina advirtió su prisa por concluir la consulta–. ¿Tiene cura? –preguntó.

–Es crónico. Y no es muy conocido. Deberás cambiar tus hábitos y adecuarte a las exigencias de esta enfermedad.

–¿Cuáles son esas exigencias?

–Te daré una droga que se llama sulfato de hidroxicloroquina 200 mg, es un antiinflamatorio, pero puede tener efectos secundarios en la vista, por lo que lo controlaremos. Usarás lentes de sol y tendrás una botella de agua siempre a tu alcance.

–¿Empeoraré? –preguntó casi sin esperanza.

–No lo sé. Los síntomas varían en cada caso. Según tu historia clínica, la sequedad ocular y la falta de producción de

saliva son las manifestaciones inmediatas. Podría resultarte difícil llorar, dado que no generas lágrimas. Deberás continuar con las consultas a tu oftalmólogo no menos de una vez por mes y realizar análisis clínicos cada seis meses con el fin de controlar los anticuerpos. Para eso me verás a mí. Eso es todo –agregó.

–¿*Eso es todo*? ¿Le parece poco? –preguntó perturbada. Le costaba reaccionar ante esa información.

–Me gustaría darte mejores noticias, pero la verdad es esta. Deberás aprender a convivir con el SS. No es lo peor que puede sucederle a alguien –agregó como premio consuelo.

Salió del consultorio sin retener en su memoria ni la despedida ni cómo había llegado a la calle. Solo podía pensar que el médico era un insensible, o no tenía interés en contenerla, o ambas cosas. Procuraba recordar el nombre de esa enfermedad que había entrado en su vida como un tsunami.

Hasta ese día, Elina no sentía que hubiera algo en ella que la hiciera muy diferente a otras mujeres. Tenía treinta años y un automóvil pequeño que usaba poco. Disfrutaba caminar descalza, andar en bicicleta y leer a Hemingway. Amaba el estilo vintage y escuchar todo tipo de música. Tenía el hobby de pintar. No poseía un taller, ni realizaba grandes gastos en materiales, pero siempre había espacio en su vida para dejar una parte de su ser escondida entre los colores de una imagen que reflejaba lo que le faltaba a su alma. Era desordenada y distraída.

Había un atril en cada espacio de la casa con una obra iniciada. Debajo de su cama, la esperaba esa tela en blanco, la

que había sido de su madre y que nunca había estrenado. Vivía con su abuela Bernarda, a la que llamaba Ita desde niña. Era la mujer más buena del mundo y era toda la familia que tenía. A veces, le preocupaba mucho pensar que tenía ochenta años. Simplemente porque, a pesar de ser adulta y entender que era ley de vida que las personas mayores partieran, no estaba preparada para eso.

Convertida en asistente social y en contacto diario con situaciones familiares conflictivas, Elina pasaba los días procurando ayudar y dar amor donde no había comprensión. Quizá su profesión había sido un modo de buscar respuestas ausentes en su propia historia personal.

París era su lugar en el mundo. Había viajado allí con su abuela el año anterior. No conocía demasiados lugares, pero estaba segura de que ninguno era como la capital de Francia. Su increíble arquitectura, su historia y esa magia en el aire la habían conquistado para siempre.

No solo había caminado por la avenida Campos Elíseos hasta el arco de Triunfo, suspirado ante la Torre Eiffel, pintado un boceto de la Catedral de Notre Dame desde las orillas del Sena, sino que se había enamorado de un hombre con quien todavía estaba en contacto, aunque la distancia les impedía una relación. Gonzalo era uruguayo y estaba radicado en España desde niño. París los había encontrado a ambos en la cripta de Notre Dame, solos, y todo había comenzado con la fotografía que Elina le había pedido que le tomara, ya que era muy mala haciendo selfies.

—Me acabas de poner en una disyuntiva muy difícil —había dicho él.

—¿Por qué?

—Porque creí que no había nada más bello que París hasta que te miré a los ojos.

Elina solo había podido sonreír frente al halago, pero sintió cómo la recorría una inusitada sensación de placer. ¿Sería cierto que ese extraño veía en ella una mujer hermosa? Aquel recuerdo era parte de los momentos que la definían.

Jamás pensó que ese día se sumaría algo tan inesperado y difícil. Luego de la consulta, debía agregar a su descripción personal, que por distintos síntomas, durante meses se había visto obligada a asistir a muchas consultas con diferentes especialistas. Finalmente, ese día y no sin haberse sentido incomprendida y hasta tildada de hipocondríaca, había escuchado un diagnóstico certero: era una paciente con síndrome de Sjögren. Para ella, según alcanzó a entender, eso la convertía en una mujer que, entre otras cosas, se había quedado sin lágrimas.

Llegó a su casa con más interrogantes que certezas. Un mundo anónimo se le había caído encima. Le dolía todo el cuerpo como si las lágrimas que no brotaban de sus ojos la apretaran desde su interior hasta agotar músculos, huesos y piel con la tirantez de la represión de sus emociones. Tomó conciencia de que su alegre filosofía de vida ya no funcionaba, porque hacía mucho tiempo que no deseaba tanto llorar como esa tarde. ¿Cómo le diría a Ita para no preocuparla?

¿Debía llamar primero a Stella, su amiga del alma? Ella era diez años mayor y siempre tenía el consejo exacto. Aunque dudaba mucho que supiera que existía ese raro síndrome de *Sgröjen*. ¿O era *Sjögren*? Maldijo. Ni siquiera el nombre podía retener. Google. Tenía que buscar datos.

De pronto sintió deseos de pintar.

Dejó su abrigo y bolso en el sofá, y se dirigió al baño asfixiada por una angustia que hubiera escupido en el lavatorio de haber podido. Se miró en el espejo y respiró hondo mientras se repetía que no podía ser tan terrible.

—¿Estás bien, Eli? —preguntó Ita. La abuela parecía tener un radar para detectar sus emociones. Solía decirle que, según los ruidos que hacía al entrar a la casa, podía adivinar como había sido su día—. No me gritaste "¡¿Abu?!" mientras subías. ¿Qué te ocurre?

Ambas vivían en un apartamento en el primer piso de un condominio pequeño, al que solo podía accederse por escalera.

Elina salió del baño y la abrazó. Hubiera llorado a mares, pero comprobó que no podía.

—Calma. Todo tiene solución. Ven. Siéntate —dijo y la guio al sofá—. ¿Quieres hablar?

Su nieta no le respondió. Elina estaba pálida. Atónita, observaba las noticias en el televisor encendido. La tristeza llegó a límites extraordinarios. Una vez más, el fuego devoraba un lugar que sentía suyo, convertía en cenizas sus momentos y consumía la posibilidad de volver en busca de lo que había sido. Su amada Notre Dame ardía… y con ella se incendiaba

parte de su historia. Porque el fuego no perdonaba, las llamas cuando se iban, dejaban la nada en su lugar. Los estragos del silencio mezclados con el humo de la nostalgia y el olor vacío de la destrucción.

Desesperada, comenzó a respirar con agitación. Elevaba el tórax como buscando aire donde solo había dolor, injusticia y confusión. Entonces, guiada por un impulso, fue a su dormitorio, extrajo de debajo de su cama el atril con la tela que había sido de su madre y lo armó allí mismo frente a su abuela.

Bernarda permanecía callada respetando el espacio que ocupaba la impotencia. Era evidente que Elina sufría.

—No sé qué te sucede, pero esa tela ha esperado por años que alguien le dé color. Tu madre decía que todo estaba en ella, así, vacía… —recordó con tristeza—. Dale vida. Pinta. Que todo quede allí, mi amor. El arte salva. Siempre… —dijo y fue directamente a poner música desde la computadora como su nieta le había enseñado. Sonó entonces *La Bohemia*.

Elina se puso varias gotas en cada ojo y empezó, como en trance, a dar pinceladas sin sentido al principio. Luego, estampó en ella la ira de un cielo lleno de humo gris, detrás del que se escondió su crisis encendida hasta que logró equilibrar sus latidos.

Charles Aznavour cantaba *Ella*, mientras vibraba su teléfono con una llamada de Gonzalo que nunca escuchó.

CAPÍTULO 4

Amiga

El momento fue todo;
el momento fue suficiente.

Virginia Woolf

A Stella no le gustaban las reuniones sociales, pero sí disfrutaba de su espacio en el trabajo junto a sus compañeras. No tenía paciencia con los niños, quizá por eso no había tenido hijos. En general, cada vez que la invitaban a cumpleaños, bautismos, comuniones o fiestas de quince de los hijos e hijas de sus amigas, un millón de excusas se le ocurrían para no ir. Cuando su amiga Elina le decía que la invitaban porque la querían, ella renegaba honestamente. ¿Quién podía considerar una manifestación de cariño el hecho de invitar a una mujer de cuarenta años sin hijos a un pelotero lleno de infantes que gritan, corren y apoyan sus manos pegoteadas en cualquier sitio? ¿O a una iglesia a resistir una ceremonia eterna en la que hay bebés que lloran y rituales con velas y agua? ¡Ni hablar si la elegían madrina! Eso no debía ser unilateral. Ella se disculpaba y alegaba que el niño o niña en cuestión merecía mucho más, pedía disculpas y fin del tema. Así, sus amigas de verdad reían y la comprendían. Pero una excompañera de la secundaria se había ofendido mucho al interpretar su negativa como un desprecio o una cuestión personal, y dejaron de verse. Peor aún las confirmaciones y esa serie de actos religiosos que los padres o las escuelas católicas les imponen a los chicos, como si la fe tuviese directa relación con cumplirlos.

A sus cuarenta años, luego de dos matrimonios y una vida entera creyendo que el amor podía ser como en el cine, había comprendido que *El cuaderno de Noah* era una magnífica obra de Nicholas Sparks, pero que la realidad de la mayoría de las mujeres, y por supuesto la propia, distaba mucho de conocer a un hombre así.

Era abogada, trabajaba en Tribunales como secretaria de una jueza de familia. Para sumar más ironía a sus intentos fallidos de matrimonio, su actividad profesional le imponía leer a diario gran cantidad de divorcios. Sin embargo, y a pesar de todo, creía en el amor. No tanto como para volver a casarse, pero en el rincón más soñador de su alma, esperaba a su Noah. En algún lugar del mundo tenía que existir un ser que la estuviera buscando.

Esa tarde disfrutaba de un café junto a dos compañeras de trabajo en un breve descanso. Se divertían mucho porque eran

muy ocurrentes e irónicas. Siempre había alguna anécdota por la que reír.

—Tomémonos una selfie —propuso.

—¡No! —respondió Marisa.

—¿Por qué?

—Porque no puede salir en ninguna foto conmigo. En verdad no tiene permitido ser más mi amiga. "Soy mala influencia". Así de ridícula es la cuestión —dijo Layla y estalló en una carcajada.

—No entiendo… —agregó Stella—. Trabajamos juntas.

—Sucede que a Marisa le encanta el pasante, ya sabes…

—Sí, pero tiene veinticinco años. ¡Es muy joven para ella!

—Bueno, como sea, tiene unos perfectos veinticinco años y unos glúteos muy tentadores. Marisa y yo estuvimos chateando sobre él y riéndonos, cada vez en tono más subido, y yo le dije que se saque las ganas.

—No veo el problema —comentó Stella—. Nada nuevo bajo el sol.

—El problema lo vio mi esposo, que leyó el chat, y ahora no quiere que me junte con Layla. Es más, pretende que cambie de lugar de trabajo, que pida un traslado —Marisa reía con ganas como si el conflicto no la involucrara.

—Imagínate, ella se quiere comer al chico, yo le digo *bueno, dale* y resulta que el esposo dice que la mala influencia soy yo. ¡Es genial!

—¿Cómo que te leyó el celular? —agregó Stella indignada por la invasión a la privacidad y dejando pasar por alto la cuestión principal que era esa intención de engaño descubierta.

Las tres comenzaron a reír.

—Ella es una tonta por no borrar conversaciones, pero tú y tu moral me generan dudas. ¡Mira que preocuparte por la privacidad!

La situación era graciosa. Tenían tanta confianza que los chistes no hubieran terminado de no haber sido por la jueza que interrumpió la pausa pidiendo expedientes y dando órdenes. Por lo que cada una regresó a su tarea.

De pronto, la imagen de Elina la invadió por completo cuando alguien comentó que se estaba incendiando Notre Dame.

Se desconcentró absolutamente. ¿Otro incendio? Justo en un lugar que significaba tanto para su amiga. No era justo. ¿Cuál era el mensaje del destino? ¿Qué tenía que aprender Elina de las llamas y de las cenizas?

Stella estaba convencida de que nada era casualidad. Todos los hechos ocurrían por una razón o, al contrario, no pasaban por una causa. El gran dilema era ¿por qué otra vez el fuego?

La llamó de inmediato pero no atendió el celular. Intentó con el teléfono fijo de la casa y fue Ita quien le respondió.

—¡Hola, Stellita! Está pintando. Algo no está bien.

—Notre Dame.

—No. La conozco y llegó a casa colapsada por la angustia. Notre Dame fue después y agravó su estado.

—Voy para allá.

—Te espero. Gracias.

Stella sintió que todo lo ocurrido ese día había quedado muy lejos. Eran esos momentos en los que el tiempo pierde su

unidad de medida. Se detiene en la preocupación, se acelera en los interrogantes y se diluye en la impotencia. La esencia de la amistad volvía a unirlas.

Avisó a la jueza que debía irse y salió del Tribunal sin mirar atrás.

CAPÍTULO 5

Verdades

Nunca es triste la verdad,
lo que no tiene es remedio.
Joan Manuel Serrat

MADRID, ESPAÑA.

G onzalo cerró los ojos. Nada era tan terrible como hacer el amor mirando hacia adentro, con la mirada detenida en la memoria de los momentos felices. Acariciar un cuerpo, pero sentir otro. Besar a una mujer imaginando que es otra. Beberse el deseo y estallar en el éxtasis del peor engaño: el que se hacía a sí mismo. ¿Acaso sería esa la realidad de muchos? Era la propia.

Esa noche no era distinta de las anteriores durante los últimos meses, hasta que escuchó las palabras que incomodaron el silencio que acompaña la agitación que subyace al orgasmo:

—Ven a vivir conmigo —dijo Lorena. Las palabras se le habían escapado de su boca. Algo en ella sabía que él no estaba preparado para eso y que quizá, incluso, le diera miedo, pero no pudo evitarlo.

Él permaneció callado mientras movió el brazo derecho con el que la abrazaba y lo ubicó sobre la almohada detrás de su cabeza tomando sutil distancia.

—Sabes que no puedo hacerlo —atinó a decir.

—¿No puedes o no quieres?

—Las dos cosas —hubiera preferido no ser tan cruel, pero respondió sin pensar.

Lorena se levantó de la cama y comenzó a vestirse. Parecía que iba a partir, pero estaban en su casa.

—Discúlpame. Me gusta estar contigo, pero vivir juntos es un paso que no estoy preparado para dar.

—Porque no me amas… —dijo con tristeza.

—Creo que no estamos en la misma frecuencia, tú vas más rápido. Yo siento que estoy bien cuando estamos juntos y quiero que estés bien a mi lado, pero de ahí a una convivencia… falta camino por recorrer. Eso sin mencionar que sabes que tengo a cargo a mi padre y a mis tíos y que no los dejaré librados a su suerte o en manos de una cuidadora.

—No quiero perder más tiempo. Tengo treinta años y hace meses que estamos juntos. Es por ella, ¿verdad?

—¿Por quién? —preguntó como si no lo supiera.

—Por la mujer de París —Lorena sabía porque cuando aún no habían comenzado a salir, Gonzalo le había contado que se había enamorado en Francia, pero que no podía ser. Que todo quedaba reducido a aquellos días.

—Ella está de regreso en su país y es muy lejos de aquí.

—No respondes mi pregunta. ¿Es por ella?

—Es por mí. No deseo hacerlo. No te he prometido nada más que lo que tenemos.

—No me alcanza. Puede que sí al principio. Pero me enamoré de ti y esta relación empieza a dolerme.

Gonzalo, ya de pie y también vestido, la abrazó con cariño. No había pasión en ese contacto. Tomó su rostro con ambas manos y la miró directo al corazón.

—No quiero mentirte ni lastimarte. Solo esto puedo ofrecerte. Perdóname —la besó en la frente y vio rodar sus primeras lágrimas. Entonces decidió partir.

Esa noche comenzó a sentirse prisionero de la soledad en España. No conseguía desprenderse del amor que Elina había despertado en él, aunque no lo confesara. Más allá de haber intentado tener otra pareja. El tiempo no era su aliado y tampoco la distancia. En su caso, ni lo uno ni lo otro habían sido causa de pensarla menos. El olvido, suponía, pertenecía a seres con otra capacidad de sentir. Quizá la tecnología y sus avances, que le daban la posibilidad de verla a través de una videollamada y de estar comunicados, no ayudaba en lo más mínimo.

Establecido desde niño con su padre en Guadarrama, un pueblo cerca de Madrid, había logrado instalarse allí y trabajaba en la posada familiar. Recordó a su padre diciéndole: "Donde tengas techo y trabajo, ahí debes vivir". Una orden de amor basada en la propia experiencia doliente de haber

padecido necesidades y con la intención de que su único hijo tuviera una vida mejor.

Signados por la pobreza y la adversidad, habiendo fallecido su madre al nacer él, habían abandonado Uruguay para radicarse en España. Un tío, el hermano doce años mayor de su padre, les había pagado el pasaje conmovido por la tragedia. Como era dueño de una posada en ese pueblo, le ofreció empleo a su hermano, en las tareas de mantenimiento, ya que se daba idea para todo tipo de reparaciones: era albañil pero conocía también de electricidad y plomería. Además, su esposa, que no podía tener hijos, se había ilusionado con ayudar a criar al niño. Así, Gonzalo había crecido en las cercanías de Madrid, en el marco de un lugar encantador, con pocos habitantes y mucha paz.

Conoció a Elina en París durante su primer viaje, gracias a que su padre y su tío habían insistido en que se tomara un descanso.

A su regreso a casa, todo se había complicado. Sus tíos estaban grandes y las limitaciones de los años comenzaban a afectar las rutinas. Su padre se había caído y se había fracturado la cadera. Su tía, Teresa, debido a un Alzheimer, requería cuidados diferentes cada día y su tío elegía cuidarla personalmente. En ese escenario debía hacerse cargo del pequeño negocio y de los tres integrantes de su familia mínima pues les debía cuanto él era, aunque eso significara sacrificar su relación con Elina, por quien habría abandonado España sin pensarlo.

✱ ✱ ✱

Esa mañana antes de ir a trabajar, su tío le preparó el desayuno. Lo atendían y lo amaban igual que cuando era pequeño.

–Te hice pan tostado, Gonzalo.

–Gracias, tío. No debiste. Podías dormir un rato más. Soy un hombre, ¿recuerdas? –preguntó con cariñoso humor.

–¡Eres quien nos mantiene vivos! No me gusta la vejez. La gente no debería envejecer.

–Son las reglas del juego. ¡Nos ocurrirá a todos, sin excepción! –respondió minimizando un tema que sabía era mucho más profundo.

–Exacto. No debería ocurrirle a nadie.

–¿Por qué?

–Porque no es algo para lo que uno pueda estar preparado. Si te enfermas y te pierdes, como mi Tere, dejas de ser quien eras para convertirte en el resultado de lo que la enfermedad y los medicamentos dejan en tu lugar. Y si te va peor y permaneces lúcido, eres testigo de las atrocidades que el tiempo puede hacerle a la gente que amas. No es algo justo.

–A ver… –dijo y se puso de pie. Ya había comido su pan tostado y bebido su té. Abrazó a su tío Frankie por unos segundos. Sintió su dolor–. Ordenemos un poco estas ideas, tío. ¿Has sido feliz?

–Muy feliz.

–Entonces, creo que todo ha sucedido de la manera que debía ser. La vejez, es cierto, no pide permiso y no es igual

para todos, pero justifica la experiencia. Es el propósito de los ejemplos a seguir.

—Tú hablas lindo, como siempre, pero eso no cambia que soy viejo y no me gusta ver cómo mueren amigos o se deteriora mi esposa como si fuera atropellada cotidianamente por el tren inhumano del tiempo.

—Tú sí que eres tremendista. Basta ya. Estamos juntos. Estaremos bien.

—No. Tú cargas con tres viejos y debes hacer tu vida —era testarudo y, la mayor parte de las veces, tenía razón. En ese caso, Gonzalo no iba a reconocerlo.

—Yo hago mi vida.

—¿Y la mujer de París?

—La mujer de París quedó atrás.

—Te conozco. Te hemos criado. Mientes. Ahora vete a trabajar, que llegarás tarde —el tío Frankie decidía siempre cuando empezar una conversación y el momento de terminarla.

—Tío, nuestro hotel está junto a la casa. Ya sé… no quieres seguir hablando.

—No. Tú no entiendes lo que es ser viejo.

Gonzalo sonrió. Algo de razón había en sus palabras. Si Elina ocupaba su corazón y sus pensamientos y no hacía nada por recuperarla, ¿estaba realmente "haciendo su vida"?

Muchas verdades se mezclaron con la sabiduría de su tío Frankie. Era verdad que él no entendía lo que era ser viejo porque simplemente no lo era. Pura teoría en su caso. Lo atravesaron preguntas y una gran confusión de sentimientos.

Entonces, las imágenes en el televisor de la recepción de la posada, al entrar, le mostraron a Notre Dame arder. Se le anudó la garganta. Llamó a Elina, ella no respondió.

Los recuerdos podían, a veces, devorarse el presente al extremo de convertirlo en la suma de momentos vacíos que evocan más y mejor el pasado.

CAPÍTULO 6

Lágrimas

Las lágrimas son la sangre del alma.

San Agustín

MONTEVIDEO, URUGUAY.

Stella buscó en su celular los periódicos digitales del mundo, y todos informaban la noticia del incendio.

Un fuerte incendio consume este lunes a la Catedral de Notre Dame de París, uno de los monumentos históricos más importantes de Francia, que cada año recibe a millones de turistas de todo el mundo. Las llamas se originaron en la estructura que sostiene el techo del templo, donde se estaban realizando trabajos de restauración, leyó.

No pudo evitar preguntarse si se trataría del ático, sabiendo que ese lugar era el que amaba su amiga. Siguió buscando noticias para saber la respuesta.

El fuego provocó el derrumbe de la aguja central y de la

estructura completa del techo, ante la frustración de los bomberos, que no logran llegar al epicentro del incendio.

Y así eran casi todos los titulares. Algo en su interior le gritaba que se trataba del lugar de la fotografía de Elina y su encuentro con Gonzalo.

Cuando Stella llegó a casa de su amiga, ella había abandonado la pintura del cuadro y se estaba dando una ducha.

—Hola, Ita. ¿Te ha dicho algo? —preguntó después de saludarla.

—No, nada. Me preocupa mucho. Hace tiempo que no la veo con una angustia semejante.

—¿Dices que regresó mal y que luego la afectó más lo de Notre Dame?

—Sí. Así fue. Yo la conozco. No me gritó desde abajo como hace siempre y tenía esa expresión… La misma de desamparo que cuando era niña. Me duele tanto… Para peor, el fuego otra vez… y en Notre Dame… —se le caían las lágrimas.

—No llores, Ita. Esto también pasará —la consoló y la rodeó con sus brazos—. ¿Tú cómo estás?

—Bien. Solo mi flebitis y estas várices que no sanan. La diabetes que no deja cerrar mis heridas… ¡Como si tuviera ochenta! —agregó con sarcasmo y cierto humor—. Pero es Elinita lo importante —continuó—. Ve a su dormitorio, yo les prepararé algo para cenar. Te quedas, ¿verdad?

—Sí.

* * *

—Elina Fablet, ¿qué está sucediendo? —preguntó con cariño cuando entró a la habitación. La llamaba por su nombre y apellido cuando deseaba poner énfasis en su atención.

—Hola...

Stella miró a su alrededor.

—¡Dios! ¿Te entraron a robar? —dijo en alusión al desorden del dormitorio.

Elina sonrió.

—Siempre logras hacerme reír y créeme si te digo que deberás esmerarte mucho de ahora en adelante —tenía la computadora portátil sobre la cama y estaba sentada con las piernas cruzadas delante de la pantalla.

—¿Trabajas?

—No... Busqué mucha información sobre algo y recién miraba imágenes de Notre Dame... Estoy muy triste.

—Bueno, solo se ha quemado una parte, no se ha muerto Gonzalo ni lo que ustedes vivieron... París sigue allí —dijo intentando minimizar la cuestión. Aunque claramente lo que evocaba sus heridas era el fuego más allá de todo.

—Lo sé...

—¿Qué es lo que ocurre? ¿Algún caso de niños abusados?

—No. No adivines... No lo lograrías aunque tuvieras toda la vida.

—Entonces cuéntame.

—Fui al médico... Después de tantas idas y vueltas, de visitar diferentes especialistas explicando cada síntoma, parece que he logrado que me digan qué tengo.

–¿Qué tienes?

–Según mis análisis, biopsia de glándulas salivales, varias pruebas diagnósticas y el test de Schirmer, tengo un raro síndrome. Se llama Sjögren –dijo mientras leía el nombre de la pantalla, le costaba retenerlo.

–¿Qué es eso?

–Es una enfermedad autoinmune, sistémica, reumática y crónica. Con una variedad tremenda de manifestaciones –respondió leyendo de la pantalla las características–. La sequedad en mis ojos, mi cansancio, la poca saliva, que implica la necesidad de tomar mucho líquido… son algunas de ellas. No puedo llorar, no genero lágrimas. ¿Imaginas eso?

Stella se esforzaba por comprender y por no demostrar desesperación. Realmente amaba a su amiga y eso de no poder llorar… ¿Qué locura era esa? Todo el mundo puede llorar.

–¿Qué dices? No exageres, no será para tanto…

–Lo es. Es una enfermedad autoinmune. Por si no lo sabes, eso quiere decir que la ha generado mi propio cuerpo. Algo así como que me ataco a mí misma. Es muy simbólico, ¿no te parece?

–Sé lo que significa "autoinmune", pero no termino de entender por qué hablamos de eso –era cierto. De pronto, supo por la expresión de Elina que la cuestión no era menor.

–Tengo un síndrome. Y por lo que me ha sucedido hoy y todo lo que termino de leer, es probable que ya no pueda volver a llorar.

Stella trataba de ser consecuente consigo misma y no

exagerar. Siempre intentaba darles a los problemas el tamaño real y reaccionar de manera calma cuando algo grave ocurría. Pero se trataba de su hermana del alma, de su mejor amiga. Habían sido vecinas desde la infancia de Elina y amigas desde su adolescencia. Le llevaba diez años y eso suponía que su experiencia siempre era útil. No estaba ocurriendo en ese momento. No era justo otro revés de la vida contra la mejilla de Elina. Mientras sus pensamientos la empujaban a enojarse con el destino, su razón le imponía prudencia.

—¿Qué es lo que dijo el médico y qué has leído? Hasta donde sé, lo peor que se puede hacer con temas de salud es buscar en internet.

—No ha dicho mucho más que lo que te he contado y debo agradecer que, después de tanto visitar médicos de diferentes especialidades, este ha dado con el diagnóstico a pesar de no haber servido de gran contención. Leyendo confirmé que todos mis síntomas se condicen con este raro síndrome que, por suerte, en mi caso no está asociado a otra enfermedad ya que la más habitual es la artritis. Sin embargo, el "ojo seco" y este malestar… —comenzó a sentir angustia y a elevar el tórax para respirar mejor.

Stella la abrazó unos instantes.

—¿Dices que todos tus malestares no eran cosas comunes, sino que todo tiene que ver con esto? —preguntó recordando las distintas cuestiones que habían aquejado a su amiga sin respuesta médica, hasta ese día.

—Sí, eso digo. Yo no estaba loca ni era hipocondríaca.

—Jamás pensé eso.

—Yo sí, por momentos. Estoy muy angustiada —dijo Elina, y su amiga sintió una puntada de impotencia en el corazón al escucharla—. ¿Sabes qué? —continuó—. He querido llorar cuando vi que se quemaba Notre Dame, y no pude… —confesó.

—Nada es tan definitivo. Nadie se queda sin lágrimas. Seguramente, te has sugestionado con el tema. ¿Cuándo fue la última vez que lloraste? —preguntó para demostrar su teoría.

Elina buscó sin éxito en su memoria. Era cierto que evitaba la angustia, pero aun así no era capaz de recordar en un pasado inmediato ni una fecha ni un motivo concreto. Sus penas eran crónicas. Ya no lloraba, pero en ese momento, que sabía que no podía, quería.

—No me acuerdo. Solo puedo decirte que hoy he querido nadar en llanto y no pude derramar ni una sola lágrima —repitió.

—Bueno. Si esto fuera así, que no creo, te daré las mías.

* * *

Compartieron la cena con Ita, a quien entre las dos intentaron explicarle lo que todavía no lograban entender.

—Elinita, ¡ojalá me quedara yo sin lágrimas! Hay que analizar esto de un modo optimista. Tendrás que ser feliz y expresar tu emoción de otra manera —dijo con sabiduría—. En cuanto a la saliva, toma agua y listo. Además, te preparé jarras de limonada con menta y jengibre, para que cuando quieras tengas algo rico que beber.

Bernarda había aprendido que toda enfermedad tenía un origen, el hecho de ser autoinmune era algo mucho más profundo. Era evidente que la historia familiar no era ajena a lo que esos análisis mostraban. El cuerpo siempre encontraba el modo de gritar su dolor. Ella lo sabía muy bien. Su flebitis, según su amiga Nelly, era ocasionada por la acumulación de tristezas y experiencias negativas en su vida que no habían sido exteriorizadas ni resueltas. Le decía que constantemente las recordaba y estas invadían todo su ser y su cuerpo. Nelly era una docente jubilada que no cesaba de hacer cursos y de involucrarse con las "otras verdades" como ella las llamaba, "las que había aprendido de vieja". Seguro le daría tema de investigación con esta cuestión del síndrome de las lágrimas que tenía un nombre tan difícil.

Ita pensó en su hija, Renata, que en paz descansara. Elevó la mirada buscando a Dios y su amparo. Él sabía que no había podido entender su comportamiento. No la amaba menos por eso. Hubiera querido abrazarla. No estaba y su ausencia dolía. En silencio, la evocó y le suplicó que ayudara a su nieta, después de todo era la madre. Si eso no había ocurrido de la mejor manera mientras vivía, que se ocupara de ella al menos desde la eternidad.

Mientras, Stella y Elina miraban las noticias, el presidente francés, Emmanuel Macron, habló ante la prensa, a pocos metros de Notre Dame. Aseguraba que lo peor había sido evitado y advertía que la catedral sería reconstruida.

–¿Lo ves? –dijo Stella–. No debes angustiarte más.

52 –No es solo París. Es el fuego, no puedo con él. Me trae recuerdos que prefiero olvidar y justamente hoy, que ha sido un día terrible…

Entonces, sonó su teléfono celular. Era Gonzalo.

–Hola…

–Te extraño –dijo su voz que sonaba a música.

Elina sonrió.

CAPÍTULO 7

Lisandro

La vida no te está esperando en ninguna parte,
te está sucediendo...
y si te pones a buscar significados en otra parte,
te la perderás.

Osho

Lisandro conversaba durante los últimos minutos de sesión con Julieta, una paciente por la que sentía especial cariño. La joven de diecisiete años, según su madre, tenía problemas de conducta y era rebelde por naturaleza.

—No resisto estar con Mercedes. Me controla, me exige y no me deja ser yo. Es insoportable —la llamaba por su nombre en vez de *mamá* porque era un modo de poner distancia.

—Es algo extrema esa posición. Puede que no lo haga de la mejor manera, pero es tu madre y no dudo que quiere lo mejor para ti.

—Li —así le decía—, no te conviertas en un psicólogo común. ¿Por qué estás tan seguro de que quiere lo mejor para mí?

54 ¿Porque en la mayoría de los casos es así? —se respondió así misma preguntando—. Bueno, en este no —replicó.

—¿Por qué crees eso?

—Porque no haría las cosas que hace si quisiera lo mejor para mí y la familia. Papá es distinto —agregó.

—¿Qué hace ella?

—Por sus actitudes, lo engaña —confesó lapidaria—. ¿Sabías que cuando nací el cordón umbilical de cincuenta y cinco centímetros estaba enredado alrededor de mi cuello? Me lo contó mi tío, que asistió el parto. ¿Qué te dice eso?

—¿Qué debería decirme?

—¡Que intenté suicidarme en su vientre para no tener que aguantarla! ¡Una bebé con un gran instinto! —dijo con ironía.

Julieta era muy inteligente. Solía interpretar los hechos y buscar simbolismos. Lisandro disfrutaba de su sagacidad.

—Tal vez haya sido así —concedió—, pero no es menos cierto que permitiste que tu tío hábilmente impidiera que ese cordón te ahogara. ¿Eso que te dice?

—Que mi tío no conocía bien a mi mamá.

—¿Qué te dice de ti? Olvida a tu madre por un momento.

—¿Qué no fui lo suficientemente intuitiva?

—No. Te dice cómo eres. Habla de tu capacidad para dar oportunidades y de que, en el fondo, creíste que ella podía hacerlo bien —Lisandro conocía a Mercedes, por eso le hablaba sin dudas. Ella misma lo había consultado antes de llevar a Julieta. Era una mujer difícil pero no era mala. Egoísta, sí, pero no mal intencionada. No obedecía al modelo de madre

que hace todo por sus hijos, sino a la que piensa en ella misma, convencida de que los hijos se irán un día cualquiera dejándola atrás.

Julieta se quedó pensando por unos instantes.

—Creo que no tienes razón. Solo deseo tener dieciocho para irme.

—¿Adónde irás?

—No lo sé, pero seré mayor de edad. Ya no podrá molestarme.

—Es cierto, tendrás los años, pero no los medios. Dependes económicamente de tu familia.

—Buscaré un trabajo.

—Es una alternativa, pero no es tan sencillo. Iremos paso a paso.

—¿Por qué no has dicho nada sobre lo que te dije?

Lisandro sabía que se refería a la infidelidad de su madre.

—Porque mi paciente eres tú y lo importante es que yo te ayude a que puedas ser aliada de tu carácter. Que controles tus impulsos y que aceptes los padres que te tocaron en suerte. Con quién, según tus sospechas, duerme tu madre no es el centro de esta terapia —Lisandro suponía que Julieta estaba segura. No era una joven que se atreviera a decir algo así si no estuviera totalmente convencida.

—No es un dato menor.

—No. No lo es. Si te parece, la semana que viene hablaremos sobre cómo te afecta esa decisión. Ahora quiero que te centres en comprender que ocupas el rol de hija en esa casa

y, aunque tu madre no haga lo que tú esperas de ella, debes respetarla. El matrimonio de tus padres no es asunto tuyo. Juzgarlo, tampoco.

–Está bien… –dijo de mala gana. Quería realmente a Lisandro y confiaba en él. Por eso lo escuchaba.

Se despidieron con un abrazo que la joven le dio, como al final de cada sesión. Él lograba una empatía poco habitual con sus pacientes. Internamente rio al pensar en la teoría del cordón enredado.

* * *

La reunión de padres del kínder de Dylan ya había comenzado cuando Lisandro llegó. Eran todas mujeres. Pensó que debía llamarse reunión de madres. Se sintió observado de pies a cabeza. Lejos de sentirse bien al saber que allí había miradas de deseo, estaba incómodo.

La maestra habló sobre el desempeño de los niños, los proyectos anuales y una obra teatral que estaban organizando en la que los padres serían los actores de un cuento. Lisandro amaba ocuparse de su hijo, pero lo irritaba ver que las maestras se dirigían a los adultos del mismo modo que a los niños.

–A ver, papis… ¿Quién se anima a ser príncipe? –la mirada fue directo a Lisandro.

–¿Cuál es el cuento? –preguntó.

–*Blancanieves*.

–Pues hay allí siete enanitos, así que, o deberá aumentar

la convocatoria masculina, o las presentes deberán actuar de hombre –dijo con una sonrisa. A partir de allí, todas comenzaron a hablar a la vez y él se abstrajo.

Pensaba ya en lo siguiente que tenía que hacer, que era ver a su amigo Juan. Había decidido no participar ni como príncipe ni como enano, y no podía decirlo en ese lío en el que no se respetaban los turnos para hablar. Su hijo era varón, pero además pensaba que ese mensaje subliminal para las niñas de que un príncipe vendría a rescatarlas distaba mucho de la realidad. Según su mirada, ese no era el rol de las mujeres. Su hermana, Belén Bless, vivía en Buenos Aires y, aunque no se veían seguido, tenían una relación muy cercana. Ella se reiría mucho cuando le contara que, otra vez, las reuniones del kínder eran todo lo que no le gustaba.

* * *

Como cada jueves, Juan esperaba a su amigo Lisandro en la cancha donde jugaban al paddle durante un turno de una hora y media. Luego, bebían algo en el bar del club y conversaban. Ambos eran hombres de rutinas deportivas y de hacerse espacio para estar en contacto.

Juan se había divorciado siete meses atrás y la relación con su ex, María, no podía ser peor. Tenían una hija de doce años, Antonia, que era rehén de todos sus problemas no resueltos. Un caso de manual. Juan la había engañado varias veces y la última de todas ellas había colapsado la capacidad

de tolerancia y perdón de María. Todavía enamorada de él, pero lo suficientemente indignada y furiosa, no podía reconocer otro sentimiento que no fuera ira y enojo. Peleaban por todo y, por supuesto, el dinero era quizá la mayor demanda. Juan, aunque no deseaba volver, anhelaba una tregua, algo de paz.

—Estoy cansado, no se conforma con nada. A veces, la desconozco —dijo a modo de confesión cuando tomaban un refresco.

—Está enojada. La traicionaste... y no una vez. Ya se le pasará.

—No lo creo. Dijo que si no aumento el monto del dinero que le doy para Antonia, me demandará. ¿Puedes creerlo?

—Claro que puedo. Es lo habitual en casos como el tuyo. Llega a un acuerdo, ese es mi consejo.

—No gano tanto dinero. No hay acuerdo posible, es lo que ella quiere o nada.

—Contrata un abogado y que él se ocupe, sé justo en tu ofrecimiento. Se trata de tu hija y de la madre. Una buena mujer, a quien, por cierto, le hiciste la vida bastante difícil.

—¡Contigo no necesito enemigos! —dijo riendo.

—Yo no miento —replicó.

—Lo sé... es la verdad. Me arrepiento de lo que hice con mi matrimonio, con mi familia. A mí me gusta la vida en pareja. Extraño eso.

—¿Es un chiste?

—¡No! De verdad, quiero conocer a alguien, me quiero enamorar.

–¡Dios! Primero deberías madurar un poco. Resolver tu capacidad de elegir. Luego de María, te has involucrado con chicas muy jóvenes para tus cuarenta o con mujeres casadas. Eso me dice que no buscas un compromiso.

–No sé… me gusta tener con quien salir y odio dormir solo. Tú eres distinto. Tienes a la ex de los sueños de cualquier divorciado y a Dylan. ¿No necesitas una mujer? Digo… ¿No piensas en eso? ¿No quieres una pareja? No solo sexo. Hablo de ir al cine, a cenar, pensar en que tienes ganas de verla; en fin, enamorarte otra vez.

–La verdad… no mucho. Sabes que tengo algún encuentro ocasional, pero estoy bien. No creo que enamorarse sea un plan, supongo que simplemente sucede.

–Te envidio. Para mí es una cuestión hasta de agenda, te diría.

–¿Agenda? –sonrió con ganas–. ¡Claro, por eso te enamoras tan seguido! No deberías tenerlo como objetivo diario y tampoco envidiarme. Si comparas, nuestra situación es la misma, la diferencia son nuestras decisiones y prioridades. Céntrate en Antonia, en recomponer el vínculo con María. Luego, alguna mujer adecuada llegará.

–Lisandro, ¡el gurú de la paz y el amor! –se burló–. Te agradezco el consejo.

–Sé que lo agradeces, pero no lo tomarás. ¿Qué harás esta noche?

–Aún no lo sé. Mi programa depende "de un esposo".

–¡No cambias más!

* * *

Un día más en la vida de Lisandro le marcaba el ritmo del aire puro que respiraba. Todo en su mundo fluía. Sin embargo, la conversación con Juan lo había dejado pensando. ¿Quería enamorarse? ¿Existiría una mujer que pudiera amar a Dylan tanto como a él y aceptar su relación con Melisa? De pronto imaginó que sí, y no pudo evitar fantasear con ella. ¿Cómo le gustaría que fuera? La respuesta le llegó en una sola palabra que no venía de la mano de una imagen física: "Diferente". Él no era un hombre común, en el sentido de alguien apegado a estructuras convencionales. Si había una mujer en su destino, tenía que ser distinta a todas las demás.

CAPÍTULO 8

Sjögren

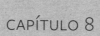

*Me han diagnosticado recientemente síndrome de Sjögren,
una enfermedad autoinmune que es una condición médica
continua que afecta a mi nivel de energía y causa fatiga
y dolor en las articulaciones.*

Venus Williams

Stella vivió consternada los días posteriores al diagnóstico de Elina. Como abogada, sabía muy bien investigar un tema a fondo, y lo había hecho. Una semana después, se había informado tanto sobre el síndrome como era posible en su condición. Incluso había consultado a un amigo que era reumatólogo, quien le había dicho que los médicos en general no sabían demasiado de esa patología. Existían organismos en algunos países, por ejemplo, la Asociación Española de Síndrome de Sjögren (AESS) y grupos cerrados de Facebook de Argentina y otros países, a los cuales se unían personas afectadas y contaban sus experiencias o hacían consultas, que los demás respondían enseguida. Lo sabía porque formaba parte de ellos. Al solicitar su ingreso había manifestado la verdad, su mejor amiga padecía el síndrome y ella deseaba saber cómo podía ayudarla. La habían aceptado de inmediato.

Stella se dio cuenta, luego de leer diferentes testimonios, de que había dos caminos paralelos: la vida cotidiana de los que, como Elina, habían sido alcanzados por la enfermedad, y la medicina desarrollada en un campo más bien teórico. Las dificultades de su diagnóstico, en casi todos los casos, se repetían. Los pacientes habían ido de una consulta a otra, y todos sus síntomas habían sido considerados, al principio, de manera aislada. Las molestias severas en la vista, en otros casos en la boca, el cansancio, dolores articulares y tener fiebre resentían su calidad de vida. Pero quizá, lo más grave, no fuera que no podían comer una pizza sin que eso significara una tortura por la poca producción de saliva, sino lo irremediablemente solos que se sentían.

Stella no permitiría que su amiga se sintiera excluida. Estaba indignada por descubrir que, en tiempos en los que la sociedad se llenaba de palabras de inclusión, las personas en general, como le había ocurrido a ella, no conocían el síndrome de Sjögren. ¿Qué pasaba con el lado humano de los seres sensibles? ¿Cuántos síndromes ignoraba mientras personas diferentes sufrían doblemente por los padecimientos físicos y, además, por la incomprensión del entorno?

Se repetía, como en una campaña de concientización, que había que sumarse y difundir. No porque ella fuera la reina de la bondad, sino por una causa objetiva y fatal: no se investiga

aquello que no se conoce. Y sin investigación no hay ensayos clínicos y sin ellos, sacarle ventaja al síndrome se convierte en utopía.

Stella se cuestionaba si no éramos el otro, si no debíamos ser uno con las causas que afectaban al prójimo y ayudar, comprender e informarse. Layla y Marisa, sus compañeras de trabajo, habían averiguado algunas cosas.

–¿Saben que hay un Día Mundial del Síndrome de Sjögren? –comentó Marisa–. Es el 23 de julio. La fecha elegida para la efeméride conmemora el nacimiento en 1899 del oftalmólogo sueco Henrik Sjögren, responsable de la primera descripción del síndrome en el año 1933. Y el mes de la concientización es en abril aunque la mayor actividad en este sentido se desarrolla en España. Lamentablemente, no alcanza a todos los países por ahora.

–¿No encontraste nada más útil? –replicó Layla.

–Bueno, también leí que hay personas que se sienten mejor desde que van a yoga o meditan –se defendió–. Quise saber de dónde salía un nombre tan difícil –explicó–. ¿Y tú qué buscaste? –preguntó en franca competencia. Stella las escuchaba.

–Bueno. Leí que es importante que los pacientes siempre tengan un kit encima: una botella de agua, gafas de sol y las gotas para los ojos. Hay unas pastillas, TheraBreath, que ayudan con el tema de la boca seca también.

–Les agradezco que se hayan preocupado.

–Le tocó a Elina, pero pudo ser cualquiera de nosotras. Leí que todavía no se ha descubierto algo que modifique el

curso de la enfermedad. Por eso el síndrome está catalogado por los principales organismos europeos como una enfermedad "huérfana", ya que todos los tratamientos se dirigen únicamente a la paliación de sus síntomas. Dile que no se sienta sola –dijo Layla. Ambas conocían a Elina y, aunque no las unía una amistad, se habían sumado a la causa.

–Gracias –hizo una pausa. Valoraba la preocupación de las dos–. ¿Y ustedes ya pueden tomarse fotos juntas? –preguntó cambiando de tema.

–Bueno, en realidad no. Pero eso lo hablamos después…

La jueza interrumpió la conversación para darle diferentes indicaciones a cada una.

Cuando salió de trabajar, Stella fue a la oficina de Elina. Llegó y la observó a través del vidrio. Conversaba con un niño pequeño mientras él dibujaba en una hoja. Su escritorio estaba desordenado, había lápices de colores y crayones sobre los expedientes judiciales. Elina sonreía. Sobre la mesa, una botella de agua mineral y un vaso. La vio beber varias veces en pocos minutos. Sentía que el alma se le rompía. Tenía que encontrar una solución. ¿Acaso no había sufrido ya suficiente? El rechazo de su madre durante toda la vida, su muerte en el incendio… separarse de Gonzalo. Nada parecía justo. No lo era.

De lejos la vio y la saludó levantando la mano. Un rato después, salían juntas de allí.

–¿Cómo estás?

–Peor que como me veo. Por momentos, enojada; otros, muy triste y la mayoría del tiempo, con miedo.

–Es lógico. ¿A qué le temes?

–A no saber hasta dónde esta enfermedad se metió en mi vida. Es más fácil dar batalla cuando el oponente es directo por cruel que sea. Mi madre nunca me quiso, no sé por qué, pero siempre supe que era así. Pude vivir con eso. Pero en este caso… no sé si me quedaré sin dientes, o si jamás volveré a llorar o si el cansancio no me dejará levantarme un día… en fin.

–Más despacio, Eli. No seas tremendista. No voy a mentirte, no bailas con el más lindo de la fiesta. Para decir la verdad, te ha tocado uno bastante feo, pero no por eso va a matarte –sonrió ante su ejemplo–. Y la música sigue sonando.

–Estoy lejos de una fiesta. Agradezco tu apoyo, pero no quiero hablar más de esto. No hace falta porque sigue estando allí –dijo mientras miraba hacia una esquina y la otra como buscando algo.

–¿Qué buscas?

–El auto.

–¡Dios, Elina, no puedes ser tan distraída! ¡Toda la vida igual! –sonrió.

–En realidad… –comenzó a decir mientras buscaba algo en su bolso.

–¡¿Y ahora qué perdiste?!

–Nada, es que no sé si vine en el auto. Busco la llave para confirmarlo.

Stella se sintió contenta de ver que al menos su distracción estaba intacta. De pronto comenzó a sonar un teléfono.

–¡Atiende que me irrita el tono de llamada de tu celular!

–Elina, no es el mío, es el tuyo.

Ambas rieron.

–Se ve que el síndrome no altera mis características más elementales –dijo con cierto humor temporal.

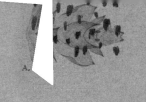

CAPÍTULO 9

Vejez

Hay un momento en la vida en que dejamos de mirar
y nos dedicamos a ver. Ya no buscamos con los ojos.
Fijamos la mirada en un punto del presente o del pasado
y las imágenes llegan solas, repetidas, escuchadas. Es la vejez.

Alejandro Palomas

GUADARRAMA, ESPAÑA.

Gonzalo abandonó la posada por un rato y regresó a su casa como cada día desde la caída de José, su padre, con la finalidad de ayudarlo a ir al baño. Agradecía que la casa fuera en planta baja. Solo cuando hay una persona mayor que comienza a tener problemas, las personas valoran algo tan simple como el hecho de que la vivienda no tenga escaleras.

Entró y vio a su tía Teresa mirando una película, o al menos eso parecía. La enfermedad de Alzheimer era un fantasma, un enemigo invisible que disfrazaba de normalidad visual los extravíos. Se acercó y la besó en la frente. Estaba seguro de que el contacto físico la traía de regreso a los vínculos, aunque hubiera desorden en sus recuerdos. Entonces, al hablar, la miraba directo a los ojos, o le tomaba la mano o le daba un beso, gestos que para ella generaban la consecuencia directa de conectarla con su vida familiar.

—Hola, hijo —lo saludó con ternura y sonrió.

—Hola, tía. ¿Cómo estás hoy? ¿Te han dejado tranquila papá y Frankie? —toda la vida habían hecho bromas sobre que era la única mujer en el mundo capaz de soportar esos hermanos.

—Bueno, sí. Hoy, mi Frankie dijo que él se ocupará de todo. No quiere que tú tengas que cuidarnos.

Por un momento, Gonzalo sintió que había coherencia en sus palabras. A pesar de su diagnóstico y de su pérdida progresiva de la memoria, muchas veces ocurría que sus diálogos tenían sentido. Tere seguía allí en esos momentos. Era como si los sentimientos la conectaran con la realidad de los vínculos más allá de los olvidos y la confusión de sus recuerdos.

—Me gusta cuidarlos. Es lo que ustedes han hecho conmigo siempre —respondió. Se acercó, tomó sus manos y les dio un beso en cada una. Ella sonrió.

—Eres bueno —agregó.

De pronto escucharon un ruido que provenía de la habitación. Gonzalo fue de inmediato.

—Tío, papá… ¿Qué hacen? —exclamó mientras se acercaba con cuidado. José, apoyado con una mano sobre el andador y la otra sobre el hombro de su hermano, caminaba hasta el baño. Sin querer, habían roto un portarretrato que se les había caído al suelo.

—Hijo, el tío Frankie me lleva al baño —respondió como si Gonzalo no se diera cuenta de lo que estaba ocurriendo.

—El tío Frankie es un viejo torpe, pero puede cuidar a su hermano. Esa fotografía no tenía que estar ahí —dijo con alusión al portarretrato roto. Hablaba en tercera persona—. Vamos, camina —le indicó a José, quien le robó otro paso al destino.

El cuadro era la imagen de la obstinación. Ambos hermanos eran de contextura robusta. El hecho de que pudieran caerse era bastante probable, considerando el peso y la situación de inestabilidad de José y que Frankie era doce años mayor. Sin embargo, Gonzalo entendía la resistencia a aceptar la limitación física y buscó la manera de evitar un accidente intentando no hacerlos sentir inútiles.

—Bueno. No digo que no puedas ayudarlo, tío, pero creo que es más seguro si lo haces de esta manera: párate delante de papá —sugirió. Frankie lo hizo. Gonzalo quitó el andador de allí y José se sostuvo de su brazo—. Ahora, papá, apoya las manos sobre los hombros del tío y caminen juntos paso a paso.

Con movimientos lentos y cautelosos, ambos le hicieron caso y llegaron al baño. Gonzalo los sostenía con la mirada y permanecía tan cerca como la dignidad de esos hombres le permitía. Lo querían hacer solos. Y estaba bien, era entendible.

—¿Y ahora? —preguntó Frankie.

—Ahora, papá, apóyate en el lavabo y gira. Tú, tío, asegúrale el equilibrio sosteniéndolo de las axilas. El resto puede hacerlo solo.

–Yo no puedo creer que algo tan simple como orinar sea como escalar el Everest –se quejó Frankie–. Estamos viejos, ¡hay que hacer algo!

Gonzalo sonrió.

–¿Algo como qué? –preguntó con curiosidad.

–Como no es posible que la máquina del tiempo retroceda, creo que debemos morirnos los tres juntos de una vez.

–Es una solución muy "tío Frankie" –volvió a sonreír–, pero no sucederá.

–Tú qué sabes. Puedo planearlo –agregó en voz baja. Su sobrino prefirió no seguir con esa conversación.

Ya habían regresado con el proceso inverso hasta la habitación. José estaba sentado en la cama y Frankie en un sillón pequeño a su lado. Ambos respiraban agitados.

–Yo no me quiero morir –dijo José.

–Bueno, yo tampoco, pero no quiero depender de Gonzalo. Él tiene que irse a buscar la chica de París y no cargar con tres viejos.

–Tío, ya te he dicho que no hay chica de París.

–Sí hay chica de París. Sé que sigues comunicado con ella. Tere, nos cuenta.

Gonzalo elevó su mirada. Les creía. En muchas oportunidades, algo de verdad había en las palabras de su tía. Recordó que al saludarla había dicho: "Hoy, mi Frankie dijo que se ocupará de todo".

–Podríamos contratar a alguien que nos ayude para que tú no tengas que cuidarnos, hijo –agregó José.

–No. ¡No voy a meter una extraña en la casa! –gruñó Frankie–. Lo único bueno de la vejez es que, con suerte, dura poco –renegó.

–¡Calma! No es algo que tengamos que resolver ahora. Estamos bien. Yo estoy aquí. Papá no tardará en recuperarse y tú, tío, eres de gran ayuda.

–Hablas lindo –dijo una vez más porque eso pensaba–, pero la verdad es que cargas con tres viejos –insistió–. ¿De verdad crees que soy de gran ayuda? –preguntó como un niño.

–De verdad –respondió mientras su padre le hacía señas para que se lo dijera otra vez.

–Mientes, pero está bien. Ahora regresa a la posada. Nosotros vamos a mirar una película –ordenó. Una vez más, el tío Frankie ponía fin a la conversación.

Gonzalo pensó en esa tríada que lo había criado. En el desgaste que los años habían provocado en ellos y en esa esencia que permanecía.

Desde la lucidez no querían que él postergara su vida. Eso fortalecía su amor por ellos y lo alejaba de toda posibilidad de no permanecer cuidándolos hasta el último día. Se llamaba gratitud y definía a las personas.

Al pasar por la sala, vio que Teresa estaba leyendo, y se acercó.

–Hoy no vendrá Gabriel a almorzar –dijo su tía.

–Quizá lo haga mañana –respondió siguiendo el curso de la conversación. Gonzalo sabía de quién hablaba porque toda la vida había leído su obra.

—Tal vez… —en sus manos, un libro mostraba verdades. *Cien años de soledad*, de Gabriel García Márquez. Había una frase marcada: *El secreto de una buena vejez no es otra cosa que un pacto honrado con la soledad.*

CAPÍTULO 10

Batman

¿Sabes por qué nos caemos, Bruce?

Para aprender a levantarnos.

Michael Caine – ***Batman inicia***

MONTEVIDEO, URUGUAY.

Caer, levantarse, poner la otra mejilla, perder, pensar, andar en bicicleta, comprender, soltar, pintar un cuadro, ayudar, sumergirse en la música. Ir adonde no estaba y quedarse en el lugar del que había partido. Ganar, sentir, no llorar, perdonar. Leer a Hemingway… Imaginar las respuestas que no tenía y de tanto hacerlo, perderse.

No comprender, estallar, morir. Renacer como si fuera posible escapar del dolor al sentir el cansancio de pedalear hacia ninguna parte. ¿Cómo podría recuperar el tiempo perdido en idear malogrados planes? ¿Por qué la vida tenía el poder de desintegrarse en una realidad inesperada, en un amor imposible, en el sinsabor de una estocada en el centro del alma? ¿Existía un destino que juntara las partes rotas de su vida y pudiera unirlas sin huellas? Deseaba que algo así la sorprendiera.

Delante del atril donde había comenzado a pintar la fatídica tarde que Notre Dame se incendiaba, le daba paso a un enorme sentimiento. ¿Cómo pintar solo dos palabras? "Te extraño". De pronto, supo que su modo de echar de menos era de color azul. Pintaba con sus manos y marcaba los bordes que quería más finos con una tarjeta de crédito vencida que utilizaba para ese fin. Se detenía y respiraba el olor concreto de los acrílicos que se adueñaba del espacio. Su habitación era también el taller que no tenía, porque todo estaba allí. Sus sentidos lo sabían y lo disfrutaban, no era solo el lienzo, era el escenario que la abrazaba en ese momento. Paradójicamente, sumergida en su desorden, se acomodaba emocionalmente por breves lapsos de tiempo. Casi siempre descalza.

Se abstrajo por un instante como si la buena suerte golpeara las puertas de su alma. A veces, los mismos momentos no son iguales y son las intenciones las que los modifican. Solo es cuestión de comprender el valor de lo que se tiene y entender por qué la mirada encuentra únicamente "nada" para observar. Porque, definitivamente, la nada significa el "todo" desde donde hay que comenzar a escribir la historia. Exactamente en el lugar donde el vacío escribe su nombre, se encuentra el punto de partida. Justo allí, Elina se había detenido a sentir, a observar y a inspirar el aire que la rodeaba.

Reaccionó cuando escuchó un ruido en la ventana. Miró y

lo vio. No pudo evitar salir del hechizo de creación y sonreír. Un gato parecía querer entrar. Se afilaba las garras contra el vidrio. Recordó el cuento *Gato bajo la lluvia*. Había sol, pero sintió las mismas ganas de protegerlo que la protagonista de Hemingway. Abrió la ventana y el felino ingresó de un salto desde el techo del vecino y tiró el atril al suelo.

–¡Ey, amigo, vaya forma de entrar a mi vida! –el animal ronroneó como si estuviera respondiendo–. ¿De quién eres? –dijo–. Tienes identificación…

Elina se limpió las manos con un trapo viejo lleno de manchas de colores, y levantó el atril del suelo. Acomodó el cuadro en su lugar. Tomó al gato entre sus brazos. Tenía un collar azul brillante y una medallita con forma de pez. De un lado había un número de teléfono y del otro decía: "Batman". Alguien tenía sentido del humor o pertenecía a un niño al que le gustaban los superhéroes. Lo acarició y sintió que su pequeña lengua áspera le rozaba la mano.

–Eres precioso. Algo impetuoso, pero lindo –le susurró.

Se distraía con tanta facilidad que ya había dejado la pintura otra vez para centrarse en la mascota que no parecía querer abandonarla. Lo observó con cariño. Negro con una línea entre sus ojos, su hocico y parte del pecho blanca. Gordito pero muy ágil a juzgar por su manera de entrar a la casa.

Elina, para quien los días transcurrían empujándose unos a otros, evitando detenerse en su nueva condición, estaba riendo y disfrutaba el momento. Olvidó los consejos médicos y el famoso kit que la obligaba a improvisar para aliviar

los síntomas. No pensaba en Renata, su madre, ni en las preguntas de la noche anterior. ¿Acaso sería hereditario? ¿Era posible que además de un gran vacío y muchas preguntas le hubiera dejado una enfermedad como legado? Nada de eso ocurría porque estaba embelesada con la dulzura de ese gatito. Le dio leche en un recipiente y mientras la bebía, llamó al número de la placa. ¡Qué pena que debía devolverlo!

—Hola —atendió una agradable voz masculina—. ¿En qué puedo ayudarle?

—Hola… Creo que yo puedo ayudarlo a usted. Batman irrumpió en mi habitación y, aunque me lo quedaría sin pensarlo, él… bueno, tiene una identificación con este número.

—¡¿Batman?! Discúlpeme. Debe habérsele escapado a mi hijo. ¿Dónde vive? Iré por él.

—No hay prisa, está bebiendo leche y no parece incómodo —dijo con simpatía después de haberle dado su dirección.

—Estamos a pocas cuadras de distancia. Enseguida voy para allá. Mi nombre es Lisandro.

—Elina, soy Elina Fablet. Lo espero.

* * *

Un rato después sonaba el timbre. Ita bajó las escaleras y abrió la puerta.

—Hola. ¿Es usted Elina? Vengo a buscar a Batman —dijo amablemente.

—Joven, me han pasado muchas cosas en mis ochenta

años, pero tener a Batman en mi casa no ha sido una de ellas —respondió con humor—. Elina es mi nieta. Pase, está arriba.

Bernarda no sabía quién era ni por qué estaba allí, solo miró su mano y no vio alianza. ¿Por qué había mirado eso? Ella no era una vieja celestina.

Batman dormía en el sofá, justo al lado del atril, como si fuera suyo. Elina seguía pintando. Lisandro la observó de espaldas. No era demasiado alta, vestía un jean manchado con pinturas de colores y una camisa blanca suelta que no dejaba ver la forma real de su cuerpo. Su cabello estaba recogido en un rodete improvisado con un broche negro que intentaba sujetar una catarata de rizos rebeldes.

—Elina, te buscan —alertó la abuela. Entonces ella giró.

Cuando Lisandro la miró a los ojos y la vio sonreír, salió el sol más desordenado del mundo a iluminar ese espacio pequeño y lleno de cosas que obstaculizaban todo. Sintió que no podía definir el color de la energía que irradiaba, era tan diferente como ella.

—¡Hola! A Batman le gusta mi compañía, el arte y el desorden —dijo mirando al gato que seguía durmiendo.

—Perdón… ¿Quién es Batman? —preguntó Ita que no entendía.

—Es mi gato, señora. Soy Lisandro Bless, mucho gusto. ¿Y usted es…?

—Bernarda o Ita, como prefieras. ¡Pero qué divino! Puedes dejarlo aquí hasta que despierte.

—Gracias, pero mi hijo lo buscará al volver del kínder.

—Supuse que tenías un hijo fanático de los superhéroes —a Elina la enterneció imaginar un padre así. Ella no había tenido uno. Calculó que Lisandro tendría no más de cuarenta años, quizá menos. No dejaban de observarse. Él, con una mirada honesta y una expresión protectora; ella, con curiosidad.

Elina dejó los pinceles y, luego de limpiarse las manos y tirar el trapo al suelo, tomó a Batman en sus brazos y se lo entregó al dueño. Sus manos se rozaron y la energía que los recorrió hizo que se miraran a los ojos al mismo tiempo.

* * *

Dicen que los gatos poseen una conexión con el mundo mágico, invisible. Que nunca llegan de casualidad a un lugar. Así como los perros son nuestros guardianes en el mundo físico, los gatos son nuestros protectores en el mundo energético.

Dicen que cuando duermen, filtran y transforman la energía. Muchas veces el gato se queda mirando la nada, totalmente concentrado… él seguramente ve cosas que otros no. Dicen, los que tienen gatos, que esto es cierto.

Elina pensó que algo de verdad había en esas afirmaciones.

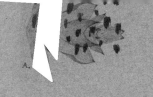

CAPÍTULO 11

Energía

El secreto de la salud física y mental
no es llorar por el pasado, preocuparse
por el futuro o anticipar problemas,
sino vivir el momento presente con sabiduría y seriedad.

Buda

Bernarda llegó a casa de Nelly, su amiga. Solían reunirse con un grupo para jugar a la generala y después, cuando el resto se iba, ellas cenaban juntas y hablaban de cosas que no querían que las demás escucharan. La cuestión no era que las otras mujeres no fueran confiables, sino que algunas eran del tipo "en mi familia todos son perfectos" y eso ambas sabían que no era cierto. No existían ni hijos, ni nietos, ni esposos perfectos. Mucho menos nueras y yernos. Lo que sí resultaba verdad era que esas mujeres mostraban la realidad que les gustaría. Bernarda y Nelly, cuyas familias estaban bastante lejos de la perfección, se agotaban de escucharlas. A veces se preguntaban por qué continuaban reuniéndose. Suponían que porque, a su modo, las querían. La vejez también enseñaba a aceptar y comprender para vencer la soledad.

Esa noche cuando se quedaron solas, la conversación tomó el color de la honestidad que compartían.

—¿Tú les crees? —dijo Bernarda.

—¿Qué parte?

—Que sus hijos son magníficos, que se llevan bien entre ellos. Que sus nueras y yernos las aman. No sé… mi familia no es ejemplo de nada. Mi hija, Renata, que en paz descanse, murió y no fue la mejor. Pobre hija. Mi Elinita es una sobreviviente, llena mi vida y es un sol, pero es desordenada. Sigue soltera y aunque tiene una profesión y treinta años, vive conmigo. No es de las que se detienen en lujos, o marcas o logros materiales…

—Bernarda, querida… Yo, que ahora de vieja aprendí "las otras verdades" justamente intentando comprender por qué tengo una hija que decidió ser monja y un hijo que se casó con una cretina que lo domina a su antojo, puedo asegurarte que no les creo. Sin embargo, es una rara paradoja, estoy segura de que no dicen la verdad, pero también creo que no saben que mienten. Ellas se convencen de que todas las relaciones familiares funcionan y de que sus hijos son exitosos porque inconscientemente saben que no son capaces de hacerse cargo de las cosas tal y como son.

—¿Por qué?

—Porque los hijos que tenemos, en buena medida, son la consecuencia de las madres que hemos sido. Eso creo.

—Pero ellos toman sus propias decisiones. Yo nunca acepté que Renata fuera así con Elina, nunca lo entendí.

—Es cierto, pero tampoco te impusiste.

—No podía. No fui capaz, era mi hija. Temí que se alejara. En vez de eso, decidí ser para mi nieta todo lo que ella le negaba.

—No te juzgo. No estamos aquí para juzgar, por eso continuamos reuniéndonos a jugar a los dados, porque nos queremos, cada una es quien es y hace lo que puede. ¡Tú y yo estamos más evolucionadas!

—Nelly, estoy muy preocupada. Elinita tiene un síndrome —dijo y extrajo un papel de su bolso—. Sjögren. Debo leerlo porque no retengo el nombre. Es autoinmune. No genera saliva normalmente, debe hidratarse de manera continua, está cansada, le duele el cuerpo y los ojos. Es posible que no pueda volver a llorar… ¿Imaginas eso?

—¿Autoinmune? Eso sí que es muy simbólico. Ella misma lo provoca… —reflexionó.

—¿Qué piensas?

—Hay que leer sobre eso, buscar el origen emocional, pero interpreto que hay algo que no se perdona y por eso, desde su inconsciente, se castiga y el cuerpo se ha enfermado. Es muy fuerte que no pueda llorar o que le sea difícil. Según cómo lo analices, alguien que no puede llorar estaría obligado al dolor encerrado —dijo y siguió—: o a ser feliz irremediablemente y de una vez por todas. Creo que ese es el caso de Elinita.

—Me das tranquilidad. Tal vez me estés diciendo pura palabrería, pero elijo creerte. ¡Tanto curso no puede ser en vano!

—Es en serio, Bernarda. El cuerpo no es solo cuerpo. Es energía, y concebirlo desde ese concepto hace que muchas enfermedades puedan mejorar desde un trabajo energético. Este tipo de tratamiento reconstruye poco a poco la salud. Hace de la sanación un viaje en el que el protagonista es siempre la propia persona y la salud no se limita al cuerpo físico, sino que abarca también otros aspectos ambientales, emocionales, mentales y espirituales.

—No entiendo bien.

—La medicina energética y las tecnologías que utiliza ayudan a entender que el ser humano no es solo una máquina biológica, sino una entidad que se expresa en un cuerpo físico, en una estructura emocional y mental, y que goza de una consciencia que le permite elegir. Desde que aprendí eso, vivo mejor. Tú lo sabes.

—Es cierto. Ya no te quejas de dolores y hasta te veo más alegre.

—Encontré el equilibrio. Es eso. ¿Qué estás pensando?

—En encontrar el mío y en qué es lo que Elina no se perdona, si ella ha sido víctima de Renata siempre… Según lo que acabas de decir, es su propia energía la que la enfermó.

—Sí, eso creo. No sé qué es lo que no puede perdonarse, tal vez esté cargando culpas que no debería. Pero verás que algo hay. Y tú… ¿Cuándo vas a perdonar a Renata y dejarla ir?

—Ya la perdoné, lo que no puedo hacer es comprenderla. Se ha ido hace años.

—No de ti.

—Es mi hija.

—Merece ser un espíritu libre, también. Ya te lo he dicho.

Renata había rechazado a Elina desde antes de conocerla. Ese embarazo no había sido deseado. Aunque jamás había confesado la razón. Nunca había dicho quién era el padre de la niña, por eso llevaba el apellido de ella.

Bernarda se lo había preguntado directamente pero solo un "no es asunto tuyo" había sido la respuesta. Era posible que la noticia del embarazo la hubiera impulsado a viajar, porque su partida había sido inesperada y por poco tiempo. O, por el contrario, también podría haber quedado embarazada estando de viaje en Europa, por las fechas. Nada sabía Ita con certeza, solo suposiciones. Renata era muy reservada, y si bien era evidente por sus actitudes que salía con alguien en Montevideo, nadie sabía con quién. Había sido una joven muy hermética, apegada a la estética y a su trabajo. Cuando Elina había nacido estaba por recibir su título de abogada y trabajaba en un estudio jurídico. Le gustaba estar siempre arreglada, las buenas marcas y era ambiciosa. Tenía una figura de modelo y cuidaba su cuerpo. El opuesto de su hija.

Elina, cuando era pequeña, tenía algunos kilos de más y el pelo con rizos que se erizaban. No le gustaba comprarse ropa y anunciaba su perfil bohemio y relajado. Sin embargo, no era posible que esa fuera la razón del rechazo materno. Era una niña dulce y hermosa. ¿Qué madre podía negarle su amor?

—Nelly, ¿qué puedo hacer para ayudar a Elina?

–No tengo todas las respuestas, pero siento que debes perdonar a Renata, primero. Encontrar tu propia paz y equilibrio.

–¡Ya lo hice!

–No. Sigues pensando que no la entiendes. Debes tratar de comprender qué sucedió para poder perdonarla en serio. Y no juzgarla.

–¿En el incendio?

–Desde que quedó embarazada. Y sí, ese incendio… Debemos averiguar detalles.

–¿Para qué?

–Elina ha generado una enfermedad autoinmune. En algún momento de su vida se originó la causa. ¿Confías en mí?

–No tengo más remedio –respondió con humor.

–Tenemos tiempo. Yo voy a ayudarte. Tú trata de hablar con Elina, que te cuente. Que te hable de Renata y veremos qué pasa.

Bernarda se fue de la casa de su amiga con demasiada información. ¿Acaso esas "otras verdades" de Nelly podían desenredar el nudo de emociones, preocupación y preguntas que cada día se le venían encima con más fuerza?

Antes de subir al taxi, elevó una mirada al cielo y le pidió a su hija que ayudara a Elina.

CAPÍTULO 12

Variables

Pronto me conocerás bien, todo depende
de una compleja combinación de variables.
Por ahora basta con decir que, tarde o temprano,
apareceré ante ti...

Markus Zusak

MADRID, ESPAÑA.

Melisa había abandonado París y se encontraba en Madrid. De todos los lugares del mundo que visitaba, España era su favorito. No por el idioma, porque hablaba francés, inglés, italiano y portugués, además de castellano, sino porque allí tenía una relación con Pablo, el gerente de una de sus sucursales.

Esa mañana la despertó una caricia en su rostro. Las manos de ese hombre lograban decirle más de lo que era capaz de escuchar en palabras. Sentirlo cerca parecía detener el tiempo para ella. Era algo diferente. La colmaba de plenitud.

Despacio y sin decir nada, Pablo comenzó por besar su cuello mientras ella se entregaba a un nuevo día que señalaba un placer inminente. Sus bocas se encontraron. Sus lenguas, sedientas de repetir la noche y beberse las ganas antes de estallar, se enlazaron en la magia tibia de una lucha por dar más excitación al momento. Estaban desnudos. Pablo se ubicó sobre ella y sus cuerpos se amoldaron como si la única manera de sentirse completos fuera dejar de ser el otro para convertirse en uno solo.

—Te amo, lo sabes —dijo Pablo. Y detuvo su movimiento dentro de ella. Miró sus ojos cerrados y vio su alma.

—No te detengas… —respondió con sus brazos presionándole la espalda como si fuera posible que ese hombre se metiera con mayor intensidad en todo su ser.

Los besos se devoraban las palabras. El deseo consumía cada centímetro de la intimidad que disfrutaban. Y se decían lo que sentían. Se pedían lo que les gustaba. Se descubrían más y mejor en cada puñado de caricias. Sentían su calidez y encendían nuevas posiciones que los encontraban cada vez en el ímpetu de hacer el amor sin prejuicios.

Juntos, sin más sonidos que los de la respiración agitada, el eco de la humedad y el ruidoso silencio del amanecer que afuera marcaba la vida, se entregaron a lo que elegían hacer. Ambos alcanzaron un orgasmo que no les permitió pensar en nada más.

Silencio y sudor fueron la antesala.

—Quédate.

—No puedo, Pablo. Aunque quisiera. Lo sabes.

—¿Es por Dylan? Puede venir aquí.

–No. También lo sabes. Dylan vive en Uruguay con Lisandro, y conmigo cuando regreso. Nunca mudaré al niño.

–*Nunca* es demasiado definitivo, ¿no te parece? –le hablaba en un tono reflexivo. Pablo jamás reclamaba o cuestionaba. La quería demasiado. El problema era que cada vez la extrañaba más y tanto amor comenzaba a lastimarlo.

–No. Nunca es la verdad. No pido que lo entiendas, pero así es.

–¿Sigues enamorada de él? ¿Es eso?

–Amor, ya te lo expliqué muchas veces. Lisandro y Dylan son las dos personas por las que yo haría todo en esta vida, pero no estoy enamorada de él. Lo quiero mucho, claro que sí, porque es un gran padre y porque gracias a él he tenido la posibilidad de ser madre. Sé que no soy como otras mujeres, pero amo a mi hijo a mi manera. Y los tres funcionamos bien. Mudarnos aquí contigo no es una posibilidad.

–¿Me sigues amando?

–Por supuesto. Tú eres el hombre que elijo. Mi pareja.

–Pero pareja es estar juntos, Melisa. No solo cuando vienes a Madrid, sino siempre. Tener proyectos. ¿Cómo imaginas tu futuro? Porque el mío lo veo contigo.

Melisa sintió angustia. Ser como era le dolía en momentos como ese. Se había enamorado de Pablo, pero su independencia y su libertad eran vulnerables a ese sentimiento. Buscaba las palabras para no romper el hechizo. Le encantaba estar con él.

–Yo soy la misma mujer que conociste. Nunca te he mentido. Mi lugar es el mundo, pero mi hijo es el sitio adonde

siempre regresaré. Y él vive con Lisandro. Jamás intentaría que eso cambie. Soy nómade, pero ellos son mi alianza con la estabilidad y el límite que decidí ponerle a mi modo de vivir. De verdad, te amo, pero no voy a vivir aquí.

Pablo la acercó hacia su pecho y ella apoyó allí su cabeza. Acostados, siguieron hablando sin mirarse a los ojos.

–Te quiero conmigo, cada día, no cuando tu agenda marca Madrid. Te necesito. Quiero una familia.

Melisa se apartó del abrazo.

–No quiero lastimarte, pero yo ya tengo una familia.

–No conmigo. Trae a Dylan, quiero pasar tiempo con él y veamos qué sucede.

Por un instante, la idea invadió a Melisa como una posibilidad.

–Lo pensaré –se animó a decir. Lo cual era en sí misma toda una revelación contra sus convicciones. ¿Acaso era capaz de modificar algo de lo que había construido junto a Lisandro? ¿Qué diría él?

–Es un buen comienzo –respondió antes de llevarla en andas hasta la ducha donde bajo el agua volvieron a empezar el ritual de sentirse.

* * *

Lisandro y Juan tomaban un café en el bar de siempre. El tema de conversación comenzó siendo María.

—No la soporto, amigo. Es mala y ventajista. Quiere dinero y más dinero.

—No es mala. María hace lo que puede, ella se imaginó casada para siempre y, por tu culpa, está sola y dolida. No es ventajista. ¿Qué dices? La conozco bien.

—¿De qué lado estás? Me llamó un abogado. Te digo que pretende todo lo que gano y lo sabe. Conoce mi economía. Soy psicólogo como tú, no somos ricos. Hubiéramos estudiado otra cosa de querer serlo.

—Estoy del lado de Antonia. Tú y ella están equivocados. Nada de lo que hacen está bien. ¿Por qué no intentas hablarle?

—Porque no se puede.

—Eres psicólogo. No tomes el camino más fácil. Tú sabes que eso no es cierto —lo provocó.

—¿Y si tú la llamaras?

—No. No corresponde. No voy a meterme.

—Te envidio. Lo sabes. Tú y Melisa…

—Ya sé: "una separación soñada" —repitió y ambos rieron—. Prométeme que intentarás hablar con María y te cuento algo —propuso a modo de canje emocional. Su amigo era demasiado curioso como para no preguntar y él, por raro que se sintiera, quería compartir lo que le ocurría.

—¿Qué pasó?

—¿Hablarás con María?

—No me extorsiones. ¡Cuéntame!

—Batman se escapó.

—¿Lo encontraste? —Juan amaba los animales y Batman era un regalo que él le había hecho a Dylan, era su padrino.

—Sí. Ese es el tema.

—No entiendo…

—Me lo devolvió una mujer. Llamó al número que tiene en su identificación y fui a su casa a buscarlo. Vive muy cerca.

—¡No me importa dónde vive! —dijo con brutal honestidad—. Si la nombras es por algo. ¿Qué es?

—Es que no puedo dejar de pensar en ella… —confesó. Al escucharse se sorprendió. Como si al decirlo se convirtiera en una verdad innegable. Se sentía atraído.

—¡Ah, bueno! Esto sí que es genial. ¡Por fin! Cuéntamelo todo.

—Bueno, no hay mucho. Una mujer me llamó para decirme que Batman había entrado por su ventana. Dijo que se lo quedaría sin pensarlo, pero que tenía identificación. Fui a buscarlo y me atendió la abuela, una señora grande que me hizo pasar sin temor alguno. Subimos a un apartamento en un primer piso a dos cuadras de casa. Fuimos a una habitación tan desordenada como jamás vi otra. Ella pintaba. Batman dormía a su lado en un sofá como si fuera su casa. Era todo muy extraño, hasta que giró y sonrió.

—¿Qué pasó entonces?

—Sentí que salía el sol. Mi mundo se dio vuelta. La hubiera mirado por siempre.

–¿Tan linda es?

–No lo sé, pero es diferente. Tenía un jean roto, una camisa blanca holgada. Manchas de pintura de colores, el pelo desalineado. Rizos.

–Bueno, esa descripción puede ser sexy, pero definitivamente no es elegante.

–No. No es ese su estilo. Pero algo en ella me llamaba. Se quedó en mí. Sé que es especial. Sabes bien que esto no me pasa desde Melisa.

–¿La invitaste a salir?

–¡No! No iba a quedar así de osado. Igual no lo pensé, no pude pensar en nada porque no podía dejar de mirarla.

–¿Y ella?

–Ella parecía seguir con su obra cuando la verdadera obra de arte en esa habitación era ella misma. Si hubieras visto cómo alzó a Batman y me lo dio…

–No imagino nada extraordinario en ese hecho más que con cariño –agregó.

–Sí, lo hizo con ternura, pero cuando sus manos rozaron las mías, nos miramos…

–¿Y? –preguntó ansioso.

–Y nada, eso. Nos miramos.

–¿Cómo se llama?

–Elina Fablet.

–Estás fuera de práctica. Tienes su nombre y su dirección y la excusa perfecta para volver a verla.

–¿Cuál?

—Batman. Llévalo y déjalo en su ventana. Entonces, volverá a llamarte.

—Ni loco. Tengo también el número de celular desde el que se comunicó.

—Llámala.

—No.

—Mándale una foto de Batman, no sé, algo, para ver qué responde.

—No lo sé…

—¿Qué cosas había en la habitación?

—No me detuve mucho en eso porque no podía dejar de mirarla —repitió— pero estaba llena de ropa arriba de una cama sin tender. ¿Por qué lo preguntas?

—Para saber si había objetos de hombre y poder inferir si vive con alguien o no.

—No lo sé. No recuerdo que nada llamara mi especial atención. Supongo que no.

—Bueno, pensemos en positivo. Quizá esté sola. El tiempo irá diciendo. Eso espero, lo digo porque yo me estoy involucrando más de lo que me gustaría con alguien que solo puedo ver cuando logra mentirle al esposo, y no quisiera eso para ti.

—Yo no soy así y lo sabes. *¿Involucrando?* —repitió—. ¿Podrías definirme el alcance de esa palabra en este caso?

—Tengo el mejor sexo que tuve en mi vida.

—Entonces, solo una parte de tu cuerpo está hablando —dijo riendo. Lo conocía bien.

—¡Puede que tengas razón! ¿Y Melisa?

–Está en España.

–No, digo… ¿Sigue sola?

–Melisa nunca está sola. Nos tiene a nosotros.

–Cierto. ¡La separación perfecta!

La conversación continuó en torno a Elina, pero Juan no logró convencerlo de que la llamara. ¿Por qué se resistía tanto a acercarse si después de mucho tiempo era la primera vez que se sentía distinto frente a una mujer?

CAPÍTULO 13

Planes

Poner fin a los plazos, a las esperas, a las condiciones.
Poner fin al miedo a ser y al temor a no haber sido.
Apagar el fuego de las causas perdidas.
Poner fin... y seguir, porque la vida no siempre está de espaldas.

Laura G. Miranda

E ra sábado y no permitiría que el tal Sjögren lo arruinara, lo había decidido. Se levantó temprano, puso el libro de cuentos de Hemingway en su mochila pequeña, colocó gotas en sus ojos, tomó una botella de agua, se puso gafas de sol y montó su bicicleta vintage.

Escuchaba música con sus auriculares. *Ride*, de Twenty One Pilots, parecía dedicarle su letra. Pedaleaba rumbo a la playa sintiendo la brisa en su rostro. Era una sensación placentera. Pensaba en Gonzalo... Con él todo sería más fácil, pero la vida le negaba también esa posibilidad. Sus caricias se habían quedado pegadas a su piel y era tan dulce que el solo hecho de escucharlo le daba tranquilidad. Le había prometido que volverían a verse y ella elegía creerle. En su cara se dibujó una sonrisa al recordar a Batman. Ese irresistible gato bicolor había irrumpido por la ventana de su dormitorio luego de rascar el vidrio para que ella le abriera.

De pronto, estaba reviviendo la sensación de rozar la mano de su dueño. *Lisandro Bless*, había dicho. Recordaba su nombre, toda una odisea para su distracción. Es que le había gustado. Era lindo y transmitía paz. Con tristeza, supuso que era casado. Y además tenía un hijo. En ese sentido, Elina no enfrentaba sus principios. Hombres comprometidos no entraban a su vida.

Todavía le divertía evocar la manera en que Ita, sin previo aviso, lo había dejado entrar al apartamento y luego a su dormitorio. Su abuela no cambiaba más, era confiada por naturaleza. Cuando le reclamó que debía ser más cautelosa, le había respondido: "Vivo contigo. Corro más riesgos con tu desorden, tropezando con cosas todo el tiempo que dejando entrar al dueño de un simpático gato superhéroe". Volvió a sonreír.

Bordeando el boulevard, continuaba la lista de reproducción con *Heathens*, *Stressed out* y *Lane boy* de Twenty One Pilots. Entre los reveses de sus recuerdos, comenzó a acelerarse su respiración. De pronto, se detuvo y miró hacia el horizonte. El sol quemaba y la imagen del fuego avanzó sobre ella. Una ráfaga de momentos que no podía olvidar. Llamaba a su madre. Se había ido de la música y de su realidad. ¿Por qué lo que su memoria había retenido del incendio era parcial? Ella sabía que no era todo. Intentó volver con su mente a esa

noche. Recordaba la desesperación, el calor agobiante, el fuego signando su vida, la delineada imagen de la luz de las llamas como un destello en la parte baja de la puerta de su habitación. Miró su mano, siguió hacia su antebrazo descubierto y la cicatriz la enfrentó al momento en que se había quemado intentando salir a buscar a Renata. La toalla la había protegido en el segundo intento. Siguió pedaleando y el sonido de los objetos ardiendo se mezclaba con la música. La acústica eran chispas que crujían el incendio de aquella noche mientras su entorno era el de un día de sol. Se detuvo y bebió agua. Continuó sin soltar sus pensamientos.

Lo tenía grabado con exactitud, aunque en cada oportunidad su memoria selectiva parecía detenerse en algunos detalles y no en otros. Sin embargo, con esa certeza que se siente cuando se sueña y cuando se intuye, sabía que había ocurrido algo más entre el momento en que había logrado abrir la puerta de su habitación y vio abierta la del dormitorio de su madre, y su decisión de arrojarse por la ventana. ¿Por qué lo había eliminado de su consciencia?

Su único plan en la vida había sido ser amada por su madre. Su Norte más claro. No lo había conseguido. La niña gordita, que avergonzaba a la preciosa Renata Fablet, volvía a ella como una señal de culpa. Su madre había sido bella, inteligente y ordenada. Su fatal opuesto. ¿Qué había hecho Renata la noche del incendio, luego de la discusión? ¿Qué había hecho Elina, luego de ver abierta la puerta de su dormitorio?

De repente, Stella la sacudió.

—Elina, ¿estás bien?

—No. No lo estoy. ¿Qué haces aquí?

—Quedamos en encontrarnos allá enfrente a desayunar. ¿Lo recuerdas? —dijo señalando una confitería donde solían ir—. Me dijiste que viniera en bici.

—¡Cierto! Perdón, ya sabes, soy distraída —dijo.

—Estabas como en trance. ¿Qué ocurre?

—Recordé el incendio, pero no quiero hablar de eso —agregó—. Vamos, te contaré mientras desayunamos cómo Batman entró a mi dormitorio.

Stella la miró sorprendida. Jamás se aburría con Elina.

—¡Soy más grande que tú, no me tomes por tonta!

—¡Créeme!

—¿Qué dirías si yo sostuviera que el Hombre Araña vino a visitarme?

—¡Que puede ser!

Ambas conversaron y rieron. Stella no podía creer la historia. Deseaba que el tal Lisandro fuera una posibilidad para su amiga. La manera en que lo había conocido era prometedora. Salía de todo lo habitual.

—¿Qué piensas? —preguntó Stella.

—No pienso. Planeo ser feliz. Mi síndrome no me deja opción.

Para ellas, la amistad era también eso. Sentirse completas solo compartiendo el tiempo. Por un rato habían soltado sus preocupaciones. En sus auriculares sonaba *Believer* de Imagine Dragons. Amaba la música.

CAPÍTULO 14

Origen

*Una historia no tiene comienzo ni fin:
arbitrariamente uno elige el momento de la experiencia
desde el cual mira hacia atrás o hacia adelante.*
Graham Greene

NOVIEMBRE DE 1988. MONTEVIDEO, URUGUAY.

Renata Fablet estaba cansada. Sabía que nadie más que ella tenía la culpa de sentirse así. No era agotamiento físico o sí, pero no debido a actividad extenuante, sino a que ya ni su cuerpo soportaba la espera. Sus pensamientos no resistían tantas expectativas en vano, noches de insomnio, promesas rotas, palabras de amor encerradas en una clandestinidad que por derecho no merecía. Lágrimas que le quemaban los sueños y esa decisión de poner fin que se alejaba cada vez que sentía que era capaz de hacerla propia. Las dudas sobre su determinación y, a la vez, el miedo de enfrentarse a sí misma y a su debilidad. ¿Sería suficiente el escenario que había elegido? ¿Era París una buena idea?

Llegó a la oficina. Solo estaba Elías Fridnand. Analizaba un caso importante. Era el abogado dueño del estudio jurídico. En pleno auge de su carrera profesional, había contratado a Renata porque había reconocido en ella potencial. Nunca imaginó que, además de eso, caería rendido ante su belleza y encanto natural. Hasta ahí todo podría haber sido el inicio de una linda historia de amor, pero no. Elías era casado, padre de dos niños pequeños y con una vida casi perfecta.

Al verla, se puso de pie y la besó antes de que pudiera reaccionar.

—Te esperaba…

—¿Para qué?

—Para esto —dijo y volvió a besarla—. Te extrañé.

Renata no podía resistir la cercanía de sus latidos sin que eso la envolviera en la ceguera de olvidar, mientras duraba el tiempo a su lado, que no era la única mujer en su vida. Tampoco la más importante.

Elías tomó el rostro de ella entre sus manos.

—¿Qué sucede? —preguntó. La conocía bien.

—Estoy cansada de compartirte. Me enamoré. No quería hacerlo, pero evidentemente no supe evitarlo.

—Shh… —la calló acercando su cuerpo al de ella. Con caricias suaves y atrevidas que recorrían su intimidad, comenzó a desabotonarle la camisa y a provocarle con los labios sus pechos, que reaccionaron de inmediato—. Pídeme que te haga el amor aquí, sobre el escritorio, y lo haré —susurró.

Renata se entregó a la irresistible pasión de lo que sabía que sería dolor solo minutos después. Lo atrajo hacia su boca y lo besó con intensidad. Con las manos le acarició la espalda y se detuvo en los glúteos ejerciendo presión hacia ella. Sintió sobre su pubis la hombría perfecta.

—Hazme el amor, ahora, aquí —pidió entre la agitada respiración y la humedad que crecía.

A horcajadas y a medio vestir, Elías la apoyó sobre su mesa de trabajo, recorrió con su lengua la incipiente excitación y luego entró en ella. Sintió que su lugar en el mundo era allí, entre sus piernas. La quería, la deseaba y reconocía que era la mujer con la que hubiera deseado compartir todo. Segundos después, un orgasmo diferente se anunciaba. Renata se arqueó y se sujetó con una de sus manos del borde del escritorio. Los expedientes cayeron al suelo con su movimiento. Ella estalló en mil partículas de placer.

—Te amo… —dijo él.

Renata no respondió porque se entregó a sentir cómo la tibieza de ese amor se derramaba en su interior sin que ninguno de los dos pensara en el futuro.

Agitados todavía, se levantaron, acomodaron su ropa y se miraron. Había que hablar. Ella tenía algo que decir y lo hizo.

—Elías, me voy.

—¿Adónde?

—Contraté un viaje. Me voy a Francia. Necesito distancia.

—¿Cuándo decidiste eso? ¿Por qué tan lejos? No puedo estar sin ti, lo sabes.

—Ayer —respondió a la primera pregunta—. Me voy porque tampoco puedes estar sin ella. Quizá me valores o puedas tomar una decisión en mi ausencia.

Elías sintió un nudo en la garganta. Hablaba en serio. Lo decía su expresión más que sus palabras.

—Tú eres mi vida.

—Déjala y me quedaré. Mejor aún, podemos viajar juntos.

Silencio. Aire asfixiante. Energía densa. Cobardía. Esperanza. Estadísticas. Lo de siempre.

—No puedo. Tengo dos hijos. No les haré eso.

—Te has cansado de decirme que tu mujer no te da lo que yo…

—No quiero hablar de ella contigo. No deseo lastimarte.

—Lo haces.

De pronto, y contra toda previsión, Elías la abrazó y se puso a llorar.

—Me encantaría irme a París contigo, pintar un cuadro juntos, ser desordenado y poder improvisar tu alegría. Ser lo que no somos y hacer las cosas que nunca fuimos capaces de hacer con nadie —confesó como si fueran sueños imposibles—. Pero no puedo. Nunca dejaré a mi familia, jamás me atreví a dar una pincelada y soy completamente previsible.

—¡Me amas! ¿Por qué no puedes permitirte hacer las cosas que te harían feliz?

—Porque te conocí tarde. Mereces más de lo que yo puedo darte. No es justo para ti. Quisiera ser capaz de animarme, pero no lo soy. Perdóname.

Mereces más. Las palabras más absurdas del mundo.

Renata no pudo contener las lágrimas, lo besó en la boca y se fue sin mirar atrás.

* * *

PARÍS, FRANCIA.

Dos días después, estaba en París mezclada entre otros turistas. Descansaba sobre el césped frente a la Torre Eiffel, observando la ciudad del romance y pensando en Elías, cuando un extraño se sentó a su lado. También parecía estar más adentrado en sus recuerdos que en la inmensidad perfecta de una torre que se elevaba segura delante de sus ojos.

Era otoño en París, las temperaturas descendían durante el mes de noviembre. Renata cerró los ojos y suspiró. Llevaba un gorro de lana que combinaba con su bufanda y guantes de color rosa pálido. No sentía el frío que en verdad hacía. A veces, la nostalgia conlleva el calor de lo que se extraña. El hombre que se había sentado a su lado tomaba algo caliente en un envase térmico. Olía a café. Sin mirarla, le convidó acercando el recipiente a la altura de sus manos. Ella aceptó sin decir nada. Hablaban el lenguaje del silencio y miraban en el mismo sentido. Se sintió cómoda.

Unos minutos después, ella le devolvió el café y se recostó sobre el césped. Miraba el cielo interrumpido por la torre. El extraño hizo lo mismo.

–¿Por qué miramos hacia arriba si podríamos subir? –preguntó Renata y llamó su atención.

–Supongo que Antonio Porchia tenía razón. Miramos hacia arriba porque de otro modo creeremos que somos el punto más alto –respondió en español.

–Tiene sentido. ¿Cómo te llamas?

–Santino Dumond. ¿Y tú eres…?

–Renata.

–Es evidente, Renata, que a los dos nos sucede algo de lo que no queremos hablar.

–Perdóname, pero no eres muy intuitivo. Estamos solos, suspirando en París y compartimos un café en silencio frente a la Torre Eiffel. ¡Yo diría que no hace falta un adivino aquí para llegar a esa conclusión! –sonrió.

–Tienes razón –admitió y sonrió también–. ¿Entonces?

–¿Entonces qué?

–¿Lloraremos en un rato o inventamos algo?

–No voy a llorar y no se me ocurre qué podríamos inventar –dijo con curiosidad.

Empezaba a disfrutar la compañía de ese tal Santino. Lo miró. Vestía un jean y un abrigo grueso. Sus ojos eran oscuros y tenía el cabello ondulado. Le pareció bohemio y atractivo. No lo hubiera mirado en Uruguay, pero estaba en París.

–¿Qué haces aquí? –preguntó ella.

–Vine a buscar respuestas. Cuando algo me agobia, tomo mi libro favorito y vengo aquí. Es la "torre del poder".

–¿Por qué la llamas así?

–Porque todo es más pequeño cuando la miro desde este lugar. Piensa en lo que recordabas cuando te sentaste aquí. Ahora mira la torre. ¿Acaso no es pequeño el tamaño de tu pensamiento?

Renata lo hizo. Era verdad, comparado con la imponente estructura de hierro, Elías era solo un paso en miles de kilómetros. El extraño se ganaba su protagonismo.

–¿Qué libro trajiste?

–*El viejo y el mar*, de Ernest Hemingway.

–Tienes personalidad. No cualquiera interpreta a Hemingway –respondió.

Santino sintió un impulso y lo siguió.

–Te propongo algo: vivamos aquí y ahora, como si no tuviéramos pasado ni futuro. Ganémosle la partida a la angustia que nos hizo mirar el cielo.

–¿Y cómo sería eso?

Santino tomó su mano, corrió su guante en busca de la piel y la besó con dulzura. Necesitaba sentir qué le provocaba el contacto físico con esa hermosa mujer, aunque fuera mínimo. Quería percibir su energía antes de ir por su locura. Renata sonrió y el beso tuvo sabor a olvido. Solo pensó en sus latidos que se aceleraron con la sorpresa. ¿Quién era ese desconocido que había echado de sus pensamientos el recuerdo de Elías aunque fuera por solo ese momento?

–Sería así: subimos a la torre, caminamos, corremos, no sé, lo que nos dé la gana. Solo por hoy –dijo. Se puso de pie

y estiró su brazo para que ella tomara su mano y aceptara el desafío de esa felicidad temporal–. Sin preguntas.

Renata pensó que no tenía nada que perder.

No solo subieron a mirar París desde los observatorios del tercer piso de la torre, sino que caminaron, conversaron y rieron. Bebieron chocolate caliente en un típico café parisino, visitaron la librería Shakespeare & Company y se besaron varias veces antes del atardecer.

Una Renata que no conocía habitó su cuerpo y su alma. Fueron a Montmartre y, delante del muro de los "Te quiero", fue ella quien buscó su boca y desató lo que luego no pudieron detener durante los siguientes días. Nunca supo de qué manera llegó a una pequeña vivienda muy cerca de allí. Entre muchos objetos y música en francés, ese hombre desapegado a las estructuras, llamado Santino, despertó su sentido más profundo de libertad. Hicieron el amor o algo parecido al amor los hizo a ellos dos. Habían conseguido desarraigar de sus memorias las razones por las que habían observado la Torre Eiffel en silencio, respirando el frío de la soledad y la desilusión, aquel día de noviembre.

* * *

Pero, como suele suceder con los encantamientos, aquello terminó el mismo día que un pasaje de regreso, poco tiempo después, traía a Renata a enfrentar la decisión más importante de su vida.

Los primeros días del mes de diciembre, un resultado positivo confirmaba su embarazo. No lo deseaba. No quería pensar en las posibilidades.

¿Cuál era el origen de esa vida que le arrancaba el futuro? Un mundo de dudas se atrevía a latir y crecer en sus entrañas.

CAPÍTULO 15

Consecuencia

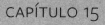

Eres libre de tomar tus decisiones,
pero prisionero de sus consecuencias.

Pablo Neruda

MAYO DE 2019. MONTEVIDEO, URUGUAY.

Lisandro despertó con el sonido de su celular vibrando que indicaba una llamada. Miró la pantalla. Era Julieta Weber, su paciente, pero era pasada la medianoche. Se incorporó en la cama y atendió.

—Hola, Li… Perdón por llamarte tan tarde pero no sé qué hacer —dijo la joven. Sonaba muy acongojada—. Algo horrible sucedió.

—Tranquilízate. ¿Dónde estás?

—En mi casa.

—Bien —respondió. Primero debía averiguar que estuviera segura. Sin duda el problema era con su madre—. Ahora cuéntame.

–Bueno. Yo salí con mi novio y después de tomar una cerveza fuimos a un hotel. En realidad, fui yo la que insistió porque quería saber cómo era –aclaró–. Siempre dormimos en su casa. ¿Estás ahí? –preguntó.

–Sí, te estoy escuchando. ¿Qué sucedió?

–Bueno, supongo que conoces esos lugares. Llegamos y Fran dejó el auto en el estacionamiento. Todo estuvo perfecto hasta que salimos de la habitación –dijo y se puso a llorar al recordar.

Lisandro imaginó algo parecido a lo que después escuchó.

–Deja de llorar y continúa.

–Un hombre salía de la habitación de al lado justo en el mismo momento, yo miré para abajo porque me dio vergüenza y, entonces, vi el calzado de la mujer que lo acompañaba. Eran las botas floreadas que mamá compró en España. Me quedé sin aire y levanté la vista… Imagina el resto.

–¿Qué hiciste?

–Le dije que era una basura y corrí al auto. Franco me siguió y me trajo a casa. Quería que me quede con él, pero yo estoy furiosa y quiero contarle a papá. ¿Qué hago?

–Escúchame bien. Esto es lo que harás: quiero que llames a Franco y le pidas que te pase a buscar. Ve a dormir a su casa. ¿Tu papá está despierto?

–No.

–Mándale un texto para que no se preocupe al despertar. Luego, nos veremos en la consulta y decidiremos juntos cómo continuar. Si antes de eso me necesitas, puedes llamarme,

pero evita confrontar hasta que podamos analizar qué es lo
más sano para ti.

—La hija de puta no para de llamarme. No la he atendido.

—No lo hagas. Llama a tu novio y avísame si puede ir por ti.

Minutos después, Julieta volvió a llamarlo.

—Mamá acaba de entrar a la casa. Fran está viniendo. ¿Qué hago? No quiero verla.

—Irá a tu habitación. Dile que por ahora no hablarás con ella y que esta noche no dormirás allí.

—No cortes.

—No lo haré. Si hay problemas la comunicas conmigo.

—Espera… Fue directo a su dormitorio —un mensaje le indicaba que su novio estaba afuera—. Fran llegó —le avisó.

—Okey. Sal de la casa y procura descansar. No hagas nada hasta que hablemos y si hay dificultades vuelves a llamarme. ¿Está bien?

—Sí… Gracias.

—Tranquila. No me agradezcas, hiciste bien en llamar.

Lisandro se quedó despierto pensando en la situación. Fue a la habitación de Dylan y lo vio descansar. Batman a su lado dormía también. Recordó a Elina por asociación. Su gato ya no era solo su mascota. Sonrió. ¿Volvería a encontrarla?

Arropó al niño, lo besó. Acarició al animalito que ronroneó. Desvelado se fue a la cocina por un café.

Dejó el teléfono sobre la encimera y encendió la cafetera eléctrica. Entonces, su celular volvió a vibrar. Miró la pantalla esperando que fuera Julieta otra vez, pero no, para su sorpresa

era su amigo Juan. Atendió de inmediato, no era habitual que lo llamara tan tarde.

—Juan, ¿qué pasa? —preguntó preocupado.

—A mí nada, directamente, pero necesito un consejo.

—¿A esta hora? No sigues los que te doy de día... ¿Por qué lo harías de madrugada? —reprochó con humor.

—Es cierto —ambos rieron—. En serio.

—Estoy preparando café... si quieres venir.

—¿Café? Bueno, voy, pero prefiero un whisky.

Unos minutos después, estaban juntos conversando y Juan fue al punto sin rodeos.

—¿Qué le aconsejarías a una mujer que tiene un amante y acaba de ser descubierta por su hija adolescente en un hotel alojamiento?

Lisandro casi escupe el café.

—Dime que el amante no eres tú —suplicó.

Silencio.

—¡Por Dios, Juan! ¿Sales con Mercedes Weber? —preguntó casi sin dudas. No podía ser coincidencia un hecho parecido en la misma noche. Conociendo a su amigo y a la madre de Julieta, ambos perfiles cerraban.

—¿La conoces?

—Soy el terapeuta de su hija y estoy despierto porque acaba de llamarme para contarme lo que pasó.

—¡No puede ser! Bueno, mejor que seas tú. ¿Qué te dijo?

—¿Mejor que sea yo? ¿Qué parte de que es mi paciente y la respeto como tal, no comprendes? —estaba enojado.

—Sabías que salía con una mujer casada. Nunca te dije el nombre porque no lo preguntaste —se excusó—. Yo no sabía que atendías a su hija.

—¿Qué dijo Mercedes? —preguntó solo pensando en el modo de ayudar a Julieta. Los adultos involucrados apestaban en ese momento.

—Se puso muy mal. Comenzó a llamarla, pero la chica no le respondió. Tiene miedo de que le cuente al padre. Lloraba. Qué se yo, un lío.

—¿Lo único que le preocupa es que Julieta le cuente al padre? —preguntó indignado.

—No. Es buena mujer. Solo está aburrida en su matrimonio, pero a su hija la quiere. La verdad, un desastre. Me gusta acostarme con ella, pero imagínate que lo último que yo quiero son problemas. Para eso tengo los míos.

—¿Entonces?

—Entonces nada. Estoy pensando en abrirme, correrme, aunque ella me guste mucho —dijo—. Encima tú en el medio.

—A ver si nos ordenamos un poco. Yo no estoy en el medio de nada. Tú solo la estabas pasando bien y Mercedes también. Ninguno de los dos pensó en las consecuencias.

—No es mi hija. Yo no debí pensar en ella.

—Tampoco pensaste en la tuya. ¿Qué harías si María hiciera lo mismo y Antonia la descubriera?

—¡La mato!

—Además, tú me dijiste que te estabas "involucrando más de lo deseado" —lo citó textual.

—Sí, pero no te dije que puedo dejar de hacerlo con la misma facilidad, creo.

Lisandro estaba furioso. Los vínculos no debían destruirse así, sin más, en ningún rol.

—Es hora de que pienses que en esta vida todo vuelve. Lo mejor que puedes hacer es madurar un poco. Hoy por hoy no sabes quién es quién. Ni los riesgos que corres.

—No te entiendo.

—Si tú estuvieras casado, una adolescente llega a tu esposa por medio de las redes en un minuto. De hecho, Julieta podría hacer que su padre se entere sin hablar con él, o contarle a Antonia, no lo sé... —le daba náuseas pensar las variables posibles.

—Por favor, cállate. Me pones nervioso. Dime qué debería hacer Mercedes —pidió—. Eso también ayudará a tu paciente.

—En primer lugar, no le dirás que eres mi amigo. Mucho menos que viniste aquí y que su hija me llamó. ¿Entiendes que el secreto profesional está en juego? Tú eres psicólogo también.

—Sí, por supuesto.

—¿Por qué me preguntas a mí que debería hacer ella? ¿Qué aconsejarías tú?

—Soy parte. No puedo aconsejarla. En otro caso le diría que blanquee su situación y que considere un divorcio, pero no por mí, sino por ella. No es feliz. Sin embargo, sé que si le digo eso pensará que tiene un futuro conmigo, y no es así. No quiero problemas. Como te dije, para eso tengo los míos.

—Lo mejor que puedes hacer es alejarte. Si ya lo tienes de-

cidido, si no hay futuro con ella, déjala. De ser posible, ella misma debería enmendar su error.

–¿Qué le dirás a la hija?

–No lo sé. Debo escucharla primero y ver cómo se desarrolla todo el cuadro familiar.

–Lo siento. Por la chica, digo. Nunca pensé que podía ocurrir una cosa así.

–Esto recién comienza. Tu responsabilidad no es con la familia Weber, sino contigo y lo que haces. Deberías pensar más, no poner en crisis tus valores, porque los tienes –dijo–. O los tenías –agregó.

Siguieron conversando hasta la madrugada. Mercedes no se comunicó y Julieta tampoco.

Las causas de las acciones de las personas suelen ser más complejas y variadas que las explicaciones posteriores. Por la mañana, la culpa había hecho su trabajo y Juan le envió un texto a su ex.

JUAN:

María, ¿podemos encontrarnos para hablar?
Solo quiero que tú y Antonia estén bien.

MARÍA:

Habla con mi abogado.

Lisandro amaneció sin poder dar crédito a lo sucedido. Agradeció la relación que lo unía a Melisa.

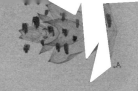

CAPÍTULO 16

Destino

> *El destino, el azar, los dioses, no suelen*
> *mandar grandes emisarios en caballo blanco,*
> *ni en el correo del Zar. El destino, en todas*
> *sus versiones, utiliza siempre heraldos humildes.*
>
> Francisco Umbral

GUADARRAMA, ESPAÑA.

Como cada día, Gonzalo interrumpió su tarea en la posada para ir a la casa a ver cómo estaba la tríada. Le gustaba llamarlos así a su padre y sus tíos. Afortunadamente, José iba en progreso con la rehabilitación de su fractura, pero no por eso era el mismo de antes. Dos cosas habían cambiado radicalmente en él. Una era la seguridad, ya no estaba allí. Se sentía vulnerable, algo que solo lograba equilibrar con la compañía de su hermano Frankie, que era obstinado como una mula. La otra, el miedo. José nunca había sido temeroso, pero a partir de la caída, aunque no lo decía, estaba asustado.

La vejez era autoritaria y arrasaba con la lógica de las vidas sin pedir permiso. De un día para otro, por un hecho de segundos, las personas comenzaban a sentir que eran viejas, como si eso hubiera sucedido en un momento y no fuera consecuencia inevitable del transcurso del tiempo. Como si el espejo no se los viniera anunciando con una voz silenciosa desde las primeras arrugas, los reiterados olvidos de la memoria o los nuevos dolores físicos. En los casos más tristes, a todo eso se suma la soledad. Los años traen con ellos la experiencia de una señal constante que la mente lúcida resiste: su paso veloz.

Debería existir la posibilidad de enfrentar la vejez desde un lugar más justo. Las batallas deberían ser a todo o nada, matar o morir, pero decididamente alguien estaba fallando en su tarea al permitir, en muchos casos, la angustia o la indignidad.

Gonzalo se ocupaba cada día de que al menos su tríada fuera feliz y no sintiera la posible soledad del ocaso.

Al entrar, supo que todo estaba bien porque escuchaba los gritos. No eran peleas, es que todos estaban un poco sordos, entonces hablaban fuerte.

–¡Te digo que no! Fue en 1950, Frankie. Papá compró la posada en ese año.

–No. Fue en 1952. Estoy seguro porque él me contaba siempre que fue un año bisiesto que empezó un martes. Decía que los años bisiestos le daban suerte. ¿No te acuerdas? Fue 1952. Estoy seguro. Albert Schweitzer ganó el Premio Nobel de la Paz ese año.

—Frankie, ¿qué cenamos anoche?

—¿Te diste un golpe y no me di cuenta? —dijo con ironía—. ¿Qué tiene que ver qué comimos anoche? ¿A quién le importa?

—Dime y te diré por qué pregunto.

—¡No me acuerdo!

—¡Lo ves! ¿Cómo puedo confiar en tu memoria del año 1952 si no recuerdas qué cenamos anoche?

Gonzalo no puedo evitar reírse. Se divertía con ellos. Era momento de interrumpir. A su tío Frankie no le gustaba perder en una discusión y el *touché* de José había herido su vanidad.

—¡Hola! ¿Cómo está todo por aquí? Los escucho conversar desde la calle.

—Creo que lloverá como en septiembre de 1952 —respondió Tere—. Ella hablaba el lenguaje de su realidad. Una mezcla entre la verdad y la incoherencia, con una dosis de su propia vida y de lo que acababa de escuchar. Frankie la tomó de la mano.

—Tienes razón, mi amor —ella lo reconocía en su mirada. Sonrió. Estaba allí, aunque la confusión también ocupara un espacio a su lado.

—¡Hola, hijo! Estamos bien. Algunos con más memoria que otros —dijo divertido.

—¡Tallarines con salsa! Eso cenamos. Y la posada se compró en 1952 —era tan testarudo que su mente había seguido buscando la respuesta hasta hallarla—. Bien, Gonzalo. Puedes volver a trabajar, ya todos hicimos lo que debíamos hacer.

–¿Me estás echando?

–No. Solo digo que ya fuimos todos al baño.

–¡Esa es una gran noticia! –todos rieron. Era la genialidad de ser familia, el hilo invisible que unía las generaciones desde el amor–. No me iré tan pronto.

–Te hice un té –agregó Teresa–. El mismo que tomó Gabriel ayer.

–Perfecto, tía. Tomaré el mismo té que García Márquez –respondió siguiéndole el ritmo a su fantasía. Gonzalo se sentó y su tía le sirvió el té en la cocina.

–¿Sabes? Gabriel dijo: *Lo esencial es no perder la orientación* –era una frase del libro *Cien años de soledad*. ¿Cómo era posible que la recordara textual? La mente era tierra desconocida. Siempre lo sería.

–Es cierto, tía.

–Yo le dije que no puedo. Sé quién soy y dónde vivo, pero no me acuerdo de muchas cosas.

Saber quién era había sido la pregunta que su neurólogo había señalado como ubicación en tiempo y espacio de un paciente. Una suerte de termómetro que controlaba el avance de las patologías. Ella no estaba perdida. No del todo, al menos por momentos.

–¿Y quién eres?

–Tere. Tu tía. La esposa de Frankie. Vivo en Guadarrama.

–¿Y qué respondió él?

–Que no importa. *Los viejos, entre viejos, son menos viejos* –citó una frase de *El amor en los tiempos del cólera*.

García Márquez había sido su autor favorito. Sin dudas, eso no se olvidaba. Además, leía cada día, desde hacía años, los mismos libros.

Los tres hombres la miraron con ternura. Ella sonrió y caminó hacia el televisor, lo encendió y se quedó allí mirando la nada. Entonces, la tríada se retiró y Gonzalo quedó solo en la cocina. Pensaba cuánto los quería en el momento en que escuchó a su padre y a Frankie que se aclaraban la garganta buscando su atención. Eso era en sí mismo peligroso. ¿Qué tramaban?

—Bueno, dile José, que para eso eres el padre.

—¿Qué tienes que decirme?

—Lo hicimos. Ya lo hemos pagado.

—¿Qué es lo que han hecho? —preguntó con temor.

—Hemos comprado tu pasaje a Uruguay. Irás a buscar a la chica de París. Son tus vacaciones. Ya contratamos a tu reemplazo en la posada, Andrés se ocupará de todo y cobrará extra y la madre nos cuidará a nosotros.

Andrés era un joven amigo de la familia que había permanecido a cargo de la posada durante su viaje a Francia. Trabajaba allí, de modo que conocía bien su tarea y era muy honesto.

—¡¿Que hicieron qué?! —preguntó con los ojos tan abiertos como era capaz.

—Lo que dijo José. Hicimos lo que corresponde. Te irás en una semana.

—¿Están locos?

—No. Estamos viejos, pero no locos. Sabemos bien que no harás tu vida si no te ayudamos –sentenció Frankie–. ¿Cuál es su nombre?

Gonzalo no podía creerlo, pero los conocía muy bien. Era cierto. Tenían el dinero y evidentemente lo habían planeado con precisión. Seguramente, Andrés los había ayudado. Aunque en el pueblo cualquiera hubiera colaborado con ellos, eran queridos por todos. Sintió que eran una bendición. No importaba cuánto trabajo le dieran, en momentos como ese agradecía más que nunca tenerlos.

—Elina Fablet –dijo y no pudo evitar sonreír al nombrarla. La idea de volver a verla crecía con forma de ilusión en su interior. ¿Cómo era posible que esos ancianos, tan humildes como hermosos, fueran los mensajeros de su destino?

—Ahora, vuelve a la posada, que debes organizar todo, y llámala. Avísale que irás. Así también ella se organiza.

—Frankie, debiste ser director de orquesta.

—¡Lo soy! ¿De quién crees que ha sido la idea? Esta conversación terminó –agregó.

* * *

Gonzalo regresó a la posada. Luego de conversar con Andrés, enterarse de los pormenores y asegurarse de que estarían bien cuidados, no pudo evitar la alegría que le provocaba lo ocurrido. Entonces, tomó su teléfono y realizó una llamada por WhatsApp.

Elina estaba entrando a su casa. En la escalera había poca señal por lo que al ver que era Gonzalo se apresuró a subir.

–¡Hola!

–¿Cómo estás, preciosa?

–Digamos que no he recibido grandes noticias durante el último tiempo, pero estoy bien. Creo. Soy una sobreviviente por naturaleza –agregó.

–No sé a qué noticias te refieres, pero podrás contármelas todas muy pronto. Iré a verte. En pocos días estaré allí.

Elina sintió cómo se aquietaban sus latidos. En cámara lenta, sus emociones la invadieron. París regresó a ella y Notre Dame cobró vida en su memoria. El fuego se había apagado y se encendía la luz de la esperanza.

–¿En serio? ¿Y la tríada? No puedes dejarlos.

–Aunque no lo creas, fueron ellos los que organizaron el viaje y compraron mis pasajes.

–¡Son increíbles! Ven a casa. No gastes en hotel.

–¿Y tu abuela?

–¿Ita? Ita estará feliz de volver a verte –se habían conocido durante el viaje a Paris.

–Pues avísale primero. Aunque de verdad solo quiero estar contigo. Te extraño.

–También yo. ¿Te dije que el color de extrañar es el azul?

–No –sonrió frente a la ocurrencia–. Soy un mar, entonces –respondió.

Conversaron un rato más y Elina cortó la comunicación. Quizá le ganara al síndrome siendo feliz. Ese era su plan.

Tiró al suelo toda la ropa que había sobre su cama y se recostó. Minutos después, la ansiedad le ganó la partida. Se levantó, bebió agua y se puso su overol favorito. Era de jean y tenía pintadas flores coloridas: una amarilla a la altura del bolsillo derecho y otra turquesa un poco más arriba. En la pierna izquierda, una blanca grande y, más abajo, otra roja y rosa. Era hermoso. Ella misma lo había diseñado. La ponía de buen humor usarlo. Debajo, una camiseta sin mangas blanca. Buscó sus lentes de sol, guardó una botella de agua en la mochila, se colocó los auriculares y puso música en su celular. Bajó, tomó la bicicleta del garaje y salió a recorrer la costa. Era feliz. Volvería a abrazar a Gonzalo.

CAPÍTULO 17

Lealtad

Yo te amo. Incluso dejándote ir.
Aunque esté lejos, yo te amo.
Y te amo de verdad.
Incluso sin saber amar.

Anónimo

ROMA, ITALIA.

Pablo acompañó a Melisa a Italia. Compartieron tres días en Roma. Fue testigo de todas las conversaciones que ella mantuvo a diario con Dylan. El vínculo con el pequeño solo lo hacía pensar en cuánto deseaba sus propios hijos y que Melisa fuera la madre. Era cariñosa, ocurrente y divertida.

También la escuchó hablar con Lisandro, aunque no en todas las oportunidades que lo hizo porque cuando se trataba de él, actuaba con reserva. No parecía haber amor de pareja entre ambos, pero el efecto al oírlos era peor. Sabía que ella no mentía y que no debía dudar. Sin embargo, el amor verdadero conllevaba ese tipo de inseguridad. ¿Por qué si estaban tan bien ella se negaba a vivir juntos? No eran celos. Era miedo. Podía percibir con claridad y certeza que un nivel de lealtad invencible la unía al padre de su hijo. La batalla que tenía delante de él sería muy difícil. Había complicidad y, cuando le preguntaba sobre Lisandro, ella se ponía hermética, y custodiaba la intimidad de ese hombre como si fuera intocable.

Estaban almorzando el último día y, ante la inminente despedida, Pablo comenzó a sentirse mal. No podía gobernar la angustia que le provocaba saber que ella se iría.

—¿Qué sucede?

—Nada —respondió él.

—Claramente te ocurre algo —estaba tan centrada en su modo de vivir que no fue capaz de advertir que su partida era la causa.

—Dije *nada* para evitar arruinar esta cena. Querías comer una rica pasta y en eso estamos —sonaba sincero, pero algo de hostilidad erosionaba su tono.

—No te equivoques, cuando alguien dice *nada* no quiere evitar arruinar una cena, más bien todo lo contrario. Es una paradoja. Decir *nada* es estratégico o táctico.

—¿Estratégico o táctico? —preguntó, aunque no le interesaba en ese momento.

—Claro. Es esperar el mejor momento para iniciar una pelea o es una táctica para omitir que hemos sido descubiertos en algo —sonrió—. Vamos, dime qué te pasa.

—Estoy muy lejos de desear discutir contigo —pensó qué palabras utilizar—. Te amo —continuó.

—Lo sé. También te amo —dijo con naturalidad.

—No quiero que nos separemos. No deseo estar lejos de ti.

—Te he dicho que pensaré la posibilidad de traer a Dylan para que te conozca.

—Esa es la cuestión. Lo traerías, en el mejor de los casos, para volver a llevártelo.

—No te entiendo. He sido siempre muy clara con ese tema. Dylan vive en Uruguay con Lisandro, y conmigo cuando regreso —repitió.

—¿Por qué? ¿Por qué no existe una variable posible a esa situación?

—Porque así lo decidimos antes de que naciera.

—En ese momento, ustedes estaban juntos. Ahora no, y me amas. Lo acabas de decir. No quiero que tu hijo sea una visita, quiero que los tres seamos una familia. Darle hermanos…

—Ey, ey, ey. ¡Detente! —cruzó los cubiertos sobre el plato, aunque no había terminado los sabrosos espaguetis a la boloñesa que minutos antes la habían deleitado.

Pablo supo que la magia de estar a su lado se había roto. Conocía su mirada. Irradiaba un brillo bélico y fastidioso. Como si le hubieran mordido un nervio o cortado una arteria. La presión era interna y empujaba verdades hacia el exterior.

—¿No es posible hablar contigo de este tema sin que te conviertas en quien no eres? —inquirió con tono más alto. También había dejado de comer.

—¿*Hermanos*? —repitió. Toda la frase le había molestado, pero ¿*hermanos*? Eso significaba que ella tuviera más hijos. Su

límite. Por mucho que amara a Pablo, no había dos hombres como Lisandro en el mundo y, si los había, Melisa no era capaz de tomar la misma decisión dos veces.

–¡Sí! Hijos contigo. ¿Tan disparatado es para ti?

–Sí –respondió sin rodeos.

Se miraron con dureza. Casi nunca discutían, pero la cuestión puesta sobre la mesa era tan importante para ambos como opuestas sus posiciones. Hubo un silencio tenso. Los dos medían sus reacciones. Era uno de esos momentos en los que la selección de palabras podía significar bajar los niveles de conflicto, ceder y continuar o, por el contrario, que uno de los dos abandonara al otro sin mirar atrás.

–Perdóname, no quiero pelear contigo y menos hoy que te irás. Es solo que no puedo manejar lo que siento. Te quiero conmigo. Deseo todo contigo, hijos también –dijo con calma y acarició su mano.

Melisa se sentía entre las cuerdas. Trató de mirar con objetividad la situación. Pablo era un gran compañero para su vida. Reían juntos, se gustaban, sus cuerpos se entendían demasiado bien, pero ella era independiente. No soportaba estar encadenada a nada. Jamás accedería a darle la bienvenida a un ancla. ¿Cómo podía salir de esa conversación sin perderlo ni lastimarlo?

–Pablo… yo te amo. Es verdad. Pero también es verdad que no quiero tener más hijos. Dylan es mi lugar en el mundo. El único al que siempre regresaré. No hay espacio para dos niños en mi vida… Lo siento… –dijo angustiada.

—Me duele lo que voy a decirte y no quiero que pienses que son celos, pero ¿has considerado la posibilidad de que es Lisandro el hombre a quien amas? Dylan y su padre son tu lugar en el mundo. Piénsalo no permites que nadie se acerque a él ni desde la palabra. Ni siquiera yo.

—Lisandro es el padre de mi hijo —dijo algo confundida.

—¿Solo eso?

—Eso no es poco.

—Nada me gustaría más que estar equivocado, pero empiezo a pensar que no es así. ¿Qué sucedería si fuera él quien formara pareja y tuviera otros hijos?

Melisa jamás había pensado en esa posibilidad. Sí en que Lisandro saliera y conociera a alguien, pero otros niños no entraban en su ecuación mental. ¿Por qué? Si era ella la del espíritu libre y ese especial instinto maternal. No le gustó lo que escuchó. Disimuló.

—Nada. Sería su vida, no la mía.

—Es verdad, pero ya no podrías mantener la relación que tienes.

—¡Claro que sí!

—Demuéstramelo al revés. Te propongo algo. Regresaré contigo a Uruguay. Quiero conocer a Dylan y también a su padre, que él me conozca para que sepa que puede estar tranquilo si ustedes están conmigo…

—Basta —Melisa no lo dejó continuar—. Lo siento, Pablo. No es el momento para algo así.

—¿Existirá ese momento alguna vez?

—No lo sé, pero si me presionas sé que no.

Melisa no dijo nada que Pablo no supiera. Sin embargo, él la sacudió con sus verdades. ¿Qué la unía a Lisandro, además de Dylan? ¿Era solo una lealtad única después del verdadero amor? ¿Acaso Lisandro sería padre otra vez con otra mujer? ¿Por qué nunca se había planteado eso como una posibilidad?

Sintió deseos de abrazar a su hijo y refugiarse en la seguridad sin reclamos que sentía junto a Lisandro. Prefirió evadir las respuestas.

* * *

Horas después, llamaba a Lisandro desde el aeropuerto de Roma.

—¡Hola! Estoy regresando a casa. ¿Qué hacen?

—Hola, Mel. Que Dylan te lo cuente —dijo y le dio el teléfono al niño.

—¡Hola, Mami! ¡A que no sabes lo que aprendí! Papi me enseñó.

—No, dime mi amor —sonreía imaginando el hermoso rostro y el entusiasmo de su hijo.

—¡Puedo atarme los cordones! ¡Solo!

—¡Qué maravillosa noticia! Es bien difícil eso, tesoro.

—Sí, no me salía, pero ahora sí. Bueno, tardo un poco…

—Te felicito. Te amo, mi vida.

—Yo también, ma —respondió el pequeño y le devolvió el teléfono a Lisandro.

—Eres el mejor padre del mundo —dijo. Estaba sensible.

—¿Qué te sucede?

—Nada —evidente modo "táctica"—. ¿Por qué lo preguntas?

—Conozco todos los tonos de tu voz, juraría que quieres llorar.

—Pues no te equivocas. Luego te contaré.

—Buen viaje. Te esperamos.

Lisandro cortó la comunicación. Cierta preocupación lo recorrió entero. No soportaba que nada ni nadie hicieran llorar a Melisa.

CAPÍTULO 18

Norte

Tener un Norte es, desde siempre,
adueñarse de la fantasía.
Cristian Maluini

MONTEVIDEO, URUGUAY.

Elina comenzaba a amigarse con la enfermedad y sus síntomas. Algunos días, la sequedad de sus ojos y su boca era insoportable y otros, parecía ceder. La medicación tenía contraindicaciones, pero no podía dejar de tomarla. Si algo tenía claro era que haría lo que los profesionales le indicaran. Continuaba con los controles médicos y con su odontólogo por el riesgo que la enfermedad implicaba para la dentadura.

Ella quería ser feliz. Su Norte había sido, primero, lograr el amor de su madre… Había fracasado, al menos eso creía. Luego, ser feliz con lo que la vida le había dado sin pensar en lo que le había negado. Se definía como una sobreviviente.

Disfrutaba de andar en su bicicleta color rosa, estilo vintage. Tenía un canasto delantero donde solía colocar flores que, a veces, llevaba al cementerio. Le encantaban no solo los colores, sino también el perfume mezclado. La cercanía de los ramos era estar en sintonía con la naturaleza. No le molestaba su extremo desorden y amaba los aromas definidos tanto de sus pinturas como del té. Solía caminar descalza para conectar con la tierra.

Leía a Hemingway porque hacía un paralelo entre los cuentos y su vida. Según el autor todo relato debe reflejar tan solo una parte pequeña de la historia, dejando el resto a la lectura e interpretación del lector, sin evidencias. Destaca lo que no se dice, lo que subyace. No habla de moralejas o de dobles sentidos. El concepto va mucho más allá. Omitir, en el contexto de su teoría del iceberg, era el tema. Se puede omitir cualquier parte y la parte omitida reforzará la narración. Elina sentía que su vida era el iceberg. Flotaba, pero las cuestiones que la aquejaban radicaban en lo que no sabía, en lo que no veía, en lo que se le había omitido. Lo que estaba bajo el agua. Quizá por todo eso, era una mujer distinta a todo estereotipo.

Interactuar en los grupos de Facebook de los que se había enterado por Stella, le sumaba no solo diferentes opciones para sentirse mejor, sino algo mucho más importante, le hacía saber que no estaba sola con lo que le sucedía, que no era tan raro el Sjögren, sino que estaba "subdiagnosticado", como decían allí.

Las gotas de día y el gel que se ponía por las noches mantenían la humedad de sus ojos. Y gracias al grupo, las noches en que el síndrome daba una batalla más fuerte, después de colocarse la medicación cerraba sus ojos y se ponía un film plástico como si fuera un pañuelo en torno a ellos. Así, descansaba mejor y por la mañana comenzaba el día algo más cómoda. Era una forma de mantener la lubricación ocular y evitar molestias.

Aprendió que, en definitiva, todo era una cuestión de costumbre y también de aceptación. Se había resistido al principio y se había enojado mucho. Lo cual era completamente contraproducente porque deseaba llorar y entonces se mareaba, el cuerpo le dolía y sentía que iba a partirse en mil pedazos bajo la mirada seca de su tristeza.

Con el transcurso de las semanas, entendió que cuanto antes asumiera su nueva realidad, más rápido podría seguir con su vida. Y, además, comenzaba a valorar el hecho de un diagnóstico relativamente rápido en comparación con lo que le había ocurrido a otros miembros del grupo. Aceptar era el primer paso en firme. Era esa premisa una genialidad desde la razón, aunque fuera muy difícil en los hechos. Pero Gonzalo vendría a verla y eso era en sí mismo un motivo para estar contenta. Una nueva escala en su Norte que se detenía en la felicidad soñada.

Trataba de no permitirse causas para llorar y se había aferrado a su hobby de pintar. Su casa era un real desorden contra el que su abuela lidiaba cada día. Lo único que parecía siempre imperturbable era el blanco de las paredes.

Esa tarde leía a Hemingway en el sofá de la sala de estar. Era el lugar de la casa que estaba casi siempre ordenado, porque todo lo que ella dejaba tirado, Ita lo llevaba a su sitio. Además, tenía permiso solo para un atril allí. En él se encontraba una tela que había empezado a pintar con flores muchos meses atrás y no la había terminado.

–¿Qué lees? –preguntó Ita.

–*El viejo y el mar*, de mi querido Ernest. Ganó el Premio Pulitzer en 1953 por esta novela y al año siguiente el Premio Nobel de Literatura por su obra completa –agregó.

–¿Y de qué se trata?

–Cuenta la historia de Santiago, un viejo pescador caído en desgracia, en una jornada en la que, pescando él solo, captura un pez enorme, y enfrenta enormes dificultades para llevarlo a tierra. Debe hacer uso de toda su experiencia y voluntad.

–No parece tan interesante –comentó Ita.

–Lo es. Porque tiene un trasfondo, abuela. Es la condición humana: la lucha heroica de alguien que, pese a estar en sus horas más bajas, es capaz de enfrentar las dificultades de la naturaleza, representadas en el gran pez que captura. Yo me siento como él.

–¿Tú te sientes como el personaje? –preguntó con curiosidad.

–Sí. Aunque después de vencer las dificultades sufre las consecuencias de la fatalidad. ¡No quiero eso para mí! –hizo una pausa–. Los tiburones terminan devorando al pez –comentó y sonrió–. No importa que te cuente el final no creo que lo leas.

–¡Definitivamente, no lo haré! ¿Por qué tienes tanta predilección por él?

–Creo que su vida es un viaje muy raro. A veces, pienso que la mía se parece un poco, aunque, claramente, no la terminaré como él. Además, me encanta el misterio, su obra me dice lo que no está escrito. Es como mi historia, hay tanto que no sé y, sin embargo, estoy convencida de que las respuestas tienen que estar en mí.

–Entiendo. Sé bien de qué hablas –se refería a su relación con Renata, a quién era su padre, a su enfermedad…–. ¿Y cómo fue esa vida?

–Participó en la Primera Guerra Mundial conduciendo una ambulancia hasta que fue herido. Trabajó como corresponsal en la Segunda Guerra Mundial y en la guerra civil española. En 1953 estuvo a punto de morir en dos accidentes aéreos sucesivos que lo dejaron con dolores y problemas de salud gran parte del resto de su vida. Y luego de todo eso… ¿puedes creer que se suicidó en Idaho a los sesenta y un años? Me pregunto si tendría miedo a la vejez. En cualquier caso, un sobreviviente a tres guerras que se dispara en la cabeza con una escopeta es digno de ser leído.

–En eso te pareces a tu madre. Eres culta. Sabes de todo.

–¿Mamá leía Hemingway? –preguntó con la ilusión de saber más sobre ella. Quería encontrar hilos que la unieran a ese ser tan distante.

–No lo sé. Algunas de sus cosas están en las cajas. Ya sabes, en el sótano del edificio.

134

—Sí… creo que no he encontrado el momento para abrir esas cajas y ahora definitivamente no lo es.

—¿Por qué? —preguntó Ita. Seguiría los consejos de Nelly. Intentaría averiguar las razones por las que su nieta había generado ella misma esa enfermedad.

—Porque no quiero ponerme mal. Pensar en mamá me da ganas de llorar porque es inevitable recordar su rechazo. Nunca me quiso, y que lo hiciera era lo más importante en mi vida. Mi Norte, mi objetivo. Lo que cualquier niña tenía por derecho al nacer, yo lo deseé durante diecisiete años y no lo conseguí. He cambiado mi Norte, abu, quiero ser feliz. Dejarla atrás.

—No era mala, pero se equivocó contigo —dijo dándole un abrazo. Había un desmesurado dolor en sus palabras.

—Lo sé. No quiero hablar de esto. ¿No te parece que esa pared está muy blanca? —dijo cambiando de tema radicalmente.

—Bueno, yo la veo todo lo blanca que quise que estuviera cuando decidí pintarla de ese color —la creatividad de su nieta le daba risa y temor sano a la vez.

Elina se puso de pie. Estaba descalza. Abrazó a su abuela, miró la pared lisa y vio allí una flor gigante que amenazaba con lanzar su aroma sobre la sala de estar.

—¡Tengo una gran idea!

—¡Ah!, ¿sí? ¿Cuál? —preguntó con cierto humor. La conocía bien, era impredecible.

—Pintaré mi nuevo Norte.

—¿Y cuál sería?

–Una flor gigante hecha de colores y felicidad. Cada vez que la veamos, deberemos sonreír. ¿Qué te parece?

–¡Que es probable que desordenes hasta la pared! Pero hazlo, no soy capaz de decirte que no.

–¡Te amo!

–Y yo a ti.

–¿Lo harás antes de que llegue Gonzalo? –preguntó Ita, que estaba feliz con la noticia.

–Sí.

136

*Mis ideas son muy vagas, mis conocimientos
muy escasos, mis postales definitivamente mínimas.
Todo lo que sé es insuficiente, todo lo que sé es impersonal,
una guía desalmada que se vuelve conocimiento crudo,
saber en disputa. La desinformación me relaja, anula expectativas,
desintegra arbitrariedades. Partir desde cero me entusiasma.*

*Quiero llegar al Norte para perderlo cuando el pacto se concrete
y el Norte, interceptado por el Norte, no llegue: aunque ahora
estén en el mismo lugar, el Norte y el Norte jamás van a encontrarse.*

Cristian Maluini

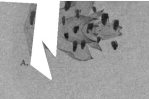

CAPÍTULO 19

Escuchar

*Fingir ignorar lo que se sabe
y fingir que se sabe lo que se ignora;
fingir entender lo que no se comprende,
mantener como secreto la falta de secretos.*
Pierre-Augustin Caron de Beaumarchais

Julieta había evitado hablar con su madre luego de lo ocurrido. Mercedes Weber estaba nerviosa y había intentado explicarle, pero la adolescente se había limitado a las más breves interacciones solo cuando su padre estaba presente y a ignorarla cuando él no estaba presente.

A Lisandro le sorprendía que la madre de su paciente no se hubiera comunicado todavía. Podía ser infiel, pero amaba a su hija, eso no lo dudaba. Posiblemente le diera vergüenza confesar la situación y, más aún, enfrentarla.

Julieta tenía sesión esa tarde. No había dejado de hablar con Lisandro a diario, quien la había contenido en cada oportunidad. El hecho de que Juan estuviera en medio de la situación lo incomodaba no solo como profesional, sino como amigo.

—Hola, Juli. ¿Cómo estás?

—Considerando que vi a mi madre salir de la habitación de al lado de la mía en un hotel alojamiento, con un extraño, mientras mi padre creía que ella cenaba con amigas, diría que estoy furiosa. Que quisiera no haberla conocido, no ser su hija y que me gustaría que desaparezca. Pero, por el resto, creo que estoy bien. ¡Muy equilibrada! —dijo con ironía.

—¿Muy equilibrada? —preguntó Lisandro con una sonrisa—. Lo que dices parece bastante extremo para tratarse de un tema que no debes tomar personalmente. No es tu matrimonio, es el de tu madre.

—Li… ¿Dices que no lo tome personalmente? ¿Es en serio?

—Sí. Puedes estar furiosa, es lógico, pero no te corresponde resolver el problema. No creo que debas interferir.

—¿Y qué debo hacer? ¿Ver cómo mi madre engaña al hombre más bueno que conozco y ser cómplice de esa traición?

—Debes decirle a tu madre lo que piensas, pero no creo que seas tú quien deba hablar con tu padre.

—¿Tú qué entiendes por lealtad?

—Los hijos son leales de otra manera.

—¿De cuál?

—Amando a sus padres. Siendo agradecidos, por ejemplo. Tú tienes una buena vida y se la debes a los dos.

—No estoy de acuerdo. Ese es otro tema —dijo por lo bajo. No le gustaba aceptar su dependencia económica.

—Julieta, tú tienes una guerra previa declarada a tu madre.
Lo ocurrido te pone en un lugar potenciado, pero primero
debes resolver tu vínculo.

—Li, no hay vínculo. Si algo quedaba, se hizo pedazos en
el mismo momento que la vi en el hotel. Además, me da
náuseas pensar lo que estaba haciendo –agregó.

—Entiendo. Pero es tu madre y te guste o no, de un modo
o de otro, estás unida a ella. La manera en que decidas pro-
cesar lo ocurrido tendrá consecuencias en tu propia vida. Lo
que quiero es que te liberes de lo que pasa. Escúchala. La
infidelidad no es el camino correcto, pero a veces suceden
cosas en los matrimonios que empujan hacia a ese lugar.

—Nada te empuja a hacer lo que está mal. Tú mismo lo has
dicho –recordó otra sesión–. Somos lo que elegimos ser, eso
dijiste y es la verdad.

—No puedo discutir eso, pero en la vida adulta no todo es
negro o blanco. Existen otros factores que pueden influir.

—Dime solo uno que ella pueda decir para justificar lo
injustificable.

—Eso debe decirlo ella, no yo. Mi función es que tú entiendas que debes escuchar antes de tomar decisiones, porque se
trata de tu familia.

—¿Sabes qué pensé cuando vi sus botas floreadas? –preguntó.

—No.

—Que mi papá se las regaló en España. Ya habían gastado
mucho y no tenían lugar en las maletas. A ella le encantaron.
Entonces, él las compro sin dudarlo. Cuando regresaron a

Montevideo, entre las anécdotas del viaje, las famosas botas marca *Stradivarius* fueron motivo de risas porque a papá ni siquiera le gustaban. Él dijo: "Me gusta ver feliz a mamá, pero tantas flores en el calzado no me gustan". ¿Sabes cuánto tiempo pasó desde ese momento? Seis meses. ¿Cómo se puede ser tan malparida? Me pregunto si ya tenía un amante cuando se fueron a Europa.

A Lisandro le hubiera gustado asegurarle que no, pero no podía. Además, esa fecha era muy cercana a la del divorcio de Juan. No sabía realmente si Mercedes había sido la amante por la que María, la exesposa, le había dicho basta a su amigo.

—Siendo realista, porque ella no va a desaparecer y tú sigues siendo su hija, ¿qué es lo que te haría sentir mejor?

—Nada.

—Siempre hay una salida. Piensa.

—No sé… –elevó la vista pensando–. Si le digo que le cuente ella o lo haré yo, seguramente no le quedará otra opción… Sin embargo, pienso en mi papá y me parte el alma.

—¿Qué crees que haría él?

—Dejarla. Y enojarse más por el hecho de que yo me enterara. Papi me ama. También pensé en averiguar quién es el amante y contarle a su esposa o sus hijos, no sé, hallar la manera de que él la deje… Eso no cambiaría la bronca y el rechazo que me provoca, pero al menos le pondría fin a su aventura.

—¿Por qué das por hecho que es casado o tiene hijos?

—Porque no era tan joven. Lo supongo.

Lisandro sintió náuseas. Juan tenía cuarenta y cinco años. Indudablemente para Julieta era un "viejo". Lo que ella pensaba como un posible plan era de manual. Conocía bien a los adolescentes. No se había equivocado la noche en que había conversado con su amigo.

—No debes dañar a nadie. Debes correrte del lugar de juez —era sincero, a pesar de que las circunstancias no le eran completamente neutrales.

—Ellos no pensaron en los que saldrían lastimados cuando decidieron acostarse.

—Tienes razón, pero no puedes convertirte en el mismo error que cuestionas. Los hijos de ese hombre, si es que los tiene —mintió—, son como tú, ajenos a esas decisiones. Te propongo que escuches a tu madre antes de actuar.

—No hay nada que pueda decir que justifique lo que hizo ni que cambie lo que pienso.

—Puede que no, pero no lo sabes. Dale esa oportunidad. Es lo primero que debes hacer.

Julieta meditó unos instantes.

—Lo haré, solo porque confío en ti, pero no dejaré de pensar alternativas para que eso termine sin lastimar a papá —alertó.

—Lo sé. Eres mi paciente. Te conozco. Solo digo que no lleves a cabo tus ideas sin antes analizar las consecuencias conmigo.

Se despidieron con el abrazo de siempre.

* * *

Una hora después, Mercedes Weber se anunciaba con su secretaria en el consultorio. Lisandro la recibió.

—Supongo que está al tanto de lo ocurrido —comenzó.

—Sí.

—Necesito que me ayude. Julieta no quiere hablar conmigo.

—Hoy hemos trabajado en ese sentido. No sé qué motivos usted le dé, pero debo avisarle que no le será fácil. Julieta es impulsiva y los hechos radicalizaron su posición. Ya tenían problemas en su relación, por eso ella viene a terapia. Ahora, me temo, que de momento hemos retrocedido.

—Sé que no puede atendernos a ambas, pero quiero abonar esta consulta.

—¿Por qué?

—Porque necesito estar segura del secreto profesional. No tengo que darle explicaciones, pero quiero hacerlo para que usted pueda ayudar mejor a Julieta.

Lisandro estaba enredado en un tema ético y no podía escapar. No estaba seguro de querer escucharla.

—Puedo escucharla y asegurarle que está amparada por el secreto profesional, y solo lo haré si lo que tiene para decir, de verdad, puede ayudar en el tratamiento de su hija. Pero debe saber que no seré su terapeuta en ningún caso.

—Es la primera vez que engaño a mi esposo. En realidad, cuando conocí a Juan —Lisandro sintió escalofríos y los disimuló— yo estaba muy enojada porque había descubierto unos mensajes en el celular de mi esposo en los que el tono con una mujer era... como decirlo... subido. La intimidad del

diálogo no me dejó dudas. Tenían una relación —empezó a relatar.

—¿Por qué cree que decirme esto puede ayudar a Julieta?

—Porque su padre no es lo que ella cree y porque yo tengo que tomar una decisión. Estoy enamorada.

Era demasiada información que hubiera preferido no conocer. Si eso era cierto, Julieta sufriría otra gran desilusión y también ella, ya que Juan había dicho que se alejaría pues no quería problemas.

—Señora Weber, esos son temas del matrimonio y sugiero que no involucre a Julieta en ello —intentó preservarla. Omitió detenerse en eso de que tenía que tomar una decisión. ¿Acaso pensaba dejar todo por Juan y Juan iba a dejarla a ella? Odiaba estar en medio.

—¿Cómo puedo defenderme ante mi hija sin decir la verdad? Toda la verdad —preguntó.

—No creo que deba defenderse. Julieta es una adolescente que tiene motivos para estar enojada. Además, la verdad no la excusa. Lo único que logrará será más rebeldía. No lo creo conveniente.

—Sé que debí pensarlo antes, pero nunca creí que la relación podía llegar tan lejos. ¿Qué me aconseja que haga?

—Creo que debe iniciar terapia y tratar el tema en ese espacio.

—¿Entonces el engaño de mi esposo no cuenta?

—Señora Weber, lo siento, pero debo poner fin a esta conversación. Como le dije, usted no es mi paciente y lo que la

preocupa excede mis posibilidades de intervenir en beneficio de Julieta –Lisandro puso un claro límite a la situación.

–Discúlpeme. Estoy muy nerviosa y nada me parece justo. Después de todo, tanto Jorge, mi esposo, como yo, hemos traicionado a nuestro matrimonio. Sin embargo, mi hija me odia a mí y a él lo idolatra. Y yo no puedo decir la verdad según su consejo –estaba indignada.

Lisandro tuvo ganas de olvidar que era psicólogo y decirle que quizá su esposo había actuado mejor, pero no era correcto.

–Le propongo que usted y su esposo hablen y decidan lo mejor para Julieta. Ambos son los adultos.

–¿Escuchó lo que dije?

–Por supuesto que sí.

–¿Le parece justo?

–Me parece que decirle a Julieta que, según lo que usted cree, su esposo tiene una amante solo es una forma de equipararse en errores. Creo, señora Weber, que quiere hacerlo pensando en usted misma y no en su hija. Si es cierto, solo le duplicará el dolor y asumirá el rol de su padre que, llegado el caso, es quien debería hablar con ella. No obstante, como le dije esto debe tratarlo en otro espacio.

Mercedes Weber recibió esas palabras como una bofetada silenciosa. Ni una marca en su rostro, pero su conciencia estaba herida de muerte.

–Creo que debo irme –dijo. No respondió al juicio de valor de Lisandro.

Segundos después, se despedían formalmente.

Lisandro se sentía pésimo. No podía hablar con Juan sobre lo que Julieta había pensado y menos sobre lo que Mercedes Weber le había dicho. El profesional le ganaba la pulseada al amigo. Nunca le había pasado algo así. Y para empeorar la situación, si todos hacían lo que creían que era justo, el único resultado sería una joven a la deriva consecuencia de tanta decepción. Y, eventualmente, más problemas entre María y Juan si Antonia se enteraba por otra chica de lo ocurrido; los ahogaría un tsunami familiar.

De pronto, por alguna razón que ignoraba, sus pensamientos lo llevaron a sonreír. Oyó su voz interior, constantemente le daba pistas. Recordó la imagen luminosa y descontracturada de Elina Fablet. Sintió ganas de llamarla, escucharla era todo lo que quería en ese momento.

CAPÍTULO 20

Rechazo

NAVIDAD DE 1988. MONTEVIDEO, URUGUAY.

Renata había optado por no hablar de su embarazo con Elías. Deseaba que él fuera el padre de su bebé, pero no podía saberlo con certeza. Por otra parte, no entendía por qué razón quería eso, si de todas formas no le interesaba ser madre. Estaba encerrada en un laberinto con techo. Tenía veinticinco años y sentía que su vida estaba completamente arruinada.

La mañana de aquella Navidad, no tenía ningún motivo para celebrar. Amaba al hombre equivocado, extrañaba a un casi desconocido por quien no sabía bien qué sentía, mucho menos si volvería a saber de él, y estaba sola con un embarazo de varias semanas que rechazaba. Su cuerpo tampoco lo aceptaba, porque se la pasaba vomitando y sintiéndose mal. Estaba segura de que su sistema inmunológico no lo reconocía como propio, como muchos de los organismos de mujeres en esa situación. Pero lo cierto era que la consulta con su médica le había confirmado que estaba implantado el embrión y que, aunque se sintiera mal, no se presentaba como una gestación de riesgo. Le había sugerido ir a terapia, dado que creía que su rechazo la afectaría tanto a ella en un futuro vínculo con su hijo como al feto por la energía que recibía durante su desarrollo.

Renata sabía que era una gran responsabilidad y que ya no podría seguir con su vida como la había planeado. Sentía que el destino le estaba robando el futuro.

Bernarda quería saber quién era el padre, pero no lograba mantener una conversación con su hija sin discutir. Estaba muy angustiada, no por la noticia del embarazo, sino por su actitud. No la entendía.

—Renata, no tiene sentido que continúes con esa negación. Si no quieres decirme quién es el padre no lo hagas, pero por favor, hazle saber que tendrá un hijo. Es su derecho. Es lo correcto.

—No tienes idea, mamá. Mi realidad no es como la tuya, que te casaste enamorada y luego nací yo.

—¿Y cómo es tu realidad? Dime, te escucho.

—Estoy sola. No imagino mi vida siendo madre de nadie. No busqué este embarazo. Solo sucedió.

—¿El padre sabe y no desea hacerse cargo?

—Sí —mintió. Sabía que Elías no quería seguir con ella, pero no tenía seguridad de que fuera su hijo.

Bernarda sintió una puntada en el corazón. Hubiera dado su vida a cambio de que su hija fuera feliz y no tuviera que pasar sola por ese momento. Pero no podía hacer nada más que acompañar y asimilar la impotencia. La abrazó. Renata lloró en sus brazos reviviendo lo ocurrido por la tarde:

—Elías, estoy embarazada. Creo que la última vez que estuvimos juntos antes de mi viaje… ¿Lo recuerdas…? Tú… bueno, no nos cuidamos.

Elías se puso pálido. De inmediato tuvo la peor reacción.

—Me haré cargo de todo.

—¿Qué significa eso? ¿Hay un "nosotros"? —había preguntado con ilusión.

—No. Te amo, lo sabes, pero mis hijos son pequeños y mi familia me necesita. No voy a dejarlos.

—¿Pero vas a dejarme a mí? —sintió como se le llenaban los ojos de lágrimas.

—No tengo otra opción —murmuró, como si el hecho de no escucharse con claridad convirtiera en menos cierto lo que decía.

—¡Claro que la tienes!

—No.

—Por favor… —suplicó.

Elías la observó y encontró en ella a la mujer con la que le hubiera gustado pasar su vida, pero la había conocido tarde. Fue cauteloso con sus palabras. No quería herirla aún más.

—Debemos terminar. Lo hago por ti. Te estoy cuidando.

Renata no advirtió su impulso hasta que le ardió la palma de la mano. Le había dado una bofetada.

—No me mientas y no te engañes. Esto es por ti, siempre ha sido por ti. Por tu placer, tu lujuria, tus deseos de un cuerpo joven, tu ego, lo que te aburres con tu esposa... Pero nunca, jamás, ha sido por mí —había dicho antes de estallar en llanto.

—No es tan así.

—¿Y cómo es? Si he sabido por ti que el sexo con tu esposa es rutinario, que a mi lado te sientes hombre, que te diviertes, que nunca viviste algo así ni conociste una mujer como yo...

Elías la escuchaba sin defenderse de la verdad. Se lo había dicho y no una vez, sino muchas.

—Ya no cuentes conmigo porque está claro que tú no estás para mí —fue lo último que había dicho antes de irse de allí.

Recordar le dolía. A su peor momento debía agregar que no tenía empleo.

En los brazos de su madre se sentía segura. Por fin le habló sobre su decisión.

—Mamá, rendiré las dos materias que me faltan para graduarme antes del parto. Por eso renuncié a mi trabajo —mintió a medias.

—Me parece bien, yo te ayudaré. Todo se arreglará.

—Hoy no quiero ir a cenar con Nelly. No tengo ánimo. Tú ve con ella —desde que había muerto su padre pasaban Navidad en casa de la amiga de su madre.

–Entiendo. De ninguna manera. Mi lugar eres tú.

–Pero es Navidad…

–La única fecha importante para mí es tu vida entera. Nos quedaremos aquí, en la casa.

Así, con una cena improvisada, se quedaron juntas, sumergidas en diferentes pensamientos que no compartieron.

De pronto el teléfono fijo sonó. Era una llamada desde París.

–¡Feliz Navidad, bonita!

–¿Santino?

–Sí. Te dije que te llamaría. ¿Qué haces?

–No quieres saberlo…

–Pues yo pienso en ti.

–¿En serio?

–Sí. Me quedé con ganas de que seamos la mejor historia de amor.

Definitivamente no era magia navideña, pero Renata sonrió por un instante.

* * *

Ocho meses después, una niña nacía en Montevideo. Luego de tres horas de trabajo de parto junto a Bernarda, Renata, exhausta y convertida en abogada, vio por primera vez a su hija. La llamó Elina, como su abuela, de quien tenía el recuerdo más hermoso. Una mujer generosa que siempre estaba feliz y era buena con todo el mundo. Aun sin desearla, esperar que tuviera la vida de su abuela era un modo de amar a ese bebé.

CAPÍTULO 21

Dudas

*La seguridad es tan corrosiva
como lo son las dudas.*
Milan Kundera

JUNIO DE 2019. GUADARRAMA, ESPAÑA.

Gonzalo hablaba con Elina a diario. No podía negar que la posibilidad de volver a verla había cambiado la expresión de su mirada. Él era un hombre simple. Su vida había sido el modelo a estrenar de un pequeño niño criado por tres adultos en un pueblo seguro y tranquilo. Siempre se había conformado con lo que tenía y, además, lo había disfrutado.

Aquel viaje en el que el destino había puesto a Elina delante de sus ojos para competir con la belleza de París y ganarle en un instante, había generado un cambio en él. Todos los síntomas del amor de los que el mundo hablaba o los poetas escribían lo habían hecho descubrir a un hombre nuevo y más vulnerable. Planteos existenciales lo obligaban a imaginar su vida en el futuro. Nada de eso le había ocurrido con Lorena, a quien había dejado justamente porque le había propuesto que se fueran a vivir juntos.

—¡Hola, Gonzalo! Dime… ¿qué color te gusta más, el verde o el azul?

—¡Hola! Me tomas por sorpresa. Depende para qué —respondió con naturalidad. Así era Elina, espontánea y cuando quería saber algo simplemente lo preguntaba. Le gustaba eso.

—Bueno, quería que fuera sorpresa, pero voy a pintar una flor gigante en una pared blanca de la sala de estar. Sabes que pinto por todos lados y soy algo desordenada —minimizó—. La sala hasta ahora era "zona prohibida" —dijo con humor—. Pero convencí a Ita y me dio permiso. Le dije: "Pintaré mi nuevo Norte. Una flor gigante hecha de colores y felicidad. Cada vez que la veamos, deberemos sonreír". Y no pudo negarse.

—Me encanta escucharte. ¿Qué es eso del nuevo Norte?

—Bueno, me he propuesto ser feliz. Ese es mi nuevo Norte. Nada es más importante que eso. Creo que, en la brújula de la vida, el Norte indica el lugar en donde se ubican los principales objetivos. Los sueños que se desea cumplir.

—Suena bien. ¿Y hay lugar para mí en ese nuevo Norte?

—De momento hay lugar para que tú elijas su color —lo seducía desde la espontaneidad de su creatividad.

—¿Y se supone que yo elija el color de algo que tú pintarás en una zona prohibida que ustedes verán a diario y las hará sonreír? —sintetizó.

—Bueno, dicho así, te he dado un protagonismo importante. Por algo será, ¿no lo crees? Digamos que me interesa que también tú sonrías al verla.

—Me gustan los tonos pasteles. Transmiten armonía. Y, definitivamente, el rosa y el verde conectan más con la naturaleza para mí. Además, el azul es el color de extrañar —recordó—. ¿Qué pared pintarás?

—La que está en ángulo con la ventana. Es la más grande.

—¿Me esperarás? Me gustaría verte pintar.

—No. Esta flor te dará la bienvenida. Pero puedo pintar otras paredes si convencemos a Ita.

—¡Bien! Te ayudaré a persuadirla —suspiró—. Pienso en ti, no veo la hora de estar contigo.

—Me ilusiona que vengas, pero también me asusta. Y tengo dudas.

—¿Por qué?

—Porque Montevideo no es París. Mi casa no es Notre Dame y tengo algunas limitaciones que no tenía hace un año —había pensado decirle personalmente lo del síndrome, pero en ese momento sintió que, ante todo, debía ser honesta.

—¿A qué te refieres con limitaciones? No entiendo.

—Verás, me han diagnosticado un síndrome y debo tomar muchos recaudos. Estoy aprendiendo a convivir con esta nueva realidad. Por eso mi nuevo Norte —agregó.

—Elina, habla con claridad —pidió con tono preocupado.

—Bueno, se me secan los ojos y me duele. No genero lágrimas y debo tomar agua muy seguido para evitar que se seque mi

boca. También tomo limonada con menta y jengibre que me prepara Ita y me encanta. No puedo comer cualquier cosa y a veces, estoy muy cansada… —se animó a decir.

—Beberemos juntos esa limonada, te daré tantos besos que se mezclará el sabor y el aroma de nuestras ganas de estar juntos. Te lo prometo.

—Eres un encanto.

—Jamás escuché que alguien no pueda generar lágrimas; es decir, ¿no puedes llorar? —continuó.

—No como el resto de las personas. Por supuesto que la angustia me genera ganas de hacerlo, pero mis ojos no responden a esa demanda y, entonces, lloro con el cuerpo, con el alma, con dolor físico, con ahogo… Es horrible —prefirió no seguir.

—Mira, preciosa, no sé qué síndrome sea ese, pero seremos tan felices que no habrá motivos para pensar en llorar. Cuando estés cansada, nos quedaremos en la cama y comeremos lo que tú quieras porque definitivamente mi alimento perfecto en el mundo eres tú —dijo convencido de sus palabras y sin siquiera pensarlas. Hablaron sus sentimientos. Aunque no entendía del todo la seriedad de lo que había escuchado. Solo había envuelto con su amor la información para devolverle tranquilidad.

—Si haces eso, también quiero llorar… —respondió Elina emocionada.

—¡No! Veamos —pensó un momento—. Conviértelas. Si alguien puede hacerlo eres tú. Las lágrimas serán lindas flores

en tus paredes, o en tus cuadros o en tu ropa. Esto es lo que harás. Toma tus acrílicos y pinceles y así como te encuentras vestida, corre todo lo que esté cerca y comienza a dibujar tus sentimientos con un lápiz en esa página en blanco que es tu pared.

—¡Estás loco!

—Sí, por ti. ¿Lo harás?

—Lo prometo.

—Y, además, canta —pidió—. Canta nuestra canción.

—Canto horrible, lo sabes.

—Sí, pero siempre es bueno cantar.

—¡Eso es verdad!

—Bien, te llamaré más tarde o me envías una foto si quieres —le hubiera dicho que la amaba, pero se había prometido no hacerlo a la distancia.

Elina se quitó los zapatos. La aventura de las flores debía ser descalza. Corría todos los muebles, cuando Ita llegó.

—Dios, ¿qué haces? ¿Transformarás el único espacio ordenado de la casa en un caos? ¿Vas a pintar? ¿No te cambiarás de ropa?

—Ita, una pregunta a la vez. Necesito llorar de alegría y no puedo. Gonzalo me ha dicho que dibuje y pinte para él. Que convierta las lágrimas, que no pueden ser, en flores. Tiene razón, eso haré. Me hace sentir mejor. Ah… y que cante.

—¿Ahora?

—Sí.

—¡Pero esa ropa es tan linda…! Te ensuciarás —dijo con

referencia a un pantalón de jean y una camisa a cuadros en tonos de lila y blanco que llevaba puesto.

–No. No lo haré porque voy a dibujar a lápiz primero –respondió mientras una flor gigante cobraba vida con los primeros trazos. Los pétalos parecían hojas grandes. Ella se puso de puntillas y cantaba *Never ending story*.

Ita juntaba resignada todos los materiales del suelo para ubicarlos perfectamente ordenados en una mesita pequeña de vidrio con estructura de metal.

* * *

Gonzalo abandonó todo lo que estaba haciendo para buscar en internet cuál era el síndrome que tenía ese extraño síntoma de no generar lágrimas. Así, luego de varios intentos, dio con el Sjögren por primera vez en su vida. Le costaba comprender y se sintió muy preocupado. Elina no necesitaba de él por el tiempo que durara su viaje, él tenía que hacerla feliz siempre.

Entonces, su padre y su tío, aclarándose la garganta como solían hacer cuando querían atención, lo sacaron de sus pensamientos. Los dos parados en la puerta de su habitación. José apoyado sobre los hombros de Frankie.

–¿Qué pasa?

–Bueno, justo estábamos por aquí y escuchamos que llamaste a Elina.

–Sí, así fue. ¿Algún problema?

–No, ninguno, hijo. Deberías llamarla más seguido.

–Lo hace. Ya sabes. Lo dijo Tere –agregó Frankie.

Gonzalo no pudo evitar reír. La tríada, además de todo, era espía.

–¿Escuchan detrás de la puerta entornada? –preguntó como si fueran niños.

–Justo esa es la cuestión –empezó a decir Frankie–. No escuchamos mucho. Peor detrás de la puerta, pero tu padre está seguro de que dijiste algo raro, como que la chica de París estaba enferma.

–¡No he sido yo! –se defendió José–. Fuiste tú. Y no dijo enferma, dijo síndrome y hablaron de una cama, besos y limonada y ser felices –aclaró–. No hay nada que preguntar. Todo es muy obvio.

–¡Te digo que no! Gonzalo, fue él –le cargó la responsabilidad–. ¿Le preguntaste si es que no puede llorar? ¿Qué le pasa? No somos curiosos, solo queremos ayudar –aclaró Frankie.

–Ambos saben que los amo, pero tienen un minuto… –se corrigió, no quería que se cayeran por la prisa–. Tienen el tiempo que les lleve dar la vuelta, cerrar la puerta y olvidar todo lo que han escuchado. Se llama "intimidad" y no voy a permitirles que se metan en ella. ¿Lo entienden?

Su padre y su tío se quedaron callados mirándolo antes de reaccionar. Parecían esperar que los castigaran y los mandaran al rincón.

–Da la vuelta, Frankie. Te dije que era mala idea.

–Mentira, he sido yo el que no quería escuchar. Es su vida, te lo dije –le reprochó.

Y así, echándose la culpa uno a otro como dos niños, emprendieron la retirada, aceptando que habían perdido la batalla.

–Vamos… soldado que huye sirve para otra guerra –agregó Frankie.

Gonzalo no pudo evitar reír. Eran divertidos. Eso estaba fuera de discusión.

Minutos después, golpearon su puerta.

–Soy Tere. ¿Puedo pasar?

–Claro, tía.

–Estaba preocupada porque pienso que puedo morirme. ¿Sabes qué me dijo Gabriel?

–No, tía –dijo respondiéndole no a ella, sino a su enfermedad.

–Que lea esta página –respondió y abrió un libro que tenía en sus manos.

–Te escucho –la miraba con dulzura.

Teresa se puso los lentes y leyó pausadamente:

–*Lo cierto es que la felicidad no es como dicen, que solo dura un instante y no se sabe que se tuvo, sino cuando ya se acabó. La verdad es que dura mientras dure el amor, porque con amor hasta morirse es bueno.*

–Es cierto. No debes estar preocupada. Todos moriremos un día. Ven aquí –dijo y la abrazó.

–Me dijeron que te pregunte qué le pasa a la chica de

París –había olvidado la profundidad del diálogo anterior–.
¿Conozco París? –preguntó–. Tengo frío –agregó antes de que
pudiera responderle. La confusión que domina la nada se
había instalado en ella. Gonzalo la acompañó hasta el sillón
y la cubrió con una manta. Su mirada extraviada estaba centrada en la transmisión del televisor, pero abrazaba el libro
de García Márquez.

Llamó a Elina y escuchó de fondo sonar la canción de ambos.

–¿Cómo vas con tu nuevo Norte?

–¡Bien! Estará terminada esperando por ti –respondió.
Estaba contenta. El arte había funcionado como antídoto
contra las lágrimas que no podían ser. Tenía que encontrar
otras alternativas y lo haría. Conversaron unos minutos y se
despidieron.

Gonzalo sintió una mezcla de angustia y desconcierto.
Tuvo miedo. ¿Y si ya no eran los mismos después de tanto
tiempo separados?

Las dudas no lo dejaron continuar armando su maleta. Las
certezas tampoco.

CAPÍTULO 22

¿Quién es?

Me gustaría saber qué se esconde detrás.
Detrás de lo que no existe
y constantemente nos reclama.
María Lorente Becerra

MONTEVIDEO, URUGUAY.

Melisa no tuvo un viaje de regreso tranquilo como solía ocurrirle. Era la primera vez que un planteo de Pablo la sacudía. Sus palabras la habían puesto delante de un espejo que reflejaba no solo su cuerpo, sino que se atrevía a desnudar su alma. No le había dado a nadie ese poder. Solo Lisandro lo tenía, pero se lo había ganado con sus acciones y había aprendido a decodificar sus emociones sin necesidad de que ella le confesara sus verdades más privadas. Esas dudas o certezas que, para bien o para mal, la convertían en la mujer que era.

Se preguntó, a su pesar, si podía comparar a Pablo con Lisandro y la respuesta la confundió. Era como una partida perdida para cualquier hombre pretender estar a su altura. ¿Por qué? Porque todo con él era maravilloso. Desde la manera en que se habían conocido en París hasta la mañana en que juntos habían decidido una manera poco habitual de dar la bienvenida a ese hijo que había llegado sin pedir permiso. Lo mejor que tenía Lisandro era la seguridad que brindaba. Cumplía su palabra. Siempre. No reclamaba ni juzgaba, en general, a nadie. Era como una regla básica en su vida. Respetar al otro y tratar de entenderlo.

Como padre, era sin duda, el mejor. Compartía todo con Dylan y le enseñaba con tanto amor las pequeñas cosas como las grandes virtudes. Tenían un hijo feliz que aceptaba con naturalidad el hecho de que su madre no estuviera presente físicamente la mayor parte del tiempo, pero que se sabía amado y recordado por ella en todo momento. Eso, en buena medida por no decir completamente, era la tarea de un padre distinto y generoso. Lo más loable era que Lisandro estaba convencido de que no eran una familia tipo pero que eran una gran familia, aunque ya no fuera pareja de Melisa.

Ella estaba molesta. No se sentía cómoda con la conversación que había tenido con Pablo y estaba enojada consigo misma. Quería saber qué había detrás de sus convicciones. Qué se escondía al otro lado de ese permanente reclamo interno de ser libre e independiente que, en definitiva, no existía más allá de su decisión. Por primera vez, se detuvo a pensar si quería esa vida para siempre. No halló la respuesta. Y si no la quería, ¿qué imaginaba en su lugar? ¿Con quién?

Dylan estaba en su casa y jugaba con ella. Le gustaban los automóviles y hacían carreras. Lisandro iría a verlo antes de dormir. Al llegar a Montevideo, no había hablado con él sobre lo que le había sucedido con Pablo. Prefirió no hacerlo, aunque él preguntó. Se limitó a decirle que no tenía ganas de conversar sobre eso.

Reía junto a Dylan, ambos recostados sobre la alfombra de la sala, cuando sonó el timbre. Se levantó.

—¿Quién es? —preguntó de pie, al otro lado de la puerta.

No hubo respuesta.

* * *

Elina terminó su trabajo en la oficina. Estaba contenta porque había logrado que, debido a sus informes socioambientales, cuatro hermanitos encontraran hogar. Si bien separados, estaban muy cerca uno del otro y con padres adoptivos que se comunicaban permanentemente en beneficio de los niños.

Había tomado el café que Tinore, el buen hombre de la confitería de enfrente, le había traído como cada día. Solían conversar mucho y de diversos temas. Ella amaba su tarea diaria. Sentía empatía con las personas, se ponía en el lugar del otro. La orfandad de niños pequeños era algo que le erizaba la piel y quería evitar. Era una misión que elegía dentro de sus posibilidades profesionales. Le recordaban su propia infancia. No había sido huérfana, pero casi. Se preguntaba qué había detrás de ese gran vacío. ¿Cuál había sido el injusto

motivo por el que su madre no la había querido? Prefería pensar que, aunque fuera injustificable, hubiera una razón. No podía aceptar, ni siquiera siendo adulta, que fuera solo una cuestión de apariencia o gustos. Su nuevo Norte estaba funcionando, a excepción de su voluntad de dejar a su madre atrás. No podía olvidarla, tampoco a la niña que había sido. No obstante, continuaba llevándose mejor con su síndrome. Se había reunido, a través de Facebook, con dos mujeres que lo padecían y vivían en Montevideo. Sentirse comprendida y hablar el mismo idioma, era una suerte de hidratación espiritual. Una de ellas había comentado que estaba segura de que las enfermedades autoinmunes eran consecuencia del estrés. Por ese motivo, su médico le había aconsejado meditar. Un nuevo concepto del que debía informarse. Nelly, la amiga de su abuela, seguro podía enseñarle algo sobre eso además de lo que su compañera de síndrome le había contado.

Llegó a su casa, subió las escaleras y fue directo a su dormitorio a cambiarse. Quería estar cómoda para darle color a la flor que esperaba por ella en la pared de la sala de estar. Era como vivir en dos casas, su habitación parecía la mezcla de un depósito con el desorden adolescente de una quinceañera que no sabe qué ponerse y se ha probado toda su ropa dejándola por ahí. La sala, en cambio, que era el espacio de Ita, estaba ordenada y cada cosa tenía un lugar específico. Había un juego de sillones con una mesa baja cuadrada, el televisor y un perchero. No era demasiado grande. Almorzaban en la cocina o a veces en ese lugar.

Encontró debajo de la cama un par de tenis blanco, buscó un jean en la pila de ropa, se hizo un rodete, después se puso una camisa grande blanca arriba de una camiseta sin mangas del mismo color, y preparó los acrílicos en una paleta. Puso música y al ritmo de *Shape of you* de Ed Sheeran, colocó gotas en sus ojos, bebió agua y se entregó a la artista que la habitaba.

Estaba muy concentrada y no escuchó el primer ruido de las pequeñas garras de Batman arañando la ventana. El gato, negro y blanco como una noche con luna, insistió. Cuando Elina lo descubrió, se sintió feliz. Le abrió de inmediato y, antes de que pudiera atraparlo, él entró rápidamente. Se sentó cerca de sus pies y maullaba. Entonces, dejó la paleta y el pincel en el suelo sobre un trapo y fue a servirle leche. Lo acarició mientras la bebía.

—Batman, eres una lindura, pero tienes dueño y seguramente dueña. Un niño se asustará si no regresas. ¿Qué haces aquí? —le dijo como si el animal pudiera responderle—. Claramente no puedes decírmelo. Bien, puedes acomodarte donde quieras mientras aviso a tu dueño.

El gatito se fue directo a su lado y se frotaba sobre sus pantorrillas esperando caricias. Lo tomó en brazos y buscó su teléfono. Tuvo que leer el número nuevamente en la placa de identificación porque era más rápido. Lo había agendado, pero no recordaba con qué nombre o de qué manera. Obviamente también era desordenada en eso. No seguía regla alguna. A veces, agendaba por apellido, otras por nombre,

otras por referencias varias. O sea, cuando no era un número frecuente solía no encontrarlo.

Lisandro, que sí había guardado su número, se sorprendió al verlo en la pantalla de su celular. Se puso nervioso. Se dio cuenta de que le gustaba mucho porque reaccionaba como un jovencito ante sus primeras emociones.

–Hola –saludó. No pensó en Batman, lo cual lo situaba en el típico lugar de alguien que se desconcerta por una mujer.

–¡Hola! No quisiera molestarte, pero tengo un huésped en brazos que vino a visitarme. Ya bebió su leche y no quiero que ustedes se preocupen. Sobre todo, tu hijo. Batman está aquí –dijo "ustedes" adrede para averiguar si había un matrimonio.

Lisandro se había perdido en el sonido alegre de su voz.

–¿Estás allí? –preguntó Elina.

–Sí, perdón. ¡Batman, otra vez! –dijo mientras pensaba que era evidente la razón. ¿Por qué otro motivo lo llamaría alguien como ella? De pronto reparó en el "ustedes" y supuso que se refería a él y a su hijo. Le gustó que pensara en Dylan–. Estaba camino a casa de la mamá de mi hijo. Llegó de viaje hace unos días y Dylan está con ella. Iba a verlo, pero ya mismo le aviso que voy a demorarme, y voy primero a buscarlo. No quiero que te moleste.

Elina sintió cierto placer involuntario al saber que estaba separado. Sus palabras lo dejaban claro y el niño se llamaba Dylan, un nombre precioso. No recordó que estaba pintando una pared para recibir a Gonzalo. Se dispersaba con mucha facilidad, bastaba una distracción para olvidar lo que hacía

y centrar su atención en otra cosa. Stella le decía Dory, en relación al pez de la película infantil *Buscando a Nemo* que sufre de falta de memoria de corto plazo. Quizá eso estuviera asociado al desorden. Iba dejando cosas y pensamientos a su paso y, la mayoría de las veces, olvidaba dónde o por qué. Ser desordenada y distraída no tenía nada que ver con su enfermedad. Toda la vida había sido igual.

—No te preocupes. Es un encanto. Puede quedarse aquí. Ven por él mañana.

Le gustaba la idea de cuidarlo toda la noche. Nunca había tenido mascotas de pequeña. Bueno, un gato, una vez por pocos días hasta que su madre lo regaló porque decía que era alérgica. Hasta ese amor le había negado. Por esos días, el recuerdo de su madre era recurrente. Como si internamente algo en su interior la reviviera.

—¡No! No me atrevo a hacer eso. Le avisaré a Melisa, la madre de mi hijo, que llegaré más tarde —reiteró.

—Como quieras. Estaremos aquí… pintando —su tono conllevaba cierta complicidad nacida de la situación. Compartían un gato escapista.

Lisandro no quería cortar sin lograr algo más que el momento en que la vería para recuperar a Batman. Recordó a su amigo Juan insistiéndole para que la invitara a salir.

—Elina…

—¿Sí?

—Qué te parece si voy a saludar a Dylan y luego te invito a cenar —cerró los ojos pensando que había sido muy impulsivo

y esperó un instante que duró una eternidad. Escuchó su risa suave primero que sus palabras.

—¿Y Batman?

¡Genial! No había dicho que no.

—¿Quieres que venga con nosotros? —preguntó con humor. Él mismo había olvidado que la causa del encuentro era el gatito paseandero.

Elina se dio cuenta de lo absurdo de su pregunta y se sorprendió al pensarlo.

—Tengo una idea mejor. No creo que ningún restaurante nos reciba con él y tampoco sé cuándo volverá a visitarme. ¿Qué te parece si vienes y cenamos aquí? Así podría tenerlo un rato más —propuso.

—¿Y tu abuela?

—¿Quieres que cene con nosotros? —se burló usando su mismo discurso.

—No, no es eso. Es que no quiero importunar —rio.

—Mi abuela nunca tiene problema con nada. Igual creo que esta noche come con su amiga Nelly —recordaba que algo le había dicho, pero no con exactitud.

—Perfecto. Allí estaré. ¿A qué hora?

—Me da lo mismo. Cuando te desocupes. Improvisaré algo.

Lisandro no podía creer esa personalidad. Ninguna mujer que él hubiera conocido antes había concertado una primera cita en su casa, sin horario establecido ni tiempo para arreglarse. Eso podía significar dos cosas: o no le importaba como él la viera porque no tenía otro interés que el de ser amable

168   o, por el contrario, así era, simple y espontánea como el sol.

Elina cortó y besó a Batman.

–Bueno, no sé cómo ha ocurrido, pero parece que tu dueño cenará aquí hoy –volvió a su flor a medio pintar y siguió haciéndolo hasta que sonó el timbre. Habían pasado más de dos horas. Batman se había dormido a su lado.

Fue hacia el portero electrónico.

–¿Quién es? –preguntó.

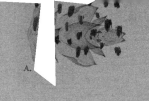

CAPÍTULO 23

Universo

El Universo no te castiga ni te bendice,
el Universo responde a la actitud
y a la vibración que emites.

Jaime Maussan

Bernarda llegó a casa de su amiga. Nelly la esperaba para cenar. Al menos una vez por semana se reunían y diariamente conversaban por celular.

Desde que se enteró del síndrome que le habían diagnosticado a Elina, Nelly puso todo su conocimiento y tiempo al servicio de encontrar la manera de ayudar a la amada nieta de su amiga, a quien ella quería muchísimo también. La había visto nacer. En realidad, solía decir, cuando se tiene una amiga durante más de cincuenta años, sucede lo inevitable. Las personas lo ven casi todo. Se convierten en testigos de los matrimonios, los nacimientos, los divorcios, las peleas de la familia, los nietos y, con suerte si la salud es compañera, hasta de los bisnietos; pero también de situaciones que duelen. Empiezan a enfermarse otras amigas en común, algunas se van deteriorando sin que se pueda hacer nada y otras, una mañana cualquiera, no despiertan. Así, la vejez hace su trabajo.

Un día tomando un café, se dan cuenta de que tienen cada vez menos gente para invitar a sus cumpleaños y que en la familia son las más viejas. No hay nadie más a quien consultar si ellas no recuerdan algo. No queda nadie sosteniendo la pirámide, son la base.

Hasta ahí es la vida misma y sus reglas de juego, pero a veces, la fatalidad explota y toca pasar por lo peor, aquello para lo que nadie está preparado: ver morir a gente muy joven, más insoportable todavía, a un hijo. Dios, el Universo o quien corresponda deberían evitar eso, pero aún nada se ha podido hacer al respecto contra esa brutalidad del destino. No es posible aceptar el hecho injusto y tremendo de ver morir a quien se vio nacer. Ningún ser humano está preparado para esa pérdida. Bernarda era una sobreviviente que había enviudado muy temprano, había criado sola a su hija y después, frente a la tragedia, había encontrado fuerzas en donde solo había dolor para enterrar a su hija y cuidar a su nieta.

Nelly, siempre a su lado, había sostenido su tristeza y le había dado apoyo encontrando el ánimo perdido. Cuando eran más jóvenes y ambas trabajaban, habían sido maestras de escuela primaria, habían tenido menos tiempo para interrogantes. El mecanismo era afrontar los golpes de la realidad y continuar, porque la necesidad era la dueña de la urgencia.

A los ochenta podían detenerse. Había más tiempo para llorar, dormir, leer, jugar a los dados, tratar de entender la vida o sufrir. Así de tirano y caprichoso era el reloj vital. Las horas sobraban cuando no hacían tanta falta, cuando el futuro era más breve que el pasado.

Sentadas a la mesa, disfrutaban unos ricos canelones y conversaban.

—¿Pudiste averiguar algo?

—No mucho —Bernarda sabía que su amiga estaba centrada en hallar la causa emocional del Sjögren—. Solo me ha dicho lo que ya sabemos, que su madre nunca la quiso y que quiere dejarla atrás. Que se ha planteado un nuevo Norte, que quiere ser feliz porque no tiene otro camino. En fin, con todo el dolor del alma, no puedo defender a Renata. Es cierto, por alguna razón no la quiso o no supo hacerlo. Pero lo que haya sido se fue con ella a la tumba… No hay vuelta atrás.

—Yo no creo que sea así. Estoy segura de que hay más información en Elina de la que tú conoces. Tal vez sea inconsciente y ni ella lo sepa, pero su cuerpo sí. ¿Entiendes?

—Más o menos. Explícame.

—Bernarda, los pensamientos, las creencias y las emociones tienen un gran impacto en la salud. Hay mucho escrito sobre eso. Esto no es la medicina occidental a la que estamos acostumbradas. Es medicina energética. Se trata de sanar en otra dimensión las relaciones que nos han dañado o de perdonarse y transformar eso en amor incondicional. Sería como hablarle al cuerpo desde la energía y mandarle las señales correctas.

Porque si es verdad, que lo es para mí, que la salud se ve afectada por los pensamientos, las creencias y las emociones —repitió—, entonces lo maravilloso es que también la capacidad de curarse está alcanzada por lo mismo.

—Empiezo a entender, no mucho, pero algo.

—Por ejemplo, si alguien va a una consulta y le dicen que tiene cáncer, ¿qué hace?

—Y… supongo que se pone a llorar, o se angustia, o se asusta o todo eso a la vez.

—Bueno, con eso agrava la situación porque piensa que se va a morir, no que se va a curar. Sin embargo, los ensayos clínicos demuestran que las personas que reciben placebo y no la medicina, mejoran. ¿Sabes por qué?

—No.

—Porque no lo saben y creen que reciben la medicación que podría curarlos. Mandan la señal correcta al cuerpo. Eso demuestra que entre las "otras verdades" que aprendí de vieja, esta es genial.

—Perdón, pero para estar segura, ¿un ensayo clínico es una investigación previa en personas antes de que se elabore una medicina?

—Algo así. Es una evaluación experimental de un medicamento que, en su aplicación a seres humanos, pretende valorar su eficacia y seguridad. Para realizar esa tarea, a algunos se les da la medicación y a otros, un placebo, que es una sustancia farmacológicamente inerte. O sea, nada. Y muchos mejoran igual. Todo está aquí —dijo y con su dedo índice señaló su sien.

—La verdad, no solo es interesante, es esperanzador. Y tiene sentido.

—Por eso, debemos averiguar más de lo que siente Elinita y de lo ocurrido en ese incendio horrible. Esa noche habían peleado, ¿recuerdas?

—Sí, claro que lo recuerdo. Siempre discutían.

—Sí, pero esa fue la última vez que pudieron hacerlo. Y quién sabe lo que se dijeron. Eso es una herida abierta. Estoy segura.

—No quiero ni pensar. ¿Pero cómo hacemos para que Elina hable? Ni siquiera sabemos si recuerda.

—El Universo.

—¿Qué tiene que ver el Universo en esto?

—Es otra de las "verdades": el Universo todo lo provee.

—¿Qué sería el Universo en este contexto?

Nelly pensó unos instantes una manera simple de explicar algo infinito en tamaño y poder.

—Es como un gran centro comercial cósmico gratuito que siempre está abierto —dijo por fin—. Solo tienes que ir mentalmente allí y tomar de sus estanterías lo que necesites. Y sumar a eso tu actitud y convencimiento. No dudar. No tener miedo de que no pase. No debes pedir de una manera determinada, solo pide lo que quieras y deja los detalles en sus manos. Es como cuando rezas. No le dices a Dios qué hacer. Solo confías en él y le dejas decidir el mejor camino.

—Definitivamente creo que es mucha información y que por momentos hablas locuras —dijo. La comparación con un centro comercial le había causado gracia.

—No, escúchame. Pides la solución a tu preocupación, la visualizas. En este caso, tomas del Universo la sanación espiritual y física de Elina, y dejas en su poder los detalles —repitió—. No lo digo yo, lo dice Chopra entre otros tantos —agregó.

—¿Quién es Chopra?

—¿Cómo que quién es Chopra? —preguntó indignada. Todo el mundo al menos había escuchado hablar de él.

—No sé quién es Chopra —volvió a decir.

—Es un médico, escritor y conferencista indio. Pionero de la medicina integral. Ha escrito mucho sobre autoayuda y espiritualidad. Su influencia está marcada por las enseñanzas de escrituras tradicionales indias como el Ayurveda, corriente tradicional de la curación hindú. Voy a prestarte uno de sus libros.

—O sea que acabas de explicarme las ideas de un médico hindú basadas en tradiciones curativas hindúes y el concepto de que el Universo te da todo lo que pides y se ocupa de los detalles con las palabras ¿"centro comercial cósmico gratuito"? —citó.

—Algo así. Estás mezclando un poco, pero vamos bien —reflexionó sonriendo—. ¿No soy genial? ¡Te la hice fácil! Yo leí mucho y fui a charlas y cursos desde que me jubilé. ¡Te evité mucho tiempo de aprendizaje! Digamos que tengo un gran poder de síntesis y que soy didáctica en extremo —se rio de sí misma. Era muy ocurrente pero lo bueno era que lograba el cometido de que su interlocutor entendiera—. El cuerpo es energía, no funciona como una máquina y se cura

por partes. Todo tiene que estar en armonía. Cuerpo, mente y espíritu.

—No voy a negarme a nada que pueda ayudarla. Si tú crees que el Universo hará que Elina hable sobre sus heridas y mejore, creeré en eso. ¿Pero dónde encaja la medicina tradicional en tu teoría?

—En todo. Más aún en las cuestiones de cirugía o accidentes. No es excluyente. Todo es parte de un equilibrio. Sin médicos, ignoraríamos los diagnósticos. Es importante consultar y cumplir los tratamientos, pero no es todo. Eso es lo que digo.

—La verdad, eres diferente. Me das seguridad y siempre logras que vea caminos alternativos delante de mis preocupaciones. Además, eres muy divertida. ¿Cuándo vamos al centro comercial cósmico gratuito? —agregó—. Porque, además, vendrá Gonzalo, el joven de París, a visitar a Elina y creo que el amor también es una variable interesante para que sea feliz y el Universo le envíe.

—¡Por supuesto! ¿Por qué no me lo dijiste antes?

—Porque intentaba comprender tus teorías y me olvidé —dijo con humor.

—¡No son mías! Te obligaré a leer y escuchar conferencias para que compruebes que la Nueva Era trae consigo estos conocimientos. No debemos pedir que forme pareja con Gonzalo. Solo que el amor llegue a su vida. El Universo decidirá quién es el mejor compañero para ella. Así funciona.

—A mí me encanta Gonzalo.

–También te gustó el joven del gato –dijo refiriéndose a Lisandro–. ¡Lo dejaste entrar como si lo conocieras!

–Es verdad –reconoció–. ¡Bueno que el Universo decida entre esos dos!

Ambas rieron con ganas.

Esa noche conversaron hasta tarde y Nelly logró enseñarle varios videos de YouTube que apoyaban sus creencias, después de luchar un poco contra los anuncios de internet que interrumpían lo que les interesaba.

Bernarda tomó seriamente la información. No solo porque tenía sentido, sino porque nunca se cerraba a nuevas ideas.

–¿No hay límite para pedir al Universo lo que uno necesita?

–Sí. Solo uno. Que lo que pidas solo traiga bien para las personas involucradas. ¿Por qué preguntas?

–Porque también quisiera que Renata descansara en paz y que de alguna manera se reconciliara con Elina.

–Pues así será –dijo convencida y presionó su mano dando ánimo.

–Dime, ¿no hay alguna película que podamos ver que aborde estos temas? Me resulta más fácil que leer.

–Sí. ¡Tienes razón! Debí comenzar por ahí. ¿Tienes tiempo?

–Sí, le avisé a Elina que estoy aquí. ¿Por qué?

–Entonces veremos *Heal* –dijo y se dispuso a buscar en Netflix–. No es película –aclaró.

Minutos después, ambas esperaban atentamente el comienzo del documental sentadas en el sofá.

CAPÍTULO 24

Reacciones

La acción no debe ser una reacción
sino una creación.
Mao Tse-Tung

Nervioso, de pie en el umbral, justo detrás de la puerta de la casa de Melisa, pensó una vez más si había sido una buena idea seguir su impulso. Inmerso en sus dudas no respondió.

–¿Quién es? –preguntó Melisa por segunda vez. Dylan se había acercado a su lado.

–Soy yo, Pablo –respondió una voz ansiosa.

–¿Quién es Pablo, mamá?

Silencio.

Melisa se quedó sin palabras. Acarició la cabellera suave de su hijo y sintió cómo se le terminaba la posibilidad de mantener a su familia al margen de su relación. Se cerraba la puerta del control de su vida en la paradójica situación que la colocaba el simple hecho de tener que abrir la de su casa.

Otra mujer se hubiera sorprendido. Se hubiera preguntado qué hacía Pablo allí, pero ella sabía cada respuesta. Lo que no tenía claro era cuál era el límite de su independencia frente a la situación que era un hecho inminente.

Pablo había decidido que quería todo. No obtienen eso las personas que no asumen riesgos. En esa inteligencia había tomado un avión a Montevideo. Necesitaba definiciones. Ir sin que ella lo invitara había sido una determinación bastante radical, pero no le importaba.

Quitó la llave.

–¿Quién es, mami?

–Es… es un amigo. Trabaja en la agencia, en Madrid –respondió.

Abrió la puerta. Se miraron directo a la sorpresa que les provocaba encontrarse en un escenario tan distinto.

–¡Hola, Melisa! ¿No vas a dejarme entrar? –saludó–. Tú debes ser Dylan –dijo observando al pequeño–. Esto es para ti –agregó entregándole un paquete con envoltorio de regalo. El niño miró a su madre buscando que mediante algún gesto le diera permiso para aceptar.

–Pasa, Pablo, por favor –pudo decir por fin–. Hijo, toma el obsequio, cariño –indicó. Dylan tomó la caja y los tres entraron a la sala.

Para sorpresa de Melisa, Pablo se sentó en el suelo junto a su hijo y lo miraba mientras abría el regalo. Los ojos se le

iluminaron cuando vio una Ferrari a control remoto. Era más
grande que todos sus autos y mucho más sofisticado el manejo.

–¿Te gusta?

–Sí… mucho. ¿Cómo la hago andar?

–¿Quieres que te enseñe?

–¡Sí!

Se pusieron de pie. Pablo le explicó con dulzura. Minutos después, Dylan comenzaba a ensayar el manejo del control, guiado por él. Cuando el niño estaba completamente entretenido, se acercó a Melisa, quien estaba observándolos.

–¿Por qué lo hiciste? ¿Por qué viniste sin preguntar si podías o si yo quería? –quiso saber. Estaba molesta.

–Porque sentí que si te consultaba nunca me dirías que sí. De verdad necesitaba conocer a tu hijo y tu vida aquí.

–Esa era mi decisión, no la tuya. ¿Por qué me hiciste esto? –dijo. Sintió su intimidad completamente invadida.

–Yo no te hice nada. Las personas hacemos cosas cuando sentimos amor, tú decides qué harás luego, pero yo a ti no te he hecho nada, excepto amarte –repitió–. ¿Tan mal crees que ha sucedido el primer encuentro? –preguntó mientras Dylan jugaba con el automóvil y sonreía.

–Mira, mamá. ¡Lo puedo hacer doblar!

–Es un niño y le has traído una Ferrari. ¿Qué esperabas?

–Que tú te sintieras feliz. A pesar de tu reacción, esto es para ti. No he pensado solo en tu hijo –dijo Pablo y extrajo de su bolsillo un obsequio pequeño. Parecía de una joyería.

En ese momento, el timbre volvió a sonar.

* * *

Con el tubo del portero electrónico en sus manos, Elina se dio cuenta de que no había presionado el botón para que su voz pudiera escucharse abajo. Por eso nadie respondía. Entonces preguntó nuevamente:

–¿Quién es?

–Soy yo, Stella.

–Ya bajo.

Minutos después ambas subían las escaleras.

–¿Qué haces aquí? No me digas que te invité a cenar y me olvidé –dijo Elina, a quien eso podía sucederle.

–¡No! La verdad es que tuve ganas de conversar contigo. ¿Tú qué hacías? ¿Ita?

–Yo estaba pintando –respondió mientras señalaba la inmensa flor a medio terminar en la pared–. Ita creo que cenará en casa de Nelly. ¿Te gusta? –preguntó y bebió agua de su botella. Además, hidrató sus ojos con unas gotas. Lo hizo naturalmente. Habituada.

Stella sintió una puntada en el alma. No le tendría lástima, pero crecía su enojo con Dios porque eso, definitivamente, no era justo. Antes de que pudiera decirle que la flor le parecía preciosa, notó algo entre sus pies. Miró y vio un gato precioso y expresivo pidiendo caricias. Se puso en cuclillas:

–Dime que es el gato que pienso que es.

–Sí. Es Batman. Regresó.

–¡Bien! –exclamó de manera divertida–. Dime que vendrá su dueño.

–Bueno, de hecho, pudiste ser él. Porque lo llamé… –miró su reloj–. ¡Dios, han pasado más de dos horas! Pintando no me di cuenta del tiempo.

–Elina, cuéntame todo. Ahora. No te distraigas –pidió con curiosidad fulminante.

–No hay mucho que contar. Batman regresó y llamó a mi ventana. Le abrí, por supuesto, y llamé a Lisandro… –empezó a relatar.

–Ah… bien ya lo llamas por su nombre. Continúa.

–Bueno, él iba a casa de "la madre de su hijo" y…

–¡Genial, es separado! –la interrumpió.

–¡Stella!

–Es así. Nadie se refiere a una mujer como "la madre de su hijo" si vive con ella.

–Es verdad. Confieso que pensé lo mismo. Me invitó a cenar y finalmente, le dije que fuera a ver a su hijo, se llama Dylan, y que luego viniera a cenar aquí, así yo podía tener a Batman un rato más –dijo y le dio detalles de la conversación.

–Y perdón, pero… ¿qué van a cenar?

–No sé. Algo debe haber en el refrigerador o pasta. Le avisé que iba a improvisar.

–Elina, por favor, apresúrate. Tienes que ordenar un poco, cambiarte de ropa, tener al menos la mesa puesta.

–¿Por qué?

–Es un chiste, ¿no?

—No. Tú vives muy pendiente de todo.

—Y tú vives al margen del tiempo. ¿Acaso no te gustó? ¿No quieres que se fije en ti?

—Yo… no lo sé. En realidad, pinto esta flor de bienvenida para Gonzalo —agregó confundida—. Una parte de París vuelve a mí, deseo que esa magia de Notre Dame me abrace en casa.

—Amiga, Gonzalo debe ser un amor, no lo dudo, pero aún no está aquí. Lisandro llegará pronto y por alguna razón este superhéroe regresa a ti —dijo en alusión al gatito que tomó en brazos y besó—. Tú sí que eres un cupido original. ¿Tienes algún familiar para enviar a mi ventana? Eso sí, que tenga un dueño como el tuyo. ¡Lindo y conveniente!

Las dos rieron.

—Stella, no voy a cambiar nada de lo que soy. Es cierto que me gustó y que me sentí raramente alegre al advertir que se supone no está casado, lo cual no significa en modo alguno que esté disponible, pero nunca ordeno, no lo haré hoy. Me gusta mi ropa así como está, y puedo poner la mesa y preparar pasta cuando él llegue.

—¡Pero estás descalza!

—Sabes que me gusta sentir el suelo bajo mis pies.

—Puedes conectarte con el suelo todo el tiempo, pero ¡justo en una cita no es necesario!

—Relájate. Lisandro viene a buscar su gato, no a mirar mis pies. Esto no es una cita.

—Te invitó a cenar, no es solo por la mascota. Eso es claro. No se discute.

–Yo no lo creo así. De todas maneras, si con eso te vas a callar, me calzaré –prometió, pero no lo hizo.

–Algo es algo –respondió resignada–. La verdad, me encantaría ser como tú.

–Es fácil. Solo haz lo que tengas ganas y que no te importe la mirada del mundo –sonrió.

–No es solo eso. No especulas con nada y resistes siempre tu suerte. Eres tan… tan Elina –no podía definirla. Esas palabras eran casi nostálgicas. Anunciaban un nuevo error. La conocía bien.

–¿Qué te sucede? Yo solo resisto mi suerte, no sin sufrir, no he tenido una paleta de opciones. Lo sabes –la conocía bien–. ¿Otra vez elegiste mal?

–Sí.

–Dime que no es casado. Te lo suplico –dijo medio en broma medio en serio.

–No puedo.

–¡Stella, por favor! Menos mal que soy yo la que no puede llorar, porque tú te la pasas asegurándote los motivos de una buena tristeza. ¡Ya sabes cómo es eso!

–Lo sé… pero él me encanta y…

–No me digas nada, se lleva mal con su esposa, no la toca y tú eres la mujer de su vida.

–No tanto como eso. Es diferente esta vez. Aún no ha pasado nada. Solo mensajes de texto y pura seducción.

–¿Sabes cuántas veces me dijiste *esta vez es diferente*?

–Muchas, pero te juro que esta vez es verdad –aclaró.

—No es así. No te engañes. Termina esa historia antes de que empiece a tener como escenario una cama en vez de un celular o serás otro blanco fácil de la estadística. Te ilusionarás, pero con el tiempo verás que no cambiará a su familia por ti y llorarás.

Stella estaba aferrada a Batman escuchando las verdades que nadie le decía como su amiga, cuando sonó el portero electrónico.

* * *

Melisa tomó la pequeña cajita adornada con una cinta roja, y fue a abrir la puerta.

—¿No preguntarás quién es? —dijo Pablo. Le preocupaba la seguridad, no en ese momento porque él estaba allí, sino como hábito cuando Melisa estaba sola.

—No. Sé quién es. Solo Lisandro toca así el timbre y luego entra.

Pablo pensó que eso sí era conocerse en serio. Tuvo celos. Trató de disimularlos. Un instante lo separaba de la hora de la verdad. Por fin, Lisandro Bless tendría un rostro.

—¿Tiene llave?

—Por supuesto, es la casa de su hijo.

—No, es tú casa —respondió.

Ambos miraban hacia la entrada cuando Lisandro entró. La sorpresa de los tres fue evidente por diferentes razones. Por un instante, el filoso borde de las miradas cruzadas en

silencio fue insoportable. Dylan de inmediato fue corriendo a saludar a su papá y rompió el hielo con su inocencia.

—Mira, papá, el amigo de mami me regaló esta Ferrari. ¿Te gusta? —preguntó emocionado mientras se la alcanzaba con sus brazos extendidos.

Lisandro comprendió la situación en un instante. Al contrario de lo que cualquiera hubiera hecho, no detuvo su mirada en el extraño, sino en Melisa. Su expresión se lo dijo todo. Había algo entre ellos. A ella le importaba, pero le molestaba que estuviera allí. La Ferrari era una clara forma de ganarse la complicidad de Dylan. Se sintió incómodo y no le gustó. Menos aún esa cajita pequeña que sin duda alguna contenía un anillo en manos de Melisa. ¿Qué debía hacer? ¿Llevarse a Dylan? ¿Ser amable con ese hombre que estaba metido en la casa de su familia?

—Es muy lindo, hijo —respondió para ganar tiempo. Así, optó por el respeto a la situación más allá de cómo se sentía.

—Supongo que eres Lisandro —se acercó Pablo y le tendió la mano.

—Lo soy. ¿Y tú? —respondió y le dio la mano con firmeza.

—Soy Pablo Quevedo. Trabajo en la sucursal de *Life&Travel* de Madrid.

—Entiendo. Dylan, ve a preparar tu mochila, hijo. Esta noche dormirás en casa conmigo.

—Pero mami está aquí. ¿Por qué debo irme?

—Porque creo que estará ocupada esta noche —respondió y le devolvió la Ferrari. Dylan se volteó y miró a su madre.

Melisa estaba furiosa. Quería hablar con Pablo, también con Lisandro, pero no con ambos a la vez y no deseaba que su hijo se fuera. Nunca le había pasado el hecho de sentirse molesta al extremo en su propia casa.

—No, hijo. Tú te quedas aquí hoy, como siempre. Pablo ya se va; y tu papá, también —los echó con diplomacia. Quería estar sola.

Lisandro trató de objetivar la situación. No iba a desautorizar a Melisa en ese momento. Estaba echando al extraño elegantemente. Entonces, se inclinó, beso a su hijo y le deseó buenas noches.

—Hazle caso a mamá —dijo aceptando su decisión. Se acercó a Melisa y la besó en la mejilla.

Pablo se ubicó a relativa distancia.

—Ya hablaremos. Aquí no duerme —ordenó Lisandro en voz baja—. No mientras esté Dylan. Me decepcionas.

Melisa tuvo ganas de llorar. Cerró la puerta detrás de él.

—Vete, Pablo. Ahora. Quiero estar sola.

Pablo había observado detenidamente a ambos. No le gustó lo que vio.

—¿No abrirás tu obsequio? —preguntó intentando suavizar el momento.

Melisa contuvo las lágrimas y no respondió.

* * *

Lisandro estaba muy molesto. No entendía por qué le había

incomodado tanto la presencia de ese hombre. Después de
todo, Melisa no era su pareja. ¿Qué sentía por ella? Él iba a
cenar esa misma noche con una mujer que lo había deslum-
brado. ¿Acaso eran celos? No podía ordenar sus pensamientos.
Definitivamente nunca había imaginado que Melisa llevaría
un hombre a su casa para que Dylan lo conociera sin hablarlo
con él primero. Tenían toda la confianza del mundo. Él le habría contado si hubiera sido al revés. ¿Se acostarían esa noche?
¿Por qué pensaba en eso?

Con gran esfuerzo se centró en ir a buscar a Batman y
ver a Elina Fablet. Se ocuparía del tal Pablo Quevedo al día
siguiente.

–Suena el portero electrónico, Elina. Atiende, que prefiero
ver la cara del superhéroe padre que seguir escuchando tantas
verdades sinceras.

–No he terminado contigo –adelantó–. ¿Quién es?

–Hola, soy Lisandro.

–Pasa. La puerta está sin llave.

Lisandro subió las escaleras. Elina lo esperaba con la puerta de arriba abierta y Batman en brazos. Stella los observó.

Él se acercó y besó su mejilla. Ella sonrió.

Entonces olvidó todo, absolutamente todo, al ritmo de su
aroma y su suavidad. Cuando tomó distancia de su rostro y la
miró, su vida entera se iluminó. Sintió que no era una mujer, era su destino. Bajó la vista un instante para esconder un
suspiro inevitable y, entonces, descubrió sus pies descalzos.
Eran tan lindos como ella.

CAPÍTULO 25

Mensajes

Un inconfundible mensaje se había cruzado entre ellos.
Era como si sus mentes se hubieran abierto
y los pensamientos hubiesen volado.

George Orwell

Desde lo acontecido en el hotel alojamiento, la convivencia entre Mercedes Weber y su hija era sostenida por el reproche silencioso de una mirada acusatoria permanente. Julieta callaba en nombre de la palabra dada a su terapeuta y en beneficio de un padre que no merecía semejante traición. La sensación de su madre cuando los tres estaban en la casa era la misma que la de caminar por un campo minado. La joven no le hablaba para nada y había optado por ignorarla. Tomaba decisiones avisándole solo a su padre y se había posicionado en un lugar donde su madre carecía de autoridad para indicarle nada. Mercedes no lograba resolver cómo abordar el conflicto y toleraba, no sin sentir que el panorama familiar era completamente injusto. Su hija no mediría jamás a sus padres con la misma vara.

Durante la cena, al lado de cada plato estaban los teléfonos como un cubierto más. Por un instante la imagen le causó dolor. ¿Tan rota estaba esa familia? ¿Quién tenía la culpa? ¿Importaba?

Jorge respondió un mensaje de WhatsApp y se dispuso a cenar. El celular de Julieta sonó. Era una videollamada de su novio. Atendió.

—Te llamo en un rato. Estoy en la mesa —alertó para que no dijera nada inapropiado que sus padres pudieran escuchar.

—¿Le preguntaste? —dijo Franco.

Mercedes se puso a la defensiva en silencio. Ese "le", estaba indicando que pediría permiso para algo solo a su padre y que el novio también la juzgaba corriéndola de su rol de madre.

—No, todavía no hablé con papá, Fran. Después te llamo —respondió y cortó.

—¿Qué es lo que hablarás con papá? —preguntó Mercedes.

—Justamente. Hablaré con papá, no contigo.

—Julieta, te guste o no, soy tu madre y no vas a manejarte como si fueras una adulta porque no lo eres.

—No me gusta que seas mi madre y creo que sabes bien por qué. Y si ser adulta es ser como tú… entonces… —inició una discusión de esas en las que se dice una cosa, pero se piensa otra. La verdad que no se pronuncia empuja para salir en un grito mudo.

—¡Cállate! —interrumpió Mercedes.

–Un momento. ¡Basta las dos! Estoy cansado de no tener ganas de estar aquí porque discuten todo el tiempo –se impuso Jorge elevando el tono–. Esta casa es un verdadero infierno cuando ambas lo deciden que, durante el último tiempo, es siempre.

–Yo ni le hablo, papi –se defendió indignada–. Es ella que…. –moría de ganas de decirle.

–Hija, tu madre tiene en esta casa la misma autoridad que yo. Hace días que noto que todo está funcionando peor entre ustedes. Pago un psicólogo para nada –se quejó–. ¿Qué es lo que pasa? ¿Hasta cuándo seguirán en pie de guerra?

Julieta recordó a Lisandro y lo que le había prometido. Estaba furiosa, quería escupir la realidad. El teléfono de Jorge indicaba mensajes ingresando. Él lo miró y le quitó el sonido.

Mercedes calculó su siguiente paso.

–Creo que papá tiene razón, nos hemos excedido, hija. Tenemos que intentar comprendernos y darnos espacio –dijo como si hubiera un doble mensaje en sus palabras. Intentaba bajar la tensión del diálogo.

Julieta pensó a qué se refería con darse espacio. ¿Acaso pretendía que fuera cómplice? Odiaba que su padre la legitimara, ella no iba a reconocerla. No lo merecía.

–Yo no me excedí en nada. No estoy en guerra. Y si las cosas están peor, no es por mi culpa –la miró con furia–. Pero eso que te lo explique ella –agregó–. Quiero viajar a Europa con Franco. ¿Puedo ir, papá? –lanzó la pregunta como si fuera un permiso para ir al cine y cambió el eje de la conversación.

Jorge la miró sorprendido. Definitivamente algo así no estaba en sus planes considerando su edad, que todavía cursaba la secundaria, lo poco que le gustaba que Franco fuera cinco años mayor y que siempre hablaba de irse a vivir a otro país. Nada había a favor. Una preocupación premonitoria lo invadió. Sabía que un no radical no era la mejor manera de conversar con Julieta. ¿Debía ocuparse de eso o continuar indagando sobre los enfrentamientos de siempre con su madre? La segunda opción era más de lo mismo. Entonces, para que su hija bajara la guardia, preguntó:

–¿Cuándo?

–¡¿Cómo que cuándo?! –intervino enojada Mercedes–. ¿Te volviste loco?

–Solo estoy preguntando –respondió. La miró para que se callara.

–El mes que viene. Queremos ver si nos gusta España. Queremos vivir ahí.

Nunca terminarían los problemas con su hija. Ahora se quería ir a vivir al exterior con su novio. Mercedes estaba cansada. No quería estar allí. Extrañaba a Juan y a todo lo que sentía a su lado cuando se olvidaba del mundo. Eligió escuchar por unos instantes.

–Hija, estás en época de clases. Eres menor de edad. Él tiene veintidós; tú, diecisiete. Creo que no es momento de pensar en viajar y menos todavía de evaluar irte a vivir al extranjero. Tienes que capacitarte, estudiar primero –explicó con tono conciliador. No quería discutir.

—Papá, en unos meses cumpliré dieciocho. Me iré. Odio vivir aquí –soltó. De pronto, percibió que la invadía una tristeza inmensa y se le anudaba la garganta.

—No te irás a ninguna parte –dijo por fin. Todo tenía un límite, hasta los secretos.

—Esta conversación no es contigo, Mercedes –ni siquiera le decía mamá. Comenzó a toser. Estaba nerviosa.

—Todo aquí tiene que ver conmigo. Pero no puedes rifar tu futuro porque yo te defraudé –dijo sin pensar.

—¿En qué la defraudaste? –preguntó Jorge sintiendo que hablaban de algo que él ignoraba.

—Dile, Julieta –desafió–. Me cansé. Seamos honestos de una vez por todas, pero los tres –parecía que no podía detener sus palabras. La culpa y la ilusión de estar con Juan a la vista del mundo pudieron más. La pesada mochila que cargaba sobre su espalda de pronto estaba por vaciarse sobre la mesa.

La joven no esperaba esa provocación. En un instante midió hasta dónde estaba dispuesta a llegar. Lo del viaje ni siquiera lo había hablado con Lisandro, se les había ocurrido el día anterior y le había parecido una buena salida. Alejarse. No ver.

Sintió una puñalada de cobardía. ¿Por qué su madre había dicho "los tres"? Antes de que pudiera avanzar con sus pensamientos, se sintió agitada. La dificultad para respirar la asustó. Llevaba un año sin padecer ataques de asma, pero podía reconocer cuando uno era inminente. Tenía que tensionar los músculos para poder respirar. En un instante, sus padres estaban auxiliándola. Mercedes había traído el inhalador y toda

la pelea había quedado a mucha distancia de esa urgencia. Julieta no mejoraba con la ayuda doméstica, ese rescate no era suficiente. No podía pronunciar frases largas debido a la dificultad para respirar, lo cual indicaba que el episodio era grave. La causa era, sin duda, el elevado pico de estrés generado por la situación.

Minutos después, los tres se trasladaban de urgencia al hospital en busca de ayuda. El teléfono de Mercedes indicaba cinco mensajes de Juan; el de Jorge, diez de un número sin agendar. Ambos habían chequeado sus notificaciones de manera automática con la mirada, pero habían postergado su lectura.

Julieta estaba en el asiento trasero con su madre.

—Tranquila, hija. Ya llegamos. Relájate.

Jorge las cuidaba con la mirada desde el espejo retrovisor. Su corazón latía acelerado. Su familia, así como era, imperfecta y desbordada de diferencias, era lo único que le importaba.

La joven lloraba de impotencia, de angustia, de miedo. Cerró los ojos y por más que se esforzaba en resistirlo, la mano de su madre le daba un mensaje de amor y seguridad. Añoró a la familia que alguna vez habían sido. Le faltaba el aire y le sobraba decepción.

Era más simple de lo que parecía. Debían sumergirse en las profundidades oscuras de un presente que comenzaba a manifestar sus mensajes ocultos y buscar la manera de salir de allí ilesos de consecuencias, porque no existen secretos que el tiempo no revele.

CAPÍTULO 26

Renata

Estuve tan sin ti,
tan sin mí
e irremediablemente
fuimos más que todo.
María Lorente Becerra

AGOSTO DE 1998. MONTEVIDEO, URUGUAY.

Renata trabajaba en un estudio jurídico pequeño. Junto con Lucio Montero, un abogado a quien le faltaba poco para su retiro, daban batalla a la profesión. Se dedicaban a temas de derecho de familia, por lo que las expectativas de grandes ingresos de honorarios en el marco de una clase social media-baja, como era la de sus clientes, era casi nula. Les alcanzaba para vivir ajustados. Montero era idealista y, aunque tuviera que trabajar gratis, lo hacía en favor de la justicia en la que creía. Apreciaba a Renata, le había dado el trabajo para ayudarla. Era más fuerte que él asistir de la manera que fuera a quien lo necesitaba, aun compartiendo los pocos ingresos que tenía a cambio de estar acompañado y de

que alguien continuara su tarea al momento de su jubilación.
No tenía hijos y era viudo.

Para Renata, el ejercer la profesión de manera independiente conllevaba la necesidad de ser una muy buena administradora de ingresos si quería cumplir con todas las obligaciones. Había meses que cobraba bien y otros en los que no ingresaba dinero y había que afrontar gastos.

Su vida amorosa era un presagio de tristeza interrumpida por breves momentos de plenitud. Nada que no hubiera sido capaz de imaginar. A pesar de eso y de haber conseguido sacar a Elías de su vida por casi un año, había caído en sus redes amatorias y allí continuaba, en esa relación clandestina de espaldas a la vida social y familiar. Solo había logrado mantenerse lejos en el ámbito laboral.

Desde el nacimiento de Elina, su vida había dado un vuelco. Esa niña la enfrentaba a una realidad que no había elegido. Le era muy difícil acercarse a ella. Era su fatal opuesto.

Así como su hija había cumplido nueve años en agosto de 1998, los hijos de Elías también habían crecido y ya eran adolescentes. Sin embargo, a pesar de sostener que nada era como estar con ella, al momento de volver a caer en la tentación recíproca de amarse de esa forma secreta, él seguía siendo egoísta, había sido claro. Recordaba el diálogo y su voz interior le exigía que dejara de ser la segunda.

—Solo esto puedo ofrecerte por ahora. No voy a dejar a mi esposa. No destruiré mi familia, aunque mi felicidad se pierda en esa decisión.

–¿Qué es "por ahora"? ¿Cuánto se supone que debo esperar? Llevo años y tenemos una hija –se indignó.

–No lo sé.

Ese "no lo sé" era nunca. ¿Por qué los hombres casados que no eran felices, según decían, no elegían a la mujer por la cual declaraban morir de amor? Era un dato estadístico. Además de una verdad insolente que la pasión rechazaba. Una paradoja de la vida. Renata lo sabía. Se lo repetía una y otra vez, pero frente a la alternativa de la soledad, sucumbía ante sus encantos y daba paso a sus debilidades. Se llamaba perder el tiempo y era su peor pelea contra el destino porque no podía ganarla y simplemente partir. Dejarlo. Irse. Poner fin. Siempre reincidía. Por placer, por costumbre, por evadir su responsabilidad al momento de juzgar con dureza su decisión de ser amante. De haberse convertido en "la otra", la que hasta con una hija queda al margen. Diez años de su vida esperando que él pudiera escapar de sus compromisos familiares. Era lamentable, pero era también la verdad.

Cuando pensaba en abandonarlo, Renata se sentía tan vacía que se convertía en la ausencia de los dos. Sin él, tampoco estaba ella en su ser, aunque juntos fueran todo. O nada.

Elías había conocido a Elina cuando volvieron a estar juntos, pero la condición había sido que le diera tiempo. Le había pedido que no le impusiera una paternidad que iba a dolerle a la pequeña por sus ausencias. En ese momento, Renata pensó que eso era lo mejor y aceptó. Aunque no por esas razones. Ella no estaba segura de esa paternidad. Quizá

por eso tampoco insistía. Había días que creía que sí y otros, que sentía a Santino en la mirada de su hija. La pequeña no se parecía físicamente a ninguno de ellos con rasgos determinantes. Eso, junto con la duda mezclada con culpa que la invadía, no ayudaba. Tampoco modificaba el hecho de que Elías solo pensara en él y en su familia. Todo eran excusas dichas con un gran decorado de palabras poéticas. Nunca había sido una cuestión de tiempo, sino de elecciones. A veces, la ayudaba con dinero, pero la niña no tenía su apellido ni él quería dárselo tampoco porque eso implicaba reconocer su infidelidad.

Santino seguía comunicado con ella. Elina le había contado.

—¿Es mía? —había preguntado de inmediato con ilusión. ¡Una reacción tan distinta!

—No —dijo de manera rotunda. Iba a sostener una única versión frente a sí misma y ante esos dos hombres aunque cualquiera pudiera ser el padre.

Para Santino, la noticia de su embarazo había sido una desilusión al principio, pero luego, no pudo ni quiso evitar centrarse en sus sentimientos. Con o sin esa hija, Renata había sido una mujer distinta en su vida. En otras circunstancias se hubiera quedado con ella. Para él, criado por el esposo de su madre y sin saber de quién era hijo realmente, no era nada cuestionable amar más allá de la sangre. Y por Renata quiso hacerlo, pero no tenía dinero para viajar y las relaciones a distancia se las devoraba el tiempo y los sueños incumplidos. No obstante, seguían comunicados. Al principio, él la

llamaba muy seguido. Luego esas comunicaciones se fueron espaciando, pero nunca desaparecieron. Renata agradecía haberlo conocido. Santino era sinónimo de sonreír, por recuerdos, por palabras, porque estaba aun sin estar. Era generoso y le dolía que Renata sorteara su suerte poniendo su vida al servicio de un hombre casado. Tenían confianza para hablar de ese tema y de otros.

—Renata, nosotros nos conocimos en un oscuro día para nuestros sentimientos. Esto siempre fue sin preguntas ni reproches. Y así será siempre —había dicho Santino en una comunicación telefónica.

—Me gusta escuchar que digas eso. Nunca me contaste qué te sucedió aquel día.

—Ese día creí haber perdido todo, pero apareciste tú —le había respondido. Nunca le dio detalles y ella no preguntó. Siempre le decía que ella era su gran historia de amor.

Elina creció sabiendo que Santino era el amigo de su madre que vivía en París. Era una niña simple y muy humana. Le gustaban los animales y leer cuentos. Disfrutaba estar con su abuela, no así con su madre porque sentía que no quería que la gente supiera que era su hija.

—Debes dejar de comer. Estás muy gorda —le decía a diario.

Ir a comprar ropa era una verdadera tortura porque Renata era delgada y bonita. Y su hija, con nueve años, tenía que usar dos talles más que los de las niñas de su edad. Era linda y muy dulce, pero lidiaba con ese sobrepeso que avergonzaba a su madre. Y se daba cuenta.

Bernarda le decía todo el tiempo que no era la manera de tratar a la niña, pero ella no podía evitarlo. Esa tarde, ambas habían regresado del centro comercial y Elina había entrado llorando y se había encerrado en su dormitorio. Ita la siguió.

—¿Qué pasó, mi amor? —preguntó—. ¿Pelearon?

—Ella se enoja porque los pantalones me quedan chicos y soy fea. Le doy vergüenza. La escuché decirle a la vendedora que le diera lo más grande que tuviera.

—Quizá, solo quiso que te quedara bien —intentó ver algo positivo donde no lo había.

—No, abuela. Le pidió enojada a la vendedora y le dijo: "Yo no sé, esta chica no deja de comer" —lloró con más fuerza y gran angustia—. No me quiere porque soy gorda —dijo entre sollozos.

—Elinita, eso no es cierto. Eres preciosa y aún una niña, tu cuerpo cambiará. Yo era como tú, ¿sabes? —intentó consolarla.

—¿Cómo era mamá?

Bernarda pensó qué decir. No quería mentir.

—No me respondes porque era delgada.

—Sí, era delgada, ¿pero tiene eso importancia?

—Abuela, ¿mi papá era gordito? —preguntó desde su inocencia. Buscaba su identidad. Renata le había dicho que se habían peleado antes de que ella naciera y que no había vuelto a saber de él. Cuando la niña preguntaba su nombre, le respondía que cuando fuera el momento se lo diría.

—Yo no conocí a tu padre, mi amor. ¿Puedo pedirte algo?

—Sí —tenía los ojos llenos de lágrimas.

—Deja de tratar a tu cuerpo con tanta dureza. Debes cuidar tu alimentación, pero por tu salud. Es bueno comer sano, pero nada tiene que ver eso con tu peso. Estás en etapa de crecimiento. Tu madre exagera. Es obsesiva con esa cuestión, no le hagas caso.

—¿Qué es obsesiva?

—Que está muy pendiente de eso. ¿Comprendes?

—Sí. Te amo, abuela —dijo con ternura.

En ese momento Renata entró a la habitación. Era una gran contradicción porque no hacía nada por acercarse a su hija, pero a la vez le daba celos que su madre tuviera ese vínculo. Elina la miró, su expresión suplicaba un abrazo. No pudo ser.

—Te ayudaré a adelgazar —dijo—. Te llevaré a una nutricionista.

—¿Qué es eso?

—Alguien que estudió para ayudarte —respondió tajante. Realmente no podía abordar ese tema. Le molestaba—. Me voy a trabajar. No regreso a cenar —agregó y se fue.

Bernarda no podía creer que fuera tan insensible. ¡Elinita era su hija!

La pequeña miró a su abuela y la angustia las unió en un abrazo.

CAPÍTULO 27

Memoria

Cuando recordar no pueda, ¿dónde mi recuerdo irá?
Una cosa es el recuerdo y otra cosa recordar.

Antonio Machado

JUNIO DE 2019. GUADARRAMA, ESPAÑA.

Guadarrama, con sus casi dieciséis mil habitantes, había amanecido soleado. Gonzalo se había ido a trabajar luego de desayunar y ultimar los detalles previos a su viaje.

A media mañana, la tríada estaba en la casa como casi siempre. José continuaba progresando en su recuperación y se animaba a caminar solo con el apoyo de un bastón. Teresa leía sentada en el sillón en compañía de Frankie, aunque él miraba las noticias. Los tres pertenecían al grupo más noble de la sociedad, los que habían trabajado toda su vida y lo daban todo por su familia. Eran auténticos héroes del tiempo. Definían la experiencia intransferible que se pretende plasmar en sabios consejos. Sus manos eran como mapas arrugados por los años; hermosas y llenas de misterios, encerraban el mundo que habían conocido y los sentimientos que habían acariciado. Tenían las señales del esfuerzo y el temblor de las ocho décadas.

—Tere, cariño, iré a prepararme un té. ¿Quieres uno? —preguntó con dulzura. Ella no respondió. Parecía no haberlo escuchado—. Cariño —insistió—. ¿Me oyes? —ella se puso de pie y dio unos pasos hacia la ventana.

—¿Cuándo regresaremos a casa? No puedo ver el jardín con flores desde aquí.

Frankie sintió un soplo helado recorrerle la sangre y detenerse en su corazón herido de lágrimas mudas. No pudo evitar que sus ojos se llenaran de angustia. Su esposa solo había vivido en dos casas en su vida, la que compartían y la de la infancia. En esa, había un hermoso jardín que podía verse desde la ventana.

José había llegado a la sala de estar justo en ese momento y lo había escuchado todo. Al ver que Frankie no reaccionaba intervino:

—Tere, regresaremos pronto. No te preocupes. Estamos aquí temporalmente. Solo acompañamos a Gonzalo. ¿Recuerdas que los tres decidimos eso?

—Gabriel me ha dicho que busque mis flores.

Un día difícil se anunciaba. Así era su enfermedad, avanzaba silenciosamente. En ese momento sabía quién era, pero ya no dónde vivía; era una alerta de deterioro neurológico.

–¿Gabriel García Márquez? –preguntó José tomando las riendas del desvarío.

–Claro, no conocemos otro Gabriel.

–Tienes razón. Bueno, dile que iremos más tarde. ¿Verdad, Frankie?

–Sí, cariño. Luego de almorzar te llevaremos.

–No quiero ver si no hay flores –respondió ella y corrió las cortinas–. Iré a preparar té.

–Perfecto, yo también quiero uno. ¿Te ayudo? –agregó Frankie, quien confirmaba que ella no tenía memoria de que él había iniciado la charla ofreciéndole la infusión.

–No. Yo los traeré.

Ambos hermanos se miraron mientras la vieron dirigirse a la cocina. No hacía falta palabras. El Alzheimer lento, mudo y corrosivo hacía su trabajo.

–Es etapa uno. Tranquilízate, Frankie.

–¿Cómo estás tan seguro de que no ha cambiado de etapa? Lleva casi tres años con la enfermedad y es justo ese tiempo el de la etapa leve –afirmó preocupado.

–Estoy seguro porque recuerdo bien lo que dijo el médico. Observaríamos un deterioro paulatino en la memoria de los hechos recientes. Cierta confusión en cuanto al tiempo y al espacio. Pero él explicó, no te olvides, que recién en la etapa dos se ve afectado el lenguaje, y Tere, gracias a Dios, es capaz de mantener una conversación, comprende bien y utiliza gestos dentro de lo normal. Además, sabe quién es y, hasta hoy, dónde vive.

—Tengo miedo, hermano. A veces, pienso que si esto avanza no podré resistirlo. No soportaría que no me reconozca.

—Creo que con la edad que tenemos, cada día es una oportunidad. No debemos pensar a largo plazo. Cualquiera de los tres puede morir antes que el otro. La enfermedad de Tere está diagnosticada, pero la vejez es un hecho también para nosotros. La diferencia es que los médicos no dicen usted está viejo, está en la recta final, en la zona de peligro. Te llenan de remedios, sonríen, palmean tu hombro y listo.

—Sí… parece que tuviéramos una farmacia en casa —le dio la razón.

—¿Y qué hacen los viejos sin avisar? —preguntó mirándolo directo a los ojos. Intentaba relajar la tensión con cierto humor irónico.

—No sé. Molestar a los jóvenes, supongo —dijo con brutal honestidad.

—Aparte de eso, Frankie. ¡Los viejos un día se mueren! ¡Fin! No se levantan. Entonces, deja de ponerte mal anticipadamente, que no sabemos cuál verá primero el paraíso —agregó. Quería darle fuerzas, pero era verdad lo que decía.

—Puede que tengas razón —hizo una pausa—. No quiero hablar más —y puso fin al diálogo como era su estilo.

José sonrió y ambos se sentaron a mirar las noticias. Minutos después, Gonzalo regresó.

—¡Hola! ¿Todos están bien? —preguntó sin esperar respuesta—. Vine a cambiarme de ropa porque volqué mi café y me manché la camisa.

—Estás pensando en ella, es eso —dijo Frankie y en ese momento pensó que Tere demoraba mucho con el té. Fue a la cocina. Entonces sintió que se quedaba sin aire. Temió lo peor. La puerta que daba al patio estaba abierta. Caminó rápidamente esperando encontrar a Teresa allí, pero no estaba. Fue directo al portón que comunicaba con la calle y lo encontró entornado. Desesperado, miró a ambos lados de la calle, pero no la vio, y gritó—: ¡Gonzalo!

* * *

Una hora después, no habían podido localizarla. José esperaba en la casa por si ella regresaba. Frankie y Gonzalo habían salido en el automóvil a recorrer las calles.

—Tío, piensa. Debe existir un lugar especial para ella. Quizá te dio alguna pista en la conversación que tuvieron esta mañana. Siempre lo hace.

—Habló de su casa de la infancia y de las flores. Esa vivienda ya no existe… —agregó.

—No importa iremos de todos modos.

—Fue mi culpa, no debí quedarme en la sala con José.

—Tío, ella fue a preparar un té. La culpa es mía que olvidé poner llave al portón —estaba muy angustiado. Pensar en viajar, le oprimió el pecho de pronto. ¿Y si algo les pasaba en su ausencia?

—No vuelvas a decir eso. La culpa es mía y se terminó. Yo debí cuidarla —sentenció.

—Frankie, tú la cuidas desde que la conoces. No seas tan duro contigo. Esto nunca había ocurrido antes. Sabemos que son episodios que pueden suceder a las personas con su enfermedad. Ya la encontraremos, esto es un pueblo chico. Tranquilo. En un rato, solo será una anécdota. Te lo prometo —dijo y lo miró sin dejar de conducir. Frankie lloraba de manera silenciosa. Entonces, detuvo el vehículo—. No tío, no llores. Por favor —alcanzó a decir.

Pero el hombre estalló en un sollozo, le dio tos y evitaba enfrentar a su sobrino con la mirada. Gonzalo no sabía qué hacer. Hubiera llorado también. Se sintió impotente.

—No me gusta que seamos viejos, no resisto ver cómo Tere se va cada día un poco más lejos y tu padre envejece más rápido que yo —esa era una percepción suya porque la verdad era que ambos envejecían de manera pareja acorde a la diferencia de edad que tenían.

—No digas eso. Están bien. Tienen las mañas propias de la edad y la tía no está lejana. Dentro de su mundo, nos reconoce, siempre sabe quién es y podemos conversar con ella.

—Tú siempre hablas lindo, pero la realidad es que somos tres viejos con una agenda completa de horarios para tomar remedios, que anclamos tu vida y encima, ahora, ni podemos quedarnos solos sin perder a Tere. Es terrible. Arranca, esta charla terminó, debemos encontrarla.

—Exageras —Gonzalo le hizo caso y puso en marcha el vehículo. Llegaron al lugar donde había estado la casa de infancia de Tere, pero no estaba allí.

–¿Tú crees que no podemos cuidarnos solos? –preguntó como si fuera un niño asustado con miedo de confirmar su debilidad.

–Claro que pueden, tío Frankie. Están bien, ya te lo he dicho –dijo Gonzalo. En realidad, empezaba a dudarlo, pero no era el momento de esa verdad. Se quedaron en silencio. Ambos pensaban lo que no decían hasta que Gonzalo habló–. ¿Quieres que suspenda el viaje? No tengo ningún problema en hacerlo –agregó mientras la ilusión de ver a Elina se le deshacía entre la gratitud y el amor que sentía por la única familia que tenía.

–¡Jamás! Prefiero contratar una persona antes que retenerte –dijo con firmeza.

–Pero a ti no te gusta esa idea.

–Pues claro que no me gusta. Pero menos me agrada arruinarte la vida. Además, acabas de decir que podemos cuidarnos solos. O sea que no sé por qué me hablas de una enfermera –renegó.

–No lo hice yo, lo hiciste tú…

–¿Yo? Bueno, pero dije "prefiero", no que lo haría –se defendió ante la contradicción. Gonzalo detuvo el automóvil. De pronto, Frankie sonrió–: Mírala –dijo dejando atrás el tema y poniendo fin a su ansiedad de hallarla.

En la Plaza Mayor, Teresa observaba el soleado mediodía. De lejos, no parecía que su memoria le jugara malas pasadas. Descansaba al lado de la estatua de Roberto Reula. El escultor representó en su obra a un hombre sentado en una de

las bancas de piedra de la plaza, justo enfrente al edificio del Ayuntamiento. El anciano mira lo que sucede a su alrededor, apoyado en su bastón y protegido del sol por una gorra. Una imagen que cobra vida en todos los pueblos y ciudades pequeñas de cualquier país del mundo. Teresa era la imagen femenina compañera del hombre que, con orgullo y atención, miraba la vida y sus detalles. Ambos eran el símbolo de quienes observan lo que se ha construido ante sus ojos, con la ayuda del trabajo de sus manos. Porque el pueblo era el resultado de las acciones y los valores gestados por los pensamientos de su gente grande. Los mayores no estaban solos allí, no deberían estarlo en ningún lugar. Su valor es reconocido por esa figura emblemática que todos deberían observar al menos una vez en la vida para comprender.

Frankie bajó del vehículo. Un joven florista ofrecía ramos a viva voz. Le compró uno sin pensar ni esperar su vuelto. Frankie era muy testarudo en general, pero con su esposa, se convertía en la imagen de la dulzura. Caminó hacia donde estaba Teresa. Gonzalo lo seguía a corta distancia.

—Cariño, te traje tus flores —dijo con ternura mientras tomaba su mano y se sentaba a su lado. Le daría lo que ese día le había faltado: las flores de su jardín del pasado.

—Gracias, Frankie. Te estaba esperando. ¿Te diste cuenta de que no pasa el tiempo para el sol? Es igual. Siempre.

—Tienes razón, cariño.

—¿Cómo llegué aquí?

—Viniste sola.

–¿Por qué olvido todo, Frankie?

Él sintió una puntada en el corazón, ¡era tan buena! No era justo. Entonces, el amor que sentía por ella eligió las palabras en su nombre.

–Tú quédate con los sentimientos y yo cuidaré los recuerdos. No debes preocuparte.

Así, el amor a perpetuidad que se profesaban construyó un momento nuevo junto a la bella escultura ubicada en pleno centro de una las ciudades más turísticas de la Comunidad de Madrid. Un sitio donde la memoria evoca con nostalgia a cada uno de los ancianos que ha dejado una huella. Allí las reminiscencias del pasado son inevitables.

Por un instante, Gonzalo imaginó que la escultura bien podía honrar a su padre y fantaseó con el hecho de que el artista la completara con sus tíos. Después de todo, eran parte de la historia viva de Guadarrama.

CAPÍTULO 28

Conocerse

Amo tus pies porque anduvieron sobre la tierra
y sobre el viento y sobre el agua,
hasta que me encontraron.

Pablo Neruda

Lisando observaba fascinado los delicados pies de Elina cuando vio que cerca había otro par, calzado. Elevó la mirada al tiempo que Stella se aclaraba la garganta para que notaran que estaba allí. Era como una de esas escenas de cine donde el entorno enmudece, aunque sigue en movimiento, mientras el tiempo se detiene en las miradas cruzadas de dos personas que se descubren sintiendo una atracción inevitable.

Elina por su parte, acariciaba a Batman invadida por una extraña sensación en el estómago. Imaginó violines de fondo y sonrió.

—Hola, soy Stella, amiga de Elina. Tú eres el dueño de

Batman, ¿verdad? —dijo rompiendo la magia. Se presentó
porque advirtió que nadie lo haría por ella.

—Discúlpame. Me distraje. Sí, ese soy. Mi nombre es
Lisandro —agregó.

—Pasa, hablábamos de ti —confesó Elina sin pensar—. Aquí
está Batman —e intentó entregárselo, pero para sorpresa de
ambos el travieso felino sacó las pequeñas garras y se aferró
a su camisa.

—¡Dios, Batman, vas a dañar su ropa!

—Creo que tenemos un problema aquí —interrumpió Stella,
quien comenzaba a divertirse con la situación. Lisandro le pareció atractivo, aunque no era un modelo. Estatura media, ojos
color café y un cuerpo que evidentemente cuidaba, pero no
exageradamente marcado como para pensar que vivía pendiente de eso. Sin embargo, su mirada irradiaba algo distinto.
Una energía apremiante que obliga a detenerse en sus ojos.

—¿Lo dices por Batman? —preguntó Elina.

—No solo por eso —dijo, aunque le hubiera gustado responder que ese era el problema menor, pues en las vísperas de la
llegada de Gonzalo, Elina por fin estaba conociendo un hombre en Montevideo capaz de lograr que lo mirara y sonriera
con esa cara que ella como amiga conocía bien. Era el rostro
de la oportunidad que no iba a negarle—. Sino también porque de verdad no sé qué van a cenar. ¿Sabes que improvisará
la cena? —preguntó a Lisandro.

—No tengo pretensiones. Cuida a mi gato, se ganó el derecho de decidir, ¿no lo crees? —fue simpático, pero deseaba

que la tal Stella se fuera y eso era evidente. Sobraba. Se lo hacían sentir, sin desear ofenderla, en la manera en que habían conectado y la dejaban afuera de esa sintonía.

Los tres entraron al apartamento, Stella tomó su bolso y su abrigo, y se despidió.

Algo inusual sucedió cuando se quedaron solos. No hubo silencio incómodo ni la sensación habitual, en esos casos, de que no se sabe qué decir. Aunque los dos se observaron sin decir palabra por un lapso de tiempo que ningún reloj pudo medir, porque la unidad de medida no era en minutos, sino la atrapante curiosidad de saber quién era el otro. Ese ser tenía el poder de arrasar con todo pensamiento anterior al momento en el que se miraron ese día por primera vez.

Batman continuaba en brazos de Elina.

—Siéntate —invitó. Él lo hizo—. ¿Qué haremos con este pequeño?

—La verdad es que me sorprende. Nunca había escapado antes. Está castrado y, aunque no lo parezca, es muy apegado a mi hijo y a mí.

—¡Parece que deberán agregarme a sus apegos!

—No lo culpo —pensó en voz alta.

Elina sonrió ante el halago. Lisandro se quedó mirando la flor gigante en la pared blanca. Recordaba su dormitorio y el desorden, sin embargo, la sala era casi minimalista.

—¿Te gusta?

—¡Me encanta! —respondió con entusiasmo. Era verdad. Todo allí le gustaba en serio—. ¿La diseñaste tú?

—Sí. A decir verdad, hay una historia que me dio la idea. Necesitaba algo que mirar cada día y me obligara a sonreír. Amo pintar, siempre me conecta con una parte de mi ser y, durante el último tiempo, es también un desahogo, un modo de no pensar de más y también de buscar en mí lo que necesito saber y no recuerdo.

—¿Cómo es eso? —quería saber todo de ella. Esa manera en que se refería a sí misma era muy interesante. Además, había hablado de necesidad. ¿Podía él darle eso?

—No es simple.

—¿Puedo preguntar qué no deseas pensar de más y qué *necesitas* saber y no puedes recordar? —remarcó.

Elina evaluó la situación. Lisandro Bless era un extraño. Salvo su gente, que no era mucha, nadie sabía que tenía Sjögren. ¿Contarle implicaba tomar una confianza que no tenía con él? ¿Le tendría lástima? No deseaba eso. Sin embargo, siguió su impulso.

—No es que necesite, pero como toda persona a veces llorar es la puerta de salida de la angustia o de la emoción, y no puedo hacerlo.

—No entiendo…

—Te dije que no es simple. No puedo generar lágrimas… Tengo un síndrome. El de Sjögren. Es una enfermedad autoinmune. Esto significa que el sistema inmunitario ataca partes de mi propio cuerpo por error. En este caso, las glándulas que producen las lágrimas y la saliva. Debo suplir eso con métodos para hidratar mis ojos y por supuesto, tomar agua

todo el tiempo –explicó y bebió un sorbo de la botella de agua mineral que tenía apoyada en el suelo, cerca de los pinceles.

Lisandro estaba sorprendido. Desconocía completamente la existencia de esa enfermedad. Le pareció muy simbólico que alguien literalmente no pudiera llorar, no al menos como el resto de los mortales. Actuó con naturalidad.

–Nunca escuché acerca de esto. ¿Entonces pintas cuando quieres desahogarte? –preguntó confundido. La primera vez la había visto pintar la tela del atril en su habitación y parecía feliz.

–Bueno, no siempre. Pinto porque no puedo dejar de hacerlo. Pero en verdad no soy una artista profesional, solo es mi manera de conectar con mis emociones. Fui diagnosticada hace poco, y desde entonces pintar me ayuda a liberar las lágrimas que no pueden salir de mis ojos.

–¿Y por qué dijiste que, además, buscas en ti lo que necesitas saber? ¿A qué te refieres? –había retenido sus palabras sin ningún tipo de esfuerzo. Solía ocurrirle cuando lo que oía le interesa mucho.

–¿Eso dije? ¡Qué memoria la tuya! Yo lo había olvidado. Soy muy distraída.

–Sí, eso dijiste.

–La historia de mi vida no es una novela romántica. Siento que hay detalles de mi pasado que no recuerdo y, a veces, necesitaría respuestas que no tengo. Cuando pinto, algo de mí se va por ahí, de paseo, como cuando ando en bicicleta.

Me gusta pensar que terminaré plasmando en lo que pinto lo que mi memoria me niega. Es medio difícil de explicar, pero es así. Espero señales inconscientes. Quizá pueda engañar a la parte de mi memoria que se niega a volver a mí voluntariamente. La creatividad es repentina y asombrosa. Creo en eso.

—Lo entiendo perfectamente.

—¿Y qué piensas?

—Que es magia lo que veo. ¿Y por qué descalza? ¿No tienes frío?

—¡No! Me encanta sentir el suelo bajo mis pies. Si es césped o tierra, mejor —recordó a Stella y su promesa incumplida de calzarse. Sonrió—. Pero háblame de ti.

—¿Qué quieres saber?

—Lo que me quieras contar. Tú establece las prioridades.

—Tengo cuarenta años, un hijo, Dylan, ya te hablé de él. Soy psicólogo, no sé si te he contado eso.

—No me acuerdo. Yo soy licenciada en Servicios Sociales.

—Linda carrera, comprometida con el otro, me gusta. Mi mejor amigo, que también es psicólogo, es el padrino de mi hijo y fue él quien le regaló a Batman, ama los animales. Nosotros también.

—¿Dylan vive contigo?

—Sí, la mayor parte del tiempo —Lisandro recordó a Melisa y el mal momento que había vivido un rato antes. Quitó eso de sus pensamientos. Se ocuparía al día siguiente. Sin embargo, debía hablar de ella—. Cuando su madre está en Uruguay, como ahora, se va con ella. Es nuestro acuerdo desde que nos

separamos. Ella es licenciada en Turismo y la CEO de una agencia de viajes con varias sucursales en distintos lugares del mundo —continuó.

—Entiendo. ¿Y no te molesta eso?

—¿Qué?

—Que Dylan no tenga a su mamá siempre con él mientras crece —dijo Elina. Los roles de madres que podían implicar ausencia para los hijos generaban una reacción inmediata en ella.

—No. Melisa está muy presente a su manera. Cuando quedó embarazada quería al niño, pero no estaba dispuesta a perder su independencia. Entonces decidimos seguir adelante con nuestras propias reglas, que no se parecen a las que la sociedad tiene por correctas. Yo quería tener el bebé y volvería a hacerlo. Dylan es mi vida entera.

Elina decidió que no era quién para ahondar en el tema respecto del que tenía una opinión opuesta. La conmovió la manera en que él hablaba de su paternidad.

—Pensaba preparar pasta —dijo cambiando de tema—. ¿Te gusta?

Le hubiera dicho que todo lo que ella hacía le gustaba, pero respondió un simple *sí*. No era el tipo de seductor consciente que dice lo que la mujer desea escuchar.

Entonces, Elina tomó el pincel y antes de ir a lavarlo, le puso color y dio unas pinceladas más a la pared. Mirarla pintar era abrumador para los sentidos.

—¿Estás segura que quieres cocinar?

—No muero por hacerlo, ¡pero te invité a cenar! –respondió.
Batman estaba dormido en el sofá como si fuera su casa.

—Hagamos una cosa. Indícame donde están las cosas en la cocina, así yo me ocupo de la comida y tú pintas. ¿Qué te parece?

—Me parece genial. Además, la cocina y la sala de estar son zonas prohibidas para mí y eso te facilitará las cosas.

—¿Prohibidas?

—En realidad, no para mí, sino para el desorden que suelo dejar por donde paso. Esos espacios son de mi abuela. Por eso todo está en su lugar y podrás hallar todo lo necesario sin dificultad. En cambio, mi habitación es un lugar más… –pensó como decirlo y que sonara lindo– bohemio –agregó.

—La conozco –recordó él–. Batman y tú estaban allí la primera vez que vine a buscarlo.

—Cierto… entonces no intentaré minimizar. La viste. Es un caos, algo más complicado que solo un simple estilo bohemio –rio.

En un clima completamente distendido e inexplicablemente cómplice, Lisandro preparó la cena y Elina pintó. Ese pétalo de la flor siempre llevaría su nombre y la invitaría a sonreír y agradecer los momentos inesperados. Sonaba Norah Jones.

Era simple, la vida en su aquí y ahora no siempre estaba de espaldas.

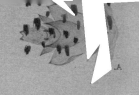

CAPÍTULO 29

Certeza

Con palabras se puede, solo a veces,
dibujar a mano un torpe mapa
para mostrar dónde se encontró el secreto.

John Berger

Elina se despidió de Lisandro antes de que Bernarda regresara. Era tarde y lamentó que terminara el encuentro improvisado en su casa. También que Batman tuviera que irse. Cuando fue a acostarse, retiró toda la ropa y cosas que había sobre su cama y las puso en el suelo. Miró su teléfono y tenía dos llamadas perdidas de Gonzalo que no había escuchado. Se sintió rara. Como si lo hubiera engañado, pero la verdad era que no sabía muy bien cómo se llamaba lo que ellos tenían. Claramente no era una relación porque hacía un año que no se veían. Él era su mejor amor, París, Notre Dame, cada recuerdo que le robaba una sonrisa, cada palabra que la hacía sentir bien, el único hombre que le

había dado un sentido al romance y a la entrega. Sin embargo,
esa noche había descubierto que podía sentirse atraída por
alguien más. ¿Qué debía hacer respecto de eso? No lo sabía.
Cuando pensaba en volver a ver a Gonzalo, su cuerpo temblaba de ganas. Sus manos sobre su piel y su abrazo eran el
lugar de la seguridad en su vida. Se durmió pensando en eso.

Tuvo el mismo sueño, vivido con la intensidad y la urgencia
del momento real. El fuego siempre marcando su destino.
Sentía que se le quemaban los pulmones. El humo invadía
la habitación y le costaba ver. La tos. Saber que debía salir
de allí si quería vivir, pero también sentir que tenía que ir a
rescatar a su madre. Los ecos del fuego, las sirenas, la destrucción, la pérdida. Su decisión. Los latidos del miedo. La
escena al ver la puerta abierta del dormitorio de su madre y
una certeza nueva.

Despertó sobresaltada. ¿Qué había pasado antes de arrojarse por la ventana? Algo más había, lo sentía. Algo importante.
¿Pero qué?

Esa noche no se había puesto el film en torno a sus ojos.
Estaban secos, áridos y heridos de pena. Encendió la luz y
buscó las lágrimas artificiales. Hidrató su angustia.

El rostro de Renata y el incendio todavía estaban allí, sentía el calor furioso del fuego y la lejanía de su madre. Volvió
a dolerle. ¿Hasta cuándo?

Nada había cambiado en su recuerdo. Sin embargo, había
avanzado en una certeza porque desde ese sueño supo, sin
ninguna duda, que entre el momento en que había visto

abierta la puerta de la habitación de su madre y su decisión de arrojarse por la ventana, había ocurrido algo más.

Se levantó desbordada de emociones y confusión. Elevó la mirada.

–¡Ayúdame por una vez en tu vida! Envíame alguna señal… o muchas… –suplicó–. Hazme descubrir lo que necesito saber para poder continuar –pidió a Renata entre susurros.

De pronto sintió frío, como si el espíritu de su madre hubiera descendido allí con su distancia helada. Guiada por un impulso, se puso un suéter encima del pijama y fue directo al atril que le había pertenecido en vida, su única herencia además de la falta de respuestas que le dieran la posibilidad de entenderla. Allí donde había pintado en humo las lágrimas que no había podido llorar por Notre Dame. Sin saber por qué, dibujó a un lado de la imagen la sombra de un hombre, tenía una maleta en su mano. Una chaqueta oscura y del bolsillo asomaba un sobre. La pintura empezaba a cobrar vida desde el silencio. No era lo usual dibujar en la tela que ya había comenzado a pintar, pero así era Elina, desordenada e imprevisible incluso en el arte. Por alguna razón había dejado un espacio virgen en el cuadro. Tomó distancia por un momento y parecía que un hombre por viajar miraba un incendio con una carta en su bolsillo. La obra era una mezcla moderna de su pasado y su presente. Un rato después, regresó a la cama. Ojalá Batman hubiera estado allí como antídoto contra la soledad.

Al día siguiente, fue a trabajar tratando de concentrarse

en sus casos. Pasó por la oficina en busca de las carpetas, bebió el café que Tinore le trajo, y se fue. Debía hacer visitas para luego realizar los informes socioambientales. Le dolía el cuerpo y estaba cansada, tuvo que beber más agua que la que ya había agregado a su rutina. Fue en su automóvil porque los barrios asignados quedaban lejos del centro.

Pensaba en Gonzalo y en Lisandro alternadamente, lo cual en sí mismo era un conflicto que no quería tener. Solo deseaba sumar felicidad y paz a su vida. Aclarar su pasado y poder proyectar un futuro considerando su nueva realidad. Sentirse atraída por dos hombres de modo radicalmente opuesto no era una buena forma de lograr su objetivo.

Cuando terminó su jornada, decidió ir a la casa de Stella. En el camino Gonzalo la llamó.

–¡Hola, preciosa! Cuéntame algo lindo. Te llamé anoche pero no respondiste, supongo que dormías.

Elina sintió placer al escuchar su voz. Saber que iba a verlo pronto parecía cambiar el modo en que lo escuchaba. Lo volvía más cercano y real, aunque estuviera en Madrid. Sería porque una historia de amor nacida y vivida durante un viaje de placer tiene una connotación de magia, de hechizo, que va destiñendo las ilusiones y los recuerdos a medida que la distancia grita la ausencia y enfrenta a lo cotidiano. No se regresa de un viaje el día que se arriba al aeropuerto, sino cuando se comienza a asumir que la felicidad ha quedado en fotografías y en la memoria. Cuando hubo amor y el reencuentro se posterga. Cuando se toma consciencia de la dificultad que

implican los cambios soñados mientras la rutina vuelve a tallar cada día.

—Hola, Gonzalo. No escuché tu llamada. Estaba pintando —dijo media verdad.

—¿La flor de mi bienvenida?

—Sí. Está quedando magnífica —recordó la pared y la inmensidad del sentimiento allí plasmado por ella.

—Necesito verte, besarte, abrazarte —dijo con honestidad.

—¿Qué sucedió? ¿Está bien la tríada? —preguntó. Presintió que no hablaba de deseo sino de sentimientos. De necesidad de estar con ella.

—Ayer fue un día difícil.

—¿Qué ocurrió? No me asustes.

—Mi tía Tere salió de la casa sin que Frankie ni papá se dieran cuenta. El Alzheimer avanza. Mi tío se da cuenta. En fin, la vejez no pide permiso. Me siento el hijo único de tres personas que quiero cuidar, pero por momentos dudo de poder solo con lo que se anuncia.

Elina detuvo el vehículo. Era importante. Lo comprendía.

—Tu vida entera está al servicio de esa tríada. No pueden ser más amados. No te adelantes. ¿Tere apareció rápido?

Todas las dudas de Gonzalo sobre el viaje se disiparon al escucharla.

—En términos reales fue poco más de una hora, pero a mí me pareció un día entero. La ventaja es que aquí, en Guadarrama, casi no hay peligros. Pero bueno, hablemos de ti ahora. ¿Cómo estás? —preguntó—. Quiero estar contigo —agregó.

–Tuve un sueño tremendo. El incendio de mi casa volvió a mí, solo que ahora sé con certeza que a mis recuerdos les falta una parte. Desperté muy angustiada y con esa sensación. Hoy no ha sido un gran día hasta que tú llamaste. Me gusta pensar que estaremos juntos pronto. Extrañaré Notre Dame…

–Quizá pueda resolver eso durmiendo contigo y sin dejarte recordar que no estaremos en París –dijo Gonzalo seduciéndola. A ella le gustaba que lo hiciera.

Al cortar la comunicación, vio una notificación de un mensaje.

LISANDRO:

Fue una gran cena la de anoche. Gracias.

Elina no sabía cómo interpretar ese texto. ¿Era la nada misma? O por el contrario, ¿significaba que Lisandro era tímido y buscaba una excusa para escribirle? ¿Qué debía responder? En ese momento se sentía más cerca de Gonzalo, quería cuidarlo, pero no pudo resistir las ganas de averiguar si existía un interés en ella. Se permitía sentir la dualidad que a veces habita el deseo. Escribió por un impulso.

ELINA:

Pues tú cocinaste, yo debería agradecerte.

La respuesta fue inmediata.

LISANDRO:

No me refiero a la comida, sino a ti.

Agradezco tu compañía.

Elina evaluó qué responder. ¿Quería seguir el juego de seducción o lo mejor era olvidarlo y esperar a Gonzalo tranquila?

ELINA:

Pues tenemos algo en común.

Le debemos a Batman el habernos conocido.

Cuídalo.

Me da miedo que se escape y se pierda.

Optó por una evasiva.

LISANDRO:

Si supiera que solo irá a buscarte, le abriría la ventana ahora mismo,

pero estoy en el consultorio y llega una paciente.

Luego te escribo.

ELINA:

Okey.

Elina pensó que era una suerte que la conversación haya sido por WhatsApp y que hubiera terminado así.

CAPÍTULO 30

Esencial

He aquí mi secreto, que no puede ser más simple:
solo con el corazón se puede ver bien;
lo esencial es invisible a los ojos.

Antoine de Saint-Exupéry

Luego de leerle un cuento a Dylan en la cama y mirar un rato a su lado *Herbie*, la vieja película de Disney que tanto le gustaba al niño, el pequeño se durmió. Entonces, ella se retiró el maquillaje, se quitó la ropa y se dio un baño. El agua era energizante. Los pensamientos y recuerdos de lo vivido se chocaban unos contra otros y se mezclaban con las variables posibles. Tenía dos frentes que resolver y los sentía como dos batallas importantes contra sí misma.

Envuelta en su bata, se miró al espejo.

—Melisa Martínez Quintana… ¿Qué quieres para tu vida? —dijo en voz alta como si el hecho de escucharse la acercara a una respuesta que nunca llegó.

Fue a su habitación y lo primero que vio fue la pequeña cajita con el regalo de Pablo. Suspiró y tomó coraje para abrirla. Había en ella una medalla con una cadena. Pero no era cualquier medalla, era una de *El Principito*. Melisa amaba esa historia. Sintió el obsequio como una caricia al alma. Había sido pensado para ella. Lo dio vuelta instintivamente y leyó el grabado: *Esencial.* ¡El mensaje era tan claro! Pablo le recordaba que lo esencial era invisible a los ojos y que solo podía verlo con el corazón. La conmovió la manera de sorprenderla. De inmediato se colocó la cadena, quería que ese lema estuviera siempre con ella. Era un regalo personal que representaba toda una filosofía de vida en una sola palabra. Le encantaba que no hubiera sido un previsible anillo. Aunque cumplir con ese mensaje implicaba más compromiso que una alianza.

¿Qué era lo esencial en su vida? Puso música tranquila y se recostó en la cama, postergó la rutina de las cremas en su rostro y en el cuerpo. Ese momento no se trataba de estética física, sino de ocuparse de su alma abierta y de sus sentimientos. Podía optar por experimentar su cuerpo como físico o como una red de energía, transformación e inteligencia. Sabía eso muy bien. No era solo su imagen con la que se identificaba por costumbre. Su estado esencial era un campo de posibilidades infinitas. Melisa no dedicaba demasiado tiempo a su espiritualidad, a encontrarse con ella misma. Solía decir que las mujeres empresarias no tenían tiempo. A veces, detener el automóvil en un semáforo implicaba impaciencia. Eran minutos perdidos. Para una CEO, el tiempo es dinero y quizá

por eso *Life&Travel* era una compañía exitosa. Esa regla no aplicaba a sus momentos con Dylan, pero había vencido a la posibilidad de una pareja. Al menos hasta ese momento.

Acariciaba la cadena y su dije y no podía evitar conectar con esa parte de la mujer que la habitaba y a la que no le daba prioridad. Claramente, el amor era secundario. ¿Por qué? Porque ella no creía, como tantas otras, en la fantasía de que un príncipe azul la rescataría. Melisa avanzaba hacia sus propios deseos. En el camino permitía que hombres reales la hicieran feliz, pero sin que ello implicara renunciar a algo.

Melisa era una protagonista de sus propias decisiones. Nunca había dormido entre las sábanas cerradas de las estructuras. No creía en el matrimonio, pero se sorprendía pensando el amor como una escalera que le permitía acceder a los niveles más profundos de sí misma.

Esa noche algo cambió. Sin que fuera su propósito y estando muy enojada con ambos, Lisandro y Pablo se convirtieron en lo esencial.

¿Qué quería de cada uno?

* * *

De madrugada, su teléfono vibró. Atendió. Estaba despierta.

—¿Te gustó? —preguntó Pablo.

—Sí, mucho —sabía que hablaban del regalo que no había abierto delante de él. No quería pelear.

—¿Sabes por qué lo elegí?

—Porque amo *El Principito*.

—Además de eso. El concepto. Lo que significa para mí —explicó.

—¿Qué? —no había imaginado que había otra causa.

—Cuando nos separamos la última vez, me di cuenta de que tú constituyes mi naturaleza, eres primordial, lo invariable en mis sentimientos desde que te conocí. Tú eres *esencial* en mi vida.

—Eso es demasiado.

—¿Lo es? ¡Qué problema! Porque no puedo evitarlo.

—¿Por qué me llamaste?

—Sabía que no dormías. ¿Cómo estás? —agregó.

—Enojada.

—¿Con quién?

—Contigo, con Lisandro y, aunque me cueste confesarlo, también conmigo.

—Me gustaría que podamos tener una conversación, solos. Lisandro puede ser importante, es el padre de Dylan y hasta ahí no tengo inconveniente, pero tú y yo somos algo juntos. Y quiero intimidad cuando de nosotros se trata. ¿Entiendes?

—Eres muy claro. Aunque parece absurdo porque es de madrugada y hablamos literalmente solos.

—No. Lisandro está en medio. Debes decidir si siempre estará allí o si puedes hacer lo que te pido.

—Es el padre de mi hijo.

—Los vi juntos. ¿Estás segura que ese es su rol en tu vida? Mira, no son celos, no quiero perder el tiempo. Te amo y

desearía estar haciendo el amor contigo antes que tener esta charla, pero necesito saber si mi rival es tu independencia o si, además, Lisandro como hombre pesa en tus elecciones.

Melisa se puso de pie y comenzó a caminar por la habitación. Parecía que le hubieran tocado un nervio central. Todo su ser reaccionó. No lo sabía.

–¿Puedes venir a dormir conmigo? –respondió evadiendo el planteo. Tuvo ganas de él.

–Nunca me fui de la puerta de tu casa. Estoy en el auto y veo la luz encendida de tu habitación. Entraré.

–¿Qué haces allí?

–No pusiste llave a la cerradura. Los cuido mientras pienso el modo de llegar a ti y ser esencial –dijo ya ingresando.

–¿Cómo sabes que no cerré con llave?

–Porqué salí y tú subiste las escaleras. Nadie se acercó a la puerta de entrada después de eso.

Melisa lo quería sentir sin más demora justo en el momento en que lo vio aparecer en su habitación. Él guardó el teléfono y puso una vuelta de llave. Ella dejo el suyo en la mesa de noche y fue directo a su boca con desesperación. Le dio un beso intenso. Sus lenguas indicaban que no necesitaban un preludio para el amor. La excitación los había alcanzado durante los instantes que había durado la comunicación. Como si fuera la primera vez que sus cuerpos se unían y sus pieles se provocaban los sentidos, Pablo le quitó la bata y lo deleitó su desnudez; ella, entre sonidos de placer, le quitaba su ropa con premura.

¿Qué estaba sucediéndole? Melisa no podía pensar, se había entregado a sentir. Acostados, el deseo era el protagonista. Pablo tocó su centro y su mano acarició la humedad que le pedía en silencio que se hundiera en ella. Melisa giró y se colocó sobre él. Besó su boca, su mentón, y bajó hacia su pecho luchando contra la urgencia de su propia intimidad que le exigía con sus latidos sentirse una con él. Continuó dejando besos sobre Pablo y él no pudo detenerse. Se sentó en la cama y la ubicó de un solo movimiento a horcajadas. Ella comenzó a balancearse al ritmo del placer que esa noche era diferente. Un orgasmo que la obligó a cerrar los ojos y a apretar los labios para no hacer ruido se adueñó de todas sus energías.

Pabló disfrutó verla estallar. Entonces la abrazó y la recostó sobre la almohada. Sus piernas se amoldaron a la perfección y él terminó lo que había comenzado. Melisa vibró ante un nuevo éxtasis compartido.

¿Qué era lo esencial? Lo que debía ver con el corazón porque no podía reconocerlo con sus ojos.

—Te amo. Quiero esto siempre —susurró Pablo en su oído—. Un lugar, Dylan con nosotros y poder sentirte —agregó.

Entonces como un mal presagio, las palabras de Lisandro sonaron en los oídos de Melisa. *Aquí no duerme. No mientras esté Dylan. Me decepcionas.* La expresión de su rostro cambió.

—¿Qué te sucede?

—No puedes quedarte. Lo sabes.

El reloj parecía dar la medianoche de Cenicienta porque todo se convirtió en lo que no quería en ese momento.

CAPÍTULO 31

Grito

*No me gustan las mentiras porque
al final duelen más que la verdad.
Ni las verdades a medias porque
lastiman igual que una mentira.*

Eduardo Alighieri

El ataque de asma de Julieta postergó la verdad que esperaba latente ser revelada. Desde aquella noche que había significado una tregua impuesta por las circunstancias, los tres estaban muy confundidos. La familia se había ubicado en primer lugar y no era porque eso fuera raro en situaciones normales de amor y lealtad hacia los vínculos, sino porque en el caso de los Weber, los tres actuaban sin medir el daño que provocaban en el otro.

La visita a Emergencias y el sentir que algo grave podía ocurrirle a Julieta los había sacudido internamente. Aunque no caían al suelo las culpas para dar paso a nuevos inicios, al menos se replanteaban la situación.

Julieta había retrocedido en su enfermedad. No había quedado internada, pero había sido una larga noche para todos.

A la mañana siguiente, Mercedes desayunaba con Jorge. No sabía de qué manera, pero debía avanzar en el conflicto y recuperar su autoridad de madre. No iba a permitir el disparate del viaje a Europa y tampoco quería ser juzgada como si fuera la responsable de todo.

–¿Qué haremos, Jorge?

–¿Con qué?

–Para empezar, con ese ridículo viaje que no es más que una locura adolescente porque no quiere estar aquí.

–Estoy de acuerdo en que estar aquí es insoportable la mayor parte del tiempo, aunque ese viaje tampoco me parece la solución. Por ahora, debemos cuidarla y tendrás que hacer a un lado tus diferencias con ella. Si fue un pico de estrés y tú no cedes, volveremos al pasado y deberá tener el inhalador de Salbutamol a su alcance todo el día.

–¡Siempre lo ha tenido!

–Sí, preventivamente. Si no modificas la relación con ella, lo usará a diario hasta que un día pueda ser fatal.

–¿Por qué me culpas a mí? ¿Por qué no asumes tu parte activa en este problema?

–¿Parte activa? Yo no discuto con Julieta, no es a mí a quien no quiere ni ver.

–Porque no sabe… –dijo sin pensar.

–¿No sabe qué? –preguntó mirándola de manera intimidante.

–¿No te das cuenta de que esta familia está hecha pedazos?

Una intuición helada recorrió a Jorge. No era la familia, era el matrimonio, y su esposa ocultaba algo o intentaba decirlo, no lo tenía muy claro. De pronto el episodio de la noche anterior se repitió en su memoria. No le gustó lo que sospechó.

–Tú le dijiste que la habías defraudado y la provocaste para que dijera algo. ¿Qué? –preguntó como si de repente viera con precisión.

Mercedes tenía los ojos vidriosos. No quería llorar. Miraba a Jorge y solo podía pensar en Juan. Se sentía enamorada y había perdido la racionalidad que los hechos imponían. Tenía cuarenta años y estaba hablando con su esposo.

–¿Tú no tienes nada para decirme? Si vamos a ser honestos y hablar de desilusión, tú deberías confesar.

–¿Confesar qué? ¿De qué estamos hablando?

–Tienes una amante –acusó.

–Te volviste loca. Eso no es verdad –negó.

Pero Mercedes ya no lo estaba escuchando porque estaba concentrada en el valor que asomaba a sus labios. Cerró los ojos y pensó en la mujer que era desde que había conocido a Juan. Nada más importó.

–Y yo, también. Yo también tengo un amante –repitió–. Y es eso lo que Julieta descubrió.

Silencio.

Jorge la miraba sin poder dar crédito a sus palabras. En ese instante, como un índice de alertas, se dio cuenta y todo tuvo un sentido. Los reiterados mensajes, las salidas con viejas

234 amigas, los gastos nuevos en el resumen de la tarjeta, la peluquería cada semana, su nuevo perfume, el reconocimiento facial que desbloqueaba su teléfono. Recordó que por error había tomado el de Mercedes pensando que era el suyo porque eran iguales y eso le había llamado la atención.

–¿Qué dijiste? ¿Te estás acostando con alguien y no solo me engañas, sino que no has sido capaz de mantener a mi hija de diecisiete años al margen de tu bajeza? ¡Eres de lo peor, Mercedes! ¡Te acostabas con los dos! ¿Cómo pudiste?

–No tienes derecho a hablarme así, cuando tú tienes una relación con otra mujer.

–No tengo ninguna relación con nadie –insistió en su negativa.

¿Por qué lo acusaba de tener una amante? No la tenía. ¿Qué debía hacer? Tenía ganas de arrasar con todo lo que había sobre la mesa, gritarle, insultarla. Armar un escándalo para sacar fuera la ira, pero no era partidario de la violencia en ninguna de sus formas.

–¿A no? ¿Y con quién te escribes mensajes de sexo? Dime, tú que eres tan perfecto. Yo los vi, nadie me lo contó.

–Pues debiste preguntar porque no es lo que crees y en buena medida esa es tu culpa.

–¡¿En serio?!

–Sí, conocí una mujer que me hace sentir que soy un hombre deseable y divertido. Me dice cosas que jamás escuché de ti, pero nunca me acosté con ella. Utilicé eso para ser mejor contigo. Es una amiga. ¿Acaso no notaste un cambio?

—preguntó. No dijo que disfrutaba ese juego de seducción—. No, claro, para ti era el segundo plato. Mientras yo quería recuperar el deseo, tú te acostabas conmigo deseando que terminara pronto. Eres una basura —estaba realmente indignado al punto de perder de vista su propio error que, aunque no fuera una traición física, era una mentira después de todo.

Mercedes no podía asimilar sus palabras. Era verdad que Jorge le prestaba más atención, le daba más espacio y le decía cosas lindas.

—No te creo. ¡Una amiga! ¡Por Dios! —dijo.

—Me importa poco si me crees o no, porque es la verdad. Observando la vida de ella entendí que era tiempo de que pudieras gastar en ti, salir con amigas y disfrutar. Supe que debíamos recuperar tiempo juntos y estar atento a los detalles.

—O sea que… ¿hablas de tener sexo con una consejera matrimonial? —dijo con ironía.

—Sacas todo de contexto. Supuse que, valorándote, aceptando esos cambios y apoyándote íbamos a estar mejor y que podría hacer contigo todo lo que ella quería hacer conmigo. Jamás la toqué ni salí con ella. ¡Soy un idiota!

—No. No lo eres, papá. Confiabas en ella —intervino Julieta.

Mercedes y Jorge se quedaron observándola, no se dieron cuenta de que el tono elevado de la discusión la había despertado y que estaba escuchando.

—Hija, perdóname, mi amor, no debes preocuparte por esto. Es un tema nuestro —le resultaba tremendamente incómodo

que la vida íntima del matrimonio quedara expuesta de la peor manera delante de su hija.

—No, no lo es. Yo la vi salir de un hotel alojamiento con su amante. Nunca podré superar eso. Me alegra que al fin te enteraras, porque me sentía cómplice por no contarte.

—¡Él también me traicionó! ¿Acaso no escuchaste esa parte?

—Escuché todo. Papá cometió un error, pero lo hizo pensando en ti y en la familia. Tú nunca pensaste en él, menos en mí, pero no se acostó con nadie —remarcó.

Jorge miró a su alrededor y le dolía el alma. Quizá fuera apresurado, pero dijo lo que sintió.

—Mercedes, quiero que te vayas de esta casa. Hoy mismo. ¡Ahora! —gritó—. ¡Se terminó! —volvió a gritar con más énfasis.

Esas dos palabras resonaron en los oídos de los tres. ¿Qué era lo que se había terminado?

Conservar la armonía de la familia no es una tarea simple. A diario el camino ofrece un amplio catálogo de obstáculos que ponen a prueba la capacidad de compromiso con los valores y de tolerancia con las personas. En una vida cada vez más agitada, conectados a los teléfonos celulares y a la inmediatez de la tecnología, con múltiples tareas por cumplir, parámetros que llenar y estereotipos que presionan las decisiones, se impone hacer pausas, pensar, ser honesto y claro. A veces, hay que detenerse y revisar las acciones, terminar relaciones tóxicas y construir un sistema que permita alcanzar la felicidad.

A veces, todo vuelve a comenzar con el peor grito, ese que siendo el mismo, le dice a cada uno algo diferente.

CAPÍTULO 32

Creer

*Empieza por hacer lo necesario, luego lo que
te sea posible y, cuando te des cuenta,
estarás haciendo lo imposible.*

San Francisco de Asís

Desde la conversación con Nelly, algo se subvirtió en Bernarda. Creer en algo para ella había sido siempre una cuestión de fe relacionada con la religión. Sin embargo, una nueva verdad había corrido un telón de sus ojos. No era excluyente, no tenía que abandonar a Dios o a sus Santos, solo debía confiar en una fuerza poderosa que nacía en ella misma y que se conectaba con las posibilidades infinitas que le daba un Universo generoso de hacer el bien para sí y para otros. ¿Acaso Dios sería otro modo de llamar al Universo o al revés?

¿Cómo era posible que hubiera llegado a los ochenta años convencida de que solo Dios podía con las dificultades? Las personas se aferran a cualquier camino que pueda ofrecerles una solución o un paliativo frente al dolor cuando están angustiadas. Ella no había sido la excepción. Cuando Renata había quedado embarazada, e incluso después de que naciera Elina, había visitado videntes, curas sanadores y templos, solo pidiendo paz y unión familiar. Claramente no había sido escuchada o quizá, siempre había tenido miedo y dudas respecto de que era posible esa armonía que buscaba. Tal vez, su manera de pedir y de esperar eso que rogaba no había sido precisa.

Sin embargo, su amiga Nelly había abierto una visión más amplia del otro lado de los hechos. Se trataba de creer, pero la cuestión era que la energía para lograr lo que se pedía dependía de ella misma. El film documental *Heal* le había dado un panorama algo más fácil. No obstante, había comenzado a leer y sobre todo a buscar información en internet con ayuda de Elina y de su amiga.

—Elinita, ¿me ayudas? —le dijo esa tarde al verla regresar del trabajo.

—Claro, Ita. ¿Con qué? —respondió y aprovechó para dejar saco y bolso tirados por allí en la sala.

—Con los cables.

—¿Qué cables?

—No puedo ver un video en la computadora, dice que no tengo conexión. Necesito que conectes los cables. ¿Entiendes? Yo no he tocado nada, pero algo se desconectó del tomacorriente porque ahora no funciona.

Elina puso su mano sobre su rostro como un icono de WhatsApp y rio.

–¿En qué andas abuela? Tenemos conexión por wifi, voy a reiniciar el módem y tal vez se solucione. ¡No es un problema de tomacorriente!

–No sé de qué hablas, pero si vas a arreglarlo sin dar vuelta la casa con tu desorden, hazlo.

–¡Solo debo presionar un botón! ¿Vas a contarme de qué se trata tu repentino interés por buscar cosas en internet?

–Se trata de ti. Siempre se trata de ti y de tu madre –confesó–. No hay nada que no hiciera por ustedes.

–Abuela, Renata ya no está. Y yo estoy bien. ¿Por qué hablas de ella ahora?

Bernarda pensó en Nelly y sus consejos, tomó valor mentalmente de un estante del centro comercial cósmico, y habló:

–Elinita, desde que le conté a Nelly de tu síndrome, ella ha tratado de encontrar la causa y de explicarme sus "otras verdades". Ella cree que la enfermedad autoinmune la ha generado tu cuerpo y que tú misma puedes revertirla, pero para eso debes sanar vínculos y emociones. Entonces, llegamos a la conclusión de que algo más sucedió la noche del incendio. Si no quieres, no me cuentes, pero debes reconciliarte con eso…

Elina estaba sorprendida. Por esos días, el sueño y la certeza de que había algo más que sus recuerdos de aquella fatídica noche la habían desconcentrado de sus ocupaciones. No lo había comentado con su abuela. ¿Por qué era Ita quien lo mencionaba? ¿Acaso su madre de algún modo intentaba

enviar una señal de que la estaba ayudando? No. No lo creía. Lo único que tenía claro era que cuanto más se había carecido del amor maternal más se necesitaban respuestas inconscientemente de ese ser. Su madre, ni siquiera fallecida, dejaba de hostigarla con su ausencia.

—Abu, no recuerdo esa noche completamente. Tengo en la memoria imágenes que no varían, pero hace días soñé que volvía a suceder. Yo estaba allí, todo era igual. Sin embargo, desperté con la certeza de que hay una fracción de tiempo que no puedo recordar desde que vi la puerta abierta de la habitación de mamá y antes de que me arrojara por la ventana.

—¿En serio? —Ita no pudo evitar agradecer de manera automática que el techo de esa casa hubiera sido bajo y que solo se hubiera fracturado una costilla y el brazo. La frase "arrojarme por la ventana" le daba escalofríos.

—Sí. Igual no comprendo qué tiene que ver todo esto con mi enfermedad.

—No es simple de entender al principio, pero es algo así como una causa emocional que debes sanar para que luego tu cuerpo remita el diagnóstico.

—Abuela, te amo más por esto, pero hay miles de personas en el mundo que padecen lo mismo que yo, no creo que todos tengan una causa emocional generadora.

—¿Cómo lo sabes? Mira, lo que digo no implica que dejes de ir a tus controles o al médico sino que le des la posibilidad a tus emociones de salir. Hazlo por mí.

—¿Y qué debo hacer?

–Creer. Creer que esto es posible.

–Así, ¿nada más?

–Y no dudar que va a solucionarse y estar atenta a las seña-les –hubiera querido tener los conocimientos y la capacidad didáctica de Nelly para darle toda la información.

–¿Qué señales?

–Bueno, las del Universo, pero eso que te lo explique Nelly. La invitaré a cenar uno de estos días. En principio, solo de-bes creer y pedir que se revele eso que no recuerdas y luego iremos viendo cómo seguir. De pronto el monitor la ubicó en una página que explicaba lo que era meditar–. ¡Ya está! Se arregló. Gracias –exclamó feliz.

Elina la observó durante unos instantes. Era digno de aplaudir de pie su entusiasmo, su esperanza, su fuerza. Quizá no había tenido a Renata, pero en su abuela tenía una madre que valía por todas las mejores. Agradeció eso. Solo por un momento recordó el rostro de su mamá sonriéndole, no sabía la razón, pero se sintió bien mientras duró en su memoria.

–Me alegro. Intentaré hacer lo que pides –dijo–. Ahora voy a terminar el mural. Necesito pintar.

–Hazlo –respondió Bernarda satisfecha. Había dado un gran paso.

Cuando Elina entró a su habitación, el atril pareció gri-tarle que ahí estaba. Entonces tomó un pincel y agregó una estrella en medio del humo. El hombre de la maleta parecía cobrar vida y ante su mirada lo imaginó extraer del bolsillo la carta y leerla. Decidió seguir con su Norte y se fue a la sala.

242 Creer es tener por cierto algo que el entendimiento no alcanza o que no está comprobado o demostrado. Elina eligió creer porque tenía, como todos, un potencial ilimitado que descubrir. No perdería su chance de ser feliz. En ese momento, creer en ella, en su valentía, en la magia y en todo lo que sabía que podía lograr la hicieron experimentar una paz que no conocía. Fue como nacer de nuevo.

Esa noche terminó el mural en la pared de la sala de estar y, mientras lo hacía, sintió el mayor poder que había desarrollado jamás, dentro de lo más profundo de su ser.

La imagen era sencillamente sublime. Elina olió el aroma de los acrílicos que la unían a su obra, besó el pincel al concluir y, luego, pintó flores en su overol corto. Tenía dos. Suspiró y se recostó en el sofá, se durmió observándolo. Había logrado su propósito, la hacía feliz.

A la mañana siguiente cuando Ita lo vio, lloró de emoción. Algo había cambiado en su nieta porque ese mural se lo estaba diciendo.

CAPÍTULO 33

Señales

Entonces lo entendí.
Porque mi vida siempre ha sido así,
ha estado llena de pequeñas señales
que me vienen a buscar.
Margaret Mazzantini

SEPTIEMBRE DE 2002. MONTEVIDEO, URUGUAY.

Tal y como su madre lo había decidido desde los nueve años, Elina asistió a una nutricionista hasta que cumplió once. Renata estaba decidida a que la niña bajara de peso o al menos, a no sentir responsabilidad alguna si no lo hacía, pues ella le proporcionaba la posibilidad. No podía controlar ni siquiera la forma en que se dirigía a la pequeña respecto de ese tema. La había inscripto en natación y en patín, cuando lo que en realidad la niña deseaba era ir a dibujo. Con el correr del tiempo, Elina parecía comer más y peor cuando su madre estaba presente como un modo de rebelión. No era obesa pero tampoco delgada. Había aprendido a elegir colaciones menos calóricas, pero delante de sus compañeros de escuela no lo hacía porque le daba vergüenza.

Así había pasado el tiempo y cumplidos sus trece años, Elina comenzaba a aferrarse con firmeza no solo a su adolescencia sino también a sus convicciones. Y como era lógico, Renata ya no podía postergar las respuestas a sus preguntas con tanta facilidad.

—Quiero saber quién es mi padre. Tengo derecho —exigió esa noche en medio de otra de las tantas conversaciones que pocas veces llegaban a buen término.

—Alcanza con que sepas que no está aquí.

—Eso ya lo sé. Me he dado cuenta —respondió en tono de burla—. Te la has pasado diciéndome que me lo dirías cuando llegara el momento. Bueno, ya llegó para mí. Tengo derecho —insistió—. Todas las personas deben saber de quién son hijas, lo aprendí en la escuela —agregó.

Renata se sentía acorralada, si en algo se parecía su hija a ella era en insistir en lo que quería, aunque no le fuera favorable. Parecía una defensora de sus libertades individuales. Era vehemente como Elías. ¿Podía confesarle la verdad y decirle que no lo sabía con certeza? No. Trece años no eran suficientes para comprender lo que había ocurrido. Además, seguían en contacto con Santino, el amigo de París. No podía convertirlo en un padre eventual de buenas a primeras. Menos aún, considerando que ni siquiera él sabía que existía esa posibilidad porque ella se la había negado.

—Tu padre y yo habíamos dejado de vernos porque él se

iría a vivir a otro país. Justo en ese momento me enteré de mi embarazo.

–¿Se lo dijiste? ¿Se fue igual? ¿No me quería?

–Sí, se lo llegué a decir. Supongo que a su manera le alegró saber de ti, pero era mucho más complicado que eso.

Elina sintió una breve emoción interna al suponer que su padre había sido feliz al enterarse.

–¿Quién era? ¿Por qué era complicado? –insistió.

–Era… médico. Se llamaba Elías Pérez –buscó un apellido común– y se fue a vivir al extranjero. Tenía una beca de posgrado –inventó.

–¿Soy hija de un médico? –sintió orgullo–. Quiero hablar con él. Podemos buscarlo, ¿tienes su dirección?

–No. Él… bueno, supe que había fallecido hace unos años cuando su hermano me avisó –mintió–. Lo siento –de verdad la angustiaba lo que acababa de hacer. Le estaba negando su identidad. La experiencia indicaba que esas verdades, tarde o temprano, salían a la luz, pero al menos no sería ese día. De pronto, pudo ver el alma de su hija desde otro lugar. Su expresión mostraba la alegría de sentirse hija de alguien importante y a la vez, el dolor de perder lo que nunca había tenido. En un diálogo tan corto le había robado la identidad y la ilusión de un padre que en algún lugar estuviera deseando conocerla o que la amara a la distancia.

A la niña le gustaba imaginar que era así. Pero era cruel su destino. Se le cayeron las lágrimas. La historia de su padre había concluido antes de comenzar. Entonces, Renata compensó

el momento. Se acercó y la abrazó. Lo hizo sinceramente y descubrió que la energía y el calor de esa jovencita contra su pecho la conmovieron.

—Sé que tenemos muchas diferencias, pero yo te quiero. Nunca olvides eso.

La emoción de Elina al sentirse aceptada por su madre, aunque fuera en esas circunstancias, venció a la tristeza de enterarse el nombre y la muerte de su padre en el mismo minuto. Se aferró a ella y lloró. Renata acariciaba su cabello con rizos.

—Dime, ¿cómo era? ¿Me parezco a él? ¿Me conoció?

Renata tomó la peor decisión de su vida porque con ella le daba a la mentira un rol protagónico y se robaba la posibilidad de que Elina tuviera un padre real y de que ese padre, tal vez, frente a la necesidad de su hija, convirtiera su paternidad en amor, perdón y tiempo recuperado. Nada de eso sucedería porque Renata Fablet prefería ocultar su historia antes que priorizar la verdad. ¿Por qué? ¿Cuál era el problema de aceptar que amaba a un hombre casado, pero que se había dado el permiso de sentir algo mágico por otro en un lugar como París? ¿Acaso las mujeres verdaderas no pueden sentir la dualidad que a veces el amor impone y animarse a ella?

—Era muy inteligente y sí, te pareces a él. Te vio solo una vez de pequeña, luego ya no volvió a Montevideo, pero me envió dinero para tu cuidado hasta que murió. Nunca se desentendió de ti, pero me pidió que lo mantuviera al margen porque no quería que sufrieras por no verlo. Elías siempre

eligió su profesión por sobre todas las cosas –la mentira se mezclaba con tramos de una realidad miserable. La había traicionado su inconsciente. Elías no era un nombre cualquiera y que elegía su profesión, era un modo de disfrazar que elegía su familia. Ella lo había matado para poner fin a las preguntas.

–¿Tengo un tío? Quiero conocerlo. ¿Tienes una foto de papá? –la ansiedad le ganaba la partida. Era mucha información.

–Sí… –lamentó haber dicho eso porque comprendió que la farsa no tendría fin–. No he sabido de él desde entonces. No tengo fotos de Elías. Lo lamento.

–¿En qué me parezco a él?

–Pues a él le gustaba mucho leer, como a ti.

–¿Qué leía?

–Le gustaba Ernest Hemingway –se sorprendió al incorporar a Santino en el relato que había creado. De algún extraño modo, le daba señales de ambos–. Y una vez me dijo que le hubiera gustado pintar, pero nunca se animó ni tuvo tiempo, era muy estructurado y su carrera no le dejaba tiempo para el arte. Ese era Elías.

Renata nunca supo si fue lo conversado esa tarde lo que diseñó el futuro de su hija. No viviría para verlo, pero sí estuvo segura de que le dio esperanza, porque saber llenaba el espacio de la ausencia, aunque lo que había sido revelado no fuera cierto.

–¿Él era gordito? –preguntó desde su absoluta inocencia.

–No, hija, pero le gustaba mucho comer. Disfrutaba al

hacerlo como tú –trató de darle alivio. Fue como si en ese momento hubiera comprendido cuánto la había lastimado con sus exigencias en ese sentido. Por primera vez en su vida se sintió su madre y la invadió un sentimiento extremo de querer protegerla.

–Te amo, mamá. Gracias por contarme. ¿Puedo pedirte algo más? –intentó acercarse a ella una vez más.

–También te amo –dijo. La atrajo hacia su pecho y besó su cabeza. Se le caían las lágrimas–. Puedes pedirme lo que quieras, hija…

Elina le devolvió el abrazo tan fuerte como fue capaz, había logrado que la quiera y de algún extraño modo, en un día triste, fue feliz.

–¿Me regalas un libro de Hemingway?

Santino y el modo en que lo había conocido en París vinieron a su memoria. ¿Y si fuera él su padre?

–Claro. Te regalaré *El viejo y el mar*. Ese leía Elías cuando lo conocí. ¿Puedo pedirte algo, yo también?

–Sí –dijo dispuesta a aceptar lo que fuera a cambio de que siguiera abrazándola.

–No quiero volver a hablar de este tema. Lamento que no hayas crecido junto a él, pero así fueron las cosas. Ya no deseo que sigas indagando. Te he dicho lo que querías saber. ¿Puede ser?

Elina lo pensó. Era ese el mejor momento que había vivido con su madre, no iba a arruinarlo por pretender más. Se conformaría con lo logrado. Al menos por un tiempo. Era suficiente.

—Lo intentaré.

Esa noche se fue a dormir pensando. Era hija de una abogada y de un médico. Definitivamente ninguna de las dos profesiones le atraía. Le daba impresión la sangre y no creía demasiado en la justicia.

Se parecía a Elías, un lector de Hemingway, médico que le hubiera gustado pintar y disfrutaba comer. Había empezado a tener respuestas. Ella dibujaba muy bien, también quería pintar y por supuesto le gustaba comer. Su madre la había abrazado y le había dicho que la quería y después que la amaba. A pesar de enterarse que nunca conocería a su padre, lo cual siempre había sido una posibilidad, se sentía contenta. Su identidad comenzaba a mostrarse en las similitudes.

Renata se quedó despierta hasta tarde. Bernarda, después de dar las buenas noches a su nieta, se había enterado de todo. Entonces, golpeó su puerta y entró.

—Hija, hiciste lo correcto. Elinita merecía saber, y además de eso, le dijiste que la amas. ¿Sabes? Jamás he visto ese brillo en sus ojos.

Renata no pudo evitar abrazar a su madre y llorar. No fue capaz de confesar que había construido una verdad a medida, no para que la niña sufriera menos, sino para ocultar sus acciones y no ser juzgada por sus decisiones.

Esa noche, Santino le envió un mensaje de texto. Simplemente decía: "¿Cómo están? Soné con ambas". Elías en cambio no respondió al mensaje en el que Renata había escrito: "Te necesito".

250   Elina despertó a la madrugada y sintió un impulso que siguió. Se sentó en su escritorio y dibujó en un cuaderno. Un hombre pintaba una balanza de la justicia en la tela de un atril y de fondo algo parecido a la Torre Eiffel iluminaba la imagen.

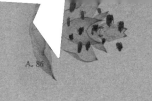

CAPÍTULO 34

Respuestas

No puedes nadar a nuevos horizontes
hasta que tienes el coraje
de perder de vista la costa.
William Faulkner

JUNIO DE 2019. GUADARRAMA, ESPAÑA.

El inminente viaje de Gonzalo los tenía demasiado ansiosos a todos. Desde el episodio de Teresa, José y Frankie prácticamente no la perdían de vista. Eran guardianes de sus movimientos. Ella no se daba cuenta, su mundo funcionaba diferente.

El día previo a su partida, ultimó detalles en la posada, le dio instrucciones a Andrés, su reemplazo, y conversó respecto de indicaciones expresas con la madre, quien cuidaría a la tríada.

Regresó a la casa y los encontró en medio de otra de esas tantas discusiones sin sentido en la que no interesa la causa sino tener razón.

–Te dije que es por lo menos el equivalente a la cuota de un automóvil cero kilómetro.

–¡Que no, que no es para tanto! Hablas como si fuéramos traficantes.

–¿Traficantes? –intervino Gonzalo sorprendido. Esos hombres solo podían traficar amor y ocurrencias–. ¿De qué están hablando?

–Ahí estás. Ahora verás, José, que yo tengo razón. Viniste a buscarme para ir a la farmacia, ¿verdad?

–Sí.

–Bueno, yo digo que con todos los remedios que compramos para los tres podríamos comprarnos un automóvil a plazo, y tu padre dice que no, que es como un pedido de mercadería en el supermercado. Es absurdo, si como todo viejo comemos poco y a escondidas lo que no debemos. Esa es la verdad.

–¡Ese eres tú! –se defendió José, quien tenía prohibidos los embutidos y los consumía a escondidas de su hijo.

–¿Yo? Yo puedo ingerir de todo, no necesito esconderme –replicó Frankie, quien debía cuidarse de los dulces.

–No me hagas contarle sobre el arsenal de chocolates que tienes guardado entre la ropa –dijo por lo bajo.

–Bueno, la discusión terminó porque tenemos que irnos ya –dijo Frankie–. Cuando regrese averiguaré los precios de los vehículos –agregó.

–¿Para qué quieren un automóvil?

–No quiero comprarlo, solo tener la razón.

Gonzalo se divertía con ellos porque eran la mejor versión de los años bien vividos y no tenían maldad.

Una hora después, habían terminado de comprar los remedios de los tres para todo el mes, algunos con receta y descuentos, otros no. La verdad es que eran varias cajas.

—Listo, ahora llega el proceso de clasificación del tráfico de medicamentos.

—¡Tío! —Gonzalo sonrió. Le gustaba escucharlo porque siempre agregaba algo gracioso a la realidad. El mes anterior había comparado la tarea con un correo que recibe envíos y los ordena para entregar—. ¿Ya no son paquetes en el correo?

—No. Ahora es tráfico. ¡Mira la cantidad! Le escribimos a cada cajita el nombre de quien corresponde. Los de tu padre con color azul, los míos con verde y los de Tere con rojo. Luego, los separamos en las tres cajas que hay en la cocina.

—Bien. Deberías agradecer que no necesitan ayuda para hacerlo.

—¡Solo eso nos faltaría! Por ahora, yo que soy el que tiene letra más legible, hago tres listas con los horarios en que hay que tomar cada cosa.

—Y no los cumples… —recriminó Gonzalo.

—Los hago para Tere y José. Yo prefiero tomar todo junto por la mañana. ¿Estás nervioso? —preguntó cambiando de tema.

—Sí. Tengo ganas de verla, pero la verdad no estoy tranquilo dejándolos aquí.

—Créeme, no sería tan divertido si viajaras con nosotros —dijo con humor.

—Puede que no —aceptó—. ¿Quieres que vayamos a tomar algo? —solían hacerlo cada mes luego de la compra.

—Solo si podré comer una porción de pastel con el café.

—Podrás. Claro que sí.

Fueron a la La Duquesita, una confitería y repostería típica del lugar. Les gustaba porque el local era pequeño y existía desde 1914. Conservaba su antigua decoración, mantenía la calidad y era sin duda el mejor sitio para comer un rico *croissant* y un *pain au chocolat*. Frankie había conocido al fundador. Guadarrama tenía su historia, pero era parte también de las memorias de cada habitante de un modo diferente.

—No tienes que preocuparte por nosotros. Debes viajar, pero debes llevar tu cabeza contigo. ¿Entiendes? Nadie va a buscar al amor de su vida y piensa en otra cosa.

—Eres muy didáctico, pero primero no sé si Elina es el "amor de mi vida" y, en segundo lugar, no es "otra cosa", ustedes son mi familia.

—¿Y qué es ella para ti entonces?

—Espero tener esa respuesta después de volver a verla. La quiero, no puedo olvidarla y ninguna mujer me ha hecho sentir lo que viví a su lado, pero estábamos en París, sin preocupaciones de ningún tipo. Era el escenario perfecto.

—No es una cuestión de lugares, cuando conoces la mujer que pasará su vida contigo, simplemente lo sabes, es ella. Ninguna cuestión geográfica tiene tanta fuerza como para cambiar el destino. Es una de las pocas batallas que el tiempo pierde contra la distancia.

–¿Cuál?

–Puede transcurrir, pero no logra que alguien deje de amar. Me refiero a la batalla de pretender que el amor verdadero se olvide. Eso no pasa. Puedes acostumbrarte a no verla, incluso renunciar a estar a su lado, pero no dejarás de sentir. Cada vez que digas su nombre algo en ti te hará temblar y suspirar. Tu memoria regresará adonde ella esté y a lo que sentían juntos. Esa fue la razón.

–¿Qué razón?

–La razón por la que tu padre y yo decidimos que viajaras. José amó a tu madre y siempre supo que era ella. La vida se la llevó muy pronto, pero jamás hubo otra posibilidad para él. Por eso nunca volvió a formar pareja. Es una tradición familiar que tú no romperás –ordenó–. Cuando sepas que has dado con la mujer con la que pasarás tu vida, eso harás –lo aconsejaba casi de un modo imperativo, era la posibilidad que le daban sus años. De todas maneras, había verdad en sus palabras.

Gonzalo lo escuchaba atentamente. Disfrutaba el privilegio de su sabiduría.

–Es difícil.

–¿Por qué?

–Porque si esa mujer es Elina, no sé si esté dispuesta a venir a vivir aquí y yo…

–Y tú, nada –lo interrumpió–. Tú puedes ir a vivir allá. Se terminó el tema. Ahora vas a escucharme. ¿Sabes por qué te llamas Gonzalo?

–¿Porque mis padres lo eligieron? –respondió con otra pregunta lo que creía obvio.

–No. Tu madre eligió tu segundo nombre, Martín, pero al morir ella, fue tu padre quien decidió cómo te llamarías luego de hablar conmigo. O sea, lo elegí yo, podría decirse que fue mi sugerencia –destacó con orgullo–. Tu nombre proviene de un guerrero germánico, Gonzalvus. *Gon* quiere decir 'dispuesto'; y *salvus*, 'luchar'. Por lo tanto, hazme el favor de honrarlo como has hecho toda la vida, y lucha por tu felicidad. Recuerda esto –remarcó–: no pienses en la distancia cuando la decisión que debas tomar sea para toda la vida. Tampoco en el tiempo ni en nosotros. Ponte delante de tus prioridades. Piensa en ti porque contigo deberás enfrentarte cada día y sería malo que tuvieras algo que reprocharte.

–Tío, no sabía eso, pero…

–Pero nada. Ya has hecho todo y más por nosotros –Frankie lo miró con devoción. Amaba a su sobrino como si fuera su propio hijo. Imaginar la vida con él lejos le rompía el corazón en mil pedazos, pero jamás lo confesaría. Eso era amor del bueno, pensar en su futuro y saber que, a la edad que ellos tenían, la finitud era un sorteo diario librado a la eternidad–. Ahora déjame comer mi pastel en paz. No sé por qué tocas estos temas –refunfuñó para evitar las lágrimas.

–No fui yo quien inició la charla. Déjame decirte que ahora, fuiste tú el que "habla lindo". Gracias.

–Lo heredaste de mí.

–Te quiero, lo sabes.

—Claro que lo sé.

—Tengo miedo —dijo de pronto—. Si fuera Elina, mi vida entera quedaría dividida entre dos continentes. Dime, ¿por qué debería enfrentar algo tan extremo? ¿No era suficiente con perder a mi madre al nacer? —fue completamente sincero. En ese momento hablaba con su amigo, porque su tío lo era entre otra infinidad de cosas.

Frankie no tenía respuestas rápidas a todas las preguntas. En vez de eso, proporcionaba una mezcla de amor y experiencia con los que buscaba dar un impulso a Gonzalo para que encontrara su propio camino y sacara sus propias conclusiones.

—¿Por qué no? Si no te arriesgas a vivir, nadie lo hará por ti. Como dice Osho: *La vida no está esperándote en algún sitio, te está sucediendo. Cualquier cosa que seas, es tu vida, y si te pones a buscar significados en otra parte, te la perderás.*

—No me parece justo.

—No importa si es justo o no. Los momentos son de todo un poco, pero la vida, Gonzalo, es un misterio, no una pregunta que debe ser respondida o un rompecabezas que resolver. A veces toda encaja y otras, nada lo hace. La cuestión es aceptar y dar lo mejor. Es no engañar a nuestros sentimientos. Ahora… ¿me pides otra porción?

Así era Frankie, simplemente genial.

CAPÍTULO 35

Despecho

En un beso, sabrás todo lo que he callado.

Pablo Neruda

Stella era una mujer muy capaz profesionalmente, pero en su vida privada solo sumaba desatinos. No era mala suerte. El problema radicaba en que, desde sus fallidos matrimonios y a pesar de creer en el amor, se fijaba en hombres que eran un presagio de lágrimas porque tenían un compromiso previo. Casados o en pareja. Stella era la maravillosa mujer que a sus flamantes cuarenta años les cambiaba la rutina, los hacía sentir únicos y deseables, escuchaba palabras preciosas y la ubicaban en el pedestal de las mujeres soñadas, pero... Siempre había un pero. Los hijos pequeños, las esposas dependientes, los chicos adolescentes, el dinero, la casa, los padres y un sinfín de cuestiones que desde el comienzo estaban en un lugar prioritario inamovible y finalmente nunca la elegían.

El circuito se repetía, comenzaban a ser menos adorables y a ella cada vez le dolían más los momentos en que deseaba estar en pareja, pero se encontraba sola. Entonces ocurrían separaciones temporales, Stella no se resignaba ante sus equivocaciones y permitía que regresaran por ella para volver a apartarse. Lo peor era que le decían que no existía una mujer mejor. ¿Y entonces por qué cada noche dormían con la otra?

Elina era su opuesto, y así como en determinados aspectos de la vida Stella era su sostén, en otros, aun llevándole diez años, tenía que aceptar que necesitaba sus consejos. Más que eso, era imperativo no solo que la escuchara, sino que los aplicara, pero esto último era demasiado difícil.

No eran tantos los hombres que habían signado sus sentimientos después del último matrimonio, pero con dos alcanzaba. Porque la historia era la misma. Se había prometido a sí misma no caer en la misma secuencia. Sin embargo, si bien no era igual, era bastante parecida. Él le encantaba, era casado, pero la seducción pasaba por la atracción intelectual y porque no habían tenido sexo, aunque en sus charlas se habían desnudado en cuerpo y alma de todas las maneras posibles. Lo cual era todavía más excitante.

Esa mañana trabajaba en el Tribunal. Marisa, su compañera, había caído ante los encantos del joven pasante y en ese momento estaba literalmente en medio de una relación tramposa. Engañaba a su esposo con un chico de veinticinco

años recién graduado, y ella tenía treinta y ocho, además de dos hijos de doce y trece. Lo que había comenzado siendo una broma se estaba tornando peligroso porque, además, el trabajo estaba en medio.

Layla y Marisa hablaban abiertamente sobre sus vidas privadas delante de Stella. En cambio ella era más reservada; nunca sabían muy bien en qué andaba, pero lo suponían porque jamás daba nombres y no se le conocía una pareja públicamente.

—Marisa, tienes que ir al archivo a buscar estas causas, dijo MM —así le decían a la jueza que se llamaba María Menna—. Que te ayude Mariano…

—¡No puedo ir con él al archivo! —dijo refiriéndose al pasante. Las tres rieron—. Saben bien que es un sótano "despoblado" —destacó—, repleto de expedientes viejos y estantes pesados.

—Claramente te puedes apoyar en ellos sin que nada se caiga, nadie puede entrar porque hay solo un juego de llaves —agregó—, pero yo en tu lugar detendría esta historia. Ya te diste el gusto, tu esposo sospecha, esto terminará mal —aconsejó Layla.

—No puedo. Me encanta.

—No seas ingenua —intervino Stella—. Es lo que es. Tú estás casada, no dejarás tu familia por él y más vale que eso ni se te ocurra porque él no va a quedarse contigo. Es joven, libre, profesional y, encima, lindo —el tema le importaba tanto que hacía un rato que había dejado de estar pendiente de su teléfono.

–Stella tiene razón. Basta, duró lo que tuvo que durar, refrescaste energías, pero no es tu verdad. Como amiga que antes te dijo que avanzaras, ahora te pido que te detengas.

Stella era testigo de una situación inversa. Sentía curiosidad. La infidelidad del lado de una mujer y deseó saber.

–Dime, ¿realmente piensas seguir arriesgándolo todo?

–Escuchen las dos. Él me enloquece. Me gusta todo cuando estamos juntos. Nada de lo que él me da lo tengo en mi casa y tengo muy claro que es joven y yo no tanto, pero no me importa –dijo. Stella y Layla habían dejado sus tareas para escucharla–. Porque esto es como un permitido en mi dieta. Jamás voy a romper mi familia, ellos son todo para mí.

–¿Nunca lo pensaste?

–No. Lo juro. Así que pueden estar tranquilas. Pero no lo dejaré por ahora, gracias a este entretenimiento me resulta más fácil enfrentar los problemas cotidianos de mi casa.

–Tú debiste ser hombre –agregó Stella–. Así piensan ellos.

–Yo no lo veo tan fácil –dijo Layla–. Pero ya te dije lo que creo y hablo en serio. Arriesgas demasiado.

–Las mujeres engañamos mejor, tengo cuidado y la mayor ventaja es que Mariano no pretende nada más que lo que hacemos.

–Ya una vez tu esposo vio tu celular… Ten cuidado.

–No pasa nada –dijo. En ese momento, Mariano interrumpió.

–Stella, la buscan en Mesa de Entrada.

–¿Quién?

–Un abogado.

Stella fue a atenderlo y allí se quedó perpleja. Su mente todavía estaba en la conversación con sus compañeras. Esperaba ver a un profesional que se presentara a hablar con ella en relación con algún expediente, pero no fue así. Abogado era, pero su interés nada tenía que ver con el juzgado y sus trámites.

—Hola. Lo he decidido —dijo en voz baja cuando ella se acercó.

—¿Qué cosa?

—No leíste mi mensaje y por eso vine.

Stella miró el celular, que lo tenía en la mano, y leyó:

JORGE:

Avancemos.

Ya nada me importa.

—No entiendo. ¿Qué pasó? —se animó a preguntar porque no había gente cerca.

—Me gustas mucho y no quiero postergar lo que siento. Te espero en el auto, ya es tu horario de salida.

Stella estaba sorprendida. ¿Qué lo había determinado a ir por todo? Lo miró y solo pudo pensar en besarlo de una vez por todas. ¿Cómo sería su sabor?

Un rato después, él cerraba la puerta de la habitación en un hotel alojamiento y la besaba. Primero despacio, disfrutando al máximo el calor de sus labios y las expectativas de sentirla entera. Después, cierta urgencia aventajó al momento, y quiso verla desnuda.

Stella estaba como hechizada, se dejaba hacer, por primera vez no quería que su propio deseo guiara los siguientes pasos. Todo era diferente. Si antes de que la tocara le gustaba, en ese momento moría por él. Elina le había dicho que sería tarde cuando fueran a la cama y seguro había tenido razón.

Una caricia empujaba a la siguiente, sus manos, respiración, bocas y lenguas se movían entre los acordes de los sentimientos heridos de él y los sueños de ella. Cuando se hundió en ella sin ninguna protección, Stella no fue capaz de impedirlo, era la primera vez que un hombre casado no se preocupaba por eso.

Era una gran paradoja, porque si bien todo era precipitado, le dedicaban al mismo tiempo a cada movimiento el encanto de la pausa y el disfrute. Cambiaron de posición algunas veces en la búsqueda de sus centros y se hablaban con la mirada y los sonidos del placer. Él alcanzó primero un orgasmo inevitable, entonces, agitado aún, salió de ella y con sus dedos entre su intimidad provocó su estallido.

Extasiados y envueltos en sudor, se miraron cuando todavía sus latidos postergaban las palabras del después.

Stella tenía una sonrisa instalada en el rostro, fue ella quien habló.

—Jorge, no sé cómo ocurrió esto, pero siento que ya no podré vivir sin repetirlo. No quiero las ganas de serlo todo y al final no ser nada —dijo con honestidad.

En ese instante sonó el teléfono de él. Mercedes Weber, su esposa, llamaba. No la atendió.

El despecho es un sentimiento que combina la indignación y el rencor con la impotencia y la rabia. Amar y ser decepcionado provoca una frustración que confronta a sí mismo a cualquier ser vulnerable, incluso a los que han cometido errores que consideran mínimos en comparación con la provocación que lastima y empuja a actuar sin pensar.

¿Por qué existen las ilusiones sobre lo que no es real? ¿Por qué no es posible la certeza, cuando alguien invita a volar, de que no se caerá al vacío en soledad?

Stella no quería poner tres puntos suspensivos a ese momento para que Jorge borrara dos, un tiempo después.

Jorge la besó en la boca sin responder.

CAPÍTULO 36

Notre Dame

*La imagen de Notre-Dame en llamas
me dejó aturdido y profundamente afectado.
(...) Era una sensación desconcertante,
como si la tierra hubiera comenzado a temblar.*

Ken Follet

26 DE JUNIO DE 2019. MONTEVIDEO, URUGUAY.

La noche anterior a la llegada de Gonzalo, Ita invitó a su amiga Nelly a cenar con la idea de que Elina formara parte de la conversación. No era una experta en los temas de espiritualidad y causas emocionales como tampoco en la información del Universo y la energía, pero había aprendido bastante. La entusiasmaba pensar que para todo había una salida y que dependía en buena medida de cada persona. Lamentaba no haberse enterado antes.

Nelly tocó el timbre y subió.

—Tendrás que reconsiderar este tema de la escalera o yo debo mejorar mi estado físico —dijo con humor y algo fatigada.

—Pues deberías buscar aire en el Universo —comentó.

—¡Yo vivo en planta baja, no lo necesito! —exclamó y ambas rieron. Se querían—. ¡No lo puedo creer! —agregó al ver el mural en la pared de la sala—. ¡Es simplemente maravilloso! ¡Me encanta!

—¿Verdad que es hermoso? Confieso que cuando Elinita vino con la idea tuve miedo de que convirtiera mi pared blanca en un grafiti… Es tan desordenada que jamás imaginé algo tan estético y bello. Igual, le pedí al Universo… —agregó en voz baja.

—Aprendes rápido.

—No te rías, pero he tenido pequeños logros desde que practico tus verdades.

—No son mías, yo solo te las conté.

—Bueno, como sea. Yo veo mejor a Elina y pude hablar algo con ella —le contó que la había puesto en tema sobre la idea de que debía sanar su vínculo con Renata.

—¿Qué dijo?

—Bueno, me contó que soñó con el incendio y despertó con la seguridad de que hay una secuencia de tiempo que no recuerda. ¿Y sabes? La noche anterior yo me concentré en que, del modo que fuera, ella se reconciliara con la memoria de Renata. Creo que esto que ocurrió es un avance.

—Seguro que sí.

En ese momento, Elina, recién bañada, con el cabello mojado, un jean y una camiseta blanca se acercó a saludarla.

—¡Hola, Nelly!

—Hola, linda. Se te ve muy bien.

–Lo estoy.

–Te felicito. Ese mural me hace pensar que bien podrías dedicarte al arte.

–No lo creo. Es mi hobby. No soy profesional y no soy tan buena. Algo mágico sucedió con este mural, simplemente lo hice… –lo miraba sorprendida y satisfecha.

–Tú puedes decir lo que gustes, pero tienes un don.

–No sé si tengo un don, creo que me conecté con mi ser interior con el propósito de pintar algo que nos invitara a sonreír.

–Ambas cosas, mi cielo. Tienes un don y al conectar con tu ser interior, como dices, has hecho magia. De verdad que impresionarás a Gonzalo.

–Él llega mañana.

–Me contó tu abuela, estoy al tanto de todo.

–Sí, lo sé.

La mesa estaba puesta y la comida lista. Se sentaron y mientras hablaban de varios temas a la vez, había un programa de noticias en la televisión. Al ver Notre Dame en llamas en la pantalla, las tres se callaron y prestaron atención. El periodista informaba. Elina sentía la angustia una vez más, mientras corrían imágenes de la catástrofe. La noticia indicaba que, como se había sospechado desde un principio, no había existido intención criminal. Poco más se sabía del incendio a pesar de que habían pasado más de dos meses desde que el fuego casi acababa con la emblemática catedral gótica de París. Tras más de setenta días de pesquisas, un expediente

de 1.125 folios, un centenar de interrogatorios y "numerosas constataciones", la Fiscalía de París había cerrado la investigación preliminar casi con las mismas preguntas con las que la había iniciado. El titular citaba textual: *Las investigaciones realizadas no permiten, hoy por hoy, determinar las causas del incendio, dijo en un comunicado el fiscal de París, Rémy Heitz.*

—Me da una pena tan grande, abuela —dijo Elina con nostalgia.

—No debes preocuparte por lo que se arregla con dinero. Hubo millones en donaciones, será restaurada.

—Es cierto, las cosas pueden restaurarse, pero es como cuando una persona tiene una herida, sana con el tiempo, pero nunca será como no haberla tenido, ¿entienden?

—Eres muy clara, Elinita, pero a eso se suma el perdón. Cuando eres capaz de perdonar y perdonarte aquello que de tener otra oportunidad harías diferente, entonces ya no notarás que la herida estuvo ahí.

—No lo sé, Nelly, ojalá tengas razón —sonó el timbre.

—¿Esperamos a alguien?

—Ah, olvidé avisarte que invité a Stella.

Minutos después habían agregado un plato y conversaban las cuatro sobre el mismo tema, aunque la noticia había concluido.

—Leí que las hipótesis más valoradas por los investigadores rondan en la posibilidad de que el fuego se iniciara, o bien por una falla en el sistema eléctrico, o por un cigarrillo mal apagado, pero no es posible privilegiar ninguna de esas pistas —agregó Stella consustanciada con el tema.

–Dijeron que los investigadores habían hallado siete colillas cerca de los restos del andamiaje que había sido instalado para las obras de renovación de la catedral –comentó Elina–. ¡No deberían fumar en las obras!

–Está prohibido que lo hagan, pero se confirmó que algunos de los trabajadores habían violado, "de vez en cuando", esa prohibición. Sin embargo, se descartó que un cigarrillo pudiera haber provocado un fuego de tal magnitud. Parece, según admitieron las autoridades eclesiásticas, que hubo algunos errores humanos que hicieron que se descubriera más tarde el origen del fuego –explicó Stella.

–¿Cuáles? –preguntó Nelly con interés. Todas escuchaban con atención lo que no había revelado la noticia reciente.

–El vigilante encargado del sistema de seguridad estaba haciendo un doble turno porque no se había presentado su reemplazo. Además, era nuevo y no supo identificar bien los códigos de la alarma, por lo que no se localizó rápidamente el foco del incendio.

–Sí, según leí una alarma dio aviso del inicio del fuego, pero revisaron el lugar incorrecto y descartaron el peligro. Mientras tanto, las llamas avanzaban a gran velocidad. El periódico *The New York Times* publicó una investigación que revela una particular demora del personal de seguridad, que se retrasó media hora en dar aviso a los bomberos. De acuerdo a la publicación, la primera alerta de fuego saltó en el panel de control del monumento a las 18.18 hora local. La alerta llevó al empleado de seguridad a contactar a través de

un *walkie-talkie* con un guardia para que fuera a comprobar la situación, pero este fue al sitio equivocado, y en lugar de verificar el estado del ático de la catedral, como debía, fue al ático de un edificio adyacente, la sacristía –agregó Elina que leía cuanto se publicaba acerca del incendio.

–¡Qué hijo de puta! –esbozó Stella–. Perdón –agregó de inmediato.

–Somos viejas –respondió Nelly–, pero un hijo de puta que comete semejante error merece ser llamado así por todas las generaciones.

Las cuatro rieron por el comentario.

–Este error llevó a que inicialmente se pensara que se trataba de una falsa alarma y se intentara desactivar el sistema. ¿Pueden creerlo? *Falsa alarma* –remarcó con un tono indignado–. Fue finalmente, veinticinco minutos después de descartarse el incendio, cuando uno de los mánager del recinto dio la orden de ir a investigar el estado del ático de la catedral, un margen de tiempo durante el cual el fuego había avanzado con gran rapidez en una zona de importante presencia de madera antigua. El resto ya lo saben –completó Elina–. Me he vuelto experta en el tema. Parece que el fuego signa mi vida.

Hubo un breve silencio en el que todas pensaron en el otro incendio.

–Es cierto, no negaremos que dos incendios emocionalmente significativos en la vida de la misma persona, es mucho. Pero Elinita, el primero es la causa de tus problemas de salud –dijo

Nelly yendo directo al centro de la cuestión. Sabía que podía hablar delante de Stella con libertad.

–¿Por qué piensas eso?

–Para empezar, tú te enteraste de tu diagnóstico el mismo día que este otro incendio ocurrió y eso es una señal que hay que saber decodificar. La relación con tu madre ha sido turbulenta y te ha afectado siempre. ¿No crees que sea posible que algo sin resolver en ti se haya "enojado" con tu cuerpo al extremo de generar esta enfermedad autoinmune?

Elina pensó un momento. Todas lo hicieron.

–La verdad no tengo la menor idea. Solo puedo decirte que por estos días he soñado el incendio tal y como lo recuerdo, pero la última vez desperté con la seguridad de que hay algo más que mi memoria no me deja recordar.

–¿Y qué hiciste?

–¿Qué hice con qué?

–Al despertar…

–Pinté. El mismo cuadro que inicié el día que me enteré de Notre Dame.

–Debes buscar en ese lienzo alguna señal, alguna explicación. El subconsciente habla.

–¿Podemos ayudarla? –preguntó Stella, a quien la idea le cerraba completamente desde un lugar diferente a la medicina.

–Podemos intentarlo, pero solo en Elinita está la respuesta. En cada uno de nosotros se esconden los orígenes de nuestras decisiones.

–¡Yo no quiero hallar el escondite de las mías! Aunque en la puerta de entrada estoy segura que dice "Hombres casados".

La seriedad de la conversación se distendió y todas rieron.

–Pues también deberías ver las señales y cambiar el cartel de esa puerta por otro que diga "Merezco ser feliz" –recomendó Nelly quien apreciaba a Stella.

Después del postre, Elina las llevó a las tres a su dormitorio y allí observaron el atril que había heredado de su madre. Frente a la imagen del fuego, el humo, la estrella, el hombre con una maleta y una carta asomando del bolsillo de su chaqueta oscura, cada una descubrió una señal distinta.

Ita miró al hombre de espaldas y pensó en el padre de Elina.

Stella se detuvo en la estrella y sintió la esperanza dentro del escenario.

Elina solo miraba la carta asomar del bolsillo y los detalles del sobre.

Nelly no veía la imagen en sí misma. Sin darse cuenta, tuvo la necesidad de tocar el bastidor. Cierta energía la recorrió. Ese cuadro era la respuesta. Lo supo de inmediato, aunque no pudo descifrarla.

CAPÍTULO 37

Confusión

Tengo tan lleno el cajón de la confusión
que ya no me cabe ni una duda.

Anónimo

La realidad atropelló a Lisandro con ciertas cuestiones que nunca había considerado posibles. Por un lado, la reacción inesperada, el sinsabor y la molestia que le provocó ver a Melisa con un hombre en su casa delante de su hijo. No era que no imaginara que ella tenía una vida íntima; de hecho, a veces conversaban sobre eso, aunque sin demasiados detalles, pero jamás había sentido que ella le ocultaba algo. Simplemente, él decidía no preguntar. Pero el tal Quevedo en su casa jugando con Dylan era un hecho para el que no estaba preparado emocionalmente. Se debía con ella la conversación que venía postergando.

Por otro lado, el tsunami de sensaciones nuevas que Elina

Fablet provocaba en él. No podía dejar de pensarla, no tenía claro qué quería con ella porque su plan de vida no era formar pareja estable con nadie. Él era el padre de Dylan, el psicólogo que amaba su profesión, el buen amigo, pero no era la pareja permanente de alguien. Cuando lo pensaba, no sabía si eso era compatible con la crianza de su hijo. A pesar de su profesión y de tener en claro desde lo conceptual que el amor a un hijo no cambia por el hecho de que también se ame a una mujer, en la práctica, esa idea no le resultaba simple de asimilar en lo personal.

Pero Elina era diferente, se había metido en su vida sin que él se diera cuenta. Había entrado a sus emociones, a sus imágenes diarias y convertía su expresión en una sonrisa adolescente.

Sus misterios le atraían, pero no porque ella jugara a no decir con claridad en medio de un juego de seducción sino, justamente, por lo contrario. Lisandro sentía que Elina no hacía nada para agradarle, ella era lo que mostraba: desordenada, espontánea, artista, reveladora, comprometida con causas sociales. Esa enfermedad autoinmune que había referido, la buscó en internet. Era realmente seria, ella había hablado de no generar lágrimas y saliva, pero era mucho más que eso en algunos casos, asociada al reuma, dolor del cuerpo, problemas en los dientes, en algunos casos se suman otras enfermedades, realmente un panorama complicado porque no hay tratamientos para su curación sino solo paliativos. El síndrome no era conocido y, como suele suceder cuando no

es visible la patología, no hay investigación y las personas que lo padecen pierden día a día la chance cotidiana de una solución definitiva. Ni siquiera los síntomas resultan fáciles de explicar, según sostienen los mismos pacientes. Sin embargo, Elina no parecía tan afectada por ello. ¿Acaso su situación sería menos grave? ¿O algo la preocupaba más que eso? ¿Qué era lo que quería recordar y no podía? ¿Cuál era esa verdad que le pedía a su ser que le revelara en su obra?

De pronto se dio cuenta de que no era solo una mujer casual en su vida, que había conocido por su gato y con la que había compartido una atípica cena, en la cocina de la casa de ella y había cocinado mientras la veía pintar un mural. Descubrió lo inevitable, Elina Fablet le interesaba desde otro lugar, desde el hombre que era. ¿Había encontrado a quien no sabía que estaba esperando?

Así, pensando en ella, llegó a casa de su hijo y se obligó a apartarla de su recuerdo. Dylan estaba en la escuela y él, adrede, iba para hablar con Melisa. Entró a la casa con su llave.

—Lisandro, ¿eres tú? —preguntó desde la habitación.

—Sí —respondió—. Y se dirigió en su busca. Entró al dormitorio sin golpear.

—¿Qué haces aquí? —se sorprendió. Ella estaba a medio vestir.

—Tengo que hablar contigo.

—Bueno, debiste esperar abajo, me estoy cambiando.

—Ya te he visto desnuda, tenemos un hijo, ¿recuerdas? —se escuchó y de inmediato pensó por qué actuaba así, cual retrógrado marcando territorio como si fuera un animal.

–¿Te volviste loco?

–No. Sencillamente me molesta que no puedas mantener tus relaciones al margen de Dylan.

Ella seguía vistiéndose. Algo había cambiado para mal entre la energía que los unía. ¿Qué era?

–Lisando, tú eres el padre de nuestro hijo, nada cambiará eso. Pablo vino a Montevideo sin avisar, por eso lo encontraste aquí.

–¿Por qué le permitiste conocer a Dylan?

–Porque estaba del otro lado de la puerta cuando abrí y Dylan estaba junto a mí. A ver si lo entiendes: ¡No lo planeé! Fue incómodo para mí. Tanto como lo es este momento en el que me siento investigada por ti.

Lisandro tuvo celos.

–¿Durmió aquí? –la cama estaba deshecha y él intuía ese olor que deja el placer del después.

–No toda la noche, pero estuve con él –no quería mentirle. De pronto, tuvo ganas de abrazarlo y de llorar. Lo hizo.

Lisandro estaba confundido. Sentirla sobre su pecho, que lo rodeara con sus brazos y sus lágrimas, lo hicieron olvidar su enojo primero y luego, algo inesperado sucedió. Se besaron. Ninguno de los dos supo quién tomó la iniciativa. Quizá los dos. Melisa no pensaba en nada, solo seguía el impulso que la guiaba hacia la seguridad. Lisandro la conocía y la aceptaba, no representaba una amenaza a su independencia. Él fue por más, sin analizar lo que estaba ocurriendo, las caricias y los besos convirtieron el momento en un viaje al pasado,

pero con la intensidad de un presente que, por primera vez, los hacía sentir en silencio que peligraba la perfecta relación que compartían. Eran uno, no había lugar para nadie más, a excepción del hijo que amaban.

Las prendas caían ignoradas al suelo y cuando estuvieron desnudos, Lisandro la llevó a la ducha. No quería acostarse en la misma cama que sabía usada. Bajo el agua, se bebieron la ansiedad y el temor a dejar de ser quien eran para el otro. ¿Sexo? ¿Amor? ¿Ambas cosas? ¿Dependencia? ¿Celos? ¿Miedo?

Cuando el momento de intensidad terminó, él tomó su rostro entre las manos y volvió a besarla.

—¿Qué es esto? ¿Puedes explicarlo? Porque todo lo bien que me sentí recién, ahora es una gran duda que me desconcierta —dijo ella.

—No lo sé.

Ella se sentó bajo el agua y él hizo lo mismo y la abrazó por detrás. Quizá no mirarse fuera la mejor idea para hablar.

—¿Por qué terminamos juntos? Desde nuestra separación nunca hicimos esto.

—Creo que desde que dejamos de ser pareja, los dos estábamos seguros de que no había nadie importante en la vida del otro y ahora…

—¿Ahora qué?

—Parece que todo cambió… —dijo Lisandro. Al escucharlo, Melisa sintió rodar una lágrima. No quería ser la causa de que él se sintiera mal. Pablo no era Lisandro, nunca lo sería. Acarició con sus dedos la medalla de *El Principito* y entonces

Lisandro siguió hablando y sintió que su cuerpo se entumecía de riesgo–. Todo cambió para los dos –agregó.

–¿Cómo que para los dos? –esa era una variable que no estaba preparada para considerar.

–Sí, para los dos. También conocí a alguien.

–No hablas en serio. Estás inventando.

–Es verdad. ¿Piensas que soy el tipo de hombre que inventaría algo así, mientras te abrazo bajo la ducha, después de sentir que me vacié en ti y que tú dejaste todo lo que eres en mí?

–No –giró sobre sí misma y se ubicó a horcajadas, necesitaba ver sus ojos–. ¿La quieres?

–Solo no puedo quitarla de mis pensamientos.

Esas palabras alcanzaron para que toda su sensualidad se desbordara en besos provocadores que los hicieron volver a empezar algo que, en teoría, había terminado.

No saber elegir o soltar habla de inseguridad, de miedos, del grado de valentía y de la capacidad de frustración y desapego. De la necesidad de ser únicos a perpetuidad y del temor de que exista alguien más que pueda desplazar el recuerdo construido. Todo eso es la confusión que antecede a una oportunidad para crecer y aceptar el aprendizaje, que ya es un logro en sí mismo. Se trata de aceptar que se va a perder algo con la decisión. Lo que no se elige lógicamente. ¿Cómo tener la seguridad de que se elige lo más importante?

¿Por qué el cerebro es dual y cuando existen opciones, razón y corazón se enredan haciendo bucle?

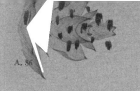

CAPÍTULO 38

Aeropuertos

La sonrisa es mía pero la causa eres tú.

Anónimo

FINES DE JUNIO 2019. GUADARRAMA, ESPAÑA.

El día programado para su viaje llegó y Gonzalo se despidió de la tríada con una mezcla de sentimientos: gratitud por tenerlos en su vida y por el hecho de que lo impulsaran a viajar en busca de Elina, preocupación por dejarlos y que algo pudiera sucederles y un amor incondicional que solo los vínculos verdaderos conocen.

Abandonó Guadarrama en un taxi, no sin antes hablar con Andrés y su madre respecto de todo lo que debían hacer. Reconfirmó que tuvieran cómo ubicarlo. Además, había contratado un plan de telefonía celular con servicio de roaming internacional para estar tranquilo. No le importaba cuánto tuviera que pagar.

Por segunda vez en su vida, llegó al Aeropuerto Adolfo Suárez de Madrid, conocido como Barajas. Este superaba en tránsito de pasajeros al de Nueva York o a Las Vegas, Roma o Shanghái. Además, era el que tenía más vuelos procedentes y con destino a Hispanoamérica. No en vano, era conocido como "La puerta de Latinoamérica".

No pudo evitar pensar en el primer viaje a París y en el regreso. Para él, viajar era sinónimo de Elina Fablet. No tenía experiencia en recorrer el mundo y no era algo que lo inquietara demasiado. Era de los hombres para quienes la pertenencia a un lugar era parte de su ADN. Guadarrama, tranquilo, nostálgico y con destellos de magia era la única geografía que había recorrido su tiempo hasta que había conocido a la mujer por la que subiría a un avión y se alejaría de allí.

Siempre que llegaba a un lugar, había un instante breve, muy breve, en el que simplemente observaba. Cuando arribó, caminó hacia la Terminal 4 y se detuvo. Las imágenes se mezclaban con la información. Recorrió con su mirada a las personas y pensó cuántas historias de amor serían la causa de algunas personas ahí, esperando cruzar el cielo para llegar a un beso. Luego, observó una pareja despedirse y estuvo seguro de que esos besos, los de los aeropuertos, eran más sinceros que los de las bodas. Algo así como que los rezos en un hospital son más honestos que en la iglesia. ¿Cómo sería besar a Elina un año después? Solo pensó en su llegada, prefirió echar de su mente que habría un momento para el regreso y que la posibilidad de que no fueran los mismos estaba latente.

Miró hacia arriba y el techo de la Terminal 4 conocido como la "alfombra mágica", poseedor de los dos premios de arquitectura más importantes del mundo, parecía enviarle una señal desde una infinita ola de bambú que, junto con sus pilares pintados en el orden de los colores del arcoíris, ayudan al pasajero a orientarse en su recorrido por la terminal. El arte, en cualquiera de sus formas, guiaba a sus pensamientos al rostro sonriente de Elina.

Entretanto, la increíble conexión que existía entre el interior y el exterior, le permitía observar vuelos que iban y venían mientras se acercaba su propio horario. El sonido de los aviones comenzó a transportarlo, aunque todavía estuviera en Madrid. Respiraba ansiedad, esperanza y, también, confusión.

Era temprano, por lo que antes de que su vuelo se anunciara en pantallas, hizo un recorrido. Había infinidad de pinturas, mosaicos y esculturas. Le gustaban *Las tres damas de Barajas*, tres grandes cabezas de bronce de Manolo Valdés que en el pecho llevan impresos tres textos de Mario Vargas Llosa, tres breves monólogos que las describen. "La coqueta", "La realista" y "La soñadora" simulan un diálogo entre sí. Gonzalo pensó en Elina. ¿Era realista o soñadora? Sabía que no era coqueta. ¿Por qué todo a su alrededor se la recordaba? Fantaseó con que la Terminal 4 llevara el nombre de ella: Terminal Fablet, por ser plural y moderna, culta y colorida.

Unas horas después había embarcado. Luego se descubrió sentado del lado de la ventanilla durante el despegue. Se sentía raro, observaba cómo Madrid se hacía más pequeña

frente a sus ojos para convertirse en cuadrados infinitos que se volvieron diminutos. Veía los automóviles en miniatura, con la sensación de que podía tomarlos con la mano, hasta que solo encontró nubes delante de sus ojos. No pudo dormir. Escuchó algo de música y miró una película. Estaba nervioso. Un año sin verse era mucho tiempo. ¿Serían los mismos?

* * *

MONTEVIDEO, URUGUAY.

A pesar de llevar poco tiempo conviviendo con el síndrome, Elina era una participante activa en las decisiones de su tratamiento porque se informaba. Eso la hacía sentir más en control de su enfermedad porque saber, para bien o para mal, disminuye la ansiedad. Si bien no iba al gimnasio, andaba en bicicleta regularmente porque además de gustarle, la falta de ejercicio era causa común de dolor crónico y fatiga. Comía alimentos blandos y húmedos, evitaba lo salado, ácido o picante y había dejado de usar su enjuague bucal porque agravaba el ardor. Se había acostumbrado a masticar goma de mascar sin azúcar. Aplicaba aceite de vitamina E o geles hidratantes en las partes secas o doloridas de la boca para un alivio prolongado. Y había logrado evitar las causas para llorar. Por lo que con mantener sus ojos hidratados sobrellevaba la sequedad ocular.

Interactuaba en los grupos de Facebook de síndrome de

Sjögren, sobre todo el de España y el de Argentina, ya que el de Uruguay tenía pocos miembros y no había demasiada participación. Ese mundo cibernético formado por personas unidas por este diagnóstico se había convertido en un foro de comprensión. Creados para apoyar a estos pacientes por las carencias en el plano sanitario, social y psicológico que tenían los afectados por esta patología, se dedicaban a informar y formar al paciente y la sociedad general sobre qué es el síndrome de Sjögren. Allí, muchos publicaban información médica, en general artículos de España que parecía ser el país más avanzado en el tema; consultaban y explicaban sus padecimientos, entonces otros les daban contención y consejos desde su propia experiencia. Elina no se animaba todavía a hacer preguntas, pero la realidad era que muchas cosas le resultaban de gran ayuda porque estaban allí con una posible alternativa de solución o paliativo. De manera que todo lo que no le había sido dicho por los médicos, allí se convertía en un dato concreto para tener en cuenta y un posible presagio de síntomas del futuro. También, agradecía ser miembro porque se conectaba con realidades mucho más graves y, sin embargo, la mayoría de las veces, el mensaje esperanzador era el posteo común.

Ese día, miró un post desde su teléfono, una mujer se sentía excluida y angustiada porque otra vez la habían invitado a "comer pizza". Así de terrible era la enfermedad que ese simple hecho se convertía en un tema de preocupación. Ella preguntaba: "Si hay comida para veganos, para vegetarianos,

para diabéticos y celíacos, ¿por qué el Sjögren no existe al momento de considerarnos parte de eventos sociales?". De inmediato, Elina sintió empatía. Era cierto. Completamente verdad. Los encuentros con amigos o familiares, eran motivo de incomodidad en muchas oportunidades. La pizza era un caso. Por rica que fuera, comerla se convertía en un proceso muy doloroso y de gran dificultad, intercalado con continuos sorbos de líquido para poder tragar. Sucedía que, frente a eso, la conversación con otros o el motivo de la reunión se perdía y la necesidad de irse muchas veces ganaba la partida. Entonces se animó a responderle que quizá comer antes en su casa fuera una opción y, que luego, solo tomara un trago. De inmediato la mujer le respondió con un ícono de un corazón y un "gracias". Se sintió parte, y eso era muy importante. No estaba sola y descubrió que podía ser útil desde su comentario, no porque fuera una genialidad sino porque alguien se sentiría comprendido. A ella no le afectaba tanto a diario la necesidad de tomar líquido porque su peor síntoma era el ojo seco, pero sí había tenido que dejar de comer pizza.

No se quejaba, intentaba convivir con su realidad y la asimilaba día a día.

La llegada de Gonzalo la alegraba. No se hacía demasiados planteos, solo esperaba verlo y que pudieran disfrutar. No sabía si había un después.

* * *

En definitiva, un aeropuerto es algo así como la carta de presentación de un lugar, la puerta de entrada y salida o su documento de identidad nacional. A Gonzalo le gustó llegar, varias horas después, al de Carrasco en Montevideo. Esta vez, su tiempo de observación se detuvo en Elina, no en el edificio. No retuvo en su memoria nada del lugar hasta que la vio a lo lejos, una sonrisa se instaló en su cara y ya no le quitó los ojos de encima hasta que llegó a sus brazos. Ella tenía puesto su overol de jean con flores y una camiseta blanca debajo, con un fino abrigo largo color blanco encima. Sonreía. Se asomaba entre la gente que esperaba los arribos, buscándolo. Él la vio primero. Cuando la gente comenzó a retirarse, ella descubrió a Gonzalo con una maleta azul. Su corazón dio un vuelco y, por un instante, sintió que estaban en Notre Dame y todo volvía a comenzar. Lo de ellos había sido conocerse, restaba descubrir si era para estar juntos.

CAPÍTULO 39

Stella

El problema no es tu ausencia,
el problema es que te espero.

Ricardo Arjona

Stella le había contado a Elina, cuando Nelly e Ita se habían quedado conversando en la cocina, lo ocurrido con Jorge Weber. Estaba sola nuevamente en su casa esperando un llamado que no llegaba, y el diálogo volvió a su memoria.

—¿Otra vez? No es posible, Stella. ¿Por qué sería diferente en esta oportunidad?

—Ya sé. Soy una idiota. Algo no está bien conmigo…

—La verdad es que no entiendo por qué te aseguras terminar llorando. Nadie como tú quiere tanto una pareja y tranquilidad. Vivir con alguien. ¿O no es así?

—Sí. Odio los domingos sola. Quiero estar bien con un

hombre que quiera lo mismo que yo. Ver una película en el sofá, caminar juntos, amanecer abrazados…

—Pues es absolutamente previsible, amiga. Nada de eso ocurrirá con un hombre casado. Y si alguna vez, contra todo pronóstico, alguno dejara a su esposa, serías la responsable de romper una familia. No se construye sobre el dolor de otros.

—No. Eso no es así. Si un hombre casado busca algo afuera del matrimonio es porque su esposa no se lo da —se defendió.

—Tú eres inteligente. No puedes creer eso que dices. El hombre es hombre por naturaleza. Sus instintos no tienen nada que ver con la mujer con la que se haya casado. Al contrario, habla bastante mal de estos ejemplares masculinos, la debilidad de sucumbir ante otra. La esposa, la madre de sus hijos, es aquella con la que comparte la vida, el esfuerzo, las cuentas, los problemas, se aguanta su desorden y sus mañas, con la que debe discutir por los permisos de los hijos, la que lo cuida cuando enferma, la que llega a la cama destrozada por todo lo que hizo durante el día y, aun así, desea hacer el amor con él, a veces disfruta y otras no tanto, pero está ahí porque lo elige cada día.

—¿Y tú cómo sabes eso? Nunca estuviste casada.

—No. Pero trabajo como asistente social. A diario me ocupo de informes de hogares y converso con mujeres y hombres. Además, no hace falta vivirlo. Con ser observadora de la realidad y tener una convicción, puedes llegar a la misma conclusión. Hasta las películas te plantean estos temas. ¿De dónde crees que sale la ficción? De la vida misma.

—No me ayuda lo que dices. Ahora, además, ¿debo sentir que soy mala persona?

—No lo eres. Claro que no. Solo estás en un error y permaneces en él. Tienes que dejar esto atrás. Ni el tal Jorge Weber, ni ningún otro. Hay un hombre que espera por ti y puede dártelo todo, lo sé. Pero no podrás verlo hasta que olvides tus relaciones clandestinas —hizo una pausa—. ¿Por qué lo haces?

—¿Qué cosa?

—¿Por qué te entregas sabiendo que no podrá ser?

—No lo sé. Atracción física, supongo.

—No. Tiene que existir algo más. ¿Tanto te gusta el sexo que prefieres terminar llorando a cambio de un poco de placer?

—Parece que sí.

—Bueno, pues comienza a canalizar la energía por otro medio porque definitivamente esta manera terminará con tus posibilidades de ser feliz. Te harás vieja y solo tendrás en tu haber una lista de errores.

—Eres cruel…

—Soy tu amiga.

Stella recordaba literalmente la conversación. Elina tenía razón. ¿Por qué lo hacía? Esa era la gran pregunta. Se miró al espejo y se lo preguntó en voz alta. Algunas lágrimas asomaron a su rostro. Estaba repitiendo el patrón de su madre, quien había logrado quedarse con un hombre que se había divorciado por ella. Habían tenido a Stella, pero luego de convivir unos años, la primera mujer enfermó y él no dudó en regresar con ella y sus otros hijos a cuidarla. Luego, la mujer

remitió un cáncer, pero su padre ya nunca volvió. Ambos habían fallecido algunos años más tarde. Su madre, lo odiaba. No hablaba de él.

La verdad se le vino encima. ¿Acaso eso era posible? Si tenía un ejemplo propio de lo mal que podían salir las cosas, aun cuando un hombre casado dejara a su esposa, ¿por qué actuaba de esa manera?

Luego de esa charla con su amiga, comenzó a replantearse su realidad, algo que no había ocurrido antes.

Era domingo y Jorge la llamó.

–Hola, ¿quieres que nos veamos?

–¿Hoy? –preguntó sorprendida.

–Sí. Ahora –dijo. Stella pensó en la posibilidad de negarse, pero él continuó–: Te deseo, quiero acostarme contigo y luego cenar en la cama.

Entonces, olvidó todas sus reflexiones anteriores y accedió feliz a la propuesta.

* * *

Un rato después, Jorge llegaba a su casa. Llovía, era la tarde ideal para revertir la nostalgia de los domingos tristes, y lo hicieron. Él entró y la besó en la boca sin esperar una palabra. Cerró la puerta detrás de sí y empezaron por el final. Como si no hubiera tiempo. Stella respondió al deseo con más placer y a medio vestir, en el sofá de la sala. Él le provocó un orgasmo que parecía no terminar nunca. Luego, fueron a

la cama y, allí, ella se ubicó sobre él y comenzó a balancearse mientras lo besaba en el cuello.

—No te detengas —alcanzó a oír segundos antes de que el tibio calor de su estallido se derramara entre sus piernas.

Agitados, como adolescentes, se abrazaron hasta que los latidos acompasaron el ritmo de la realidad. Volvían a ser un hombre despechado y una amante sorprendida.

—Necesito saber por qué estás aquí.

—Porque deseaba lo que acaba de suceder.

—Sí, pero es domingo. Tienes una familia, yo lo sé. Tampoco entiendo por qué me buscaste en el Juzgado. Creía que, a pesar de nosotros, intentabas arreglar tu matrimonio —agregó.

Jorge pensó en la posibilidad de ser honesto con ella.

—Eso era antes.

—¿Antes de qué?

—De saber que ella me engaña.

Stella se apartó de sus brazos y se cubrió con la sábana. Él hizo lo mismo.

—¿Me estás diciendo que soy solo el despecho de tu hombría herida? —estaba decepcionada y a la vez sentía en todo el cuerpo los restos de un placer que deseaba repetir.

—No. Te digo la verdad. No me gusta mentir. Me encanta estar contigo. No me siento culpable y le dije a Mercedes que debe irse de mi casa. Todavía no lo hizo, pero mi matrimonio terminó.

Tenía dos opciones: aceptar la verdad y ratificar que eso era despecho o soñar y creer que había una posibilidad de

que ese hombre la eligiera y que todos sus domingos fueran
como ese. Eligió la última.

Stella comenzó a desplegar sobre él todo el arte de seducción que conocía. Recorrió con besos sugerentes su intimidad, se apartó de ahí para susurrarle al oído que lo deseaba. Lo besó en la boca mientras acariciaba su excitación con suavidad. Quería que él la eligiera. Sin pensar en el mañana, se entregó a sentir y él parecía hacer lo mismo. Luego de un continuo juego de seducción, guiado por el lenguaje de sus cuerpos, que provocó en Stella un inusitado placer, él tembló extasiado ante un orgasmo diferente.

—Eres increíble, un caramelo —dijo él.

—¿Caramelo?

—Sí. Mi caramelo —le encantó que la llamara así.

—No quiero hablar más de tu esposa. Solo quiero sentirte y que me sientas. El tiempo dirá —dijo. Meditó un instante sobre si decir o no las palabras que empujaban desde sus entrañas por salir—. Me estoy enamorando de ti —confesó asumiendo ese riesgo porque era verdad—. Tu "caramelo" —enfatizó— solo quiere tu boca.

Jorge se quedó observándola. Le gustaba, en serio que le gustaba.

—Me encanta eso. Muero por lo que siento aquí contigo. El resto no importa, Caramelo —fue su respuesta.

Más tarde comían en la misma cama testigo del sudor y la gloria, y miraban una película como si fueran novios después de sus primeros encuentros íntimos.

La magia se rompió cuando el teléfono de él volvió a sonar. Atendió porque era Julieta, su hija.

—Papá, ¿dóndes estás?

—¿Qué pasa, hija? —respondió con otra pregunta—. Creí que estabas con Franco.

—Estaba, pero nos peleamos y estoy triste —dijo llorando—. Te necesito. ¿Me puedes venir a buscar? Estoy a dos cuadras de la casa de él. Me fui.

No había terminado de hablar con ella que ya estaba incorporado y vistiéndose.

—Voy para allá —respondió.

Stella lo miraba, presentía la soledad que se anunciaba. Sabía que Jorge iba a irse.

—¿Quién era?

—Mi hija. Lo siento. No tiene que ver contigo. Todo ha sido perfecto, pero me necesita. Debo irme.

¿Por qué hay mujeres que en la plenitud de su edad, con un futuro profesional prometedor, libres y deseables se involucran con hombres casados? Stella había leído que no hay una prueba científica que certifique la razón por la que una persona se fija en otra, lo que sí existen son teorías del comportamiento a nivel psicológico que dan explicación a este fenómeno social. ¿Acaso era para no tener carga de responsabilidades?

¿Por qué tenía que soportar los conflictos, tener paciencia y aceptar condiciones, con tal de que él se quedara con ella? No lo sabía, pero estaba decidida. Esta vez sería diferente.

—Ve. Entiendo. Tu hija, debe ser tu prioridad —dijo no

demasiado convencida. En realidad, solo manipulaba los
hechos para estar segura de que volvería a ella.

Jorge la besó intensamente en la boca y se fue. Stella vio
cerrarse la puerta. Las sábanas revueltas, el sofá desordenado,
las bandejas sobre la cama y la película que continuaba le
gritaron el oscuro sonido de la soledad.

Pensó en su amiga Elina, ¿qué diría? Una frase la atravesó:
No te hagas pedazos por mantener a los demás completos. No
importaba si la había leído y había quedado en su inconsciente
o si la había imaginado. Sonaba como una fatal verdad.

CAPÍTULO 40

Juan

Estábamos aburridos en el cielo,
así es que bajamos al infierno a jugar.

Anónimo

J uan salió del estudio jurídico donde el abogado de María, su exmujer, lo había atendido. Allí, en pleno proceso de culpa y añoranza de su familia, había accedido a firmar un acuerdo de cuota alimentaria y disolución de sociedad conyugal que favorecía a su ex y a su hija. No era ni justo ni equitativo, pero no le importó. Se lo merecían ambas. Fuera de discusión estaban los motivos por los que Antonia, su hija, lo merecía todo. Pero lo sorprendió comenzar a pensar en María, ya no como la siniestra y malvada ex, sino como la mujer que había soportado más de lo esperable durante el matrimonio. La suya no había sido la separación perfecta y soñada de Lisandro, pero a fin de cuentas, si lo analizaba,

María era mejor madre que Melisa; aunque su amigo fuera más liberal y menos estructurado, él quería a la madre de su hija siempre con ella.

Después de una separación se suele pasar por diferentes etapas. Superar el desamor y la ruptura no es nada fácil, sobre todo para el que no tomó la decisión, aunque haya dado todos los motivos, como era el caso de Juan. Eran muchos los momentos buenos que había dejado atrás. ¿Acaso había terminado la relación, pero el amor seguía vivo? Se sorprendió pensando en María desde otro lugar. Los recuerdos golpeaban su mente una y otra vez. La llamó. Ella no respondió. Insistió.

—Te dije que lo que tengas que decir lo hables con mi abogado —dijo sin saludar. Siempre estaba a la defensiva.

—Espera, baja la guardia, María. Por ese motivo te llamo.

—No voy a cambiar nada en mi pretensión, solo pido lo que nos corresponde.

—No te llamé por eso.

—¿Entonces? —preguntó sorprendida.

—Acabo de salir de una reunión con tu abogado, accedí a todo. No quiero más conflictos entre nosotros.

Se hizo un silencio. María reconoció en su voz al hombre del que se había enamorado, que era uno bien distinto del que se había separado, entre muchas razones, por su última infidelidad. Juan no comprendía qué le ocurría, pero estaba triste.

—Bueno, te lo agradezco. Es mejor de esta manera. Por Antonia, claro —afirmó—. ¿Estás bien? —preguntó sin darse

cuenta. Todavía quedaba resto de ese instinto por cuidarlo cuando advertía que le sucedía algo.

Juan sonrió sin ganas. Era demasiado tarde, pero seguía siendo la misma mujer.

—No. No del todo.

—¿Qué te sucede?

—No lo sé, pero de pronto siento la necesidad de decirte que lamento todo lo que hice mal. Esta separación fue mi culpa.

—Me alegra escuchar eso. Hubiera preferido que lo dijeras antes y que siguiéramos siendo la familia del comienzo, pero no fue así —reflexionó—. Supongo que más vale tarde que nunca. Que te sirva para no cometer en un futuro los mismos errores.

¿En qué momento María había pasado de ser su esposa a su ex y de ahí a una consejera?

—Hablas como si lo hubieras superado...

—Juan, esto ha sido un fracaso para mí. No sé si lo he superado, pero sé muy bien lo que no quiero para mi vida. No deseo volver a pasar por lo mismo. Llevo meses de terapia.

Ciertamente, no era nada fácil aceptar que la situación había llegado a su final, que la otra persona iba a rehacer su vida sin él y todo lo vivido quedaría atrás para no volver nunca más.

—No existen segundas oportunidades para mí, ¿no es así? —preguntó. No estaba seguro de querer regresar con ella, pero algo en su interior necesitaba ubicarse en su situación real. En ese presente que lo sacudía de manera inesperada.

—No. Seré honesta contigo. A fuerza de lágrimas aprendí y asimilé las fases de un duelo de ruptura de pareja.

—¿Cuáles son? —preguntó, aunque las conocía.

—Tú las sabes —dijo, pero continuó—: negación y aislamiento, ira, negociación, depresión y aceptación. Yo, no sin esfuerzo, me encuentro transitando la última. Lo he aceptado. Ya estuve muy triste, ahora comienzo a imaginar un futuro distinto, nuevo. Tengo derecho a ser feliz. Acepté que esta relación se acabó y que lo que no pudo ser, no será. Ya no espero que vuelvas, estoy tranquila y, quizá, preparada para conocer a una nueva pareja.

Juan sintió ganas de llorar. Muchas. Una dosis de realidad le congeló las certezas y lo empujó al abismo de sus equivocaciones.

—Parece que tu analista es muy bueno —dijo con sarcasmo.

—Tú sabes mejor que nadie que negaste la realidad y que siempre pensaste que yo estaría aquí si volvías. Después me odiaste por poner un profesional para el divorcio y, ahora, accediste porque estás negociando, intentas acercarte a mí.

—Hasta ahí, tienes razón.

—Asimila las fases que te faltan. Tú las conoces. De todas maneras… gracias por hacer esto más fácil, a pesar de todo —dijo con sinceridad—. No te deseo ningún mal —agregó, dándole con esas palabras la seguridad de que él estaba fuera de su vida amorosa.

—Lo sé. Tampoco yo —añadió.

Juan cortó la comunicación y analizó su situación. Era un

apunte de facultad acerca del duelo, restaba la depresión, pues no había posibilidad alguna de recuperar a su familia. Debía ser objetivo y asumir que no había marcha atrás. Quizá por eso se sentía tan apenado. María tenía razón, él creía que, perdón en mano, su hogar estaría allí, siempre listo para darle la bienvenida, pero no era así. Ya no.

Necesitaba estar solo. Fue a su casa. Puso música y se sentó a tomar un whisky. ¿Por qué había sido infiel? Era la pregunta latente en su interior. Quería una respuesta. ¿La monotonía? Sin duda el primer enemigo de su matrimonio había sido ese. No se trataba de estar entreteniendo a cada momento a la otra persona ni de sorprenderla a cada rato, sino de cuidar los detalles y los matices de cariño. Había entrado en la espiral de lo cotidiano y María había dejado de ser su amante, su cómplice y su equipo de vida. Entonces, supo que en lugar de recuperar eso, había optado por el engaño. Luego, el desencanto y el hastío habían aparecido.

¿El vacío emocional? Pensaba como psicólogo. Sin duda, también había sido una causa. Él había sentido un agujero dentro de sí, que no supo cómo rellenar. Se había cuestionado si la vida que tenía era la que realmente deseaba. No había sentido que tenía un proyecto común con María. Quizá eso, la falta de valores compartidos había deteriorado la vida de ambos.

Muchas veces había repetido a sus pacientes que una pareja era un uno dual, lo que significaba que ambos por separado conservaban su identidad propia y juntos eran una suma potente de capacidades.

Por el tiempo que duraron sus reflexiones, fue su propio paciente. Había entendido que su egoísmo y una rutina, que ni siquiera había intentado cambiar, lo habían llevado a las sábanas de distintas camas ausentes de compromiso. No podía asegurar que le hubiera gustado volver con María, pero estaba seguro de que extrañaba el hogar que habían formado. Su apartamento era la falsa verdad de un hombre libre que, después de un tiempo, había comenzado a tener limitaciones para conducirse sin saberse amado.

En ese momento, sonó su teléfono.

—Hola, ¿puedo ir a verte? Te extraño.

—Mercedes… no sé si sea un buen momento.

—Siempre lo es.

Por un instante pensó que quizá un rato con ella lo animaría.

—Tienes razón. Nos encontramos donde siempre —agregó, haciendo referencia a la esquina de un hotel. No quería que fuera a su casa. No deseaba tener que pedirle que se fuera.

—Estaré allí en quince minutos —respondió ella.

Sin embargo, pasado ese tiempo, Juan tomó su teléfono. No tuvo ganas de llamarla y mintió por WhatsApp.

JUAN:
Discúlpame, Mercedes. No puedo ir.
Algo surgió y debo buscar a mi hija.

Mercedes sintió la decepción de quienes lo arriesgan todo y, de pronto, sospechan que lo hicieron a cambio de nada.

CAPÍTULO 41

Mercedes

No es el silencio, es la ausencia que acompaña
el espacio vacío de palabras.
No es la vida, es el lugar que se ocupa en ella
Y el modo en que se elige vivir.

Laura G. Miranda

Llovía. Quizá para que esa esquina se convirtiera en el escenario más nostálgico o para que ella viviera ese momento con la intensidad de la tristeza que la consumía. La lluvia podía ser fuente de inspiración para los poetas, pero también una invitación al desconsuelo para los errantes.

Mientras las gotas golpeaban el parabrisas de su vehículo y desde la radio sonaba música lenta, Mercedes se buscó en el espejo retrovisor después de leer el mensaje de Juan en el que le avisaba que no iría a su encuentro.

¿Quién era la extraña mujer que observaban sus ojos? No la reconoció, aunque era ella, Mercedes García de Weber, quien había dejado su apellido de soltera porque le parecía demasiado común. ¿Solo por eso? No, pudo admitirse en silencio. Lo había hecho porque le encantaba ser la esposa de Jorge Weber y llevar su nombre como una señal de que él la había elegido de entre todas las mujeres que tenía a su alcance, que habían sido muchas. ¿Qué había sucedido con ese orgullo? ¿En qué momento había dejado de admirarlo para convertirse en la amante de otro hombre que no la elegía? ¿Por qué?

Mientras recordaba para tratar de entender cómo había llegado hasta allí, vio su vida en un apretado resumen desde su matrimonio. Jorge y sus maravillosos ojos mirándola con amor, antes de besarla en el altar. El año soñado que habían vivido juntos antes del embarazo de Julieta. Su nacimiento. Los viajes. La vida íntima. Los detalles.

Hizo una pausa. Se detuvo en los detalles. ¡Tantos y tan preciosos algunos!

La adolescencia de su hija. La distancia que crecía cada noche entre Jorge y ella, aunque durmieran en la misma cama. Las preocupaciones. El trabajo de él. Los problemas económicos que atrasaron el pago de la hipoteca. Tiempos mejores. Su primer automóvil. Jorge trabajando cada vez más horas. Tiempos malos de mucha discusión sin sentido. Algo de paz y la fatal llegada de la rutina. Sentirse sola. Mirar películas de amor. Pelear con su hija. Escuchar música y rememorar viejos tiempos en los que era feliz. Estrenar ropa para Jorge y que él no lo notara. Cambiar de peinado y de perfume esperando volver a sentir, y terminar hablando de cuentas o permisos a la hora en que debían solo dar y recibir caricias.

Juan aparecido de la nada. Ella había olvidado su tarjeta de débito en un cajero y él, que seguía en la fila, la había corrido para devolvérsela. Antes de que pudiera evitarlo, la seducción había hecho su trabajo y, pocos días después, entraban juntos al mismo hotel que esa tarde, desde la esquina, observaba el sinsabor de ese momento.

Entonces, los mensajes, la lujuria, el placer, la adrenalina y la culpa. Jorge, que de pronto traía al presente detalles del pasado, y esos mensajes eróticos que le gritaron un engaño cuando por error tomó su teléfono. Desde entonces había olvidado los remordimientos y batallaba junto a la revancha sin ser capaz de advertir otras razones, sus prioridades o los motivos.

El sexo definiendo sus ganas, con gusto a placer y un poco a venganza, hasta que su hija la descubrió en esa mala pasada del destino.

Se le cayeron las primeras lágrimas.

¿Era cierto que Jorge no tenía una amante? ¿Podía ser tan estúpido de enviarse mensajes *hot*, por decirlo de algún modo, con una mujer con la que no se acostaba? Le costaba creerlo, aunque debía reconocer que él estaba diferente. La halagaban sus cambios, le decía que la ropa nueva le quedaba bien, no ponía objeciones cuando decía que saldría con amigas. Sin embargo, de ahí a que otra mujer lo hiciera valorarla había una gran distancia y sobraban esos textos inapropiados, no compatibles con la fidelidad.

¿Fidelidad? Se sorprendió con esa palabra en su mente.

Era prestada. No le pertenecía desde hacía mucho tiempo.
Pensó en Juan. Era separado, sin compromisos, podía estar
con ella libremente. ¿Por qué cuando ella no tenía impedimentos él sí?

No le gustó lo que pensó después. Ella era una de tantas
otras.

Comenzó a llover más fuerte. Volvió a mirarse y se obligó
a ver a la mujer que en ese momento le devolvía el espejo. Se
adentró en su expresión y en lo que podía reconocer en ella.

Mercedes García, cuarenta años, deseosa de su amante,
arrepentida de haber tirado por la borda su familia, sin un
lugar donde volver, con una hija que la despreciaba con causa para hacerlo, ropa de primeras marcas, perfume francés.
Soledad. Plantada en la esquina de un hotel alojamiento. Sin
trabajo. ¿Proyectos? Ninguno. Se dio cuenta de que había
permitido que su presente girara en torno a Juan. Estaba enamorada. ¿Lo estaba? ¿O era un deslumbramiento que le sacudía
el cuerpo y le devolvía la sensación de plenitud perdida?

Tomó su teléfono y llamó a Juan. Él dudó en responder,
pero finalmente lo hizo.

–Hola, discúlpame. Debo ir a buscar a Antonia a un
cumpleaños –mintió nuevamente.

–Puedo esperarte en la habitación, el tiempo que demores…

–No. Debes regresar a tu casa o tendrás más problemas –dijo
con referencia al tema de su hija que aún estaba sin resolver.

–Ya tengo problemas. Mi esposo lo sabe todo y te necesito… –suplicó.

—¿Qué dices? ¿Tu hija se lo dijo?

—No. Fui yo. Quiero estar contigo. Lo demás ya no importa.

Juan sintió una presión en el estómago. Él no quería lastimarla, pero la frecuencia de ambos era muy distinta. Le encantaba estar con ella, pero por más enamoradizo que fuera o cuánto le gustara estar en pareja, tenía claro que no deseaba conflictos con una mujer recién separada y con una hija adolescente, menos por su culpa. Ese combo lo excedía. Además, y lo sabía por experiencia, quien engaña una vez, sigue haciéndolo. Era machista, no asumiría ese riesgo nunca. No al menos siendo consciente de esa posibilidad. Todo eso sumado a que Lisandro estaba de alguna manera en medio de ese lío desde un punto de vista profesional y se sentía responsable por eso.

—¿Por qué te quedas callado? —insistió.

—No me gusta decirte esto por teléfono…

—No lo hagas —exigió—. Ni se te ocurra dejarme. Hice todo por ti —recriminó.

—No, Mercedes. No hiciste nada por mí. Fue por ti, tú decidiste arriesgarlo todo. Yo no te pedí nada.

—¿Es en serio? Dijiste que ninguna mujer te había hecho sentir lo que yo. ¡Eres una mierda! —se desahogó—. ¿No pudiste arruinarle la vida con esperanzas a alguna que no tuviera una vida armada?

—Lo siento. Tu vida no estaba armada. Piénsalo. Yo solo fui una pieza en tu rompecabezas para animarte a lo que de todas maneras ocurriría conmigo o con otro. Estabas aburrida y no

te juzgo, pero queremos cosas distintas –agregó. No disfrutaba lo que ocurría. Se había encariñado con ella, pero no era amor. Era mejor terminar antes de que el asunto involucrara a María o a Antonia. El fantasma de lo que era capaz su hija adolescente en los términos de Lisandro, le dio miedo.

Mercedes cortó la comunicación sin responder. Lloró más fuerte que el diluvio. Sabía que era verdad lo que Juan había dicho. Estaba bajo el efecto químico que produce el enamoramiento y los primeros meses de relación con una persona.

Lloraba la desilusión y la bronca que le producía descubrir que era la crónica de una mujer infiel. Había seguido los pasos: primero había logrado el compromiso con su esposo, con el tiempo había perdido interés por el sexo, se había sentido atraída por alguien más, había engañado a su pareja, se había puesto de mal humor con Jorge y había comenzado a reclamar tiempo para ella. ¡Era tan previsible si se lo analizaba objetivamente! Como también lo era el hecho de que su amante no se jugara por ella. Las estadísticas estaban en su contra.

Volvió a buscarse en el espejo, pero las lágrimas no la dejaron ver. A veces, los mismos momentos no son iguales y son las determinaciones las que los modifican. Solo es cuestión de comprender el valor de lo que se tiene cuando no puede sentirse más que sufrimiento y la mirada encuentra únicamente nada para observar. Porque definitivamente, la nada significa el todo desde donde hay que comenzar a escribir la historia que nos define. Exactamente en el lugar donde el vacío escribe su nombre se encuentra el punto de partida.

CAPÍTULO 42

Culpa

SEPTIEMBRE DE 2004. MONTEVIDEO, URUGUAY.

E lina había vivido, desde los trece años y hasta los quince, subida a una montaña rusa. Su madre era impredecible, algunos días la trataba bien y otros, parecía ignorarla completamente. Lo cierto era que, ya adolescente, todo había cambiado desde su perspectiva. No buscaba justificaciones ni aceptación. Había crecido sin su abrazo o sus palabras de cariño. Se había acostumbrado a vivir al margen de un posible orgullo de Renata, a la sombra del recuerdo de un padre anónimo del que solo sabía lo que su madre le había contado y atravesada por dudas. No podía dejar de preguntarse por qué no sentía ninguna cercanía con la medicina siendo que su padre había dedicado su vida a sanar personas, le costaba creer que no existiera ni una fotografía y lo más raro de todo era que su abuela no había ni siquiera escuchado nombrar a Elías Pérez. Se conformaba pensando que ella podía hacer lo que a él le hubiera gustado: pintar. Además, a su corta edad, conocía la vida y obra de Hemingway y pensaba que donde fuera que él estuviera, estaría orgulloso.

Su cuerpo había ido cambiando, sin buscarlo, solo por su desarrollo y por su actividad que era salir a andar en bicicleta. Diariamente, iba de un lado a otro o simplemente paseaba buscando respuestas, soñando o alejándose del rechazo. Le gustaba estar al aire libre, andar descalza y vestirse con un estilo bohemio. El desorden era su huella y el motivo por el que discutía mucho con su madre. No se sentía identificada con las chicas de su edad. Ella era distinta. Mientras algunas querían ir a bailar y otras daban sus primeros besos, Elina se sumergía en la soledad del arte y la lectura. Tenía la permanente sensación de que vivía sobre un secreto. Eso le daba incertidumbre sobre sí misma.

Esa noche fue la única vez que vio llorar a su madre. Había llegado de su trabajo y, sin cenar, se había encerrado en su dormitorio. Sintió pena por ella, no importaban sus diferencias ni lo que le hubiera sucedido, sentía la necesidad de decirle que la amaba y que todo se arreglaría. Golpeó la puerta y nadie respondió. Entonces, entró. Un atril estaba de pie esperando colores sobre una tela blanca. Su madre leía algo sobre un papel rosado. A su lado, un bolígrafo le hizo pensar

que ella lo había escrito. ¿Sería una carta de amor? La guardó en un sobre del mismo color. Seguía llorando. La miró con preguntas en su rostro.

—Déjame sola. No tengo un buen día.

—¿Qué sucedió? ¿Por qué me miras de ese modo?

—Nada.

—¿Nada? ¿Y tú que nunca lloras lo haces desde hace un rato? —dijo con sarcasmo frente a lo evidente.

—Dije nada. No deseo hablar. Por favor sal de aquí.

Elina quiso abrazarla, pero no fue capaz de vencer la barrera de distancia que Renata había interpuesto entre ambas, y salió de allí. Parada en el pasillo, se apoyó en la pared y se dejó caer al suelo mientras al ritmo de las lágrimas de su madre, se abrazó a sus rodillas y también lloró. ¿Por qué? ¿Cuál era su culpa en esa realidad? Su madre no solo le negaba su amor, sino que además le rechazaba su apoyo. Era como si algo las hubiera desconectado al nacer para ya nunca unirlas otra vez. Eso no podía ocurrir sin una causa. ¿O sí? Entonces entró nuevamente. Renata seguía llorando.

—Me rehúso, mamá, por muy real y frecuente que sea. No puedo aceptar ni digerir que no me quieras. Ya no es una batalla diaria. Para mí, es un dolor crónico; pero me resisto a ser como tú. No te niego como madre.

—No tengo tiempo para eso hoy. Te pedí que me dejaras sola.

—Yo no soy como tú —repitió—. Eres mi madre y no copiaré tu modelo de indiferencia. Quiero que cuando pienses en mí,

me reconozcas como tu sangre y si estás mal, lo que es obvio, que cuentes conmigo. Ya no soy esa nena gordita que te avergonzaba. Soy grande. He cambiado. Mucho.

Renata la miró. Intentó reconocer en ella su verdadero origen. Había valores en sus palabras. Ambas merecían la verdad. Sentía que estaba ahí silenciosa, esperando por ser descubierta. Por un instante dudó. No sería ese día.

—Te agradezco tu preocupación, Elina. Pero ni tú ni nadie puede hacer nada. Cometí muchos errores.

—Los errores pueden corregirse —dijo con angustia, pero esperanzada pensando que se refería al vínculo entre las dos.

—Lo intento, pero no siempre es posible. El tiempo no vuelve atrás.

—¿Y para qué quisieras que lo haga?

—Para cambiar mis decisiones.

—No me habrías tenido, ¿verdad?

Renata permaneció callada un instante. La verdad era que, tal vez, no. Sin embargo, miró a ese ser inocente que intentaba su amor por todos los medios posibles y sintió pena. Elina era una víctima de las circunstancias y ni siquiera sabía que lo era. Toda su infancia había intentado ganarse su atención y aprobación. Lo peor era pensar que, muy posiblemente, en su vida adulta, trataría de ganarse la atención y la aprobación del mundo. Por su culpa. ¿No se sentirá digna de ser querida? ¿Creería que su valor estaría en lo que hiciera y no en lo que ella era? Se odió por eso. ¿Qué derecho tenía de convertir o, quizá, haber convertido a esa joven en un ser frágil e inseguro?

Alguien que, probablemente, durante su vida, sería incapaz de entender ese vacío inmenso, consecuencia de la falta de amor primario. Eso, en sí mismo, era terrible. Faltaba todo lo demás. No podía ser tan cruel. ¿La quería? ¿Por qué era así con ella? No pudo responderse. Elina siempre había sido un obstáculo. Sin embargo, un sentimiento se subvirtió en ella y procuró hacer algo con tanta culpa.

—Elina, no tiene que importarte cómo yo he sido. Ni si cambio. Debes centrarte en ti, en lo que eres. Lo que vales. Tienes mucho para dar y para recibir de la vida. Que no te detenga una madre errante que no sabe quererte, aunque quiere hacerlo. No es tu culpa. Es mía —dijo y la miró con ternura.

Sus miradas cruzadas les hicieron sentir lo mismo. Todos los cabos sueltos, todas las preguntas pendientes, tenían en la otra y en esa habitación, las respuestas.

Elina recorrió visualmente el lugar. Su madre era sincera. El lienzo en blanco estaba tan desorientado como ella. Renata se acercó, le dio un beso en la frente y le pidió que se fuera. Le hizo caso. Era en vano insistir. Lo sabía.

Renata se desplomó frente al recuerdo. Hacía tiempo que había dejado de ver a Elías y ese día acababa de enterarse que no solo se había separado, sino que lo había hecho por una joven abogada que trabajaba con él en el estudio. La frustración era peor que la humillación. Finalmente lo había dejado todo, pero no por ella. Ni siquiera por Elina, quien, para él, era su hija.

Se sintió sola, incomprendida, usada y triste. Como en el final de una historia injusta de la que no deseaba ser más la protagonista. Esa noche renunció a sus sueños y perdió a la mujer que había sido en algún rincón del dolor.

CAPÍTULO 43

Sentir

Encontraste la luz en mí
que yo no supe encontrar.

Lady Gaga

FINES DE JUNIO DE 2019. MONTEVIDEO, URUGUAY.

Gonzalo no podía dejar de mirar a Elina, le gustaba ver la expresión de sus ojos buscándolo. Era hermosa. Simple. Auténtica. Las ganas de ella se detuvieron en el placer de grabar en su memoria ese momento. La canción de la película de amor que había visto en el avión, se le había pegado como una señal y seguía sonando en su imaginación. *Siempre nos recordaré de esta manera*, entonó en inglés la melodía y sonrió. En ese momento, ella lo descubrió, allí de pie con su maleta azul, observándola con amor en sus ojos. Entonces la gente del aeropuerto desapareció, igual que los ruidos, los colores y cualquier sensación ajena a lo que los unía más allá de todo. Elina caminó hacia él, despacio. Hubiera corrido, pero necesitaba asimilar la emoción. Si hubiera tenido que definir la felicidad en una imagen, hubiera sido esa. Un instante después, corrió como si no hubiera tiempo para esperar el abrazo que finalmente los encontró, a él, con lágrimas en los ojos y a ella, aferrada a su cuello.

–Lo hiciste, viniste por mí –susurró conmovida. ¿Era posible que alguien cruzara el océano solo para verla? Sintió que sí.

–¿Cómo no hacerlo? –dijo y besó sus labios. Ella no quería separarse de su cuerpo. Era tan fuerte sentirse segura y valiosa que no podía poner fin a esa sensación. Ni siquiera sabiendo que lo que viviría después sería todavía más intenso–. Tienes gusto a frutilla –agregó.

–Sí… es un caramelo.

–¿Me convidas y salimos de aquí? –le dijo al oído. Elina buscó el paquete en su bolso–. No, no quiero uno.

–¿Qué quieres, entonces? –dijo confundida.

–Esto –respondió. Soltó el equipaje, tomó su rostro entre las manos y la besó en la boca. Sus lenguas se encontraron en medio del sabor del caramelo con gusto a París, a la vida, al futuro, a las oportunidades, al pasado, al deseo y a frutillas. Cerraron los ojos al mundo para verse directo al corazón.

Un rato después ambos buscaban el automóvil que Elina no recordaba dónde había estacionado. Les latía el corazón al ritmo de la sonrisa que los dos compartían. Esa que los seres llevan puesta en tiempos buenos donde un sentimiento correspondido marca la diferencia.

—¿Cómo fue tu viaje? —preguntó camino a su casa.

—Largo. Quería llegar y, como no podía dormir, se me ocurrió mirar una película…

—¿Y? ¿Tan mala fue? —preguntó. Parecía que hablaba con pesar.

—¡No! Al contrario. Es que quería verte y una historia de amor no era lo que necesitaba para calmar mi ansiedad. Lo bueno fue que encontré nuestra canción.

—Ya tenemos una, *Never ending story* —dijo en alusión a la serie *Stranger Things* que habían compartido a la distancia y a los dos les había encantado.

—Es verdad, pero esa la asocio a niños, colores, sorpresa y diversión. Esta es de otro target. Es amor.

—¿Y cuál es? —omitió la referencia a un sentimiento que la confundía. Le tenía demasiado respeto como para atreverse a hacerlo propio sin certeza. Todo en él era perfecto, pero hablar de amor, si era, lo sería pasos más adelante.

—Escucha —dijo mientras buscaba la pista en Spotify.

De pronto Lady Gaga y esa maravillosa balada llenaron el vehículo. Gonzalo la miraba embelesado. Elina detuvo el automóvil. Escuchó hasta el final. Sintió que el cuerpo le estallaba de emoción pero no tuvo deseos de llorar, tampoco dolor físico. No la acorraló el encierro de las lágrimas que no podían ser. ¿Por qué? ¿Acaso era el amor de Gonzalo lo que la sanaba? Ella no tenía mucha experiencia en ser amada, sintió que estrenaba un sentimiento nuevo. Recorrió con su dedo índice el contorno de los labios de Gonzalo.

–Quiero memorizar tu boca. Esa canción es hermosa –agregó con referencia a *Always remember us this way*.

–Toda la banda sonora es así. Se mete en tu alma –reflexionó–. O yo estoy demasiado sensible. También puede ser.

–Veremos la película… después.

–¿Qué sucede?

–No puedo dejar de mirarte.

–No lo hagas. No hay prisa.

* * *

Ita tenía todo listo. No solo la cena y la casa impecable, a excepción del dormitorio de Elina, sino también la sorpresa que tenía preparada para ellos.

Cuando los dos llegaron, Gonzalo la abrazó con tanto cariño que la conmovió. Él tenía por las personas mayores un sentimiento especial. Imaginó a la tríada testigo de ese recibimiento y sonrió.

–¿Cómo ha hecho, Bernarda?

–¿Cómo he hecho qué?

–Vencer al tiempo. En un año está usted más joven y radiante.

–¡Me harás sonrojar!

–Lo digo en serio.

–Bueno, he cambiado algunos hábitos. Como sano y medito, pero de eso hablaremos luego. Siéntete como en tu casa. Debo avisarte que mi nieta es algo desordenada y que la casa está

dividida en dos zonas: la suya y la mía. Te darás cuenta cual es cual —explicó, pero Gonzalo había dejado de escucharla. Estaba fascinado mirando esa flor pintada sobre la pared. Era un mural. Una flor rosa y verde, de loto, creyó. Perfecta.

—Tu nuevo Norte en la zona prohibida, tonos pasteles… —recordó en voz alta la conversación que habían tenido.

—¿Te gusta? —preguntó ilusionada. Aunque era obvia la respuesta.

—Me enamoré… ¡Es tan Elina…!

—¿Verdad que sí? —intervino Ita—. Confieso que tuve miedo de concederle esa pared, pero lo hizo de maravillas.

—Es la pared más linda que yo haya visto jamás —respondió.

Ambos se miraban como si estuvieran solos. Entonces, Ita, que sentía acertadamente que sobraba, actuó rápido.

—Bueno, escuchen los dos. Tengo algo que regalarles. Hoy es viernes y yo iré a cenar y a dormir a lo de mi amiga Nelly. Pero antes tengo algo que darles —dijo, y extrajo un sobre.

Elina lo abrió.

—¿Qué es esto?

—Mañana temprano ambos irán a Colonia. Es mi regalo. Todo está pago.

—¡Abuela!

—Ni una palabra más. Podrán disfrutar y descansar. Luego, compartiremos aquí —agregó.

—Gracias, Bernarda —estaba emocionado.

—Irán al Hotel Posada Plaza Mayor, es pequeño pero muy hermoso —estaba orgullosa de su plan.

—¡Eres la mejor! —dijo Elina abrazando a su abuela.

—Bueno, bueno… suéltame que debo irme.

—No hace falta que te vayas.

—Claro que no, quédese —Gonzalo era sincero.

—Soy vieja pero no tanto como para no darme cuenta de que esta noche no es mi casa mi lugar —dijo con picardía—. Tienen la mesa puesta y la cena en el refrigerador.

* * *

Cuando estuvieron solos, Gonzalo se instaló en la habitación de Elina. Observaba su desorden con cierto humor. Sonaba Lady Gaga y la lista de reproducción del film. Se dio una ducha y ella lo esperó recostada en su cama. Sin darse cuenta, se había quedado dormida. Cuando él salió, todavía mojado, con una toalla en la cintura y el torso descubierto, la vio. Se quedó así por unos segundos, observando a esa mujer que un año antes había competido ante sus ojos con la belleza de París. No era la clase de belleza perfecta, tal vez, objetivamente no fuera linda, pero era su brillo, su magia lo que la convertía en un ser único para él. La manera en que ella lograba que él pudiera verla por dentro. No la veía con sus ojos, la sentía. Sentía la luz que la habitaba y que ella misma no había sabido descubrir.

Lejos de toda previsión, y aunque por supuesto la deseaba, se acercó despacio. Tocó su cuerpo suavemente y acarició su cabello, pasando los dedos a lo largo de su clavícula. Ella despertó, completamente entregada al momento.

—Creo que estoy en desventaja.

—¿Por qué?

—Adoro mi ropa, pero en este momento desearía no tenerla puesta.

—Eso podemos solucionarlo —la besó mientras, con destreza, comenzaba a desvestirla—. ¿Bailamos? —propuso como si fuera posible sumar romance al momento.

En ropa interior, Elina se puso de pie y, así como estaban, se balancearon disfrutando cada instante mientras escuchaban *Shallow*.

No tenían prisa, el reloj marcaba la hora de una nueva oportunidad y un poderoso sentimiento ocupaba cada espacio. ¿Era amor? ¿Podía serlo? Un fuego diferente abrigaba sus emociones. Estrellas en sus almas que iluminaban las ganas fueron testigos de que la distancia había perdido contra ese momento.

CAPÍTULO 44

Luna

Cuéntame la historia de cómo
el sol amaba tanto a la luna,
que moría cada noche para dejarla respirar.

Anónimo

Bernarda llegó a casa de su amiga completamente satisfecha. Le gustaba la energía que había percibido en el abrazo de Gonzalo. No podía olvidar la expresión de felicidad de Elina y se ilusionó con el hecho de que, por fin, hallara a alguien que pudiera quererla y cuidarla como merecía.

Le contó a Nelly todo, con lujo de detalles. Aunque la escuchaba con atención, no veía en su amiga el mismo entusiasmo que ella tenía.

—¿Qué sucede? ¿Por qué no te veo contenta?

—No es eso. Me alegra que Elinita la esté pasando bien.

—¿Entonces?

—Puede que no sea él —anticipó Nelly.

—¿Qué dices? Vino desde Madrid a buscarla. Nadie hace eso si no está seguro.

—Yo no dije que él no está seguro, pero escúchate. Tú acabas de decirlo.

—¿Qué es lo que dije? —Ita estaba confundida. No recordaba sus palabras con exactitud.

—Dijiste que vino desde Madrid a buscarla.

—Y es la verdad.

—Bueno. Ese es el tema, no creo que nada convenza a Elina de irse de aquí. Le gusta su trabajo. Estás tú... su amiga... Todo lo que tiene.

Bernarda se quedó en silencio unos instantes. No había pensado en eso. La idea de que se fuera a España la paralizó, pero la razón pudo más.

—Mira, Nelly, si es su felicidad voy a insistir para que se vaya con él. Yo soy vieja, moriré un día y prefiero hacerlo segura de que ella está bien, junto a alguien que la mire como Gonzalo lo hizo hace un rato. Lo hubieras visto. Era una mezcla de amor, con admiración y dulzura. Como si con su mirada la estuviera protegiendo del mundo y sostuviera con su sentimiento todas sus debilidades.

—¿Y cómo viste eso?

—Porque estoy mucho más perceptiva desde que medito. ¡Tú me lo enseñaste! ¿Ya no recuerdas? Meditar es una práctica que entrena la mente, induce un modo de conciencia, ya sea para conseguir algún beneficio o para reconocer mentalmente

un contenido, es un fin en sí mismo. Mi vibración es más eleva-
da y, entonces, percibo con claridad las situaciones y la energía.

–¿De verdad? ¿Tú me dirás a mí lo que es meditar? –la
miró con amigable superioridad.

–No, no lo haré. Solo te recuerdo que ahora entendí que
el Universo es la sustancia esencial que te conecta con todo y
yo… ¡estoy muy conectada! Por eso sé que Gonzalo está enamorado de ella. Es mi "chi", según los chinos, o mi "energía
cósmica", según los occidentales. Hice mi tarea, ¿viste?

–¡Dios! A veces eres el tipo de alumna que da miedo –dijo
con humor–. Todo eso es muy cierto, pero me quedé pensando en lo que digo. También creo que él está enamorado,
pero… ¿crees que ella siente lo mismo? Las mujeres de hoy
se permiten disfrutar de una relación sin más proyección que
el presente. ¡Y eso está muy bien! No como nosotras que solo
conocimos un hombre –reflexionó Nelly.

–Tienes razón. ¡Qué generación de sometidas a los man-
datos sociales!

–Ni lo menciones. Lástima que ya es medio tarde para
revertir.

–¿Medio? Yo diría que ya es tarde del todo –comentó Ita
con humor.

–Volviendo al tema, suponiendo que sintiera lo mismo,
que no sé… ¿sería capaz de irse? Porque él tiene a cargo a su
padre y sus tíos, no los dejará. Además, allá está su negocio.
¿Qué haría aquí? Sin trabajo las cosas no funcionarían.

–Bueno, el Universo puede enviarle un empleo…

—No niego eso, pero el Universo no va a disolver sus vínculos familiares. No permitirá que mueran lejos de él.

—Eso es verdad. Ahora me preocupa qué siente Elina. No había pensado el tema desde esa perspectiva —Ita estaba preocupada.

—Lo quiere, eso es seguro, pero un compromiso es otra cosa. Querer no es suficiente. Además…

—¿Además qué? Sabes algo que no me has dicho. Te conozco.

—Bueno… sí.

—Dímelo, ya. No des vueltas.

—Mi profesora de yoga lee el tarot y le pedí por Elina. Me dijo que logrará sobrellevar su enfermedad. Que es una joven con gran temor al abandono y que es muy exigente en su trabajo, busca aprobación.

—Nada que no sepamos. ¿Y qué tiene que ver eso con Gonzalo?

—No lo sé, pero dijo que no ve un viaje en su vida.

—Bueno, eso es porque él vendrá a quedarse. Además, ¿vamos a creerle a un tarot que en definitiva no dice nada? ¿Es confiable tu amiga?

—¡Claro que sí! Bueno, no sé. Solo digo que yo creo que no es Gonzalo.

—¿Por qué?

—Porque también tengo mi percepción de las cosas muy desarrollada. Por eso, no te ilusiones. Que disfrute con la visita, pero no tengamos demasiadas expectativas.

—No me siento segura con esta charla. Vine contenta y ahora estoy preocupada. Si esto sale mal... ¿quién juntará los pedazos de mi nieta si él se va para no volver?

—¡No seas tan tremendista! Por ahora que disfrute y luego iremos viendo cómo ayudarla según los acontecimientos. Y seremos, llegado el momento, tú, Stella y yo quienes la ayudaremos, como ha sido siempre. Somos todo lo que tiene. ¿Recordó algo más del incendio? —preguntó cambiando el tema.

—No me dijo nada.

—¿Qué dijeron de tu regalo?

—Me agradecieron. Elinita dijo que yo era la mejor, se los veía contentos y no dejaban de mirarse. Era lindo verlos, como lo fue en Notre Dame. Algo los hace diferentes. Deseo de corazón que funcione.

—También te gustaba el dueño del gatito...

—Bueno, siempre hay que tener un plan B, ¿no lo crees? Una vela encendida, decía mi madre, que en paz descanse.

Ambas rieron.

—¡Eres temeraria! ¿Jugamos una generala antes de cenar?

—Sí.

Ninguna de las dos creía en la suerte. Sin embargo, las unía una amistad que todo lo compartía y en esa inteligencia, los dados eran una distracción. Una manera de permitir al azar y a sus energías tener una competencia digna y bien intencionada.

Más tarde, después de divertirse un rato y conversar de temas diversos, la curiosidad había hecho su tarea.

—Dime, Nelly, tu amiga la del tarot… ¿No podrá venir para leerlo para mí?

—¿Ahora?

—Bueno, no lo sé. Se me ocurrió, no sé dónde vive.

—Es mi vecina.

—¿Cuál?

—La de la casa de al lado.

—Nunca me hablaste de ella.

—Nunca me preguntaste.

—Llámala.

Un rato más tarde, las tres compartían un licor. Bernarda proporcionó la fecha de nacimiento de su nieta y pensaba en ella mientras mezclaba un tarot de Marsella y elegía una carta. Se la entregó a la vecina de Nelly, quien la dio vuelta sobre un paño rojo que ella misma había traído y desplegado sobre la mesa en medio de un ritual.

—La luna —dijo de manera solemne—. Es una carta que tiene connotaciones de oscuridad y de palabras no dichas.

—¿Oscuridad? —preguntó Bernarda—. ¿Por qué?

—Mira, puedes verlo claramente en el dibujo que posee la carta, allí vemos a dos lobos recibiendo la luz lunar, como si quisieran alimentarse de ella. Esto quiere decir que la carta se alimenta de los reflejos, y no de la luz clara y pura del sol. Vemos también un lago que generalmente tiene en su fondo un escorpión. Detrás de esta escena se pueden ver castillos, esto quiere decir que la carta no está hablando de acciones que se hacen en la sociedad, sino que está fuera de ella. Los

castillos parecen estar muy lejos, la luna ocupa casi toda la carta, porque el impulso lunar está ajeno a los prejuicios o ideas morales y sociales.

—Disculpa, pero no entiendo nada.

—Es una carta que habla de acciones relacionadas con el ensueño que tiene que ver más con los reflejos que con la realidad. Es decir, la carta representa a la energía lunar, femenina, no decidida, que adelanta dos pasos y retrocede uno. Habla de algo que es muy cambiante, que va decreciendo y luego renace. Una carta muy especial en el sentido de que puede dar pautas muy concretas de un estilo de personalidad o de ciertas formas de manejarse en la vida.

—Sin ánimo de ofender, esto es muy teórico y abstracto para mí. Mi nieta en este momento está con un hombre que vino a buscarla desde España, la pregunta es: ¿Es él su pareja? ¿Será feliz a su lado?

—No me ofendes. Trataré de ser más precisa. La carta está hundida en el fango, es decir que cuando aparece en una tirada, no se espera que las emociones o situaciones sean abiertas y claras, sino todo lo contrario. Yo diría que tu nieta no tiene claro lo que siente. Hay cosas oscuras en su inconsciente que interfieren en sus decisiones. Cuando hablamos de personas la carta está diciendo que hay problemas que no se resuelven, algo que sigue en el mismo lugar y está estancado. Si la carta habla del amor puede dar falsas expectativas.

—O sea… ¿Debo interpretar todo eso como un no?

—Elina debe atravesar un proceso. Resolver situaciones.

Las cartas son avisos, todo puede modificarse. Sería mejor si pudiera leérselas a ella directamente –la invitó a escoger una más–. El sol –dijo–. Significa siempre un inicio con toda la energía que puede tener ese astro. Elina recibe la energía de este hombre. Hay un pequeño muro en la carta, expresa que los niños de la imagen, Elina en este caso, son felices, pero están un poco limitados. Estamos hablando de una carta referida a problemas de la tierra. No tanto a cuestiones espirituales. Porque esta carta siempre habla de la luz del yo que tiene una persona pero que no viene del alma, sino que viene más de la personalidad.

–Pareces el servicio meteorológico… –dijo sin pensar–. Perdón. ¿Gonzalo es el sol? –agregó con seriedad.

–Eso creo. Es alguien que tiene las cosas muy claras y que se mueve en la vida por lo que piensa, es decir una persona sin dobleces. El sol es una carta esencial que habla de estar centrados en nuestra propia luz. Escoge tres más.

Bernarda lo hizo. Nelly observaba callada.

Las interpretó, pero más que el futuro parecía la descripción de Elina, nada que no supieran, pero mucho que reconfirmaron a través de esa lectura milenaria.

–No hago un gran descubrimiento si digo que la luna y el sol son opuestos, ¿verdad? –dijo Bernarda.

–Es exactamente así, pero el Universo, que es perfecto, también hace posibles los eclipses… Bernarda, nada es definitivo. Descansa en que él es una buena persona, el resto solo el futuro lo sabe.

–Entonces, ¿no predices?

–¡Claro que no! Solo intento acercarme a la realidad para estar prevenida y tener información espiritual cuando hace falta.

Las tres rieron.

–Debiste decirlo al comienzo. ¡Me había preocupado! –exclamó.

–Eres curiosa y te importa tu nieta.

–Bien, Nelly, ¿me sirves otra copita?

CAPÍTULO 45

Tregua

Pero no era la felicidad, era solo una tregua.
Ahora estoy otra vez metido en mi destino.
Y es más oscuro que antes, mucho más.

Mario Benedetti

Melisa estaba muy confundida después de lo vivido en la ducha con Lisandro. Sin detenerse a hablar lo importante, solo habían disfrutado el hecho de sentirse de esa manera nueva, con urgencia. Como si de pronto alguien les hubiera alertado, al mismo tiempo, de que podían perderse y otras personas construirían nuevos recuerdos en el lugar donde permanecían intactos y protegidos los que habían marcado sus historias.

¿Cuál era su situación real? No podía ordenarla. Había tenido relaciones con los dos hombres más importantes de su vida con diferencia de horas. Eso no la definía. Nunca lo había hecho antes y no deseaba hacerlo después. ¿Por qué había sucedido? Era simple, no lo había podido evitar. Pero no era eso lo que le preocupaba. Lo que peor la hacía sentir era su angustia porque no había sido solo sexo en ninguno de los dos casos y eso la colocaba en un lugar muy difícil de entender y todavía peor al momento de tomar una decisión.

Pablo sentía con razón que Lisandro estaba en medio de ambos, incluso cuando mantenían una conversación de madrugada, y necesitaba saber si como hombre era un rival. No quería perder el tiempo y eso era justo.

Por su parte, Lisandro había conocido a alguien que no podía sacar de sus pensamientos y eso había alcanzado para que ella desplegara sobre él toda su sensualidad y hubieran vuelto a comenzar en esa ducha que ya no sería la misma. Tenía que cerrar los ojos al bañarse para que las imágenes no se le vinieran encima.

Melisa acarició su medalla y volvió a preguntarse qué era lo esencial para ella.

No lo sabía y la estaba afectando. No podía centrarse en su trabajo y, aunque había vuelto a ver a ambos, las circunstancias habían sido diferentes porque siempre estaba Dylan. Sin embargo, esperaba a Pablo y sabía que la conversación no podía dilatarse. Sentada en el restaurante donde había planeado almorzar con él, sumida en sus pensamientos confusos, lo vio entrar. Trató de observarlo con el alma, dejar de lado sus ojos, al margen de la atracción física. Quería escuchar a su corazón.

Pablo le sonrió a la distancia y caminó hacia ella.

—Hola… No pareces haber descansado —dijo mientras se sentaba después de besar su mejilla y advertir que su obsequio seguía sobre su pecho—. Aunque, aun así, estás naturalmente linda para mí.

—Gracias. Es cierto, no he dormido bien.

—¿Por qué?

—Porque quiero ser honesta conmigo y no lo consigo. Nunca antes me había sentido así.

—Así, ¿cómo?

—Atrapada en mí.

El camarero interrumpió y tomó la orden.

—Suena a un encierro que te lastima.

—No solo a mí…

—Cuéntame. ¿Qué es lo que sientes estando atrapada en ti?

—Que no puedo controlar nada, el mundo se metió en mi interior, con sus ruidos, su confusión, su desorden y no puedo hallar calma para sentir quién soy y qué quiero —dijo y Pablo le cubrió la mano con la suya sobre la mesa. Melisa sintió un nudo en el corazón—. No lo hagas.

—¿Qué cosa?

—No me ames de esa manera que puedo sentir cuando me tocas o cuando me miras como lo estás haciendo ahora.

—¿De verdad crees que puedo evitarlo? ¿No te dice nada que haya viajado hasta aquí? Te amo. Eres "esencial" para mí y no voy a dejarte, sea lo que sea que te esté ocurriendo. No renunciaré a ti sin pelear.

—Ese es el punto, no sé lo que me pasa.

Pablo permaneció en silencio un instante en el que el nombre de Lisandro se ubicó entre ambos.

–¿No lo sabes o no quieres admitirlo?

–No lo sé…

–Eres el amor de mi vida. No tengo dudas de eso. Tengo cuarenta y cinco años y ya he fracasado. Me he perdido en las redes de un matrimonio que devoró la rutina. Sé lo que es la oscuridad, el conformismo, la zona de confort. No lo elijo. Tuve que ser muy fuerte y creer que los dos merecíamos una felicidad que ya no podíamos darnos para dejarla. La vi sufrir, todavía me duele haber visto la verdad primero y haber precipitado nuestra separación. No pudimos tener hijos por lo que no queda nada en común más que el tiempo compartido.

–¿Por qué me cuentas esto ahora?

–Nunca preguntaste sobre mi pasado. Te alcanzó con saber que no tenía compromiso alguno.

Melisa sintió que era una bestia. ¿Cómo había sido tan egoísta?

–Lo siento, creo que la mejor versión de mí aún no logró salir del encierro… –se justificó–. Continúa. No sé adónde quieres llegar, pero te escucho.

–Después de eso y antes de conocerte a ti, ella enfermó y fui yo quien la cuidó hasta que murió en pocos meses. No había dejado de amarme. Todavía pienso si fue de tristeza, si fue mi culpa… Nunca podré estar seguro de eso. Pero existe algo que es importante: la finitud. Lo aprendí de un modo angustiante.

—¿Me hablas de la muerte? —preguntó sorprendida—. Tengo treinta y ocho años —agregó. Como si ser joven fuera un antídoto.

—Mi ex tenía treinta y nueve. Te hablo de la vida. No somos dueños del tiempo. No sé por qué planeas y piensas. Quizá solo pierdes oportunidades.

—No somos dueños del tiempo —repitió—. Eso es demasiado lapidario.

—Es la verdad. Quiero disfrutar la vida contigo, pero si tú no puedes entregarte a eso, creo que debemos detener esto.

Melisa tuvo ganas de llorar. ¿Qué le estaba sucediendo?

—No. No quiero perderte.

—Eso ya lo sé. La pregunta es si estás dispuesta a que juntos seamos lo primero. Debes tomar una decisión y realmente ser honesta respecto de lo que Lisandro significa para ti.

—¿Por qué lo nombras?

—Porque está aquí entre nosotros. Quizá esté ahí atrapado dentro de ti, contigo.

—No digas eso, es el padre de mi hijo.

—Y es también un gran hombre, seguramente. No tengo problema alguno con él. Porque lo he pensado, no es una amenaza para mí. Me importas tú, acepto tu pasado, pero de ese modo. Tu relación con él debe ser solo por Dylan, si hay más, y por mucho que desee pelear por ti, me volveré a Madrid —Melisa sentía que quería sentirlo. Ir a dormir con él como si con eso lograra no enfrentar sus fantasmas—. ¿Qué piensas? —preguntó Pablo observándola sumergida en su silencio.

—Que te deseo más que a nada en este instante.

Eso lo descolocó. Estaban hablando de algo serio. Sin embargo, ella pidiéndole que la amara era irresistible.

—Estamos en medio de una conversación importante, amor, y en un restaurante.

—Solo vámonos de aquí. Hazme tuya y luego retomaremos esta charla.

¿Cómo lo hacía? ¿Cómo podía esa mujer tener el control de sus emociones? ¿Por qué no podía negarse? Ella no le había respondido. ¿Acaso no era eso lo más relevante? Entonces sintió que ella le acariciaba la pierna con su pie por debajo de la mesa. Su centro aceleró su deseo. No podía dejar de ver a la mujer que quería mirar durante el resto de su vida.

—Una tregua. ¿Puedes dármela? —pidió Melisa.

Un rato después, desnudos en su cama repetían la versión de amor desigual. Esa en la que uno sabe con exactitud que ama y el otro se niega a pensar o analizar porque elige sentir, postergando la responsabilidad que el amor verdadero conlleva.

Melisa se levantó a darse una ducha y cuando Pablo la sorprendió bajo el agua, se rompió el hechizo y la tregua llegó a su fin.

—No, amor, no aquí —dijo dispuesta a salir.

—¿Por qué no? Me gustas con el cabello mojado, lo sabes —la besó.

—Estoy lista para hablar. La tregua terminó —dijo y salió envuelta con su toalla.

—¡Mel! —se escuchó la voz de Lisandro desde la planta baja.

—Ya voy. No subas —fue lo único que atinó a decir mientras se vestía rápidamente y Pablo, ya en la habitación, hacía lo mismo—. Quédate aquí, por favor —le suplicó.

Pablo le hizo caso, la amaba, pero ese amor dolía cada vez más, no era una posibilidad que deseara elegir. ¿Por qué? ¿Qué problema tenía el destino con la reciprocidad al momento de enamorarse?

CAPÍTULO 46

Burbuja

Tengo un corazón mutilado

de esperanza y de razón...

Juan Luis Guerra

S tella había pasado el resto del domingo, sola. Unas horas más tarde, Jorge le había enviado un mensaje en el que le avisaba que no podía volver.

Julieta había peleado con su novio, no había querido contarle a su padre el motivo alegando que no deseaba hablar de eso, pero sí había dicho que era grave. Jorge amaba a su hija y lamentaba que tuviera que pasar por tanto por culpa de su madre y en alguna medida, también por él. Supuso que no era tan seria la pelea con Franco, sino que había una necesidad en la adolescente de llamar su atención y de asegurarse que él estaba para ella. Decidió llevarla a tomar algo y regresaron a la casa. Mercedes no estaba, aunque sus cosas todavía estaban allí.

–Ella viene cuando no estamos, papá.

–Lo sé.

–¿No crees que debería irse definitivamente?

–No es tan simple –dijo.

–Debería serlo. ¿O vas a perdonarla? –preguntó.

–Julieta, no sé qué suceda. De momento solo debes ocuparte de ti, de cumplir con tu estudio y de tratar de estar bien. Lamento lo ocurrido, pero debes saber que no tiene nada que ver contigo.

–Eso me dice Lisandro, mi psicólogo.

–Tiene razón. Ahora más que nunca debes conversar con él.

–Sí. Yo lo llamo cuando lo necesito, además de ir semanalmente.

–Perfecto. Iremos paso a paso, hija. Solo no hagas nada por venganza. Saldremos adelante –al escucharse utilizar esa palabra pensó en Stella. ¿Acaso no había sido eso lo que lo había empujado hacia ella?

Los días habían transcurrido y la relación entre ellos continuaba siendo adictiva. Jorge prefería no ponerle nombre. Ella lo hacía sentir bien, no pensaría en el futuro. Su caramelo, era exactamente eso, algo que saboreaba. Le encantaba la mujer que era.

En cambio, Stella lo vivía de otro modo. Imaginaba que con él la historia tendría un final distinto. La entusiasmaba que Mercedes no fuera un obstáculo, esta vez no era un hombre casado, era un hombre en proceso de separación. Se convencía de eso. No podía conversar con Elina porque ella

estaba disfrutando de la visita de Gonzalo y habían viajado a Colonia, además, su amiga había sido clara. Sus convicciones no eran negociables. No cambiaría de parecer.

Por el contrario, en su trabajo sus compañeras eran una opción. Buscando aliadas para su aventura, se había acercado a ellas y les había contado. Layla y Marisa eran leales. Ellas no la habían juzgado, una porque engañaba a su esposo y la otra porque no se involucraba demasiado con la seriedad de las cuestiones. Marisa se divertía con las anécdotas, pero era de las mujeres que solía sostener que nada era más importante que ella.

Sin embargo, esa mañana la habitualidad había cambiado.

–Chicas, me dejó. Se terminó mi aventura…

–¡Dios existe! –dijo Marisa con humor–. Corrías demasiados riesgos.

–Sí, lo sé, pero extraño la adrenalina.

–Olvídalo. Demasiado bien terminó –agregó Stella.

–Tú tampoco estás en medio de una situación muy conveniente –dijo Layla.

–¿Por qué lo dices?

–Porque un hombre que se decide por ti justo cuando se entera de que la mujer lo engaña, no es confiable, Stella. Diviértete, pero no tengas grandes expectativas.

–Me enamoré. Me dice "Caramelo". Es un gran amante y, además, su mujer ya no vive en la casa.

–Estás en una burbuja –afirmó Marisa.

–¿Una burbuja?

—Sí. Tú y él, adentro de un pequeño espacio que les viene bien y que está cerrado al resto de la realidad. No quisiera romperla, pero Layla tiene razón. Cuídate, no esperes demasiado.

—¿De verdad piensan que no hay posibilidad de que me elija? —ninguna respondió—. ¿Por qué? —agregó.

—Por lo mismo que mi esposo no me dejó cuando descubrió mi celular y por las razones que yo no lo dejo a él, a pesar de haberme divertido mucho con un veinteañero. Hay algo construido. Ahora, todo está hirviendo de furia, pero cuando regrese la calma, él la extrañará y los dos comenzarán a poder ver que llegaron a engañarse por culpa de ambos, no de uno solo. Pueden perdonarse.

—Es horrible lo que dices. ¿La gente elige la comodidad de una vieja relación que no funciona en vez de vivir en plenitud lo nuevo?

—Tal vez… pero es verdad. No sé si todas las personas actúan igual, tampoco niego que tu Jorge pueda ser la excepción, pero hasta ahora no te habló de sentimientos según lo que contaste y tú, en cambio, te enamoraste.

—Claro, no están en la misma sintonía —completó Marisa—. ¿Te ha dicho que te quiere?

—No…

—¿Han salido a cenar, al cine, algún programa que empiece y termine con ropa? —preguntó con sarcasmo Layla.

Stella repasó mentalmente los encuentros. La avanzó una gran angustia. Tenían razón.

—No. Pero de verdad creo que lo haría. No se lo he pedido.

—Si lo haces puede romperse tu burbuja —alertó Marisa.

En ese momento un mensaje de Jorge interrumpió la conversación. Le avisaba que iría a su casa por la tarde. Stella lo compartió y puso a prueba los hechos. Entonces respondió:

STELLA:

¿Y si salimos a cenar?

Mientras él escribía, las tres amigas estaban pendientes de la respuesta.

JORGE:

No, Caramelo. No me mostraré en público. Lo último que deseo es que mi hija se entere ahora.

Stella se quedó un momento leyendo una y otra vez las mismas palabras mientras pensaba en lo que acababa de hablar con sus compañeras. La imagen de Elina y su opinión invadieron su memoria. Con un nudo en la garganta escribió:

STELLA:

Prefiero que no vayas a verme hoy. Luego hablamos.

—Hiciste bien. Es un hombre comprometido —comentó Layla.

—No, no lo es.

—Stella, es una falsa esperanza para ti. Las posibilidades de

algo bueno son ínfimas comparadas a lo mal que puede salir todo –continuó Layla.

–Yo creo que aquí la cuestión no es él y su compromiso roto o vigente sino tu autoestima, Stella. La capacidad y el poder que tienes para decidir sobre tu vida. Haz un cambio de mentalidad por amor a ti misma. En ese proceso conocerás al hombre adecuado con un amor sano.

–¿Quién lo dice?

–Alguien que no lo encontró todavía, pero cree en el amor y, mientras, vive feliz y tranquila –respondió Marisa–. Anímate. Salgamos a cenar esta noche –propuso.

–Está bien… ¿Y qué haré con mis energías? Las que me sobran digo… –hablaba en serio, aunque lo dijo de modo jocoso.

–Empezarás a ir a mi gimnasio –las tres rieron.

–¡No tan rápido! No he abandonado mi burbuja.

Otro mensaje de Jorge insistía con verla. Ella prefirió mantener su postura. Al menos por ese día.

La vida es una constante sucesión de decisiones. Algunas, en teoría, son más importantes que otras, se toman con mayor o menor meditación, haciendo caso o no a los prejuicios y emociones. Sea como fuere, las tres eran conscientes de lo que tenían entre manos, de que cada elección determinaría el rumbo de sus vidas y eso les causaba vértigo. Sin embargo, la amistad, incluso durante sus primeras confidencias, tenía un impacto en el compromiso con la realidad que iba más allá de lo que podían explicar.

CAPÍTULO 47

Uno

Se mecía como si el océano estuviera
haciendo el amor con alguna cosa.

Ernest Hemingway

La noche había sido la suma de horas sin tiempo. Se conocían, sin embargo, se habían descubierto una vez más. Ninguno de los dos era la misma persona, había emociones que antes no estaban allí y faltaban otras que habían compartido en París. Se habían encontrado sus almas antes que sus cuerpos, habían esperado sin saberlo, quizá, un reencuentro que los había sorprendido en una habitación desordenada con olor a acrílicos y pinturas. Mucha ropa en un sofá, un atril con una enigmática imagen sin concluir y varios objetos dispersos como por un viento caprichoso y divertido. Un lugar donde el romance de París era un recuerdo. Un escenario que no latía las imágenes de

Notre Dame pero que hacía esquina con la intensidad de aquellos momentos.

Gonzalo había despertado primero, muy temprano. Ella dormía sobre su pecho y la desnudez de su espalda asomaba entre las sábanas. La había mirado, tanto la había mirado que creyó despertarla con sus ojos extasiados de felicidad. Había pensado en la tríada, en su vida y en las ganas incontrolables de pasar junto a ella el resto de su vida. Eso lo había llevado a la irremediable distancia que la realidad interponía entre los dos. ¿Aceptaría ella mudarse a Madrid? Porque él no podía abandonar su familia y su trabajo allá. Un sabor amargo lo recorrió enteró por un instante. ¿Y si Elina no sentía lo mismo? Hacer el amor, beberse al otro despacio entre caricias y besos no significaba necesariamente una elección para siempre ni un vínculo que los uniera por el resto del tiempo que duraran sus vidas. Quizá fuera solo eso, estar cuando se podía hasta que alguien más desplazara esa posibilidad con un compromiso sin océano mediante.

Ella no se había puesto el film en sus ojos para dormir, solo gotas. Había sentido algo de dolor al tener relaciones, producto de cierta sequedad en su intimidad, consecuencia del Sjögren. Gonzalo se había detenido de inmediato, pero lejos de haber sido eso un obstáculo que rompiera la química, ella le había contado entre susurros que debía utilizar un gel, aconsejado por su ginecóloga, y lo había buscado en la gaveta de su mesa de noche. Entonces, con suavidad y dulzura, Gonzalo lo había derramado en su centro, acompañando de

caricias su sexualidad mientras ella hacía lo mismo con la de él. Un juego inesperado de seducción había sido un motivo más de gran excitación que habían compartido.

Elina despertó. Sentía que el corazón no le entraba en el cuerpo. Entre sonrisas y palabras dulces, bebieron la famosa limonada con menta y jengibre que Ita le preparaba a diario. Besarse con esa frescura aromática era estimulante. Tanto que debieron detenerse para no llegar tarde al bus.

Una hora después, partían de la Terminal de Ómnibus Tres Cruces con destino a Colonia. Reían sin motivo y no se soltaban de la mano. El viaje duró dos horas.

Llegaron a la posada y no podían creer que Bernarda hubiera elegido un lugar tan perfecto. Era simple, romántico y cálido. En el minibar de la habitación, había limonada. Hasta de ese detalle se había ocupado su abuela.

–¿Lo has pensado?

–¿Qué?

–Le debemos a mi tríada el viaje y a tu abuela, esta oportunidad. La gente mayor definitivamente signa mi vida…

–También la mía. Ita ha sido todo para mí.

Elina se veía cansada, era otro síntoma. El agotamiento era crónico. Una batalla diaria contra sus deseos de hacer cosas.

–Preciosa, estoy algo cansado. ¿Qué te parece si antes de salir a recorrer nos recostamos un rato? –propuso.

–Lo haces por mí, ¿verdad?

–No. Lo hago por nosotros. Necesito toda mi energía para cuidarte y sentirte.

　—Eres un sol —dijo y accedió.

Acostados de lado para poder mirarse a los ojos, Gonzalo se animó a preguntar:

—¿Por qué nunca me has hablado mucho de tu madre? Sé muy poco de ella.

—La verdad, es un capítulo de mi vida que he negado porque me duele. Sin embargo, hace poco descubrí que hay cosas que no recuerdo y no podré cerrarlo hasta tanto eso suceda.

—¿Quieres contarme?

—Quiero que lo sepas todo.

—Dime, preciosa. Te escucho.

—Mi padre era médico. No lo conocí. Mi madre dijo que se habían separado y que él se fue vivir al extranjero justo cuando ella quedó embarazada —hizo una pausa—. La ayudaba económicamente, pero no me dio su apellido. Se llamaba Elías y murió tiempo después. A los trece años mi madre me lo contó. Es decir, me enteré de su nombre y de su muerte en el mismo minuto.

—Lo siento…

—¿Sabes? No fue tan malo porque mi padre durante mi corta vida había sido un interrogante, pero nunca lo había tenido realmente, por lo que perderlo antes de haberlo conocido dolió, pero no tanto como me dolía que mi mamá no me aceptara. Y ese día, ella me abrazó y dijo que me quería. Eso es lo que quedó grabado en mí porque fue la razón de mi vida durante toda mi infancia, que ella me quisiera.

–¿Cómo podría no quererte?

–No lo sé. Prefiero pensar que no era mala, pero era distante y muy diferente a mí. Yo era gordita, tenía mis rizos con frizz y nunca fui linda; ella, en cambio, era hermosa. Creo que le daba vergüenza ser mi madre…

–No digas eso. Primero que es imposible que no hayas sido linda, porque eres preciosa; y segundo, era tu madre, no creo que haya sentido vergüenza de ti.

–La tenía. Pasé parte de mi vida buscando su aceptación, luego de adolescente me resigné. Yo era lo que era y ella, también. Peleábamos mucho por cualquier motivo cuando en realidad la verdadera razón en mí era su indiferencia, me enfurecía, y en ella, nunca pude saberlo… Después, el incendio se quedó con nuestra casa, con su vida y en buena medida con mi posibilidad de entenderla.

–Y entonces, el incendio volvió a ti el día que te llamé y ahora sabes con certeza que a tus recuerdos les falta una parte… –recordó la conversación que habían tenido–. El atril con el bastidor que vi en tu habitación, ¿es el que era de tu madre y comenzaste a pintar el día del incendio de Notre Dame?

–Sí. Una obra sin sentido. No sé por qué una figura masculina de espaldas, una maleta, una carta… solo comprendo el humo. Parece que un hombre por viajar mira un incendio con una carta en su bolsillo. Tal vez sea porque esa noche que mi madre lloraba delante del lienzo virgen, la vi con una carta en la mano. Era un sobre rosado. No lo sé. A veces el inconsciente hace su trabajo.

Gonzalo pensó un momento mientras acariciaba su pelo y la escuchaba con atención. De repente, se levantó a servir un vaso de limonada que compartieron.

—Dijiste que agregaste la imagen del hombre al fuego luego de ese sueño que te reveló que hay algo que no puedes recordar —comentó mientras volvía a recostarse a su lado.

—Sí. Así fue.

—Tal vez tu inconsciente, como dices, te esté guiando.

—Esa noche le pedí a mi madre que me ayude —confesó.

—Y lo hará. Yo le pido a la mía, a veces, y no la conocí. Murió en el parto.

—Lo siento… ¿Tú crees que pueden ayudarnos?

—Nadie que te conozca puede negarse a algo que necesites y definitivamente creo que, desde algún lugar, mi madre está cuidándonos; elijo pensar que también la tuya. En la eternidad hay tiempo para arrepentirse por lo que no se hizo bien supongo —hubiera dicho, además, que estaba enamorado, pero no quiso asustarla. Ella lo besó en la boca.

—Eres tan dulce que me harás engordar con solo mirarte.

—Prefiero que me comas a besos… —le dijo al oído mientras dejaba huellas suaves de sus labios en su cuello y la recorría—. Me gusta —dijo y se detuvo.

—¿Qué?

—La mancha que tienes aquí —volvió a besarla en el ángulo izquierdo de la mandíbula.

—¿Qué le ves de lindo? Es de nacimiento, pero mi madre no la tenía. No la heredé de ella.

—Me gusta porque parece un corazón.

—Pues bésala. Está conectada con mi boca y mi sabor a fresca limonada —dijo seduciéndolo.

—¿Y qué tipo de conexión es esa?

—Prueba —invitó.

Él besó el pequeño corazón en su piel y ella le devoró labios con un beso que pedía más.

—Ven aquí… —la rodeó con sus brazos.

—Espera —dijo ella y se levantó a tomar de su bolso el gel.

—¿Qué haces?

—Busco lo único que necesitamos.

Él sonrió.

—Iba a suplir eso con mis besos mentolados.

Todavía no habían desarmado el equipaje, cuando el deseo marcó el territorio donde volverían a encontrarse.

Minutos después, estaban desnudos, sumergidos en un mundo paralelo al mundo de los mortales. Uno en el que podían hablar con sus manos, sentir con sus ojos y mezclarse en el placer de descubrir que, aun con sus debilidades y contradicciones, sus cuerpos les daban la posibilidad de entregarse por completo.

Elina no recordó, ni por un instante, que tenía Sjögren, amó su humedad provocada por ese hombre que arqueaba sus prejuicios al invadir su intimidad y la llevaba a explorar una plenitud que no conocía. Se animaba a darle todo lo que se le ocurría mientras recibía de él, cuanto era capaz de dar.

—¿Extrañas París? —preguntó Gonzalo todavía dentro de ella. Había apoyado a los lados sus brazos para mirarla mejor.

—No. No es vivir sin París lo que me preocupa.

—¿Y qué es? —quiso saber mientras se movía lo necesario para que a ella le fuera difícil hablar, le gustaba verla gozar.

—Vivir sin ti —alcanzó a decir antes de invertir la posición y hamacarse sobre él hasta lograr un estallido. No reprimió su quejido, segundos después él alcanzó la plenitud. Los dos estaban agitados, se abrazaron sin decir nada más y ella se durmió.

Gonzalo la cubrió con la manta. Sentía sus temblores en el corazón como si siguieran haciendo el amor. ¿Lo hacían? Sí, pero de otro modo. Ambos dormitaron. Él, envuelto en el olor de su piel; y ella, víctima del fuego una vez más.

El sueño volvía a ser real. Sentía que ocurría nuevamente, pero ella era la Elina de ese tiempo. Sentía la certeza de que había ocurrido algo más entre el momento en que había visto abierta la puerta de la habitación de su madre y el instante en que había roto el vidrio con su lámpara de bronce y se había arrojado por la ventana de su dormitorio. La humareda densa se mezclaba con la tos y el calor agobiante. Y la seguridad de ser Elina de treinta años, soñando su fatal experiencia en una búsqueda desesperada de la verdad, la dominaba. Sus movimientos eran lentos en relación con sus pensamientos. El fuego era el mismo, la urgencia y cada detalle, también. Solo que antes de verse en el hospital de la mano de su abuela, había regresado al incendio. Renata le hablaba desde la otra habitación. Se despertó sobresaltada.

—¡Gonzalo! —dijo al tiempo que se sentó en la cama—. Ella
me habló. Mi madre me dijo algo la madrugada del incendio
—sintió deseos de llorar, pero no pudo hacerlo.

—Preciosa, calma —la abrazó—. ¿Qué soñaste?

—No fue un sueño, fue mi recuerdo del incendio, pero algo
cambió. Ahora sé que ella me dijo algo. No pude escucharla
porque desperté. ¡Necesito llorar! Me duele el cuerpo, me
ahogo… —parecía exhausta—. ¡Odio esta enfermedad! —exclamó y tapó su rostro con ambas manos.

—Tranquila. Ven aquí —dijo. Tomó las gotas que ella llevaba
en su bolso y las colocó en sus ojos—. Ciérralos —ella obede-
ció—. Ahora respira profundo y siénteme con tu cuerpo, dame
tu cansancio, tu dolor. Aquí estoy —la acariciaba con suavidad.

—No es justo. Nada de lo que ocurre está bien. ¿Por qué
no soy como todos?

—¿Cómo son todos según tú? —preguntó.

—Sanos. Lloran y son dueños de sus recuerdos. Nada de
eso tengo. No viajamos aquí para esto, pero es parte de mi
vida ahora y estoy furiosa. No quiero sumar síntomas cada
día, tener un diagnóstico para el que no hay remedio y ni
siquiera se estudia para encontrarlo. ¿Puedes creer? ¿Sabes
cuánta gente padece extraños síndromes sin chance de sanar
porque no se realizan ensayos clínicos? ¿Sabías que no hay
un Sjögren igual a otro? Tengo ardor en la garganta y estómago, el médico dijo que es reflujo, pero he aprendido que,
aunque no salga en los análisis, es también un síntoma. Así
es todo. Complicado. Y estoy cansada… —en ese momento

se dio cuenta de todo lo que había dicho sin pausa. Le dio vergüenza quejarse tanto.

Gonzalo la dejó desahogarse y sintió el dolor recorrer todo su cuerpo. Era verdad.

—No voy a mentirte. Tienes razón, pero también tienes algo que nadie tuvo antes.

—No me digas, ¿qué? —el enojo contenido durante mucho tiempo había estallado.

—Tienes mi amor. Yo te amo —Elina no pudo responder. Esas palabras empujaron el Sjögren a otro plano. ¿La amaba? ¿La había amado alguien además de su abuela? No pudo decirle que ella también. No sabía lo que sentía—. No digas nada —agregó. Él la abrazó y permanecieron así sumidos en un silencio profundo.

Poco a poco, la crisis fue cediendo, Gonzalo le dio agua de beber y besos lentos hasta que el Sjögren perdió poder y Elina se tranquilizó.

—Perdóname.

—Shh... calla, preciosa. Me interrumpes cuando te miro y eso sí no puedo perdonarlo.

—Tú eres el amor disfrazado de hombre.

—Y tú, la mujer de mis sueños.

—¿Qué crees que seamos juntos?

—Creo que somos "Uno". ¿Y tú?

—Creo que somos "Felices".

Una lágrima rodó por el rostro de Gonzalo. Elina no lo vio.

—¿Eres feliz conmigo? —le preguntó él.

–Contigo no solo soy feliz, soy mi mejor versión –todavía tenía los ojos cerrados.

Verlo con su corazón potenciaba sus sentimientos, aunque no había sido capaz de decirle que lo amaba. ¿Por qué?

Afuera, los sonidos de Colonia del Sacramento, su histórico barrio de calles adoquinadas y construcciones coloniales, aguardaba por sus pasos y sus miradas.

CAPÍTULO 48

Depresión

*La depresión es una prisión en la que eres
tanto el prisionero como el cruel carcelero.*

Dorothy Rowe

Mercedes estaba completamente abatida. Alojada en un hotel pequeño, recostada en una cama de la que no quería levantarse. Los ojos hinchados de llorar y la necesidad de entender cómo había llegado hasta allí. Tuvo ganas de morir o de matarse. Una tristeza genuina y depredadora avanzaba sobre ella al punto de inmovilizar su cuerpo. Tenía la poca ropa que había tomado de la casa cuando no había nadie, su teléfono, su cargador y la sensación de que la vida era demasiado para ella. Juan no la había vuelto a llamar. Ella le había escrito en medio de su angustia, pero él no se había detenido en el contenido de sus preguntas y se había limitado a responderle "Perdóname".

De pronto, sintió que, a excepción de su hija y su esposo, quienes claramente no tenían interés en saber sobre ella, nadie en el mundo notaría su ausencia. Se había alejado de sus amigas, a quienes usaba de excusas para sus salidas clandestinas, tampoco tenía tantas. Hija única, padres fallecidos. Nadie, literalmente nadie podía ayudarla.

Así habían pasado algunos días en los que, víctima de una depresión severa, solo había salido de su habitación a la cafetería del hotel para beber café. Había perdido peso, tenía ojeras y su apariencia era preocupante.

Llamar a Juan había sido en vano porque él había dejado de atenderla. Era evidente que no la quería.

Mientras, Jorge seguía su relación con Stella, y Julieta lidiaba con su adolescencia minada de problemas adicionales de adultos que complicaban más su situación.

Había pasado casi una semana sin que ninguno de los dos supiera nada de Mercedes. Tampoco notaban que hubiera entrado a la casa cuando no estaban.

—Hija, ¿has sabido algo de mamá? —preguntó esa mañana.

—No. Claramente no deseo hablar con ella —respondió.

—Eso ya lo sé, pero sigue siendo tu mamá y me extraña su ausencia.

—Estará con su amante. Perdón que lo diga así pero no encuentro otro modo.

—Puede que tengas razón.

La realidad era que, a pesar de sus diferencias, del enojo y de la situación extrema que vivían, Jorge había comenzado

a preocuparse. Conocía a Mercedes y no era alguien que se alejaría de su hija sin luchar, ¿o sí? Tampoco era una mujer capaz de engañarlo, según él creía, y estaba equivocado.

—Tú, ¿cómo estás? ¿Te amigaste con Franco? —la veía triste, suponía que no.

—No.

—¿Por qué pelearon?

—Porque volvió su ex… No quiero hablar —agregó.

—Está bien. Sabes que estoy aquí cuando decidas hacerlo —agregó. Pensó que al menos la locura del viaje a España no era un problema de momento.

—Lo sé. ¿Vamos? Llegaré tarde.

La llevó a la escuela. No hablaron durante el trayecto.

—¿Por qué no le envías un mensaje o llamas a mamá? —sugirió.

—¿Es en serio?

—Seré honesto contigo, hija. Me preocupa.

—A mí, no —respondió y bajó del vehículo.

Jorge entendía la actitud de Julieta, sin embargo, algo lo inquietaba, aunque no podía determinar qué. Buscó en la agenda de su celular el número del psicólogo. No recordaba su apellido y no lo tenía registrado por Lisandro. Entonces, siguió un impulso y fue al consultorio. Sabía dónde era. Se anunció con la secretaria.

Media hora después, Lisandro lo recibió.

—Señor Weber, ¿en qué puedo ayudarlo? ¿Ocurrió algo con Julieta?

—En realidad sí y no. Sé, porque ella me lo ha dicho, que

está usted al tanto de lo ocurrido con la madre de mi hija. Bueno, Julieta además se peleó con Franco, pero mi visita es para saber si Mercedes se ha comunicado con usted.

–No. No he visto a la señora Weber. Estoy al tanto de la pelea con Franco. Julieta está contenida. Todo se le ha juntado, pero confío en que saldrá adelante.

–Quizá mi hija tenga razón después de todo y esté con su amante… –pensó en voz alta.

–No comprendo –Lisandro sintió un escalofrío, él sabía bien que Juan la había dejado.

–Hace casi una semana que no sabemos de ella. No se ha comunicado más y tampoco ha ido a la casa a buscar cosas.

Lisandro enfrentaba una vez más una incomodidad profesional. ¿Qué debía hacer? Era evidente que algo ocurría con Mercedes Weber.

–¿Y por qué no la llama? Usted es un adulto y no hablamos de su esposa si no quiere, pero es la madre de su hija, además de la mujer con la que usted ha compartido su vida. Si algo le hubiera sucedido, ¿alguien le avisaría a usted?

En ese momento Jorge supo que no. De inmediato, y desde allí, la llamó. Ella no respondió. Insistió, pero no logró comunicarse.

Mercedes vio las llamadas, pero había tomado una pastilla para dormir y no quiso atender, estaba somnolienta.

–Intente desde el celular de Julieta. Si no responde, quizá deba hacer la denuncia. Una semana es mucho tiempo.

–¿Podría intentar usted desde la línea del consultorio?

Quizá le responda —Lisandro le pidió el número y lo hizo, pero tampoco respondió.

—Téngame al tanto. Yo trabajo con Julieta para que se revincule con su madre.

—No le diré cómo hacer su trabajo, pero créame que no está funcionando.

—Es tiempo. Los procesos no se resuelven con inmediatez. Confíe en mí.

—Lo hago.

Se despidieron. Jorge estaba realmente preocupado. Sentía que algo ocurría. Sintió culpa por haberla echado de su casa. La infidelidad era otro tema. Seguía siendo la madre de su hija.

Lisandro llamó a Juan.

—Amigo, ¿cuánto hace que no ves a Mercedes Weber?

—Hola —saludó—. ¿Desde cuándo te importa eso?

—Vino a verme el esposo. Hace una semana que no saben nada de ella. Temo que le haya ocurrido algo. ¿Podrías averiguar? No responde el teléfono y dado que tú la dejaste, el esposo la echó y la hija la odia, no sé…

—Ya me ocupo.

Juan la llamó. Mercedes miró su celular y cuando vio que era él, atendió.

—Dime que vendrás por mí —suplicó. Había perdido su amor propio.

—¿Dónde estás? —quiso averiguar sin prometer lo que no estaba dispuesto a hacer.

–¿Vendrás?

–Sí –no iría como su amante, pero prefirió no aclararlo. Cualquiera fuera su estado, él tenía parte de la responsabilidad.

Mercedes le dio el nombre del hotel. Era cerca. La escuchaba angustiada y su voz sonaba pausada. Había tomado medicación, estaba seguro.

Mientras él le avisaba a Lisandro que sabía dónde estaba, Mercedes solo avisó en conserjería que dejaran subir a un amigo, que no se sentía bien para bajar a recepción.

Un rato después, Juan entró a la habitación. No podía creer lo que veía. Mercedes Weber estaba destrozada, con claros signos de depresión. En la mesa de noche, había un blíster vacío de pastillas para dormir, y otro por la mitad. Era evidente que no había comido bien durante los últimos días.

–¿Qué sucede contigo Mercedes? ¿Qué has hecho?

–Solo quiero estar contigo. Perdí mi vida entera… Yo te amo –la escena era tremenda. No había nada de la seductora Mercedes en esa mujer. La amargura había afectado su cuerpo, estaba mucho más delgada. Quiso besarlo y Juan la detuvo.

–Esto no está bien. Debe verte un profesional.

–¿Qué dices?

–Que atraviesas síntomas de una depresión y eso debe tratarse.

–No juegues al psicólogo conmigo. ¡Vete! –lo echó. Se la veía ansiosa y sin poder manejar la tristeza. Lloraba.

Juan evaluó la situación. Tomó el celular de ella, buscó el número de Jorge en la agenda y lo llamó.

Jorge, al ver que era ella, se tranquilizó.

–Hola –dijo. No sabía cómo manejar la situación.

–Hablo del Hotel Esmeralda, debe venir por su esposa. Ella no está bien –dijo y le dio la dirección.

–¿Quién habla?

Juan cortó la comunicación. Mercedes lo insultaba y le pegaba en el pecho. Él salió de allí y dio indicación al conserje de que la retuvieran si intentaba salir hasta que vinieran por ella. Aunque por como la había visto, estaba seguro de que se quedaría allí llorando.

Desde la vereda de enfrente, Juan reconoció el automóvil de Jorge y se fue. Le avisó a Lisandro y volvió a su casa lleno de culpa.

El conserje acompañó a Jorge Weber a la habitación y le dijo que acababa de irse un amigo que le había avisado que la señora no estaba bien. Abrió la puerta. Cuando Jorge vio la situación, le pidió que se retirara y que preparara la factura del hotel. Ella no podía parar de llorar. Se la llevó de allí lo más rápido que pudo.

CAPÍTULO 49

Ira

Jorge llevó a Mercedes a su casa y la obligó a darse un baño. Mientras, llamó a un médico amigo y le explicó la situación. El profesional le aconsejó que, además, de una evaluación de rutina, la cuestión imponía la necesidad de un psicólogo y probablemente de un psiquiatra. Estaba muy molesto por tener que ocuparse de algo que no tendría que haber sucedido. Lo dominaba una ira muda. ¿Por qué lo hacía? ¿Qué sentía por ella? No podía responder a esas preguntas. Prefería pensar que era un acto de humanidad. Durante ese breve espacio de tiempo con Stella se había sentido libre, seductor y había postergado el conflicto. Sin embargo, sabía que, tarde o temprano, tendría que ocuparse; mas nunca pensó que de esa forma.

Había actuado impulsivamente porque era la madre de su hija y porque realmente la había visto mal, pero el hecho de pensar que la llamada había sido de su amante le resultaba humillante. ¿La habría abandonado? ¿Dónde lo ubicaba eso a él? A esa altura de su vida no sería elegido por descarte ni por Mercedes ni por nadie.

Cuando ella salió del baño, con su bata de toalla y el cabello mojado, parecía una mala copia de la mujer que había sido poco tiempo atrás.

—Tenemos que hablar —dijo Jorge.

—Creo que todo está dicho. Agradezco una preocupación que no merezco. Me iré —adelantó—. Hoy mismo —completó. Ya no lloraba, pero su autoestima estaba destruida y se notaba. Actuaba con vergüenza de sí misma.

—¿Por qué? —preguntó. Necesitaba escucharlo de su boca.

—Tú me empujaste a eso. Tú y esos mensajes —respondió sin dudar que se refería a la causa de su infidelidad.

—No es cierto y lo sabes. Tú habías comenzado a cambiar mucho antes de que yo intentara recuperarte y me atreviera a esos mensajes sin sentido.

—¿Sin sentido?

—Sí, sin sentido. Nunca tuve en mente engañarte.

—Escribir en términos de intimidad también es engañar, ¿o acaso piensas que la traición es únicamente física? —había resentimiento en el tono de su voz.

—Para mí es la que cuenta. La otra, la de las palabras, se soluciona con dejar de intercambiar esos textos o llamadas.

La física… es otra cosa, de ahí no se vuelve –después de oírse pensó que él y Stella habían estado juntos varias veces. Enseguida concluyó que no importaba. No contaba como infidelidad porque había sido después de que Mercedes confesara–. ¿Por qué me llamó tu amante? –preguntó dándolo por seguro.

–Me dejó y supongo que no quiso hacerse cargo del desastre en el que me he convertido –otra vez comenzó a llorar.

–¿Te enamoraste de él? –preguntó con cierto recelo.

Mercedes lo miró. Era su esposo, el padre de su hija. El hombre de los detalles que había elegido para compartir su vida. Pensó en Juan. Los comparó en medio de su confusión. No pudo obtener claridad, pero supo que no podía responder esa pregunta sin mentir.

–No. Es lo que ha sido. Solo eso.

–¿Cómo debo interpretar tu respuesta?

–No debes hacerlo.

–Mira, hablaré con Julieta. Volverás aquí hasta que te recuperes. Yo iré a la habitación de servicio. Seamos adultos.

Además, le indicó que era condición para ese paréntesis que fuera a un médico clínico y a un psicólogo. Ella aceptó.

* * *

Después de dar vueltas en su casa, Juan decidió ir al consultorio de Lisandro. Se sentía irritable, culposo y enojado con él mismo. Lo esperó porque estaba atendiendo.

Adentro, Julieta Weber, quien había asistido media jornada

a la escuela, decidiendo al mediodía que no iría a la tarde, lo había llamado para ir a verlo. Estaba indignada porque su padre le había pedido que llamara a su madre. A esa altura, Lisandro estaba al tanto de los acontecimientos de la mañana por un llamado de Juan.

—¿Papá es demasiado bueno o es un tonto? —preguntó irascible.

—Ni lo uno ni lo otro. Debes evaluar a tu padre por lo que es contigo no por su matrimonio o lo que resuelva respecto de él. Y en ese sentido, pretende que tengas una buena relación con tu madre a pesar de sus acciones —se cuidó de no decir *errores*.

—No quiero comunicarme.

—Julieta, a veces debes ser radical en tus suposiciones para tomar una decisión razonable.

—No entiendo.

—¿Qué harías si ya no pudieras volver a verla? ¿Si algo grave le sucediera?

La joven permaneció en silencio. ¿Le hablaba de que su madre muriera? No lo había pensado nunca así. En su mente siempre estaba allí, incluso para maltratarla o reprocharle lo que había hecho. Esa semana de ausencia eran días con su amante, no algo serio. ¿O sí?

—¿Por qué lo dices, Li?

—Vino tu padre, esta mañana. Ella no responde llamadas. Lo vi preocupado y tú deberías apoyarlo en beneficio de la familia que fueron y son, a pesar de las diferencias —no le

diría que sabía cómo habían continuado los acontecimientos, no podía.

Algo internamente conmocionó a Julieta.

—Lo pensaré –ya no deseaba estar allí.

—Bien. ¿Qué ha sucedido con Franco? –preguntó.

—No quiero hablar de él.

—¿Por qué no?

—Porque ese es otro tema del que ahora no puedo ocuparme –los ojos empezaron a llenársele de lágrimas, se había sentado con las piernas cruzadas sobre el sofá.

Lisandro permaneció un instante en silencio dando espacio a la angustia de la joven.

—¿Por qué lloras? –supo de inmediato que había algo más que una ex dando vueltas.

—Porque su ex lo busca…

—¿Y qué hace él?

—No es rotundo. No creo que me engañe, pero le responde los mensajes y me enojé mucho. Ella le dice que quiere verlo y él responde: "No puedo, estoy con Julieta".

—¿Cómo sabes eso?

—Porque leí el mensaje y por eso discutimos. No tiene que verla porque no quiere, no porque no puede. ¿O no? –preguntó.

—Lo importante es que tú le pongas un límite en eso.

—Yo me enfurecí porque él se enojó porque tomé su celular y lo leí. La pelea terminó siendo por eso y minimizó lo de la ex. No voy a convertirme en mi papá. No quiero ser buena y que, mientras creo que todo va bien, él se acueste con ella.

—Vas muy rápido. Insisto, el matrimonio de tus padres está fuera de esta cuestión. Igual, ya tuvieron otras peleas por lo mismo. ¿Por qué ahora te afecta tanto? —quería llegar al hueso.

—Porque… tengo un atraso.

—¿De cuántos días? —preguntó con naturalidad.

—Cinco.

—¿Tuvieron relaciones sin precaución?

—Una vez.

—Julieta, sabes que debes cuidarte no solo por un posible embarazo, sino para evitar cualquier enfermedad.

—Siempre nos cuidamos, pero ese día nos dejamos llevar por la situación.

—¿Él lo sabe?

—Claro, fue él quien no se cuidó.

—No. Me refiero a tu atraso.

—No.

La hora de la consulta había transcurrido.

—Tienes que hacer un test para descartar un embarazo y deberías conversar con él sobre esto. Además, hazme caso, no debes dejarte llevar. El cuidado es lo primero —insistió.

—Lo sé. Tienes razón —dijo angustiada—. Voy a esperar —agregó—. Tal vez no sea nada.

—¿Quieres que nos veamos pasado mañana? —creía que era necesario apoyarla.

—Sí.

—Bien. Debes tranquilizarte y abordar un tema a la vez. La ex no es lo importante ahora.

Julieta se puso de pie y lo abrazó.

–La vida es una mierda –susurró ella.

–No. No lo es.

La joven secó sus lágrimas y Lisandro, como siempre, la acompañó hasta la puerta. Fue demasiado tarde cuando advirtió la presencia de Juan en la sala de espera. Julieta lo vio y su expresión fue la misma que la de alguien que ve un fantasma. Enmudeció. Lo miró directo a los ojos, desafiante. Juan observó la reacción de su amigo y bajó la vista en el mismo momento en el que Julieta lo increpó:

–¿Ser amante de mi madre lo trae a terapia?

El aire se cortaba. Lisandro midió la situación antes de actuar.

–¿Qué sucede aquí? –contuvo su ira. Sabía que esa mezcla de cuestiones personales de Juan con su secreto profesional terminaría mal.

–Licenciado, vengo a verlo por mi hija… –pensó en decir que nunca había visto a Julieta, pero creyó que era peor–. Conozco a su paciente. Creo que eso es lo que ocurre –dijo Juan fingiendo que no eran amigos.

–Es el amante de Mercedes –dijo Julieta para incomodarlo más si es que eso era posible. Lisandro hubiera querido desaparecer, pero no podía–. Me voy, Li –dijo, le dio un beso y se fue apresurada por salir de ahí.

Juan puso su mano sobre la frente y la deslizó sobre sus ojos bajando la cabeza.

–Eres un imbécil. ¿Era necesario que vinieras aquí sin

avisar? –Lisandro estaba furioso. El aire se cortaba con sus palabras.

–Perdón. Me siento culpable. Mercedes está muy mal. Quería hablar contigo. No fue suficiente contarte por teléfono.

–Siéntete peor que eso –sentenció Lisandro.

¿Qué hacer cuando el destino se enreda entre secretos, mentiras y malas decisiones? ¿Cómo proteger a los más débiles cuando la realidad conspira en su contra?

CAPÍTULO 50

Colonia del Sacramento

Nuestro destino nunca es un lugar,
sino una nueva forma de ver las cosas.

Henry Miller

Colonia del Sacramento, Uruguay.

Colonia del Sacramento era el lugar perfecto para hallar paz. Sus calles empedradas, sin apenas vehículos, junto a las galerías de arte y ateliers fueron lo primero que descubrieron juntos. Elina tampoco conocía el lugar. Estaban seducidos por la tranquilidad y un ritmo pausado que era una constante. Parecía que el lugar era un tramo de armonía dentro de un mundo vertiginoso. Algunos lugareños les comentaron que había muchos artistas que habían renunciado a la audaz Buenos Aires para ir a vivir allí y dar espacio a la inspiración y la creatividad. El primer día, pasearon sin demasiado orden en su recorrido, querían solo sorprenderse. La noche había llegado antes de que pudieran darse cuenta.

Al día siguiente, Gonzalo despertó con el perfume de Elina invadiendo su sentido. Permaneció con los ojos cerrados y las ilusiones despiertas por unos instantes. No quería pensar en que ese fin de semana terminaría y mucho menos en las decisiones que debería enfrentar algunos días después. Sin embargo, no le resultaba fácil ir despacio y disfrutar. Suele ocurrirles a las personas seguras de su amor: quieren todo y lo quieren ya. Además, quieren saber, aunque puedan esperar por eso toda la vida, si el sentimiento es recíproco. La necesidad de estar seguros de que nada pueda separarlos no los deja tranquilos. En ese momento pudo comprender a Lorena, quien pasó brevemente por su recuerdo. Esa mujer había querido todo con él. Nada de ello podía pedirle Gonzalo a Elina sin temor a asustarla o a asumir el riesgo de que pudiera actuar como él lo había hecho al ser presionado en su pasado por esa relación que había dejado atrás. Ella vivía su propio sueño y lo mantenía en privado, quizá porque era prioridad encontrar la salida del laberinto de su memoria que le negaba su historia y sus explicaciones. ¿Lo amaba? No le había respondido y eso lo inquietaba, pero la comprendía.

Por otro lado, la crisis y su síndrome no le facilitaban las cosas. Se había sentido bien conteniéndola. Objetivamente eran complejos e incómodos sus síntomas, pero él quería cuidarla, aunque ella pudiera sola con su realidad a fuerza de una vida que había endurecido su capacidad de resistir.

La miró y supo que estaba enamorado. Ni Lorena ni ninguna mujer antes de ella le habían provocado ese sentimiento

que lo completaba definitivamente al extremo de creer que solo a su lado la vida le mostraba su verdadero significado. La miró durante el tiempo que fue capaz de demorar un beso. Sin moverse. Se aseguró visualmente de que las gotas para sus ojos estuvieran en la mesa de noche y la despertó con una caricia en su espalda. Ella giró sobre sí misma y sonrió:

–Buen día…

–Buen día, preciosa. ¿Descansaste?

–¿Bromeas? Este lugar es la eternidad –de inmediato recordó todo lo sucedido el día anterior, lo lindo y lo otro–. Perdóname por mi crisis de ayer…

–No tengo nada que perdonar. Te amo. Me hace bien estar contigo y sentir que puedo darte calma cuando la necesitas.

–Tú eres un refugio, pero me siento mal porque la idea no es que yo, mi salud o mis estados de ánimo arruinen este viaje.

–Nada podría arruinar lo que me hace feliz. No es el viaje, eres tú lo que me importa. Por ti he venido, lo demás, todo lo que tú traes contigo, es parte de lo que deseo compartir. Perdóname tú, si voy muy rápido… –dijo al tiempo que le acercaba su limonada con menta y jengibre mientras él bebía otro vaso que se había servido.

Elina estaba confundida, eran muchas emociones para asimilar. Le encantaba estar con él, por supuesto no quería pensar en que no sería para siempre, pero sabía que así era. La magia llegaría a su fin porque él vivía en Madrid, con tres personas mayores a su cargo y ella en Uruguay, con un trabajo que amaba. Esos hechos conllevaban la distancia

que los separaba, aunque estuvieran juntos y se devorara sus palabras no dichas junto con la posibilidad de ponerle nombre a lo que sentía por él.

—Gonzalo, no sé cuál debe ser la velocidad de los sentimientos. Yo soy feliz contigo y no quiero ni pensar ni hablar sobre la realidad que pesa sobre nuestros hombros. Te propongo que disfrutemos y luego… no sé. Lo hablaremos cuando llegue el momento —quería postergar todo lo que no fuera felicidad. Bebió con gusto el refresco.

—Bien… es razonable —dijo y la besó. La frescura del jengibre los sedujo y un beso erotizante fue la antesala del placer. Elina estaba lista para sus caricias y para iniciar el día mezclando su cuerpo con el de él. Lo provocó desde la simpleza de su deseo.

—¿Crees que podrías darme una fuerte dosis de ti antes de salir? —había logrado cambiar el clima de preocupación por el de un placer mágico con esa única pregunta.

—Eres irresistible. ¿Lo sabías?

—No.

Desnudos como estaban, él descendió entre las sábanas y comenzó a besarla hasta llegar a su centro. Elina aceptaba la humedad mentolada de su boca mientras las manos de él apretaban con firmeza sus caderas y ascendían hacia su cintura. No tardó en llegar un orgasmo que él disfrutó tanto como ella.

—Me gusta… cada vez me gusta más. Eres adictiva.

—¿Cómo haré para vivir sin esto? —dijo sin pensar. Ella

había propuesto no hablar del futuro. Gonzalo no pareció tener eso en cuenta.

—No tienes que hacerlo —respondió—. Puedo darte esto cada noche y cada mañana —volvió a besarla antes de que pudiera decir nada más.

* * *

Tenían planes para recorrer Colonia ese día. Estaban a un paso de Buenos Aires y a dos pasos de Montevideo, entre la naturaleza y la historia, en una ciudad hija de las luchas entre españoles y portugueses. Sin embargo, ellos sentían que estaban en un rincón del mundo donde podían ser uno con el otro.

Llegaron al Faro de la mano y tomándose fotografías con sus teléfonos celulares. Cuando se viaja de noche por el Río de la Plata hacia Colonia, se pueden comprobar los nueve segundos que sirven de preámbulo a cada siguiente tintineo de la joyita arquitectónica de treinta y cuatro metros de altura que se ubica en pleno Barrio Histórico. En cambio, durante el día, permite apreciar de lleno el carácter avasallante de sus formas, como en compensación por la ausencia del signo de seducción que en la oscuridad se ve por millas.

—¡Este lugar es maravilloso!

—Me encantan los faros, me hacen pensar en mi vida. Este en especial porque está cerca de donde nací —agregó Elina sin dejar de observarlo.

—¿Por qué lo relacionas con tu vida?

—Siento que tiene una historia y no puede decirla, simplemente está allí. Es solitario, pero es guía de muchos. Supongo que a veces se cansa, se aburre, pero después se concentra y vuelve a empezar porque lo necesitan.

—Nunca creí que a través de un faro me hablaras de ti en esos términos. ¿Por qué eres solitaria?

—Porque mi destino me ubicó en ese lugar.

—No es cierto, preciosa. Tienes a tu abuela, tu amiga, tu trabajo, tu mundo y me tienes a mí…

—¿Te tengo?

—Por supuesto. Puedes hacer conmigo lo que quieras o pedirme que yo lo haga —agregó con complicidad con referencia a esa mañana—. Subamos —propuso, prefirió no profundizar respecto de lo demás. No era el momento.

—Tú eres el tipo de viajero que todas desean conocer, qué suerte que has venido conmigo —dijo. Abrazados, contemplaron la exquisita conjugación de tierra y mar que se proyectaba desde el mirador. Se besaron allí como adolescentes. Permanecieron un rato compartiendo un maravilloso silencio, alternando miradas y sueños secretos—. Quizá la verdad dependa de observar la vida desde un faro —agregó Elina. Estaba emocionada.

—¿Por qué?

—Porque todo parece pequeño y solucionable.

Gonzalo no respondió. Solo se paró detrás de ella, la rodeó con sus brazos, apoyó la cabeza en su hombro y miró hacia el río para tener su perspectiva. ¿Tenía razón?

Un rato después, fueron a la Calle de los Suspiros. Una

pintoresca callecita que se encuentra escoltada por casas de lodo que desafían al tiempo y galerías de arte que le dan vivo color. Elina estaba fascinada. Todo tenía un estilo típicamente portugués, su estructura y piedras originales lo convertían en el lugar ideal para tomar más fotografías. Lo hicieron.

Entraron a un atelier y Elina vio una obra. No podía soltar la imagen de su mirada. Sintió algo tan intenso que permaneció callada y solo apretó la mano de Gonzalo.

–¿Qué sucede?

–Es perfecta. Lo tiene todo. ¡Hasta música! Yo la escucho –dijo convencida.

Gonzalo leyó la descripción: *"Ciudad del arte". Acrílico 80 x 80 Técnica mixta collage. Héctor Osvaldo Alba.* Había un número de celular. Miró el cuadro, era colorido, brillaba, había guitarras, libros, bandoneones, pianos, gente, edificios, calles, era un estallido de creatividad. Era la vida. Le gustó.

–¿Qué ves? –quiso saber.

–No sé qué veo en la imagen. Quizá lo veo todo. Lo que sí sé es que lo siento mío –lo observó largo rato en el lugar donde estaba expuesto–. Me tocó el alma. Llegó a mi sensibilidad directamente, incluso avasallando mi persona.

Gonzalo se apartó unos metros de ella y tomó su teléfono celular. Elina estaba tan adentrada en la pintura que no lo notó. Unos minutos después, él regresó.

–¿Qué piensas?

–En la pared de mi habitación. Ese es su lugar. ¿Cuánto crees que cueste?

—Pues ya no está a la venta.

—¿En serio? ¿Cómo lo sabes?

—Acabo de llamar al pintor.

Elina estaba desilusionada. Ella nunca había comprado una obra, pero esa era diferente. La había impactado. La observó nostálgica un rato más y se fueron de allí.

—Ahora entiendo por qué se llama Calle de los suspiros... Es porque ves lo que no puedes tener —comentó en alusión al cuadro del que se había enamorado.

—Nada es tan definitivo, preciosa. Lo que es para ti, llegará a tus manos y lo que no, se irá aunque intentes retenerlo.

—Eres demasiado romántico. La vida no es tan simbólica. ¿Cuántas chances de volver a encontrar esta obra crees que tengo?

—No lo sé. Quizá una más alcance. No vives tan lejos.

—Te pasas de optimista, pero me gusta que lo hagas. Me haces sentir segura —sonrió—. Espérame —le dijo al cuadro—. O ven por mí —agregó jocosa.

Se besaron, tomaron una nueva imagen de la pintura y se fueron sin saber hacia dónde, pero seguros de que querían ir juntos.

Fue un paseo que les hizo sentir la mágica fusión de la historia, el urbanismo y la naturaleza. Una vuelta atrás en el tiempo que construyó un gran recuerdo en la vida de ambos y generó muchos nuevos suspiros porque hay lugares donde uno se queda y otros que se quedan en uno para siempre. Estaban a nada de serlo todo cuando Elina sintió algo entre

sus pies. Un hermoso gato atigrado ronroneaba. Recordó a
Batman y por asociación, a Lisandro. Sonrió.

Gonzalo lo alzó y lo besó.

–¿Te gustan los gatos?

–Me encantan.

CAPÍTULO 51

¿Ahora?

*Ahora: una palabra curiosa para expresar
todo un mundo y toda una vida.*
Ernest Hemingway

JULIO DE 2019. GUADARRAMA, ESPAÑA.

Guadarrama continuaba con su ritmo tranquilo. La posada recibía turistas como era habitual. Entre Andrés y su madre cuidaban no solo el negocio sino a Frankie, a José y a Teresa. Era innegable que extrañaban a Gonzalo más de lo que habían imaginado, pero no decían nada. Solo peleaban menos y estaban más nostálgicos. Gonzalo se había comunicado varias veces y había pedido hablar con todos ellos.

Ese mediodía, Frankie estaba en la posada cuando una mujer se presentó en recepción.

—Buenos días, ¿en qué puedo ayudarla? —preguntó cordialmente Andrés. Le extrañó que la dama no tuviera equipaje.

–Hola. Necesito ver a Gonzalo –respondió con cierta timidez. Había tristeza en su mirada. Al oír el nombre de su sobrino, Frankie prestó especial atención. Su intuición le gritó una alerta.

–Lo siento. Gonzalo se encuentra fuera de Madrid.

–¿Cuándo regresa? –tenía los ojos brillosos.

–En realidad, está fuera de España. No lo sé con exactitud –Andrés era cauteloso para dar información–. ¿Puedo hacer algo por usted?

–No… Muchas gracias –dijo dispuesta a retirarse.

Frankie alcanzó a ver rodar su primera lágrima.

–Aguarde –pidió–. Soy el tío de Gonzalo. No la veo a usted bien. Venga, tome un té conmigo –la invitó–. Luego podrá irse.

La mujer dudó un instante, pensó en su situación y tuvo deseos de conocerlo.

–No quiero importunar… yo…

–Tú nada. No le dirás a un viejo que estás bien cuando es evidente que no es así –dijo y ella sonrió. La sabiduría de algunas personas mayores era innegable–. Andrés, estaremos en la cafetería.

* * *

–¿Por qué buscas a mi sobrino? ¿Puedo ayudarte?

–Le agradezco su buena intención, pero es un tema privado. Debo decirle algo.

Frankie la observó con detenimiento y lo supuso. Más por intuición que por lo que sus ojos veían. ¿Cuántas eran las causas que podían hacer que una mujer, que nunca había estado allí, fuera a buscar a su sobrino al trabajo con una evidente preocupación y alegando un tema privado? Objetivamente podían ser muchas, pero él imaginó la más previsible.

—Mira, no hay nada que yo no hiciera por mi sobrino, es un hijo para mí.

—No lo dudo, pero no es a usted a quien debo decirle —bebió varios sorbos de té.

—Entiendo. Quizá quiera desahogarse un poco y contarme por qué está resistiendo las ganas de llorar —buscaba la forma de hacerla hablar.

—Es usted insistente, Frankie.

—Sí. Soy un viejo que se interesa por las personas. Digámoslo así.

Lorena midió las consecuencias. No podía perder lo que no le pertenecía. Ese hombre era parte de la única familia de Gonzalo y ella necesitaba hablar. Estaba muy sensible y claramente sola.

—Es muy amable conmigo. ¿Puedo preguntarle algo?

—Claro.

—¿Adónde ha viajado Gonzalo?

—Fue a Montevideo. Tenía algo pendiente —esa respuesta fue suficiente para que perdiera todas sus esperanzas, que ya eran pocas.

—La mujer de París... —agregó con expresión de vencida.

A Frankie le pareció escuchar el ruido que hacía su corazón cayendo en pedazos al suelo. Sintió pena. La miró sorprendido. Evaluó la situación y perdió la poca paciencia que le quedaba. Quería saber y para saber había que preguntar.

–¿Y tú eres…?

–Yo fui la mujer de Madrid –respondió dando a entender que había sido pareja de Gonzalo–. Solo que, a diferencia de ella, a mí nunca me amó –ya no pudo detener la tristeza en la expresión de su rostro, antesala de las lágrimas.

Frankie aclaró su garganta. ¿Por qué él no estaba al tanto de que en Madrid había una linda joven enamorada de Gonzalo con la que era evidente que había tenido una relación? Eso pasaba porque estaba viejo y distraído. Se enojó por no haberse dado cuenta.

–Gonzalo es un gran hombre. En su defensa digo que seguramente tú le has sonreído primero –dijo con ternura–. ¿Cómo te llamas?

Ella no pudo evitar una sonrisa, aunque deseaba llorar.

–Lorena. Él es el mejor hombre que he conocido.

–¿Quieres contarme?

–Supongo que no debo hacerlo…

–Seré directo contigo: tú mueres por contar lo que te sucede y yo estoy desesperado porque me lo digas, así es que yo creo que no hay ningún problema en que conversemos. ¿Qué te parece? –pensó en prometerle que guardaría su secreto, pero desistió. No sería capaz.

Lorena volvió a sonreír.

—Usted me cae bien —decidió hablar. Fuera cual fuera la reacción de Gonzalo al enterarse, ella no sería capaz de volver allí. No para verlo en pareja con otra mujer—. He tenido una relación con su sobrino. Él nunca me ha prometido más de lo que compartíamos, pero yo me enamoré y cuando quise que se mudara conmigo, él no quiso. Supongo que apresurar las cosas hizo que Gonzalo terminara con todo porque no sentía lo mismo.

Frankie estaba interesadísimo en el relato. No podía dejar de pensar en la chica de París y compararla con esta otra de Madrid. Aunque en realidad no conocía a ninguna de las dos como para comparar demasiado. Geográficamente, sin dudas, Lorena era mejor candidata.

—¿Y entonces?

—Entonces… estoy embarazada de casi tres meses. He pensado mucho y no puedo negarle la posibilidad de que lo sepa y sea parte de la vida de mi hijo. Tengo treinta años y me enamoré de él. Nunca pensé tener un bebé, menos sola, pero así se dieron las cosas y lo haré. He venido a decírselo. No voy a pedirle nada, solo que no quiero hacer nada mal —confesó y se echó a llorar.

Frankie se puso de pie, volvió a sentarse. Estaba nervioso. ¿Qué debía hacer?

—Bueno. No llores —dijo por fin—. No estés triste. No estás sola y has tomado la decisión correcta. Ahora te alojarás en la posada, serás nuestra invitada. No te irás de aquí hasta que no estés más tranquila y bien.

—Yo estoy feliz con mi embarazo. No lo busqué adrede,
pero ahora que ha ocurrido, lo deseo. Este niño no podría
tener un hombre mejor como padre. En cuanto a quedarme
aquí, tengo mi casa, Frankie. No es lejos.

—Me alegra escuchar eso. No importa, te quedarás. No
discutas con un viejo. No se habla más —a su mejor estilo
daba por concluida la conversación y decidía de acuerdo a su
intención. Necesitaba no perderla de vista hasta hablar con
José y pensar qué debían hacer.

Lorena se sintió cuidada y contenida. No pudo negarse.
Además, podía hacerlo, estaba de vacaciones en su trabajo.
Le gustó la idea de que una de las personas más importantes
para Gonzalo se preocupara por ella.

—Solo hasta mañana —accedió.

Mientras ella terminaba su té. Frankie le dio indicaciones a
Andrés para que le hiciera preparar la habitación que daba
al parque.

* * *

Un rato después, regresó a la casa con prisa para hablar con
su hermano. Él conversaba con Teresa sobre un cuento que
acaban de leer, *La luz es como el agua* de Gabriel García
Márquez.

—Totó y Joel —refirió en alusión a los hermanos protagonistas del cuento— me hacen pensar en ti y mi Frankie.

—Nunca navegamos en la luz —respondió José, quien sabía

que analizar los cuentos era de gran ayuda para la actividad neuronal de Tere y por eso lo hacía con tanto gusto.

—No, pero tienen imaginación y les hará falta —dijo antes de que su mente la llevara algo lejos de allí.

—¿Por qué crees que necesitaremos imaginación, cariño? —se sumó Frankie y besó su frente.

Ella, incluso desde su enfermedad, tenía una especie de brújula interna que la hacía participar de los hechos aún sin saberlos. Ella y su adorado escritor como un recurso que explicaba lo que ella sentía. Lo sorprendió darse cuenta de que en verdad iban a necesitar mucha creatividad para resolver el tema de Lorena y su bebé.

—*La luz es como el agua [...]: uno abre el grifo, y sale*. Llegará hasta Guadarrama. ¿Crees que se hayan ahogado los amigos?

—No lo sé, cariño —ya la conversación había perdido sentido.

—Tere, ha sucedido en ese cuento lo que tu imaginación decida. No te preocupes —agregó José.

—Iré a dormir un rato. Los dejo conversar.

Frankie la acompañó y esperó en la habitación hasta que se durmió. La besó, cerró la puerta despacio y fue a hablar con José. Estaba preocupado. Ese día todo parecía pesar sobre su espalda. Su hermano lo advirtió. Lo conocía bien.

—Tranquilo, hermano. No divagaba, se refería al cuento que leímos. Ella mezcla un poco pero no son incoherencias. No del todo.

—Prefiero pensar que es así y que desde su mundo pequeño percibe lo que ocurre y nos da señales.

—No te comprendo.

—Necesitaremos imaginación. Eso es seguro. Estamos en un problema.

—¿Qué sucede?

—En la posada está Lorena, una chica que ha sido novia de Gonzalo y que parece que él dejó cuando le pidió que fuera a vivir con ella.

—Y tú, ¿cómo demonios sabes eso?

—Eso no importa. Ella me lo dijo —José lo miraba incrédulo. ¿Cómo podía haber logrado que una desconocida le contara su vida?–. Y eso no es todo. Serás abuelo —dijo así, como si anunciara el pronóstico. José sintió que el impacto de una bofetada que nunca le dieron sacudía su rostro.

—¡¿Qué?!

—Que la chica, Lorena, está embarazada y vino a decírselo a Gonzalo. Y nosotros lo mandamos a buscar a la chica de París a Montevideo, alentándolo a mudarse con ella si era necesario. ¿Me quieres decir qué haremos ahora? No puede irse con un niño aquí. ¿Y si Elina no quiere venir? ¿Y si quiere venir? No lo sé. Creo que fue apresurada tu decisión de hacerlo viajar.

—Tú quisiste organizar ese viaje en medio de tu ataque de que somos viejos y que no lo dejamos hacer su vida, ¿recuerdas?

—No. No recuerdo. Igual, eso no importa. La cuestión es que Gonzalo no sabe nada de esto y nosotros no sabemos cómo van las cosas allá. Esta chica es muy agradable, quizá debería considerar el hecho de que pueden formar una familia.

—Definitivamente necesitamos imaginación, pero antes de eso, necesitamos ubicarnos. ¡No es nuestra vida, Frankie!

—Gonzalo es nuestra vida.

—Sí, pero la mujer con la que decida estar no nos incumbe. No debemos meternos. Solo hacerle saber lo del bebé.

—¡Ah, no me digas! ¿Lo llamamos en medio de su historia de amor y le decimos que ha dado frutos otra historia aquí? ¿Eso aconsejas?

—¡Por supuesto que no! ¿Y si la chica miente?

—No miente —respondió rotundo.

José se quedó callado un momento fantaseando con la idea de un niño pequeño que trajera vida nueva a ese hogar.

—¿Qué hacemos?

—No estoy seguro, pero creo que llamarlo y decirle. Tiene que saberlo.

—Yo creo que es mejor esperar a que regrese —opinó.

—No. Yo me ocupo. Tú das muchas vueltas. Ahora que Tere duerme, vamos a la posada, quiero que la conozcas.

Y así, en medio de una charla que los atropelló de variables y sorpresas, llegó a sus destinos la buena noticia. Porque un hijo deseado por su madre siempre lo es. ¿Acaso lo inesperado no es lo que cambia la vida?

CAPÍTULO 52

Merecer

¿Qué es el amor? El amor es una niebla que quema
con la primera luz del día de la realidad.
Charles Bukowski

MONTEVIDEO, URUGUAY.

La salida de Stella con Layla y Marisa no había sido tan divertida como le hubiera gustado. Por mucho que las dos se habían esforzado en apoyar el hecho de que no haya visto a Jorge, ella lo extrañaba. Además, se había dado cuenta de que era físicamente dependiente de las relaciones y de que le gustaba el sexo. Eso no jugaba en su favor porque claramente no llegaba a la cama de nadie si no sentía algo primero. Así, quedaba atrapada en situaciones emocionalmente comprometidas. Aquella noche había regresado a su apartamento completamente arrepentida de haberse negado a que fuera a su casa. Lo llamó, pero él no respondió.

Se dio una ducha y se acostó. Cerró los ojos y escuchó vibrar su teléfono. Atendió.

—Hola… discúlpame, no debí llamarte. Es tarde.

—¿Qué sucede, Caramelo? —preguntó. Quería escucharla. Ella era lo bueno de sus días durante el último tiempo.

—Me molestó que no quisieras salir a cenar conmigo y luego me sentí fatal por no haberte visto, eso pasó —dijo con honestidad. Quizá hubiera sido mejor callar, pero no pudo.

—No ha sido una gran noche para mí. De verdad tengo ganas de ti. Si quieres, iré.

La sola idea de que la abrazara era suficiente para sucumbir y aceptar. Sin embargo, un impulso la hizo preguntar.

—¿Por qué no ha sido una gran noche para ti?

—¿Puedo ser sincero contigo?

—Debes serlo.

—Tuve que rescatar a mi esposa de un hotel. Está depresiva y fue un espanto verla en ese estado. La traje a la casa hasta que se reponga.

—No es cierto. ¿Hablarás conmigo de tu ex refiriéndote a ella como "mi esposa" y me contarás sobre su depresión y que están juntos otra vez?

—No estamos juntos otra vez. No he dicho eso y sí, tú eres la persona con quien puedo conversar de todo, me entiendes… —no pretendía hacerla sentir mal, decía la verdad, pero no se daba cuenta de que los sentimientos de Stella eran profundos y sus sueños no estaban preparados para eso—. Dije "mi esposa" por costumbre —se defendió.

Stella se sintió una tonta. Ella era siempre la comprensiva, la mejor amante, la que se podía hablar, pero, paradójicamente, tanto reconocimiento no significaba nunca que era tenida en cuenta al momento de elegirla. Ese comentario alcanzó para congelar sus deseos de que durmiera con ella.

–Quisiera poder decirte otra cosa, pero no tengo ganas de hablar contigo sobre lo mal que te sientes por la depresión de tu ex.

–Tú preguntaste, Stella.

–Es verdad, quizá esa sea la cuestión, tú no preguntas. No pretendo hacerte un planteo, pero seré directa sin pensar en lo que siento: quiero saber qué serías capaz de hacer por mí. Dímelo.

–Stella, estamos bien juntos. Estoy en medio de un divorcio y no creo que sea mi momento para ofrecer mucho más que lo que tenemos. Tengo una adolescente en plena etapa de crisis contra su madre y una *exmujer* depresiva –remarcó el *ex*–. Definitivamente no es la situación ideal –al escucharse se dio cuenta de que era egoísta–. Tú mereces más, eres demasiado buena, Caramelo –agregó.

Esas tres palabras provocaron en Stella una reacción de furia mezclada con tristeza. ¿Otra vez lo mismo? ¿En qué cabeza cabía la idea de que un hombre de verdad y realmente interesado sería capaz de dejar a una mujer que él cree espectacular porque siente que ella merece algo mejor? Típico argumento de casado o de quien no quiere compromiso.

–¡Caramelo, una mierda! –exclamó–. No me llames así

cuando acabas de utilizar la peor excusa de todas. Si quisieras algo conmigo, harías lo que fuera por ser ese hombre que yo merezco.

Jorge se sorprendió ante su enojo.

—No quise ofenderte, es lo que creo. Y sí, me gustaría ser ese hombre, pero tengo un pasado que no me lo permite por ahora. Ojalá lo entendieras —también él estaba enojado—. Supongo que si estás sola y te enfureces de esa manera porque reconozco tus valores es porque tienes heridas sin sanar, porque te han lastimado, probablemente mucho, y porque te han dicho que eres "demasiado" para dejarte sin culpa. ¡No es mi caso! Estoy aquí, de noche, devolviéndote un llamado cuando mi vida es un caos y lo hice porque sentí que quería saber cómo estabas y eventualmente ir a verte. Nada más —cuando se desahogó no pudo creer que estaba discutiendo con ella. ¿Cómo habían llegado hasta allí?

Stella sintió que no había sido oportuna y que, quizá, le estaba diciendo a Jorge todo lo que no había sido capaz de decirle a sus últimas relaciones. Quizá había verdad en sus palabras. ¿Y si él fuera distinto? Se animó a la esperanza.

—Perdóname. Nunca quise discutir contigo. Supongo que también he tenido un día difícil —se disculpó.

—Perdóname tú también. No debí levantar el tono. Mira, mereces más —repitió—. No necesitas en tu vida un hombre inmaduro o que no pueda resolver sus problemas. Tú eres el tipo de mujer que es independiente, paga sus facturas, lleva adelante su casa y se ocupa de sí misma. Tú estás en posición

de preguntarme qué puedo aportar a tu vida, como lo has hecho. Es verdad. Y créeme cuando te digo que tengo claro lo que necesitas, solo que no es el momento en que yo pueda dártelo.

–¿Y qué necesito según tú? –preguntó. Habían cedido ambos ya no peleaban por tener razón, sino que se conocían a través de la conversación.

–Tú necesitas un hombre que quiera superarse en todos los aspectos de la vida, que converse contigo, que te motive a ser mejor si eso fuera posible. Alguien que te admire y a quien puedas admirar. Alguien que te abrace tan fuerte que haga desaparecer tus miedos. Tú necesitas amor incondicional…

–Ven a mi casa, ¡ahora! –si antes de escucharlo estaba enamorada, después de oírlo no podía resistir las ganas de que ese hombre fuera él. No era como los demás. La había sorprendido que el supiera claramente qué necesitaba.

–No, Caramelo. No lo haré. Hasta que yo pueda ser ese hombre, no lo haré porque cuando dije que tú mereces más, hablaba en serio. No me refiero a más que yo, sino a la mejor versión de mí, ¿entiendes?

Stella no podía responder porque tenía un nudo en su garganta. ¿De ese modo llegaba el reconocimiento? ¿Por qué tenía que sufrir de todas maneras? No quería perderlo.

–¿Me estás dejando? –preguntó por fin.

–Estoy intentando ser ese hombre. No lo hagas más difícil. Aunque no lo creas, llegué a ti por un impulso, pero ahora sé que no fue venganza. Me permití ser feliz y lo he sido el

tiempo que compartimos. Solo que ahora todo se ha complicado y no voy a convertirme en una nueva herida para ti. Seré lo que necesitas o no seré nada más. ¿Comprendes?

Stella estaba triste y conmovida a la vez. Jorge la había mirado más allá de las sábanas, había descubierto la mujer que la habitaba y de algún modo la cuidaba. Lo quería con ella, pero ¿podía esperar a que volviera siendo lo que merecía o aceptar que, al menos, lo había intentado?

Jorge no supo hasta ese momento, cuan confundido estaba y cuánto le importaba esa mujer. Aunque no había perdido la capacidad de priorizar a su familia porque, para bien o para mal, Mercedes aún era su esposa y, por supuesto, Julieta era su hija, la razón de su vida, algo había cambiado en él. Después de ver a Mercedes así, se había dado cuenta de que estaba cansado. Supo que los mensajes con Stella habían sido consecuencia de la rutina. Estaba aburrido. Haber tomado distancia de su matrimonio le había mostrado que había una vida mejor, donde podía reír más y disfrutar. ¿Era eso de reinventarse exclusivo de las mujeres?

Cortó la comunicación con angustia. No le gustaba la idea de no poder ir a verla. Pero había hecho lo correcto. Era un buen hombre. No tenía la talla de los seductores y mentirosos, él se atrevía a sentir. Si bien Stella había comenzado siendo solo placer, esa noche al darse cuenta de que ella era todo lo que le hubiera gustado en una esposa, le dio otro valor y se permitió pensar que quizá, cuando ordenara su vida, podrían tener una oportunidad. La admiraba realmente y sabía que

era recíproco. La atracción no era solo física. Ella había dicho en uno de sus encuentros que se estaba enamorando y él no había respondido. Después de esa conversación, comenzó a rondar en su mente esa idea. ¿Se estaba enamorando? ¿Cómo sería amar otra vez?

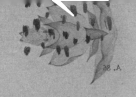

CAPÍTULO 53

Incendio

Al fin y al cabo somos lo que hacemos
para cambiar lo que somos.
Eduardo Galeano

Elina tenía casi diecisiete años. Había pasado más de un año y medio desde que Elías había abandonado a su esposa e hijos para mudarse con la joven abogada que trabajaba con él, y aún continuaba con esa relación. La frustración de Renata había cedido espacio a la angustia primero y a una solapada depresión después. Estaba medicada, pero nadie lo sabía. ¿Qué había hecho de su vida? Graduarse y dar a luz, porque la maternidad bien entendida no había sido lo suyo. La elección de una pareja, tampoco. Luego, nada que contabilizar de manera positiva. Porque lo que la consumía por dentro no era lo que había logrado en sí mismo, sino lo que había hecho mal, lo reprochable, lo que dañaba a otros más

allá de ella. La mentira le quitaba el sueño. ¿Había mentido
porque no podía determinar la verdad? ¿Había engañado a
su hija para evitar que buscara su origen? ¿Cuál era el problema con confesar que se había acostado con un hombre en
París cuando su única relación era con un hombre casado
que cada noche dormía con otra mujer? ¿Eran prejuicios?
Después de pensarlo mucho, creía que le había inventado
un padre a Elina porque no hubiera soportado enfrentar las
consecuencias que conllevaba la posibilidad de que su hija
quisiera conocerlo o definir quién de ellos era. Menos aún,
de romperle el corazón a alguien como Santino, quien desde
el comienzo hubiera sido un padre presente del modo que
hubiera podido de haber tenido esa posibilidad. Elías no la
preocupaba por él ni por Elina, sino por ella. No quería tenerlo cerca y a la vez, sí. Era emocionalmente tóxico, pero,
también, personalmente irreemplazable. Odiaba su egoísmo
por haberle negado a ambas un lugar en su vida en beneficio
de su esposa e hijos para descubrir luego que por otra mujer
había sido capaz de dejarlo todo. Aquella tarde en que se había enterado de ello, había sentido la necesidad de ponerle
palabras a su historia. En medio de su indignación y tristeza,
la culpa la había guiado a escribir su confesión, dejando librado
al azar que la verdad llegara a quien tuviera que llegar o a nadie.
El mismo día había escrito otra carta más. Esa había llegado
a destino. Lo sabía.

Después de decidir que el simbólico lienzo sin pintar
contaría esa verdad, si Dios así lo determinaba, lo había

llevado a casa de su madre. No quería verlo. Bernarda le insistía en que le diera vida, pero ella se negaba. Simplemente respondía que "todo estaba allí". De algún modo así era. Además, aunque le gustaba el arte, no se animaba a crear. Tenía ese atril que le había regalado Elías y se suponía que lo iban a pintar juntos, para cumplir un sueño de él, pero nunca sucedió. Aunque ella había dicho que lo había comprado para comenzar con clases de pintura y luego no lo había hecho.

Más de un año había transcurrido, casi dos, en realidad. Renata no tenía ganas de vivir. No tenía ilusiones ni sueños. No olvidaba a Elías y la envenenaba pensarlo con otra. Se había encerrado en sí misma y aunque no era evidente desde sus acciones, ya que continuaba con la habitualidad de sus tareas, lo era desde su expresión. Estaba apagada, insensible, como sin latidos de emoción. Solo sostenía su apariencia y, mediante una profesionalidad gélida, ejercía el derecho en beneficio de los más débiles. Se había hecho una con la injusticia empezando por ella misma. Desde hacía tiempo defendía la idea de que a cada quien le sucede lo que merece. Que la vida de las personas era, según su nueva visión, la consecuencia directa de sus elecciones. Y que el resto era responsabilidad de un Dios al que se le debería rendir cuentas al final de algún camino porque decididamente se divertía poniendo a prueba a los mortales. Lucio, el abogado para quien trabajaba, le discutía que no era así y que debía reencontrarse con su hija. A la luz de su teoría, ¿qué había hecho la pobre Elina para merecer su indiferencia? El hombre conocía parte de su historia.

Regresó a su casa y todo era un desorden. Su hija escuchaba música fuerte y cantaba. Le molestaba y se lo había dicho muchas veces. Tuvieron una discusión llena de reproches y lejos de actuar como le aconsejaba Lucio, el rechazo se había potenciado. Enfrentadas, se habían ido a dormir.

* * *

La mirada de la ciudad dormía. La madrugada inmersa en el silencio de la soledad. Aire convertido en viento fuerte. El perfecto sonido de las ramas de los árboles moviéndose. La calle fría y el asfalto algo húmedo por la helada nocturna. La tierra sobrevolando los límites del clima y metiéndose fastidiosa en los rincones de esa víspera fatal. En el interior de la casa, el abrigo de las mantas y los ojos cerrados en cada habitación. El insomnio de los pensamientos. El estruendo mudo de las preguntas sin respuestas golpeándose contra la nada.

Sonó su teléfono y Renata respondió. Era la única amiga que tenía.

—Disculpa la hora… ¿Cómo estás?

—Hola, dormía. ¿Qué sucede?

—Supongo que no te has enterado. ¿Viste las noticias?

—No. Solo he tenido un día fatal y para variar discutí con Elina. ¿Qué debí ver?

—Elías…

—¿Elías qué? —preguntó incorporándose. Su nombre nada más le provocaba una reacción involuntaria.

–Bueno, él tuvo un accidente en su vehículo. Su automóvil se incrustó debajo de un camión en la ruta. Murió… Y su pareja, también. Lo siento…

Renata se quedó sin palabras. Había aprendido a sentir de todo contra él, pero la muerte era otra cosa. No tenía revancha. ¿Qué pasaría con todo lo que nunca le había dicho? ¿Por qué ya no tendría la posibilidad de escuchar de él palabras de arrepentimiento?

–¿Sigues allí? –preguntó su amiga.

–Sí… yo… luego te llamo –respondió y cortó la comunicación.

Tomó de su mesa de noche las pastillas para dormir, que también le habían recetado para situaciones de mucha ansiedad o nervios, y tomó dos. No podía llorar. No podía sentir y a la vez estaba colapsada por un dolor gigante que dominaba su cuerpo desde adentro hacia afuera.

Elías había muerto y con él la posibilidad de saber con certeza si era el padre de su hija. Eso ya no importaba. Peor era que esa muerte signaba de eternidad su posible mentira. Él había muerto pensando que Elina era su hija. Y la había ayudado económicamente, siempre. ¿Y si no era? Enseguida la atropelló algo peor. ¿Y si él había dejado algo escrito? Se puso todavía más nerviosa. Buscó sus cigarrillos, encendió uno, luego otro y después, el tercero… el que nunca terminó, el que se consumió junto con su dolor al quedarse dormida y encendió su sábana. Amaba a ese hombre, aunque solo fuera un real hijo de puta.

Abruptamente, sin que pudiera precisarse cuánto tiempo
había transcurrido, el calor agobiante la despertó. Inhalaba
un aire tan caliente que sentía que se quemaban sus pulmones. Estaba desorientada y mareada. Pudo ver fuego alrededor de su cama y humo. Tosió. Recordó por qué se sentía así
de rota. Elías estaba muerto. No podía pensar con claridad.
De pronto, la imagen de su hija durmiendo en la otra habitación pasó por su mente. Intentó ponerse de pie, le costaba.
El efecto de los tranquilizantes entorpecía y lentificaba sus
movimientos. Sus pensamientos también se sucedían en cámara lenta. El fuego tocó su pierna y subió por ella. Gritó.
Una humareda densa y oscura la enfrentó a la proximidad
del final. Sintiéndose asfixiada y en el máximo umbral de
dolor, se arrastró hasta la puerta. Sentía el ruido de los objetos víctimas del incendio. El humo avanzaba. Le costaba ver.
Tenía que ir a rescatar a su hija.

Entonces, una ráfaga de fuego se abalanzó sobre ella y la
penetrante humareda gris colapsó definitivamente el dormitorio.

—¡Elina! —dijo en el tono más fuerte que fue capaz. No
sabía si la escuchaba.

Fueron instantes eternos. Supo que no viviría para salir
de allí. Le costaba respirar. Una nube de diferentes tonos
oscuros crecía ocupando cada lugar del dormitorio. Mucho
calor, fuego y poco oxígeno. Escuchaba caer estructuras en

la planta baja y chamuscarse objetos. Logró, a pesar de las quemaduras y el dolor, abrir la puerta en medio de mucha confusión. Creyó ver a Elías extendiéndole su mano para convertirse en Santino y luego, invadió su memoria el exacto momento en que vio a su hija por primera vez. Un amor infinito la envolvió junto a un desmesurado deseo de protegerla. Entonces, le gritó más fuerte y escuchó su respuesta. Herida, se arrastró hasta que pudo verla. Susurró algunas palabras antes de que la muerte viniera a poner fin a su agonía.

La casa entera ardía. Las llamas descontroladas consumían todo a su paso. Chispas agrias y crujientes se multiplicaban sin cesar. Ese olor tan particular consecuencia de los distintos materiales quemados y el sonido del incendio le perforarían los recuerdos a Elina, por mucho tiempo. Los ecos del fuego, las sirenas, la destrucción, la pérdida. Los latidos de la urgencia. El rechinar de los chispazos que se devoraban los secretos y la historia de esa mujer que no había sabido vivir pero que había tenido la revancha de unos escasos minutos antes de morir para hacer algo que marcara la diferencia. ¿Había sido suficiente?

La muerte es algo indisolublemente ligado a la existencia. Todos los seres de este mundo, todos los fenómenos del universo están sometidos a ese cambio de estado. La no permanencia es real; no aceptarla, una ilusión. Cada instante es un viaje de ida y vuelta que encierra todo lo dicho y, también, lo negado. Partir y regresar, sin meta o con objetivos claros. Vivir y morir depende lo uno de lo otro, como el

paso de la pierna izquierda lo hace tras el paso de la pierna
derecha. Día y noche, cielo y tierra, fuego y agua.

Cada minuto que pasa acerca la universalidad de la muerte. Sin embargo, cómo se morirá y cuándo ha de ocurrir son preguntas fáciles de hacer, pero imposibles de responder. ¿Será que cada uno busca su propio fin? Elegir la vereda hacia el inminente final o con miras a volver a iniciar depende de una decisión en cada oportunidad, porque ni se vive ni se muere una sola vez.

CAPÍTULO 54

Regreso

¿Qué es la vida? Un frenesí.
¿Qué es la vida? Una ilusión,
una sombra, una ficción...
Pedro Calderón de la Barca

JULIO DE 2019. MONTEVIDEO, URUGUAY.

Elina y Gonzalo habían sido felices en Colonia y estaban de regreso en Montevideo. Mientras él no tenía dudas acerca de que deseaba un futuro a su lado, ella no podía decirle que lo amaba. Se sentía muy cuidada y segura con él, eso le encantaba. Era lo que otra mujer podría soñar en un hombre, pero no ella. Los tres días juntos habían sido perfectos, pero ya en Montevideo no tuvo deseos de faltar a trabajar, por el contrario, buscó su espacio con la excusa de que tenía que resolver expedientes. Era verdad, pero no era urgente, podía postergar las visitas a esos hogares. No lo hizo. Mientras se ocupaba, no podía dejar de pensar; tenía que ser honesta con él. No merecía menos.

Cuando llegó a su oficina, saludó a las personas que trabajaban con ella y bebió el café que cada mediodía le preparaban en la confitería de enfrente y le llevaba su querido Tinore, un hombre cálido que siempre estaba de buen humor y con quien solían hablar de la vida y de libros. Trabajaba allí desde hacía años, había migrado de Francia.

Después de que Tinore le deseara un buen día, habló brevemente con Stella y se pusieron al día:

—Elina, el tipo es una dulzura que cruzó el mundo para venir a buscarte, tú no puedes ser la cretina que le permita creer que hay una posibilidad si no la hay —se calló un instante para pensar—. Y a juzgar por el tono de tu voz, definitivamente *no la hay* —agregó acentuando esas tres palabras.

—Es que no somos los mismos. No estamos en París y yo no me iré de aquí. Nada vuelve a ser igual dos veces, creo.

—Ese no es el punto. La pregunta es: ¿Quieres que él venga a quedarse contigo? —Elina se quedó en silencio—. Si la respuesta fuera un "sí" no deberías meditarla, amiga. Haz lo correcto.

—Me encanta estar con él… me da paz. Me comprende.

—Él te ama y tú, no. Lo demás que sientes no es suficiente.

—¿Por qué no? No es cualquiera. Adoro despertar con él. Entiende mi cuerpo, mi síndrome…

—Es injusto. Piensa en los dos, no solo en ti. El amor es así. Existe o no. No hay medias tintas. Te lo dice alguien que siempre es la que pierde en la ecuación. La que ama y no es amada de igual manera. Mis últimas relaciones fueron con hombres

que actuaron como tú lo estás haciendo, no permitiré que lastimes a Gonzalo como me han herido a mí sin decírtelo con todas las letras.

—Me haces sentir mal.

—No es mi intención, pero lo que es, es. Piénsalo.

—Lo haré, gracias —sabía que Stella tenía razón—. ¿Y tú qué harás? —preguntó cambiando el tema.

—Me he enamorado de Jorge, lo sabes. Lo esperaré.

—¿En serio?

—Bueno, no toda la vida, pero un tiempo prudencial. Me dijo cosas que nunca escuché antes y de verdad creo que me quiere.

—Si no es casado, supongo que puedes darte ese permiso, aunque yo no confío tanto como tú —dijo antes de despedirse.

Su amiga la aconsejaba bien, no tenía dudas sobre eso. Caminaba de vuelta a su casa, pensando. Se odiaba a sí misma por no poder corresponderlo de la misma manera. Todo en él era perfecto, pero había un pero. Ese era el problema. ¿Así de tonta podía ser? Tenía el amor de un hombre único y no lo correspondía. ¿Por qué? No hallaba respuesta, pero estaba segura de que, si durante ese fin de semana no había podido decirle que lo amaba, entonces eso no iba a suceder, aunque lo quisiera muchísimo. No se arrepentía de lo vivido porque de no haberlo hecho, Gonzalo y la magia de Notre Dame serían siempre un interrogante. La fatal pregunta que nadie quiere hacerse: ¿qué hubiera pasado si lo hubiera vuelto a ver? ¿Por qué había vivido tanto tiempo imaginando que

era el amor de su vida? ¿Acaso las personas tienden a idealizar lo imposible para darse cuenta, cuando deja de serlo, que no es real?

Ya frente a su casa, se detuvo y miró la ventana. Entonces sonrió. Allí, rasgando el vidrio, estaba Batman. Vio cómo Gonzalo abría la ventana, lo tomaba en brazos y lo besaba. Pensó en Lisandro. Algo se transformó en su rostro en ese momento. ¿Qué era?

Estaba cansada física y emocionalmente. Elevó la mirada al cielo y le pidió a su madre una señal. ¿Y si estaba equivocada? ¿Si solo tenía miedo y ella misma atacaba las posibilidades de ser feliz como su síndrome había atacado su cuerpo?

Subía las escaleras cuando su teléfono celular sonó.

—Hola, Elina. ¿Acaso Batman está contigo?

La voz estremeció sus sentidos.

—¡Hola! Pues sí. Acaba de entrar. No me has dado tiempo de avisarte.

—¿Te gustaría que cocine para ti otra vez? Tendré que ir a buscarlo.

—No. Bueno, sí. No. En verdad, no puedo hoy —respondió nerviosa.

—¿Tienes algún programa mejor? —sintió celos de pronto.

—No. No es eso. No sé si es mejor o peor, pero tengo una cena previa. Si te parece yo misma te llevaré a Batman en un rato —rezaba que no insistiera con ir a buscarlo.

—Está bien. ¿Tienes mi dirección?

—En realidad, no. Escríbemela por mensaje, ¿te parece?

–Perfecto.

–¿Tienes problema si voy en unas horas? Acabo de llegar y quisiera descansar un poco.

–Ninguno. Te estaré esperando –le dibujó una sonrisa escucharla. Tenía tiempo de ir a hablar con Melisa y regresar.

* * *

Elina respiró hondo antes de abrir la puerta de su casa. Al oírla, Gonzalo se acercó a saludarla.

–Hola, preciosa –dijo y la besó en la boca–. ¿Qué le pasa a tu cara? –agregó.

–¿Qué tengo?

–No lo sé. Tú dime, estás feliz. Eso parece.

–No lo sé. No estoy feliz o bueno, sí –corrigió. Durante los últimos minutos solo había generado confusión. Mejor era que se quedara callada. Se sintió mejor al mirar la flor en la pared, su nuevo Norte la guiaba a su felicidad. Podía sentirlo.

–Escucha, Batman ha tocado a tu ventana. Lo dejé pasar y como tiene identificación sé su nombre –dijo mientras alzaba al gato que descansaba en el sofá–. Dijiste en Colonia que te encantaban los gatos –recordó.

–Sí... me fascinan. Es de una familia de aquí cerca. ¡Me ha visitado varias veces! –respondió y lo tomó con ambas manos. Lo besó con ganas–. Luego lo llevaré. Deseo dormir un poco.

–Estás cansada, ¿quieres que yo lo devuelva? Solo indícame.

–No, no hace falta. Como te dije, no es la primera vez que viene. Mandaré un texto avisando que está aquí y que lo regresaré más tarde –mintió.

–Como quieras. Ita se quedará con su amiga Nelly. Te dejó un beso –omitió contarle la sorpresa que había planeado con ella.

–¿Tienes problema si me recuesto?

–Para nada, amor. Hazlo –dijo con dulzura. Sabía que la fatiga crónica era un síntoma.

Elina retiró la ropa que había sobre su cama, miró el atril y se acostó. A su lado, Batman la abrigaba con su calor.

Soñó una vez más. Ella era consciente de que buscaba respuestas. La que estaba en el incendio tenía dieciséis años, pero la Elina que observaba y sentía cómo se unían pasado y presente, tenía treinta. Ambas sentían el fuego, pero antes de despertar en el hospital de la mano de su abuela, algo la había regresado al incendio. Renata le hablaba desde la otra habitación, primero gritó su nombre. Luego la puerta se había abierto. Su madre estaba en el suelo. Repetía su nombre y algunas palabras con gran esfuerzo. Ella luchaba por acercarse. Comenzaba a recordar ese espacio de tiempo. ¡Renata había abierto la puerta de su habitación y la llamaba! Sintió la presencia de su madre unida a su preocupación por salvarla.

Despertó sobresaltada. ¿Entonces, antes de tirarse por la ventana había hablado con Renata? Tuvo la certeza de que sí. Sintió regresar una esperanza que había perdido.

Se sentó en la cama abruptamente y cruzó sus piernas. Batman, se acurrucó en el hueco y no dejaba de mirarla como si supiera lo que a su sueño le faltaba. Ella lo abrazó. Un sentimiento que no conocía la recorrió entera. ¿Estaba más cerca de la verdad?

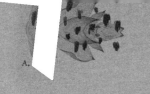

CAPÍTULO 55

Decidir

Lo que más temes no tiene poder.
Tu temor a ello es lo que tiene el poder.
Enfrentar la verdad realmente te hará libre.

Oprah Winfrey

Melisa bajó las escaleras tan rápido como pudo. Tenía el pulso acelerado y los nervios agotaban su ansiedad. No se reconocía. Había perdido el equilibrio de sus emociones. Estaba sucediendo otra vez. Los dos hombres más importantes de su vida a minutos de diferencia entre su entrega y la decisión que no podía tomar, sintiéndose un fraude afectivo. Su respiración agitada le indicaba la necesidad de recuperar el control.

–Hola, Lisandro… ¿Qué sucede? –quería que se fuera sin evidenciar la presencia de Pablo en el dormitorio.

–Tú dímelo. Te ves estresada, no es lo que debería suceder luego de una ducha –comentó en alusión a su cabello mojado.

Su intuición era innegable. Su tono no era de reproche, solo demostraba su sagacidad.

—Nada. Tengo prisa.

—Yo buscaré a Dylan. Necesito que hablemos —respondió decidido. Ignoró su excusa. Sabía que lo era.

—No, ahora no puedo.

Lisandro supuso que Pablo Quevedo tenía que ver con su negativa. Había pensado mucho en lo sucedido y había llegado a la conclusión de que todo había sido un error. Necesitaba decírselo.

—Tendrás que poder porque es importante. Nunca vivimos momentos incómodos, sin embargo, durante los últimos días parece que jugáramos a pensar una cosa y decir otra o a no decir o a hacer por egoísmo, por impulso, y hasta sin calcular las consecuencias.

Melisa sintió una alarma en sus palabras. Rogaba internamente que Pablo no saliera de la habitación.

—¿A qué te refieres?

—Sabes bien de lo que hablo, Mel. Nunca debimos terminar en esa ducha juntos. Lo disfruté, pero después me enojé conmigo. No me gusta la confusión. Eres la madre de mi hijo, no somos pareja. ¿Por qué lo hicimos? ¿Por qué actuamos como si lo fuéramos?

—Tú lo iniciaste —se defendió procurando descargar en él la responsabilidad.

—Tú no me detuviste.

Silencio. Ambos se miraron directo al corazón.

–Tuve miedo. Que pensaras en otra mujer todo el tiempo, como dijiste, me aterró. Sentí que tú eras mío… fui egoísta. Tú siempre estás, nunca me preparé para que eso cambie.

–Sentí lo mismo. No quería otro hombre en tu vida y en la de Dylan que pudiera significar algo importante. Sin embargo, luego de dar muchas vueltas sobre el asunto, entendí que fue un viaje al pasado, un recurso desesperado frente a la posibilidad de no ser inolvidables y únicos. Tú eres, además de linda, una mujer independiente y valiosa pero no eres mi mujer. Debo dejarte ir y eso es lo que vine a decirte.

Melisa sentía alivio, pero a la vez frustración. Dejarla ir significaba que no la elegía. ¿Eso implicaba que ella tampoco tenía ya dos opciones?

–¿Cómo sabes que no soy tu mujer? –preguntó esperando que le sirviera su respuesta para resolver su propia situación.

–Lo sé porque no nos hubiéramos separado nunca si lo fueras. Tenemos la mejor relación, no quiero perder eso. No lo cambio por nada, ni siquiera por una ducha contigo… –hizo una pausa. Tomó coraje para decir sus siguientes palabras–. Piensa en ti y si estás enamorada de él, avanza; no seré un obstáculo ni Dylan un rehén –listo, estaba hecho. Se sintió más liviano, lo había imaginado más terrible.

Melisa no se sentía feliz. Entendía la madurez del diálogo y sabía que solo podía aceptar sus términos, pero no le agradaba. ¿Acaso a alguien podía gustarle que de un modo muy dulce y elocuente le dijeran "no eres tú"?

–¿Es por ella? –preguntó con referencia a Elina.

–Es por mí. Por nosotros. Por Dylan. Por lo que significa nuestra buena relación, nos debemos honestidad.

–Supongo que tienes razón.

–Imagino que te espera en el dormitorio, no lo hagas ilusionar si no vas a jugarte por él. Parece un buen tipo –dijo con la complicidad de antes. Un paréntesis había encerrado la ducha en una simbólica escena final de la mejor manera.

–Sí… él está aquí –confesó.

Lisandro no reaccionó como la primera vez. Había pensado mucho en su hijo. Si su madre iba a rehacer su vida, era bueno que el hombre que eligiera se preocupara por agradar a Dylan. No sin esfuerzo había logrado dejar de lado sus celos. Objetivamente, intentaba concebir la cuestión desde más amor para el pequeño.

–No es como imaginé que tendría que decidir con quién pasaré mi vida si es que alguien tiene esa oportunidad –agregó Melisa.

–Ese es el problema, no debes perder tiempo en planear cómo algo será porque te lo pierdes mientras está ocurriendo.

–Parece que estás más sabio –dijo con cierta admiración.

–No. Estoy más reflexivo. Me voy –anunció. Le dio un beso en la frente y la abrazó fuerte–. Confía en ti –susurró y partió hacia su casa sin mirar atrás. Elina iría más tarde a llevar a Batman.

Melisa se quedó allí parada en medio de la sala de estar esperando la nada. Vacía de opciones y repleta de oportunidades al mismo tiempo. Lisandro era un hombre perfecto.

Nadie en su lugar hubiera actuado así. Se sentó en el sofá y
abrazó sus rodillas.

Pensaba y sentía.

Sentía y pensaba.

La Melisa sin tiempo para nada, la que recorría el mundo y atropellaba la vida con su independencia se había detenido a mirar a la mujer que en su interior le pedía que tomara una decisión, necesitaba definiciones concretas para poder continuar. Observarla era un progreso porque volvía a reconocerse en ella, pero no fue hasta que pudo escucharse que la primera lágrima rodó por su mejilla. Acarició la medalla entre sus dedos. *Lo esencial es invisible a los ojos*, se repitió. Esencial... lo único esencial era ser libre para poder ser feliz. ¿La libertad conllevaba soledad? Pablo le había hablado de la finitud, de su exesposa, de su muerte prematura acorde a sus años. De pronto como una revolución de conceptos sintió dentro de sí la respuesta. La vida era ese día, ni el ayer ni el mañana. Mucho menos la impensada cuestión de poseer al otro como un trofeo a perpetuidad. No era Lisandro o Pablo, era ella. La dueña de la manera en que decidiera disfrutar en plenitud la vida o por el contrario, la que eligiera tapar el sol con la mano y postergar en nombre de su negación el compromiso y las ataduras voluntarias que eventualmente pueden generar los sentimientos profundos. Dicho de otro modo, estaba delante de su oportunidad de ser feliz o de perderla.

Mientras estaba sumergida en sus ideas, sintió las manos de Pablo por detrás posarse con firmeza sobre sus hombros.

—Me voy. Creo que necesitas tu espacio.

Ella giró sobre sí misma.

—¿Podemos vernos en la noche? —preguntó. No tenía ganas de hablar.

—No. Me voy a Madrid. Ya dije todo lo que tengo para decir. Sabes lo que siento por ti y no se trata de cobardía o de no querer pelear para que estemos juntos, es mucho más que eso.

—¿Qué es?

—Es lo esencial. Estando aquí te acostaste con el padre de tu hijo luego de hacerlo conmigo. Escuché todo. No me divierte, me duele… mucho, pero eso no importa ahora. Me voy para no juzgarte y decir algo de lo que no pueda volver. Él fue claro, yo también lo seré —ella se había puesto de pie, Pablo se acercó y la besó en la boca. Ella lo abrazó durante unos segundos hasta que él puso fin al contacto físico—. Te amo, pero si no soy esencial para ti, entonces cambiaré mi lucha y dejaré de hacerlo. Lo intentaré al menos —dijo no muy seguro de lograrlo.

—No te vayas…

—Sabes dónde hallarme, Melisa. A veces, la vida es todo o nada. Yo te ofrezco todo, ¿y tú? —la miró con los ojos vidriosos y partió sin esperar su respuesta. Estaba herido y se notaba. Tampoco miró atrás.

Melisa regresó a su sofá y se quedó allí sin poder ordenar sus deseos. En una película de amor hubiera corrido hasta él, pero no era un film, era la realidad. Permaneció sin moverse

intentando descubrir qué quería para el resto de su vida.
De inmediato se corrigió, "para el resto de su vida" era mucho, quizá solo tuviera ese momento y con suerte, pudiera el tiempo de su destino darle muchos más. Debía decidir su presente. El hoy, así de simple y paradójicamente complejo.

El hoy era lo esencial.

CAPÍTULO 56

Desorden

El amor es escándalo, desorden, transgresión:
el de dos astros que rompen la fatalidad de sus órbitas
y se encuentran en la mitad del espacio.

Octavio Paz

Gonzalo dejó un rato a Elina mientras dormía con Batman. Llamó a Ita antes de salir para avisarle a dónde iría de acuerdo a lo que habían conversado.

—¿Dices que Elina llegó y se acostó?

—Sí. Estaba cansada. Preguntó si tenía problema en que se recostara y por supuesto no lo tengo. Se me ocurrió ocuparme de lo que hablamos.

—Bien. Volveré a la casa, entonces, para verla. ¿Fueron a buscar a Batman? —se cuidó de no mencionar que el dueño era un hombre que conocía.

—No. Ella lo devolverá más tarde, ya avisó a la familia con un texto. Me ofrecí a llevarlo yo mismo, pero no quiso.

Duerme con él. Creo que, llegado el momento, se pondrá muy contenta con la sorpresa.

–¡Eres un encanto! –dijo. Omitió poner palabras a todo lo que intuía. Conocía bien a Elina, si solo fuera cansancio Gonzalo tendría que estar durmiendo a su lado. Quizá, su amiga Nelly y la tarotista, que había enredado la luna con el sol y esas explicaciones algo complejas, tuvieran razón y no fuera ese maravilloso candidato el que su nieta eligiera. Lo lamentó. Tenía que hablar con ella.

–Gracias. Tú también. Eres la mejor abuela que alguien pueda tener. Bueno, si irás a la casa aprovecharé para caminar un poco y llamar a Madrid.

–Perfecto, despreocúpate. Voy para allá.

* * *

Un rato después, Ita había regresado. Sonrió al mirar la imagen de la flor en la pared, realmente invitaba a ponerse de buen humor. Era el nuevo Norte de su nieta, colores y felicidad había dicho. Lo había logrado. Eso inspiraba.

Entró a su habitación y la halló despierta acariciando al gatito.

–Hola, mi amor. Imaginé que algo ocurría. No duermes y conozco esa expresión.

–Abuela, tú y esa intuición… ¿Podrías abrazarme?

Ita se sentó en la cama y lo hizo. Sintió la energía de ella llegarle al corazón mientras le entregaba la suya.

—¿Quieres hablar?

—Mi vida es un desastre —comenzó—. Lloraría de poder hacerlo —agregó mientras tomaba un sorbo de agua de su botella y respiraba hondo para apaciguar el dolor que las lágrimas encerradas en su cuerpo le ocasionaban. Se colocó gotas en los ojos.

—¿Por qué lo dices? No es lo que parece. Tienes un trabajo, amor, eres talentosa y bella.

—Tú me ves con ojos de abuela. Nada es lo que parece. No sé quién soy ni lo que quiero. No puedo recordar completamente lo que sucedió en el incendio, pero sé que hablé con ella… —dijo en referencia a su madre.

—¿Hablaste con tu mamá? ¿Lo recordaste? —preguntó sorprendida.

—Sí. Ahora sé que antes de tirarme por la ventana ella me hablaba y la vi… —miró a Ita a los ojos—. Ella gritó mi nombre, estaba en el suelo, intentaba decirme algo. Nos miramos, sé que intenté acercarme y luego no sé si pude… No recuerdo qué me dijo… Además, Gonzalo, que es un amor, pero no puedo sentir lo mismo que él y me siento fatal por eso. Stella dice que debo ser honesta y decírselo —de pronto, Batman ronroneó como si dijera *aquí estoy y también soy parte de la confusión*—. Y esta lindura que no me explico por qué viene aquí y su dueño que no se va de mi memoria… —concluyó—. Imagina cómo me sentiré que le pedí a Renata que me ayude, que me envíe señales.

—Eso es muy bueno. Tu madre se equivocó mucho, pero te

amaba, yo lo sé. Te ayudará desde la eternidad –dijo emocionada. Sintió que la oportunidad de que se reconciliaran no estaba perdida a pesar de la muerte.

–Ojalá –sintió frío. ¿Acaso eso que dicen que cuando un espíritu está cerca conlleva baja temperatura sería cierto? El film *Sexto sentido* había construido un mito en torno a eso.

–Creo que debes pensar en una cosa a la vez. Es como cuando un médico opera –continuó. Y se cubrió la espalda con una pashmina que había en el suelo.

–¿Y qué sabes tú de eso? –preguntó.

–Nada, pero veo *Greys Anatomy* y allí cuando una cirugía se complica y hay muchas hemorragias, dicen "una arteria a la vez" y lo salvan. Bueno… –pensó–, a veces no, pero se ocupan de las situaciones una por una –repitió.

–¡Eres tan *cool*, abuela! Te amo –dijo con ternura. Ita había creado una sonrisa en su cara con su ocurrencia. Batman emitía sonidos tiernos.

–¿Sabías que los maullidos pueden transmitir información sobre el estado emocional del gato y sobre la urgencia del mensaje? En general, cuanto más intensa es la emoción, más intenso el maullido –comentó acariciando a Batman que no dejaba de hacerse notar.

–Abuela, ¿eso de qué serie lo sacaste?

–De ninguna. Desde que este pequeño aparece he leído bastante sobre los gatos. Viste que ahora le busco explicación energética a todo. ¡Soy una anciana muy progresista! –se rio de su transformación.

—Eres genial. ¿Y qué mensaje tiene Batman para mí, según tú análisis?

—Bueno, no soy adivina, pero me animo a asegurar que se relaciona con su dueño y con la paz que este animal te da. Pero ordenemos este desorden —dijo.

—¿En serio, Ita? ¿Te parece que estoy para acomodar lo que no ordené nunca? —preguntó en alusión a su habitación.

—No, cariño. Tu desorden emocional. Dijiste que no sabes quién eres, ni lo que quieres, hablaste de que no sientes lo mismo que Gonzalo, de los consejos de Stella, del incendio y de Batman. Es mucho.

—Así me siento. Como si todo estuviera inconcluso, tirado por ahí en distintas partes de mi corazón y yo no fuera capaz de encontrar el lugar exacto para cada cosa. Nunca fui buena ordenando —se burló de sí misma.

Batman emitió un maullido más corto, agudo y con una entonación ascendente. Después, ronroneó otra vez mientras "amasaba" la manta con infinita dulzura. Era evidente que expresaba una emoción intensa para estimular la atención y el contacto con Elina. Ella lo apoyó contra su pecho y lo besó repetidas veces. Ita pensó que Gonzalo era muy perceptivo además de bueno. No lo mencionó.

—Debes meditar.

—Otra vez con eso. Dime, ¿cómo lo hago? —preguntó abierta a ese bienestar. En su abuela había provocado un gran cambio y muy favorable—. Recordé que una de las chicas del grupo de Sjögren dijo sentirse mejor al hacerlo.

–Puedes escuchar meditaciones guiadas por Chopra o quien tú decidas y en el momento de repetir el mantra te centras en la pregunta y pides al Universo la respuesta. Luego te entregas y no piensas en nada más que seguir repitiendo mentalmente el mantra.

–No sé si pueda hacerlo. No tengo mucha paciencia. No creo estar preparada.

–Mira, si yo puedo, tú puedes. Simplemente trata de quedarte tranquila, respirar y encontrar el equilibrio. No pienses en nada, solo siente. No te pido que creas, solo prueba.

–¿Eso ayuda? Así… ¿nada más?

–Pues ha cambiado mi vida. Y no subestimes el hecho de no pensar en nada. No es tan simple como parece.

Hubo un breve silencio.

–No siento empatía con los médicos y mi padre lo era –dijo Elina de repente. El comentario pareció tocar un nervio de Ita. Nunca le había convencido aquella historia de Renata y siempre le había llamado la atención que el supuesto padre se llamara Elías como el abogado para el que ella trabajaba. ¿Debía decírselo a su nieta?–. ¿Por qué te quedas callada?

–Porque no creo esa historia –respondió sin pensar.

–¿Mi madre me mintió?

–No lo sé. No sé quién es tu padre, nunca lo conocí ni supe que tu mamá tuviera una relación con un médico. Ella nunca quiso hablar conmigo del tema. Lo intenté sin éxito. Después desistí, si había decidido no hablar no iba a cambiar de opinión.

—¿Entonces?

—Entonces… bueno, ella te dijo que se llamaba Elías Pérez y que se había ido a vivir al extranjero.

—Sí.

—Elías era el nombre de pila del abogado para el que trabajó mucho tiempo. Y ella viajó a Europa ese año. Puede que no signifique nada, pero eso es lo que se me cruzó en aquel momento, como una mezcla de datos.

—Tiene sentido. Iré a hablar con él —dijo ansiosa—. Quizá me le parezca.

—No puedes hacerlo.

—¿Por qué?

—Porque él murió el día del incendio en un accidente. Fue noticia. Se había separado de su mujer y se mató junto a su joven novia.

—¿Era casado?

—Sí.

—El viaje fue a París, ¿no es así? Tenía un amigo allá. Nunca más supimos de él. A veces llamaba, ¿recuerdas? —preguntó intentando seguir el hilo de la información.

—Sí. ¿Cómo era su nombre?

—Lo olvidé. Abuela, ¿qué piensas?

—No tengo respuestas, Elinita. Soy honesta contigo. Solo conjeturas. Sugiero que no imaginemos nada. Dejemos al tiempo hacer su trabajo y pidamos señales.

—No es fácil.

—Es posible. En cuanto a lo demás, busca en ti las respuestas.

Si no amas a Gonzalo, coincido con Stella: no debes darle esperanzas. Date la oportunidad de conocer al dueño de este gatito... y medita –insistió–. Recordarás todo. Lo prometo –se había convencido de eso. En ese momento observó el atril que fuera de Renata–. Has avanzado con la pintura –comentó cambiando el tema sin pensarlo.

–Un sin sentido, pero sí.

Ita se paró delante de la tela y la miró con detenimiento.

–Hay un hombre aquí, una maleta, humo, fuego... ¿Qué tiene en su bolsillo? ¿Una carta? –preguntó.

–Sí. Supongo que fue porque la noche que mamá lloraba delante del atril y me contó quién era mi padre, tenía un sobre en la mano.

–Tú comenzaste a pintar sobre esa misma tela el día que supiste del incendio de Notre Dame, ¿verdad?

–Sí.

–Elinita, medita –volvió sobre ese consejo que era casi una súplica–. Hazlo por mí. Piensa en esos momentos y la verdad llegará a tu corazón. Eres un desorden ahora, pero siempre has sabido dónde están tus sentimientos. Confía en eso.

Batman ronroneó. Elina sentía que nada tenía relación con nada y a la vez, que todas las piezas del rompecabezas de su historia estaban allí esperando que ella se dedicara a armarlo.

Ita puso en su teléfono celular a reproducir una meditación guiada y ambas, en posición de loto y en silencio, se conectaron cada una con su ser.

Gonzalo encontró lo que buscaba y explicó a la mujer que lo recibió que Ita se ocuparía del resto cuando fuera el momento previsto. Caminó por Montevideo y se detuvo en un café. Se sentó a observar el lugar y llamó a su casa. Primero habló con Andrés, quien le dio tranquilidad respecto de la tríada. Estaban todos bien. Agregó que una mujer había preguntado por él y que Frankie la había atendido. No sabía nada más. De inmediato se comunicó con su tío.

—¡Hola, Frankie! ¿Cómo están?

—Estamos bien.

—¡No le digas! —susurraba José.

—¿Cómo estás tú? —preguntó Frankie corriéndose de al lado de su hermano para no escucharlo.

—Bien. Disfrutando.

—¿Ya le pediste que se case contigo?

—No, tío. No son decisiones para tomar así de rápido —respondió sonriendo y antes de que pudiera preguntar a quién había atendido, se quedó sin palabras.

—Bueno pues deberías saber antes de hacerlo, si es que lo haces, que…

—¡No le digas! —repitió José en tono más alto.

—Lorena estuvo aquí y espera un hijo tuyo —dijo sin ninguna contemplación previa o la menor intención de medir el efecto de la noticia que estaba comunicando. Frankie, al mejor estilo Frankie, había lanzado la verdad como un misil

sin rumbo–. Listo, ahora ya lo sabes –agregó–. José hicimos lo correcto –su hermano se tomaba la cabeza y despotricaba sin cesar.

–¿Hicimos? ¡*Tú* hiciste lo que se te antojó! –exclamó.

Gonzalo se quedó literalmente mudo. ¿Era eso posible? Sí. Lorena tenía colocado un DIU o eso había dicho. Ella se había enamorado de él, era una alternativa que quisiera un hijo. No era leal sin haberlo consultado. Estaba enojado, confundido, casi alterado.

–¿Estás ahí?

–¿Qué dices, tío?

–Lo que oíste. Ella vino a avisarte. No quiere nada, lo que habla muy bien de ella, solo que lo ha pensado y no desea negarte la verdad. Es amorosa la chica pero, claro, está triste, imagínate su situación… –empezó a alegar en beneficio de lo que él creía correcto.

Sus palabras le daban credibilidad al tema, ya que así era Lorena, buena y desinteresada. ¿Cómo haría para que eso fuera compatible con una vida junto a Elina? Él no amaba a Lorena, la noticia de un hijo no cambiaba eso, pero sí le daba un giro a sus decisiones. Vivir en Montevideo ya no sería una posibilidad si todo eso se confirmaba. Tenía que hablar con Lorena, luego con Elina y regresar a Madrid. Sus emociones eran un gran desorden. Sintió vértigo al pensar en el futuro mientras no podía asumir, ni siquiera conceptualmente, el presente.

–Tío, necesito pensar. Luego los llamo –fue todo lo que pudo decir.

Frankie se despidió casi al tiempo que la comunicación terminó.

Teresa se acercó a su esposo.

—¿Cuántos hijos tuvimos? —preguntó.

—Ninguno, pero hemos criado a Gonzalo, nuestro sobrino, como si fuera propio —no lo sorprendió que en medio de su confusión hablara de hijos, siempre algo en ella permanecía en sintonía con los hechos. Solo había que comprenderla.

Una vez más, su amor la rescató del olvido cuando la abrazó.

CAPÍTULO 57

Verse

*Muchas veces, eso a lo que llaman "el destino"
toma mejores decisiones que nosotros mismos.*

Edwin Vergara

Elina se sintió mucho más tranquila luego de concluir la meditación con Ita. No entendía a ciencia cierta qué estaba haciendo, pero confiaba en su abuela y la información indicaba que nada malo podía ocurrir con las terapias alternativas complementarias de tratamientos. En una época en la que es tendencia optar por el tiempo para desconectar y renovar energías, al punto de organizar vacaciones de retiro, meditar suponía un avance o al menos una chance de estar mejor. Batman había permanecido sobre su regazo todo el tiempo. Sentía su calor con los ojos cerrados. Había apoyado su espalda contra la pared. El bienestar era indiscutible.

—Ita, me gustó hacer esto. Fue como una pausa. Así lo sentí. Como si mis pensamientos hubieran tomado un descanso y ahora estuviera más en mí.

—Más en ti —repitió—. Esa es la idea. Comprobarás que es algo muy bueno y necesario. Meditar es calidad de vida. El estrés diario afecta a la salud, se refleja en el cuerpo, y es que casi no hay tiempo para equilibrar la mente y el cuerpo, Elinita. Hay que inventar ese espacio, ¿comprendes? Sé que será bueno para resolver tus preocupaciones, estarás tranquila y verás con claridad. Además, podrás enfrentar mejor el síndrome y por qué no, curarlo.

—No hay cura para el Sjögren. Todavía —agregó con cierta esperanza.

—Tú lo has generado, es autoinmune. Estoy segura que puedes revertirlo.

—Me alcanza con controlarlo, abuela.

—Si usas parte del tiempo para dedicártelo a ti misma, recuperarte y repensarte desde otro punto de vista, hallarás las soluciones que buscas. Tu vida no es un desastre, tú la ves así, pero meditar, como hacer yoga o simplemente practicar el silencio a través de distintas técnicas que trabajan la parte emocional, espiritual e intelectual es el mejor comienzo.

—Hablas como si llevaras años en el tema.

—No importa cuánto hace, sino que entendí cómo funciona el Universo y que podemos lograr todo aquello en lo que nos enfoquemos si es para bien. Meditar, comida sana y actividad física. Cuidar el cuerpo y el alma.

—Creo que entiendo. Durante el mantra traté de verme y pedí recordar. Por otro lado, comer sano, hacer ejercicio, recuperar la forma, sentirse bien por dentro… dicho así, es lo que todos deberíamos hacer, no solo los que tenemos un síndrome.

—¡Por supuesto! Es un camino de ida. ¿Has notado que estoy mejor de mis piernas? Ya no avanzó mi flebitis y han sanado mis várices.

—Sí, es cierto. Me alegro. Te haré caso, continuaré con mi espacio de silencio —remarcó—. Yo agregaría tener contacto con la naturaleza a la lista.

—¡Sí! Eso dice Chopra.

—Bien… —sonrió—, pero ahora iré a devolver a Batman antes de que regrese Gonzalo —dijo volviendo al mundo terrenal—. Dejaré a Deepak para más tarde.

—Me parece bien. Regresaré a lo de Nelly. Ella y yo tenemos al Universo trabajando para ti —le dijo.

—Gracias, pero intenten esmerarse un poco porque nada parece dar sus frutos. Igual, tú y ella son de gran ayuda.

Las dos rieron con ganas.

—Lo sé. Te amo, Elinita.

Se despidieron con un abrazo.

* * *

Elina dejó una nota en la mesa de la cocina dirigida a Gonzalo, metió a Batman en su mochila y dejó abierta la cremallera

para que pudiera asomar la cabeza, y fue camino a la dirección que Lisandro le había enviado en su mensaje. Llegó enseguida, sentía dolor de estómago, estaba nerviosa. Besó a Batman y tocó el timbre.

Lisandro la recibió con una sonrisa. Su corazón comenzó a latir más rápido.

–¡Hola! Pasa, te estaba esperando.

–¡Hola! –respondió al tiempo que Batman escondió su cabeza en el fondo–. Cada vez me cuesta más devolvértelo. Si no fuera por tu hijo, sería capaz de pedírtelo –confesó.

Sucedía que cuando estaba frente a él todo fluía naturalmente, no pensaba en que no lo conocía o la imagen que daba, ella era su versión original sin ningún prejuicio.

–Dylan lo ama y yo también. Me encantaría poder darte ese gusto, pero no puedo. ¿Quieres tomar algo?

–Agua –respondió sin dudar.

Lisandro le sirvió un vaso de agua fresca.

–Siéntate –dijo al tiempo que también él lo hacía en el sofá–. Cuéntame, ¿te ha dado trabajo?

–¿Batman? ¡No! Es absolutamente adorable. Me encanta tenerlo. Siempre es linda noticia su visita.

–¿Por qué no tienes un gato si tanto te gustan?

–No lo sé. Supongo que debo solucionar varios temas conmigo misma antes de que otro ser dependa de mis cuidados. Tampoco sabía que me gustaban tanto los gatos hasta que conocí a este pequeño –dijo y lo liberó de la mochila.

–¿Sabes? A veces es al revés. Cuando tomas conciencia

de que alguien depende de ti, te conviertes en tus mayores capacidades en acción. Incluso las que no sabes que tienes.

—¿Lo crees así?

—Estoy seguro. Me pasó con Dylan, no sabía cómo sería ser padre, pero asumí ese rol feliz de hacerlo. Aprendo con él —la miraba, no podía dejar de hacerlo. Ella acariciaba a Batman—. Dime, ¿en serio no quieres que prepare la cena para ti hoy? —no quería que se fuera.

Elina pensó en Gonzalo. Tenía que irse de allí antes de que la culpa comenzara a devorarse el momento. Al mismo tiempo tenía ganas de conversar y conocer más a ese hombre que le inspiraba confianza.

—Seré honesta contigo: un amigo está en mi casa en este momento, vino desde Madrid a visitarme. Soy pésima para mentir. No me gusta hacerlo.

—¿Y por qué habrías de mentirme? Puedes contarme lo que sea. No soy el tipo de hombre que juzga.

—¿Y qué tipo de hombre eres?

—Digamos que soy sensible, que no le tengo miedo a mis emociones, que desde la separación de la madre de mi hijo y hasta que te vi, no me había planteado si quiero una pareja…

Elina supo que estaban en sintonía. Les sucedían cosas, aunque no pudieran definirlas o no quisieran hacerlo.

—¿La quieres? —preguntó de manera directa.

—No lo sé. A veces creo que no encontraré una mujer que entienda que mi hijo es lo más importante en mi vida.

—Los hijos deben ser siempre lo más importante, te lo dice

alguien que nunca lo fue y que carga una historia sin resolver. Habla bien de ti que priorices a Dylan.

—Me gusta que digas eso. ¿Sabes? No estoy en plan de seducción, pero tú de verdad eres diferente. Soy de los que creen que para saber hay que preguntar y lo haré.

—Pienso lo mismo y, por cierto, tampoco intento seducirte. Pregúntame lo que quieras.

—¿Estás en pareja con tu amigo de Madrid?

—No. Sí. No.

—¿Cómo debo interpretar eso?

—Nos conocimos en París, tuvimos algo allí hace un año. Creí que estaba enamorada, pero ha venido a buscarme y ahora no es lo mismo. Lo cierto es que debo decírselo y es tan doloroso hacerlo que estoy postergando el momento.

—¿Por ese motivo estás aquí?

—No sé porque estoy aquí hablando contigo. Confieso que Batman fue la mejor excusa, pero he pensado en ti —no le dio vergüenza decirlo.

—No todo está perdido.

Se miraron. Se veían. Fue el momento que no se olvida. Ambos supieron que estaban allí conversando por una razón más grande que sus decisiones. El destino los había encontrado.

—¿Por qué es tan difícil ordenar la vida?

—No es difícil, ¡es imposible! La vida es el camino y no lo conocemos. Solo lo transitamos, casi a ciegas a veces y otras, más orientados.

—No es un panorama muy alentador.

–¿Por qué no?

–¡Porque debo ordenar mi vida y me has dicho que es imposible! Te conté que tengo un síndrome poco conocido que ha cambiado el ritmo y mi manera de vivir. Mi madre nunca me quiso; murió en un incendio en el que yo pude salvar mi vida y tengo sueños recurrentes a los que les falta una parte. No estoy segura de que mi padre haya sido quien ella me contó. Un hombre que me ama espera que le corresponda y en lugar de eso le diré que no siento lo mismo y…

–Y otro hombre esperará el tiempo necesario para conocerte… me gustas –completó la frase. Batman ronroneó y miró a Elina como si comprendiera el diálogo, ella sonrió.

–Debo irme. Gracias por el agua –se sonrojó.

–No lo hagas –pidió–. No he terminado de mirarte –dijo con dulzura. La observaba como quien está obnubilado. Conocerla era todo lo que quería. Saber todo de ella. Le llamó la atención que él había conocido a Melisa en París y que Pablo Quevedo era de Madrid. Con lo grande que era el mundo, no parecía azar que todo rondara en los mismos lugares. Lisandro creía que todo tenía relación y ocurría por un motivo.

–Eres muy dulce, ¿sabes? Le haces bien a mi autoestima, he tenido problemas con el hecho de verme tal cual soy. Me quedaré solo unos minutos más.

–¿Qué ves cuando te miras?

–¡Qué pregunta! Eso ha cambiado con los años. Supe ver a una pequeña gordita con rizos que avergonzaba a su madre,

a una adolescente desesperada por su cariño… y ahora me he convertido en una mujer –pensó un momento–. Creo que veo a alguien espontánea, que intenta no tomarse la vida tan en serio, que quiere ser feliz y que no le resulta nada fácil.

–Yo veo a una mujer distinta desde su estilo bohemio, a quien no le importan las apariencias, que se ha perdido en su desorden interior y que enfrenta con sinceridad sus sentimientos. ¿Me equivoco?

–No. Así soy. Aprendí a vivir sin la aprobación de mi madre y eso me hizo más fuerte. Soy su opuesto, no lo hice adrede, pero ella siempre vestía impecable y yo disfruto la ropa cómoda y colorida. Como dices, "bohemia". No voy a la peluquería, me gusta leer, andar en bicicleta, caminar descalza, escuchar música y pintar. Amo los animales, aunque no tenga ninguno, y mi trabajo porque me permite hacer mi aporte para revertir injusticias sociales que afectan a los niños. No todos tienen la abuela que yo tengo a falta de padres.

–Y tú, ¿cómo me ves?

–Veo un hombre que ama a su hijo, que es muy comprensivo con la madre del niño. Que me mira como si pudiera atravesar los rincones secretos de mi memoria, que tiene un gato que me gustaría que fuera mío y que es psicólogo.

–Es real lo que ves. Cuéntame más de ti.

Elina estaba cómoda y habló con la naturalidad de siempre.

–Aprendí a disfrutar el hoy, intento no cuestionarme. Sé que otra en mi lugar quizá especularía contigo. No te contaría la verdad, pero yo no puedo. Algo me atrae de ti y no siento

que deba negarlo. Amar no es un fin en sí mismo, un proyecto de vida, es el trayecto. ¿Me explico?

—Puedes ampliar si lo deseas.

—Me refiero a que no ando buscando enamorarme, tampoco me niego a ello si sucede. Me animé a recibir a Gonzalo, así se llama —aclaró—, porque necesitaba saber qué nos ocurría juntos y estoy aquí contándote que no ha funcionado porque es la verdad. Antes de mi viaje a París en donde lo conocí, estuve sola mucho tiempo; después, también. Y ahora…

—¿Ahora qué?

—Ahora debo irme —dijo. Miró sus labios y lo besó con su imaginación. Él lo sintió.

—Habla con él. Yo pude hacerlo con mi ex —ignoró su voluntad de partir.

—Lo haré. ¿Qué pasó con tu ex?

—Se presentó una pareja y tuve una reacción nefasta. Fui celoso y eso es completamente reprochable. Sentí amenazada mi paternidad… Fui un estúpido —confesó a medias.

—Nada puede poner en peligro el vínculo con tu hijo. Debes pensar que, si es un hombre bueno, implica otra posibilidad de ser amado —no lo dijo, pero pensó que no le vendría mal a ese niño criado por su padre la mayor parte del tiempo, que alguien compensara las ausencias de la madre. Recordaba que Lisandro se lo había contado.

—Eso concluí, pero siendo honesto no fue mi primera reacción.

—Debo irme. Por favor, no digas nada o volveré a fracasar

en mi intento de regresar a casa y no deseo eso. Gonzalo es todo lo maravilloso que alguien puede ser. Merece mi verdad.

Lisandro la acompañó hasta la puerta.

—Gracias. No olvides que estaré esperando la oportunidad de volver a verte.

—Pues parece que eso, de momento, lo decide Batman.

—Tú lo decidirás —aseguró.

Elina pensaba en todo; y él, solo en ella. Se fue de allí sintiéndose tranquila en una situación que creyó que iba a estresarla. Algo comenzaba a cambiar en su ser. Había mantenido una charla con Lisandro sin faltarle el respeto a sus convicciones. La energía que los separaba era la misma que los unía. Resultaba difícil de explicar. Algo así como sentir que creían en lo mismo, aunque no lo supieran todavía con certeza. Se habían visto al mismo tiempo, ¿volverían juntos de allí?

CAPÍTULO 58

¿Injusticia?

Si no perdonas nunca serás libre.
Nelson Mandela

Julieta no había ido a la sesión con Lisandro. No quería pisar el mismo espacio al que iba el amante de su madre. Le había avisado por un audio que no tenía ganas de hablar. Lisandro le preguntó si tenía novedades y ella respondió que su madre estaba en la casa dando lástima y nada dijo de su atraso.

Llegó a la consulta reprogramada para el día siguiente, estaba demacrada.

—Hola, Li —saludó mientras se acomodaba en el sofá.

—Hola, ¿cómo estás?

—Mejor pero mal —Lisandro la dejó continuar sin preguntar—. No estoy embarazada y eso es un gran alivio. No quiero tener hijos, ni ahora ni nunca. Nadie tiene el derecho de traerlos al mundo para cagarles la vida, ¿no te parece?

—Definitivamente, nadie tiene ese derecho, pero hay que resignificar ese concepto de "cagarles la vida", como dices. En la mayoría de los casos, son los adultos los que se arruinan la vida cometiendo errores y perdiendo la posibilidad de compartir tiempo con sus hijos y verlos crecer. Eres una joven independiente, con potencial. Nada que hagan tus padres debe afectar tu vida de manera drástica. Para eso vienes aquí, para aprender a convivir con la familia que tienes y ser tú misma.

—Quisiera vivir sola. Mi madre, ahí en la casa, parece un alma en pena. Llora y está impresentable.

—Eso se llama depresión y debe tratarse.

—Sí, mi padre le paga un psiquiatra particular que no cubre el seguro médico.

—¿Te molesta eso?

—Me molesta todo.

—¿Qué es todo?

—Lo injusto que es todo. Mi papá es el mejor, demasiado bueno, y ella lo hizo pedazos, lo traicionó. Y ahora, él la cuida. ¿Están todos locos?

—Tal vez la perdonó. Es un acto de grandeza perdonar.

—Li, por favor, ¿qué dices? Es una idiotez. No se perdona la injusticia. ¿Tú lo harías?

—Tal vez. Me gustaría ser capaz de hacerlo.

—Con todo respeto, pero tú eres medio como mi padre entonces —omitió decir *idiota*—. La injusticia provoca dolor

sin derecho a eso. Perdón e injusticia no son términos que puedan ir juntos. Puede que los más buenos como mi padre y tú puedan no sentir odio o rencor, pero perdonar, no. Eso no. Si alguien lastimara a tu hijo, ¿lo perdonarías?

–No importa lo que yo haría, sino lo que tú haces y creo que, si decides no perdonar, está bien si es tu convicción, pero lo que no puedes es juzgar a quienes lo hagan.

–No puedo ponerme de acuerdo contigo. Si alguien maltrata a mi perro o a cualquier animal, no solo no podría perdonar, sino que lo juzgo como una persona de mierda y le deseo lo peor.

–¿Eso te sucede con tu madre? ¿Le deseas lo peor?

–La quiero lejos. No sé lo que le deseo. Nada, supongo que ya tiene bastante. La culpa es muy sabia –dijo con ironía.

–"Nada" es algo bueno en esta instancia. Por ahora, déjala allí en una pausa. Permite que se recupere y luego llegará tu momento de hablar con ella.

–¿Qué le pasa a la hija? –preguntó–. ¿También los descubrió?

Lisandro esperaba alguna pregunta con referencia a Juan.

–Eso es secreto profesional y lo sabes.

–Sí… Igual me dio nauseas verlo aquí. Me recordó la situación en el hotel, lo pienso acostado con mi madre, me da asco. ¿Es casado?

–No te diré nada acerca de esa familia. No corresponde. Tú céntrate en ti.

–¿Cuántos años tiene la hija?

–Julieta, basta –se sentía fatalmente incómodo.

438   –Bien, solo ella me da pena, sería un yo del otro lado. Ojalá no sepa.

–¿Qué ha pasado con Franco?

–Volvimos. Desconfío, pero le di otra oportunidad.

–Deberías hacer lo mismo con tu madre.

–No puedo.

Se despidieron con un abrazo. Lisandro se quedó más tranquilo respecto de ella porque, aun en medio de su bronca, estaba mejorando. No se lo dijo, pero sintió que tenía razón, la injusticia no se perdona. Solo pensar que alguien lastimara a Dylan, le hizo descubrir que no era tan capaz del perdón como creía.

Se fue a preparar un café en el consultorio y pensó en Elina. Le mandó un texto sin pensar.

LISANDRO:

Estoy en el consultorio.

Por si decides volver a verme.

ELINA:

Sabía que debía darle espacio. La imaginó y le envió los besos que quería darle, aunque ella no lo supiera.

En ese momento, su hermana lo llamó desde Buenos Aires. Belén Bless era licenciada en Ciencias Empresariales. Una mujer que, unos años antes, había llegado a ese maravilloso

momento de la vida en el que, después de haber pasado por mucho, sabía lo que quería. Organizaba eventos diferentes. El *Warmichella* era su creación, un *Lifestyle Festival* en el que reunía en un fin de semana a pequeños emprendedores, todos con algo en común: el talento y la creatividad. Allí vendían sus originales productos. Pero no era eso únicamente, era la magia. El festival envolvía y convertía todo en un buen momento. Estaba trabajando intensamente para el que se realizaría ese año en el Parque Náutico de San Fernando.

—Hola, hermanito. ¿Cómo están?

—Bien, ¿y tú?

—¡A mil! Con millones de cosas, pero feliz.

—¡Como siempre! ¡No paras! Tú sola y tú sonrisa podrían cambiar el mundo, lo sabes.

—Eres tan tú. Te amo por eso. Escucha, estoy sumergida en la organización del festival y te quiero aquí ese fin de semana.

—Lo sé. Ya me lo dijiste la semana pasada —ambos rieron.

No había nada que Lisandro le negara a su hermana. Era una persona que tenía el alma abierta a todo lo que estaba bien. De hecho, así definía su festival: "Warmichella es todo lo que está bien", y era verdad. Él había ido siempre. Le encantaba ver artistas pintar al aire libre, con música country de fondo, en un ambiente absolutamente natural y distendido. De pronto, recordó a Elina pintando la pared de su sala de estar. Tenía que llevarla. Ese era un lugar que tenía que conocer.

–Creo que te daré una sorpresa este año.

–¿En serio? Dime, no me gustan las sorpresas. Y menos esperar.

–Conocí a alguien y la voy a invitar.

–¡Por fin! Me alegro, mereces ser feliz en pareja y no solo padre de Dylan.

–No volveré sobre ese tema. Viviré a mi modo, Belu.

–Siempre se puede estar mejor. No te perdonaré si no lo haces –insistió.

–Eso intento –*otra vez el perdón*, pensó, aunque era un escenario diferente.

–Es una injusticia que estés solo. Espero que la mujer que conociste te merezca.

–¡Y yo espero que me dé la oportunidad! –otra vez la injusticia. Nada era azar.

–Lo hará –dijo desde ese sexto sentido que nunca fallaba–. Sabes que mi intuición es imbatible –agregó.

–¡Que así sea! ¿Estás descansando lo suficiente? –cambió de tema–. No te excedas, tu festival se lleva toda tu energía en los meses previos. Sin mencionar el negocio y lo demás.

–Es cierto, pero nada se compara con lo que siento cuando sucede. Todo justifica mi esfuerzo.

–Lo sé.

–Quizá te visite antes, tengo ganas, pero la verdad es que ¡no tengo tiempo ni para detenerme en los semáforos!

–¡Pues más vale que lo hagas!

–Te quiero. Debo colgar –avisó–, tengo otra llamada.

Antes de que Lisandro pudiera responder, ella ya había terminado la comunicación. Así era Belu, un torbellino de ideas, un tsunami de emociones, lo imprevisible y a la vez, todo lo mejor que se podía esperar de alguien. Estaba siempre en movimiento, pero también muy atenta a su entorno y a las posibilidades de dar más y mejor. La gobernaba una sonriente paz.

CAPÍTULO 59

Aceptar

Lo que niegas te somete.
Lo que aceptas te transforma.

Carl Gustav Jung

Cuando Elina regresó a su casa, abrió la puerta y miró su nuevo Norte, no pudo sonreír. Tenía que hablar con Gonzalo. La sorprendió verlo armando su equipaje en la habitación.

—¿Qué haces? ¿Ocurrió algo malo? ¿La tríada está bien?

—Ven preciosa, siéntate aquí. Hay algo que debo decirte —dijo y Elina se estremeció, algo la ponía en alerta, intuía que no sería una buena noticia. De pronto le dolía el cuerpo. Se acercó y se sentó en el suelo contra la pared, la cama estaba llena de cosas. Él se sentó a su lado—. No tenía planeada esta conversación para hoy, pero quiero ser honesto contigo —ella lo escuchaba con atención.

—También tengo algo importante que decirte.

—Creo que es mejor que antes de decir nada sepas lo que voy a contarte. Podría cambiar las cosas —Elina no comprendía—. El año pasado, después de conocerte, estuve algún tiempo con alguien en Madrid. Es una buena mujer, a quien aprecio, pero no amo. No me enamoré, supongo que porque nunca te olvidé. Cuando ella quiso que fuésemos a vivir juntos, yo dejé de verla porque no era justo continuar. No sentíamos lo mismo.

—No debes darme explicaciones. Ambos éramos libres al regresar de París —y *aún lo somos*, pensó.

—Lo sé. Vine a buscarte seguro de que eres el amor de mi vida y lo he confirmado. Tenía dos opciones en mente hasta que hoy recibí una noticia que me ha dejado solo una. ¿Vendrías a vivir conmigo a Guadarrama? Podríamos llevar a Ita —aclaró.

—Todavía no me has dicho qué ocurrió. ¿Cuál es la opción que ya no tienes? —evitó responder.

—Venir a vivir aquí. Nunca fue un proyecto fácil, pero estando contigo llegué a pensar que era capaz de hacerlo. Buscar alternativas para cuidar a mi tríada y estar contigo. Sin embargo, hoy algo ocurrió. Inesperado. Lorena, así se llama, está embarazada —no fue capaz de continuar. Al escucharse le costaba creer el rumbo de los hechos.

Elina no podía reaccionar. Una cosa era decirle que no estaba funcionando para ella a pesar de que él era, posiblemente, el mejor hombre que había conocido, y otra recibir antes esa novedad.

—¿Estás seguro? —fue lo primero que atinó a decir.

—Hablé con ella. Y sí, es así. Fue a la posada a buscarme para avisarme y mi tío Frankie no la dejó ir hasta que logró que ella le contara la causa de su visita. Él me llamó y me lo dijo. Sabes cómo es. Nada cambia respecto de ella, no la amé y no la amo, pero un niño implica que debo estar en Madrid para él, no puedo vivir aquí. ¿Entiendes? Por eso te pido que vengas conmigo.

Elina recordó todo lo que sabía de Frankie y no la sorprendió que no hubiera podido esperar para hablar. Había llegado el momento de decir su verdad y contra toda previsión, no era más fácil a pesar de lo que había oído. Gonzalo le ofrecía una vida a su lado en Madrid y ella no podía aceptar, pero no porque tendría un hijo, sino porque no lo amaba. Lo quería muchísimo pero no lo suficiente.

—¿Qué piensas?

—Yo creo que un hijo es siempre lo primero. Conoces mi historia, jamás sería ese motivo un problema para mí. Habla bien de ti que quieras estar junto a él.

—¿Por qué siento que hay un "pero"?

—Porque lo hay. He sido feliz contigo, en estos días, pero me doy cuenta de que no soy la misma que en París. No puedo corresponderte de la misma manera. Tú quieres estar conmigo siempre y yo me sentí algo agobiada cuando regresamos de Colonia. No me malinterpretes. Has sido mi nuevo Norte, me diste grandes momentos. Me ayudaste con mi síndrome, gracias a ti he cruzado barreras que no pensé

que podría, pero mereces alguien que pueda dártelo todo,
y no soy yo.

Gonzalo la miraba con dulzura. Le brillaban los ojos, contenía las lágrimas. Desde que había hablado con Lorena, algo en su interior le había adelantado que perdería a Elina. Sin embargo, había creído que la razón sería la distancia, no que no lo amaba, y eso le dolía. Respiró hondo.

—Supongo que así es perder el amor de tu vida —dijo.

—Perdóname —Elina comenzó a sentirse mal, la angustia y las lágrimas negadas le dolían desde adentro hacia afuera. Bebió agua.

Gonzalo lo advirtió y le alcanzó sus gotas para los ojos.

—No, preciosa, no tengo nada que perdonar. El amor es o no es, aquí no ha sido para ti. Te extrañaré... —la miró a los ojos—. Al menos sé que no tiene nada que ver con la distancia o con el hijo que tendré, eso me tranquiliza.

—¿Te tranquiliza? Eres demasiado bueno. Viajaste hasta aquí y yo...

—Y he sido feliz —la interrumpió—. Volvería a hacer este viaje sin pensarlo. Me llevo de ti lo mejor. Solo lamento una cosa...

—¿Qué?

—Me hubiera gustado saber que la última vez que hicimos el amor, era la última. Te hubiera besado más.

Elina lamentó no amarlo.

—Pocas cosas de las que me suceden han sido mi decisión. Debes saber que también volvería a viajar contigo a Colonia y que siempre serás tú en mí. No del modo que tú lo sientes,

pero yo te quiero. Tanto te quiero que me duele no amarte. Fuiste un abrir y cerrar de sueños, me temo que he despertado —le tomó la mano y soltó el mundo por un breve instante.

—Creo que es mejor que consiga un pasaje cuanto antes. No quiero prolongar la despedida, ni por mí ni por ti. Solo déjame pedirte algo.

—Lo que quieras.

—Sé feliz. Lo mereces. Puedes ser la mujer que quieras. Recuperarás tu pasado, lo prometo. Puedes llamarme cuando gustes. No permitas que el síndrome cambie nada en ti porque tú, tú sola y tu actitud frente a la vida lo vencerán, quizá antes de que se descubra su cura, porque eso también ocurrirá. Yo lo sé —Elina solo pudo abrazarlo—. Hazlo, preciosa. Sé feliz. Pinta, arriésgate y devórate cada momento. Necesito saber que lo harás.

—Lo haré. Lo prometo.

—Yo estaré contigo de un modo u otro, seré un buen recuerdo para ti —dijo y le guiñó el ojo mientras por dentro no podía detener el dolor que le provocaba aceptar lo que no serían.

* * *

A la mañana siguiente, Gonzalo iba rumbo al aeropuerto. Se había despedido de Ita y habían pactado que se ocuparía ese mismo día de la sorpresa. Lo ocurrido no cambiaba nada. Al contrario, quería darle a Elina un motivo de felicidad. No había querido que ella lo acompañara. Era mejor así. La magia

se había roto. La mujer que amaba no despertaría a su lado nunca más. No se arrepentía de nada porque habían escrito en su memoria una historia breve que leería muchas veces, un amor que había durado lo suficiente como para ser inolvidable. Era poco, pero era también más que lo que otros lograban. Había aceptado eso.

* * *

Elina se quedó pintando el cuadro del atril, agregaba pinceladas como suspiros. Se sentía tranquila, pero triste. De repente, Ita entró en la habitación. Traía algo envuelto en una manta.

—Es para ti. Gonzalo fue a elegirla cuando regresaron de Colonia y me pidió que la fuera a buscar el día que él se fuera. No pensamos que sería tan pronto, pero supongo que está bien que así sea —dijo mientras descubría una gatita pequeña color canela con ojos verdes.

Elina la tomó entre sus brazos con tanto amor como fue capaz. La besó y sintió cómo equilibraba su energía.

—¿Cómo se llama? —preguntó emocionada por el gesto. Era justo lo que necesitaba.

—Pues él le puso París, pero me dijo que tú puedes cambiarlo. Aún no responde al nombre.

—No lo haré, es un nombre perfecto —abandonó la pintura y se recostó con la gatita entre sus brazos. Cerró los ojos y pensó en Gonzalo, le deseaba la mejor vida que alguien pudiera

tener. Aceptó que ambos tenían derecho a ser felices y pidió que así fuera.

—¿Quieres meditar? Nos haría bien.

—Sí. Pero la escucharé así, acostada —respondió.

Deepak Chopra comenzó a hablar sobre la ley de dar. Elina supo que no era casualidad. En algún momento del mantra, se quedó dormida. El sueño volvió a ella y paradójicamente, ella con toda su ansiedad y el peso de la verdad que no conocía sobre su espalda, regresó al sueño. Lo vivió desde el mismo lugar, siendo la joven de dieciséis años y la mujer de treinta. Los detalles eran los mismos, calor, humareda, crujidos, objetos quemándose. Las llamas consumían todo a su paso.

Renata le hablaba desde la otra habitación, había gritado su nombre y había logrado abrir la puerta. Estaba en el suelo. Repetía su nombre y algunas palabras con gran esfuerzo. Ella luchaba por acercarse, pero en esta oportunidad los recuerdos volvían de a poco. No era el intento, sino que lo conseguía. ¡Hablaba con ella! Lo sentía como un fatal pequeño triunfo en medio de la tragedia.

—No hay tiempo. Busca mi carta, debes leerla, es un sobre rosado, la puse en…

Y Elina despertó sobresaltada. París permanecía a su lado. Abrió los ojos y solo pudo ver el sobre asomando del abrigo del hombre en la pintura del atril. La sorprendió ver que lo había pintado de color rosa antes de que Ita llegara. Aceptó de inmediato que eso no era casualidad.

¿Cuál era el mensaje de Renata? ¿Dónde estaba ese sobre?
¿Cuál era la clave para entender el mapa de su vida? Era evidente que meditar daba resultado. Sintió que estaba más cerca no solo de la verdad sino de su madre. ¿La estaba ayudando? Sentía que sí. Quizá el Universo le repitiera el sueño y agregara en cada oportunidad algo más para cerrar el círculo y poder transformar sus vacíos. Algo había cambiado, el sufrimiento por lo ocurrido se enfrentaba a la posibilidad de descubrir la verdad, entonces, mientras soñaba, no sentía dolor sino necesidad de respuestas.

CAPÍTULO 60

Bicicletas

La vida es como montar en bicicleta.
Si quieres mantener el equilibrio
tienes que seguir avanzando.
Albert Einstein

Una semana después de la partida de Gonzalo, Elina había pasado por diferentes estados de ánimo. Cada día más convencida del bienestar y la claridad que le proporcionaba meditar, lo hacía no menos de dos veces por día. Había elegido una serie de Chopra de veintiún días que tenía como fin la creación de abundancia entendida como el todo que se puede tomar del Universo. Se dormía escuchando una meditación guiada al azar que casi siempre tenía que ver con lo que había estado pensando durante esa jornada.

Le dolía no haber podido amar a Gonzalo, pero sabía que había hecho lo correcto y que lo que ambos sentían, aunque diferente, los había guiado a comprenderse y a decir lo que hubieran querido que sea distinto de una manera que lastimara lo menos posible. Se escribían, pero poco. Ella prefería no hacerlo y se lo había dicho. Lo había llamado para agradecerle por París y le enviaba fotografías diciéndole que la gatita la hacía muy feliz.

Estaba mucho más tranquila y menos cansada. Sus síntomas habían cedido en buena medida, incluso la sequedad de su boca, aunque no había podido llorar. Seguía leyendo a Hemingway a diario, montaba su bicicleta vintage y la decoraba con diferentes flores.

Tinore le había regalado un ramo de cempasúchil ese mediodía al llevarle el café al trabajo y le había contado que, las hermosas flores naranjas y amarillas, además de ser muy aromáticas, se utilizaban en México para celebrar el Día de los Muertos. Durante los dos primeros días de noviembre, en ese país se desarrollan todo tipo de prácticas para honrar la memoria de los que no están. Las familias se reúnen en el cementerio por la noche para adornar las tumbas con esas flores, velas y calaveras. En las casas, se construyen altares en los que se colocan ofrendas porque se cree que ese día los espíritus descienden a visitar a sus seres queridos. Elina le comentó que había visto eso en la película *Coco* de Disney, y él también. Cuando le dijo que no estaban en el mes de noviembre, él solo había respondido que le gustaba pensar que lo acompañaban siempre. Ella pensó en Renata. Sintió puro el cariño que ese hombre anónimo le daba cada día en su trabajo y colocó las flores en el canasto de su bicicleta.

Se puso los auriculares y escuchó música. Una lista de reproducción comenzó con *Cómo mirarte* de Sebastián Yatra; pensó en Gonzalo, pero enseguida se quedó con lo mejor y era eso maravilloso que le transmitía la música. Era algo innato en ella ver imágenes cuando escuchaba canciones y oír música cuando observaba una pintura. Llevaba el arte entre su piel y su alma, algo en ella siempre latía y estaba en movimiento. Lo mismo le sucedía al leer, los libros tenían ese mundo adentro repleto de imágenes, sonidos, música y vida. Colocó a París en su mochila, con su pretal y correa puestos, se la colgó adelante y pedaleó rumbo a la nada, en contacto con la naturaleza.

Cuando se detuvo frente al mar, apoyó la bicicleta contra un pilar bajo que bordeaba el boulevard, bebió agua y acariciaba a su gatita con amor. Se sentó allí. La música la transportaba, pero escuchó el *bip* de un nuevo mensaje en sus auriculares. Sonrió. Imaginó quién era. Lisandro le mandaba cada día distintos mensajes en los que solo le avisaba en dónde estaba. Un modo indirecto de permitirle saber con exactitud dónde hallarlo y de sostener los términos de la charla que habían tenido, dependía de ella volver a verse. Elina solo le respondía brevemente con íconos muy dulces. Era una mecánica tácita entre ambos. Un modo de estar sin encontrarse, de saber que se pensaban. Ella había sentido deseos de verlo algunas veces, pero enseguida había preferido no hacerlo. Estaba en su propia búsqueda, quería cerrar círculos más que nada y necesitaba respuestas antes que agregar nuevos interrogantes. El

mensaje le mandaba la ubicación a través de Google Maps y decía: "Aquí estoy. Traje a Dylan a andar en bici".

No pudo evitar ingresar al link, comprobó que estaban a tres minutos de distancia. ¿Quería verlo? ¿Conocer a su hijo? ¿Cómo era posible que él la invitara si estaba con el niño? Ella le importaba, no mentía. Le encantaba que fuera un padre tan presente. ¡Cómo le hubiera gustado a ella conocer al suyo! Enseguida un pensamiento empujó a otro y arribó una vez más al interrogante de su identidad. ¿Quién era él? ¿Lo diría la carta dentro del sobre rosado? ¿Dónde la había escondido Renata? No había vuelto a soñar y no sabía dónde buscar, la casa que había sido de ambas ya no existía, se la había devorado el fuego, y había dado vuelta la de Ita sin encontrar nada. Su madre había vivido ahí, pero habían pasado muchísimos años. Miró el cielo, besó a París, sintió el aire en su rostro y disfrutó el momento. Entonces, sin pensarlo respondió el mensaje, solo que no lo hizo como siempre, le envió su ubicación y se quedó allí sentada, mirando las olas, imaginando con una sonrisa en el rostro, cuántas miradas y secretos tragaba el mar cada día.

De pronto, un niño hermoso le tocó el hombro. Tenía una bicicleta adornada con calcomanías de Batman. Era morocho, de ojos muy expresivos y pelo ondulado.

—¿Eres tú? —preguntó con una sonrisa.

—No lo sé. ¿A quién buscas? —sentía curiosidad. No veía a Lisandro cerca.

—A Elina, la amiga de mi papá.

—Soy Elina y si tú tienes un gatito que se llama Batman, lo cual es bastante probable, sí, soy yo. ¿Cómo me reconociste?

—Sí, tengo un gato que se llama Batman —afirmó—. Te reconocí porque él dijo que tu sonrisa se parecía a la mía.

—¿Y cómo es eso?

—No lo sé. Él siempre que me rio dice que no puede dejar de mirarme, y te miré a ti y me pasó eso. Me dieron ganas de hablarte porque también tienes un gato. Eso no me lo dijo, pero me contó que Batman va a visitarte y tú le avisas enseguida que está allí para que no nos asustemos.

No podía haber tanta dulzura en el mismo niño.

—Es una gata, se llama París y él no sabe que la tengo. Lleva conmigo una semana. Es cierto, Batman es un escapista. Me gusta que me visite. ¿Dónde está tu padre?

—Él siempre me está mirando, aunque yo no lo vea.

—¿Cómo sabes eso?

—Porque él me lo ha dicho y no miente, ya vendrá.

—Siéntate. Acompáñame —lo invitó.

En ese mismo momento, y de la nada, apareció Lisandro con tres chupetines y le entregó uno a cada uno. Se sentó junto a Dylan y por unos segundos todos miraron lo mismo, aunque veían cosas diferentes. Saboreaban el gusto a caramelo. Elina sintió por primera vez que algo así debía ser estar en familia. No lo sabía. Rápidamente, Dylan se puso de pie cuando terminó la golosina y se fue a andar en bicicleta. Quedaron ambos sentados con un breve espacio en medio que Lisandro ocupó enseguida.

–Veo que te decidiste por cuidar a alguien –dijo con referencia a la gatita.

–No fui yo, pero la acepté y estoy feliz con ella. Se llama París.

–¿Pudiste hablar con él? –preguntó lo que quería saber.

–Sí. Ya regresó a Madrid, él me la regaló.

–Lo imaginé por su nombre –recordaba todo de ella.

–¿Por qué le hablaste a Dylan de mí y comparaste nuestras sonrisas?

–¿Te molestó?

–¡No! Tu niño es encantador.

–Lo sé.

–No me respondiste. ¿Por qué lo hiciste?

–Porque comparto con él todo lo que me importa –respondió. Elina se sentía rara, pero a gusto. Muy a gusto. Nunca un hombre se le había acercado desde ese lugar. Le daba seguridad, la seducía y al mismo tiempo le daba mucha ternura. Lisandro era una extraña combinación de un hombre familiar pero irresistible. Quizá fuera su necesidad de familia de toda la vida la que la hacía verlo así–. ¿Cómo vienes con el orden de tu vida? –dijo en alusión a la última conversación que habían tenido personalmente.

Ella sonrió.

–No lo hagas –dijo él.

–¿Qué cosa?

–Sonreír y mirarme. No puedo escuchar lo que dices. Me desconcentras. Hablo en serio, no pretendo ser cursi, pero es así. Compites con el sol.

–¡Eres cursi! ¡Muy! Pero no te preocupes, me gusta –reía con ganas–. Aquí voy: medito por consejo de mi abuela. Avancé bastante, me permito tiempo conmigo, escucho el silencio y decididamente lo he adoptado como una forma de vida que no abandonaré. ¿Piensas que es muy disparatado?

–Creo que tu abuela es muy moderna. No, claro que no. Todo lo que haga bien y sea sano es bienvenido. No me sorprende, porque tú, paradójicamente, me sorprendes siempre. No eres parecida a nadie que yo haya conocido antes. ¿Y sabes algo?

–¿Qué?

–Creo que no quiero conocer a nadie después de ti –no podía detener las ganas de decirle que ella había puesto su mundo de cabeza.

Dylan regresó.

–¿Tú no tienes una bici? –Elina cambió de tema.

–No.

–Dylan, ¿cómo es que no le has hecho comprar una?

–¿Los grandes andan en bici?

–¡Pues yo sí! Debo irme, pero quizá sea buena idea que compre una, ¿no lo crees?

–¿Vamos ahora, papá? –preguntó ansioso con la idea.

–Solo si Elina nos acompaña y nos ayuda a elegirla.

–Debo ir a casa primero a dejar a París y mi bici.

Esa tarde los tres compartieron una atípica salida. Dylan hablaba con naturalidad de su madre y de su amigo Pablo que le había regalado una Ferrari a control remoto. Y Lisandro compró una bicicleta de color verde como su esperanza.

CAPÍTULO 61

Elegir

Cada persona crea su destino,
no tiene aquí la suerte parte alguna.
Miguel de Cervantes

Habían transcurrido algunas semanas. Como cada jueves, Juan y Lisandro jugaban al paddle. Los conflictos habían ido cediendo. Juan ya no veía más a Mercedes y Julieta avanzaba en su tratamiento. Su madre mejoraba lentamente, lo sabía por Jorge Weber, quien se comunicaba con él una vez por semana o cuando lo creía necesario.

Lisandro le enviaba mensajes a Elina, con más frecuencia que antes, pero no habían vuelto a verse, aunque poco a poco, ella se animaba a escribir más sobre sí misma por WhatsApp y él se conformaba porque no quería presionarla. Se enviaban fotografías de sus mascotas y a veces links de música de YouTube. Se hablaban a través de las canciones también. Era un lenguaje propio.

—¿Sigues esperando a esa mujer? —preguntó Juan al momento de tomar el refresco después de la partida.

—Sí. La esperaré todo el tiempo que sea necesario. No tengo prisa. Muero por ella, pero la quiero para siempre. Eso significa que no me importa cuánto deba aguardar porque planeo pasar el resto de mi vida a su lado si me da la oportunidad.

—¿No será mucho, amigo? Ni siquiera la has besado.

—No con la boca, pero sí lo he hecho. No puedo dejar de pensarla y de recordar las veces que la vi.

—Te has puesto meloso y romántico. No te reconozco —dijo en tono burlón.

—¡Sí! Hasta cursi si quieres, pero ¿cuál es el problema?

—No, ninguno. O bueno, sí hay uno y es la posibilidad de que ella nunca se fije en ti.

—Contigo no necesito enemigos. Después de todo lo que te he aguantado, deberías darme algo de esperanza —reprochó en broma.

—No lo sé. Todo entre ustedes es raro. Los dos son raros —afirmó.

—¿Por qué? ¡¿Porque no empezamos por el sexo como tú?! Entérate, hay un mundo de relaciones que se construyen de otra manera y no por eso son raras, simplemente diferentes. Como psicólogo deberías saberlo.

—Lo sé, lo sé. Me alegra que estés bien. Solo que lo mío es más carnal —bromeó.

–¿Y qué es lo tuyo ahora? Dime que no se relaciona con mis pacientes.

–Estoy de novio con mi ex.

–¡No es cierto!

–Sí. Me divorcié en los términos que María impuso y la invité a salir. Volvimos a empezar.

–¿Y el romántico soy yo? No me lo habías dicho.

–Es reciente. Solo salimos dos veces.

–¿Cómo te sientes con eso?

–Bien. Intento no prometer nada y solo disfrutar. Ella está de acuerdo por ahora.

–Creo que es bueno para los dos. Si funciona, genial; y si no, al menos se llevarán bien por Antonia –dijo con referencia a la hija de ambos.

–¿Y Melisa?

–Ella no ha vuelto a buscar al tal Quevedo hasta donde sé. Ahora está en Brasil. Hablamos como siempre, pero nada volvió a ocurrir entre nosotros. Volvimos a ser los que éramos. De verdad deseo lo mejor para ella.

–Esa ducha fue un error, tú siempre supiste lo que sentías. Actuaste por celos. No eres tan perfecto después de todo.

–Lo sé. ¡Claro que no soy perfecto! Aunque cometo menos errores que tú –ambos rieron.

Se despidieron a la misma hora de siempre. Lisandro se sintió contento frente a la posibilidad de que su amigo recuperara su familia.

* * *

Luego de un rato, Lisandro regresó al consultorio. Julieta llegó a la hora prevista. Se la veía mejor.

—Li, debo decirte algo.

—¿Qué sucede?

—No quiero venir más. Tú eres genial conmigo, pero estoy cansada. Entendí que mi madre es lo que es y que solo el tiempo y yo podemos cambiar la relación si así lo decido. No estoy lista para eso. Mi padre me dijo que ayuda a Mercedes a recuperarse porque es mi madre y no es mala, aunque se equivocó mucho.

—¿Y tú qué piensas de eso?

—Que no es tan tonto después de todo. Espero encuentre otra mujer.

—¿Estás segura de que eso no te molestaría?

—No, para nada. Me parecería bien.

—¿Entonces?

—Entonces creo que me has ayudado mucho, pero necesito vacaciones de los conflictos. Quiero vivir una vida normal, sin terapia.

—No es anormal una vida con terapia, pero entiendo el concepto que planteas. Me alegra.

—¡¿Porque ya no me verás?!

—No, claro que no es por eso. Sino porque significa que hemos logrado avanzar en tu tratamiento. Has madurado. ¿Y Franco?

—Lo dejé, me di vacaciones también de él. Hay un compañero que me gusta, pero no pasó nada.

—¿Y la idea de irte a vivir con él?

—La cambié por la de irme a vivir sola, pero sé que dependo económicamente de mi padre. Así que no lo haré por ahora —Lisandro se sentía completamente satisfecho—. Hablé con mi madre una vez. Le pedí el nombre de su amante y, como está con la guardia baja, me lo dio. Tiene una hija llamada Antonia. Solo para que sepas que puedo averiguar lo que tú no me has dicho.

—No confirmaré ni negaré tu información. Como dije entonces: es secreto profesional. ¿Por qué lo averiguaste? —preguntó con cierta preocupación.

—Para demostrarme que puedo lograr lo que quiero. Pero no me importa ni él ni su pobre hija. Ya no ve a mi madre, eso es obvio. Entonces… ¿crees que puedes liberarme de ti un tiempo? —preguntó.

Lisandro vio en ella una adolescente muy distante de la jovencita caprichosa que había iniciado tratamiento tiempo atrás. Era posible que volviera a necesitarlo, pero confiaba en el trabajo hecho.

—¿Qué harás con tu madre?

—Tratarla lo necesario hasta que pueda olvidar lo ocurrido. No creo que pueda perdonarla.

—¿Qué es lo necesario para ti?

—Lo mínimo por ahora, pero quédate tranquilo, ya no pelearé con ella. Cuando esté bien, mi padre le dará un apartamento

que tienen y yo viviré con él. Será más fácil entonces. ¿Qué dices, puedo dejar de venir?

—Creo que te has ganado el alta, por el momento. Deberás seguir trabajando tú misma en tus límites, en el enojo, pero creo que tienes los elementos necesarios. Has crecido y lo has hecho bien. Estaré aquí para ti si me precisas. ¿Te parece bien?

—Me parece genial. Te quiero, Li —dijo y lo abrazó.

Él sintió una emoción que no se comparaba con ninguna otra. Era el reconocimiento a su labor profesional.

Julieta se fue y cierta nostalgia invadió la mirada sobre esa sala de espera que ya no la vería llegar.

* * *

Jorge estaba llegando a casa de Stella cuando Lisandro lo llamó.

—Hola, ¿sucedió algo con Julieta? —preguntó preocupado.

—Hola, Señor Weber. No, no se asuste. Nada malo ha ocurrido, al contrario. He tenido mi última sesión con Julieta, al menos de momento, y quería avisarle.

—No entiendo.

—Han pasado semanas. Julieta ha crecido y vino a verme con el planteo de que necesita vacaciones de terapia. Le hice algunas preguntas y creo que está preparada para continuar sola el camino inmediato. Lo hará bien. Es más, ella desea que usted encuentre otra mujer.

—¿Y su madre? ¿Qué dice al respecto?

—Que ya no peleará con ella. Que usted le ha dicho que le dará un apartamento para vivir cuando esté mejor y que entonces será más fácil. No cree poder perdonarla, pero sí confía en olvidar lo que pasó. Es bastante, considerando lo vivido y su edad.

—No podría usted haberme dado mejor noticia en este momento —dijo y cortaron luego de despedirse.

* * *

Stella abrió la puerta del apartamento renegando, estaba dormida y el insistente timbre la fastidió. Tenía un pijama y el cabello mojado. Se había duchado antes de cenar y se había quedado dormida mirando su seria favorita: *This is us*. Tenía una camiseta que decía: "Quédate con alguien que te mire como Jack a Rebeca", regalo de Layla y Marisa.

Se quedó muda al ver a Jorge allí parado. Durante unos segundos, ninguno pronunció palabra. Entonces, él entró sin que ella lo invitara a pasar y cerró la puerta detrás de sí. La besó con ganas.

Ella estaba confundida. No quería sucumbir a sus encantos y terminar llorando. No había sabido nada de él desde la noche de la discusión.

—¿Qué haces aquí? —preguntó entre beso y beso. No podía despegarse de él.

—¿Qué parece que hago, Caramelo?

—¿Devorarme?

—Además… —dijo mientras le quitaba el pijama y se desvestía al mismo tiempo.

—¿Desnudarme?

—Aparte de eso. Quería darte la mejor versión de mí y eso hago, ser ese hombre que tú mereces —dijo rememorando el diálogo que habían tenido aquella noche en que ella se había enojado tanto porque él había dicho que "merecía algo mejor".

Stella sintió que los latidos se le salían del cuerpo. Quería que le hiciera el amor esa noche y siempre. Sin embargo, intentó ser prudente.

—Espera —dijo—. ¿Me estás diciendo que aceptas ser la pareja de una mujer independiente, que paga sus facturas, lleva adelante su casa y se ocupa de sí misma?

—Justo eso.

—¿Acaso tú deseas superarte en todos los aspectos de la vida, conversar conmigo, motivarme a ser mejor si eso fuera posible? —recordó el diálogo casi literal.

—Exacto. Te admiro… Seré ese alguien que te abrace tan fuerte que haga desaparecer tus miedos y te daré amor. ¿Sabes por qué?

—Tú dímelo.

—Porque me enamoré de ti. Ahora sé lo que es amar otra vez —dijo antes de besarla en la boca y acariciar su intimidad completamente húmeda. Stella tuvo un orgasmo casi instantáneo.

—No te detengas, necesito sentirte dentro de mí —pidió.

Jorge entró no solo en su cuerpo, sino que se adueñó de la posibilidad que ambos tenían de empezar una vida juntos.

Se tocaron, se descubrieron, se disfrutaron y se rieron como nunca antes, porque así era la felicidad cuando sorpresivamente encontraba un lugar desocupado a corta distancia entre dos seres que lograba unir por un objetivo común.

Después de la euforia del momento, ella había apoyado su cabeza en el pecho de él y no podía borrar de su rostro la expresión que deja el placer íntegro de sentir que la vida la había besado en la boca y el destino había sorteado su nombre en la lotería de la mejor oportunidad.

–Debo preguntarte algo.

–¿Cambiaría algo de lo que estoy sintiendo mi respuesta? Porque si es así, no me preguntes –pidió.

–No modificaría nada.

–Te escucho.

–¿Crees que podrías llevarte bien con una adolescente que no tiene problema alguno con esta relación?

Stella sintió un escándalo festivo en su interior, música, luces de colores, excitación, movimiento, lluvia, sol, días, noches, todo y nada a la vez. ¿Era eso que la eligieran?

–¿Dijiste que ella no tiene problemas con esta relación? –repitió. Si eso era cierto intentaría que funcionara. Después de todo, su vida estaba dando un giro.

–Así es. Se lo dijo al psicólogo.

–Por supuesto, tu hija y todo lo que venga contigo –respondió. La sorprendió que la idea no le hubiera provocado rechazo alguno, al contrario, hasta le daba ganas de compartir momentos. Quería todo con él.

466   —Te elijo, Stella. Te quiero conmigo. He vuelto a ser feliz y no voy a perder eso. Te cuidaré y estaremos bien —dijo con entusiasmo.

Algo en Stella se subvirtió, todas sus dudas y malas experiencias, las postergaciones, las relaciones anteriores, la frustración y las lágrimas pasaron a formar parte de un pasado al que no regresaría nunca más. Estaba feliz y conmovida a la vez. Jorge había vuelto siendo el hombre que ella merecía. ¿Qué más podía pedir?

Juntos se enredaron entre las sábanas, para hallar en el otro la persona perfecta para reinventarse y ser mejores. Era posible hacerlo solos, pero no querían eso, se habían elegido para compartir la vida desde esa noche.

CAPÍTULO 62

Palabras

El amor solo da de sí y nada recibe sino de sí mismo.
El amor no posee, y no quiere ser poseído
Porque al amor le basta con el amor.

Kahlil Gibran

Melisa se había adentrado completamente en su trabajo. En ese momento había tenido una jornada intensa en Brasil con diferentes operadores de turismo y relevando la sucursal de *Life&Travel*. Había implementado programas nuevos y asignado mayores responsabilidades a sus empleados. La empresa iba en ascenso, podía pagarles más y lo hacía, pero su vida privada se había quedado en pausa. Sus sentimientos dormían en el congelador de su alma porque era mejor eso que enfrentarlos. El trabajo era un antídoto contra el hecho postergado de mirarse a sí misma y verse. Sin embargo, lo que antes había funcionado, ya no era así. No lograba dormir bien de noche y estaba angustiada. Pablo no la había llamado más y tampoco respondía sus mensajes. Solo la atendía en la oficina y por temas estrictamente laborales. Había sido claro: todo o nada, y la respuesta estaba en ella.

Era complicado porque las mismas cosas que antes la hacían sentir bien o eran suficientes, en ese momento le marcaban con insistencia que había vacíos insoslayables. Lograr sus metas suponía superar dificultades y avanzar, pero no. Había llegado a esa noche exhausta, tenía que tomar aire, cambiar de camino, abrir nuevas puertas y, quizá, cerrar otras, pero ¿cómo lo haría en medio de tanta confusión? ¿O era miedo? Estaba permitiendo que la tendencia cómoda de apegarse a lo que había sido útil en el pasado le ganara la partida. La situación había cambiado y ella también. ¿Acaso madurar significaba soltar? ¿Qué debía soltar?

Llamó a Lisandro.

—Hola, Li. ¿Qué hacen? ¿Cómo está Dylan? —preguntó. Su voz reflejaba cansancio y tristeza.

—Nosotros estamos muy bien. ¿Qué te sucede a ti? —lo preocupaba, la conocía bien.

—No lo sé, pero no me gusta. Parezco un alma errante. Hago todo lo que tengo que hacer y, aunque todo se desarrolla conforme a lo previsto, no me siento bien. No es suficiente.

—Separa las cosas. Trabajo es una cuestión, tu vida es otra.

—Mi vida siempre ha sido mi trabajo y Dylan, por supuesto.

—Pues ahí está el problema.

—No entiendo.

–Tu vida eres tú. Ni el trabajo ni Dylan. Nada bueno podrás ofrecerle a ninguno de los dos si no estás bien, y es evidente que no lo estás, o no estarías diciéndome lo que has dicho.

–¿Qué crees que debo hacer?

–No puedo saber lo que sientes con exactitud, más allá de lo que me cuentas, pero si yo estuviera en tu lugar me preguntaría: ¿Dónde y con quién quiero estar dentro de unos años? Y luego: Lo que estoy haciendo, ¿me permitirá conseguirlo? Piensa. ¿Solo contigo? ¿Con alguien? –sin mencionar a Pablo, Lisandro supo ir directo al nervio del conflicto. Melisa se quedó callada. Estaba llorando en silencio–. Mel, ¿sigues ahí?

–Sí. Decidir que Dylan naciera fue todo un desafío, pero tú estabas ahí para asegurarme que podíamos lograrlo, pero ahora es distinto.

–Yo no me he ido de aquí. Puedes contar conmigo siempre y lo sabes. El amor toma diversas formas, no es de pareja entre nosotros, pero existe y nos une en el hecho de apoyarnos.

–Es verdad –la emocionaba saber que el padre de su hijo era tan bueno y generoso. Ojalá Dylan se pareciera a él en el futuro.

–Mel… –hizo una pausa–. ¿Lo amas? –preguntó por fin al confirmar que ella no podía con el tema.

–No lo sé.

–¿Estás llorando?

–Sí.

–Piensa que él podría soltarte, dejarte ir porque tú no haces nada para impedirlo.

—No me ayudas —respondió.

—Sí. Sí lo hago. Puedes dirigir simultáneamente y con éxito todas las sucursales de *Life&Travel* que te propongas, pero definitivamente has perdido el control de tu corazón. Piénsalo.

Melisa sabía que lo que le decía era verdad y era esa la causa de su malestar. Además, el hecho de imaginar que Pablo pudiera olvidarla le provocó una sensación de vértigo insoportable.

—¿Y si me pide que me mude a Madrid?

—¿Y si te acompaña por el mundo? —preguntó Lisandro. Ella secó sus lágrimas y sonrió.

—¿Y Dylan?

—Dylan es nuestro hijo y siempre lo será. Lo resolveremos —por un momento lo invadió la idea más generosa de la que se creía capaz. Meditó un instante. ¿Por qué no?—. Escucha. Toma un avión a Uruguay y compra dos tickets desde aquí a Madrid. Ve a buscarlo con Dylan. Puede faltar al kínder unos días. Dale una señal que hable de amor y compromiso.

—¿Te volviste loco?

—Puede ser. El amor tiene esos efectos.

—¿Has avanzado con ella?

—No todo lo que quisiera, pero sí, paso a paso.

De pronto, los latidos de Melisa se normalizaron y la ansiedad por llegar a Madrid pudo más.

—Gracias.

—¿Por qué?

—Por estar siempre.

—Haz lo que sientes y deja de dar vueltas, Mel. Nada amenaza tu independencia más que tú misma.

—Gracias, te llamo más tarde.

* * *

Como por arte de magia, las palabras de Lisandro habían sido la claridad que a ella le faltaba.

Dos días después de eso, ella y Dylan llegaban al aeropuerto de Madrid.

—Mami, ¿iremos a ver a tu amigo Pablo? ¿El que me regaló la Ferrari?

—¿Por qué lo preguntas?

—Porque papá dijo que volviera a darle las gracias si íbamos.

—Iremos. Luego de alojarnos en el hotel.

Hasta en eso Lisandro era genial, le facilitaba todo a su alcance.

* * *

Pablo Quevedo estaba escribiendo un email en su computadora, cuando la puerta de su despacho se abrió. Sus ojos no daban crédito a lo que veía. De inmediato, interrumpió su actividad y se puso de pie. Iba a caminar hacia la puerta pero Dylan se acercó a él con una nota en la mano.

—¡Hola!

—¿Y tu mamá?

–Ahora viene, me pidió que te dé un beso y esto –dijo el niño. Pablo aceptó el beso y abrazó no solo a Dylan, sino a la inminente felicidad que intuía se anunciaba en su vida. Un momento después se separó de él–. Gracias por la Ferrari –agregó.

–Ya me diste las gracias por eso, campeón.

–Sí, pero mi papá dijo que lo hiciera otra vez –dijo con inocencia. Así, sin estar allí, Lisandro había logrado estar presente y hacerle saber a Pablo Quevedo que no sería un obstáculo entre ellos y que no sería Dylan motivo de planteos. Deberían adecuarse a nuevas realidades–. Toma –le entregó el papel.

Pablo leyó las cuatro palabras que significaban todo:

"Esencial: Una vida contigo".

Levantó la mirada con los ojos llenos de lágrimas y vio a Melisa parada frente a él. Lo miraba con esa sonrisa que cambiaba su vida. Había perdido la noción de tiempo y espacio y no la había escuchado entrar, tampoco a Dylan salir. El pequeño no estaba allí.

–Dijiste: "A veces, la vida es todo o nada". Tú me ofreciste todo y preguntaste qué pasaba conmigo. No pude responder entonces, pero hoy sí. Te ofrezco "todo".

Pablo se acercó sin apartar sus ojos de ella. Sus latidos se apresuraban por llegar a sus labios. Empezó a besarla con el primer paso, la acarició con el segundo, tomó su rostro entre las manos con el tercero y, para cuando llegó a su boca, el mundo los unía en el verdadero inicio de la historia de

amor de la que eran protagonistas. La que comienza cuando los dos aman con la misma profundidad y en el mismo momento. Cuando el amor los mezcla y dejan de saber dónde termina uno o empieza el otro.

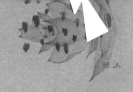

CAPÍTULO 63

Animarse

Hay cosas que pasan porque tienen que pasar...
Y hay otras que tienes que hacer que pasen.

Anónimo

MONTEVIDEO, URUGUAY.

Lisandro Bless no podía dejar de pensar en Elina. Todo implicaba su recuerdo. Además, el hecho de que Dylan hubiera viajado con Melisa le dejaba un gran vacío que parecía ocuparse solamente con ella. Tenía que volver a verla, ya no eran suficientes los mensajes dándole su ubicación o las respuestas simpáticas. Después de la salida en la que habían comprado la bicicleta, él estaba ansioso y quería más, en realidad, lo quería todo.

Tanto se había instalado ella en su vida que se sorprendía en medio de un interrogante supremo: ¿Era amor? No podía saberlo, pero se dormía pensando en ella, era su primera imagen en la mañana y, cuando no estaba trabajando, fantaseaba con escenas cotidianas a su lado. Si bien le había demostrado de diversas maneras su interés, quería ser más directo para obtener una respuesta, mientras que al mismo tiempo no quería asumir el riesgo de presionarla. Era pronto. ¿Lo era? ¿Con cuánto tiempo contaba en realidad? Nadie era dueño del tiempo, él tampoco. Era una pregunta imposible de responder.

Miró la bicicleta verde que habían comprado juntos y entonces se animó a su deseo. La llamó. Elina observó el visor del teléfono y la sorprendió que no fuera un mensaje.

—¡Hola! No me digas que perdiste a Batman porque no está aquí.

—Perdí algo, sí, pero no es Batman.

—¿Qué sucede? —preguntó inquieta.

—¿Quieres dar un paseo en bici? Paso por ti y te cuento.

—¿Ahora?

—Sí. ¿Puedes?

—Claro. Me pondré ropa cómoda y te espero.

—¡Voy para allá! —respondió. Estaba feliz.

Un rato después, los dos pedaleaban contra la brisa mientras el mar los acompañaba en el paisaje. Conversaban, pero más que nada reían. Elina estaba fascinada con la idea de que a Lisandro le gustara andar en bicicleta y le encantaba estar con él. Se sentía atraída. Le gustaba mucho.

—¿Nos detenemos? Tengo sed —dijo ella.

—¡Por supuesto! Yo también. Además, confieso que no tengo tu estado y hace tiempo que no pedaleo.

–¿De verdad? ¡¿No tienes estado?! –se burló.

–Pero tengo iniciativa y voluntad –agregó en su defensa.

Ambos rieron, descansando, ya sentados en una banca frente a la costa.

–¿Qué perdiste? –preguntó con curiosidad, aunque a esa altura suponía que era parte de una inevitable seducción.

Lisandro la miró. Le gustaba tanto que lo ponía nervioso.

–El control.

–¿El control de qué?

–De mi tiempo. Ahora tú eres la unidad de medida de mi tiempo. En síntesis, siempre quiero verte –dijo sin esperar que ella dijera nada. Necesitaba sacar esa verdad de adentro. Elina sintió ganas de besarlo. Así, sin explicación. Sin considerar nada más que el simple sabor de sus labios–. Perdóname, pero no puedo mentirte. Me parece que… –comenzó a decir y antes de que pudiera terminar, ella se acercó a su boca y le robó un beso. Se animó, así nada más.

El corazón de Lisandro parecía que iba a salirse del pecho. Ella tenía el gusto de los momentos que no se pueden soltar. Sus labios se juntaron y Elina reconoció su boca con todo el cuerpo. Una reacción en cadena la recorrió entera. Una mezcla de amnesia con placer. ¿Cómo podía ser que eso estuviera ocurriendo? No le importó. Ella era una mujer que acababa de encontrar una llave. No sabía qué puerta abría, pero tenía muy claro que le pertenecía. Solía ocurrirle eso en momentos especiales en los que la vida la ponía delante de lo que sentía su destino.

—¿Qué es lo que te parece? —preguntó muy cerca de su rostro. Lisandro había olvidado por completo lo que estaba diciendo antes de ese beso.

—No tengo idea qué iba a decirte. Lo único que me parece ahora es que un solo beso no me alcanza. Dame todos los que traigas contigo —pidió.

—Eres cursi, ¿lo sabes?

—¿Cuántos traes? —insistió.

—Diría que muchos —respondió atreviéndose a lo que tenía ganas.

Entonces fueron por más y sus bocas se abrieron, dando paso a las caricias de sus lenguas envueltas en el descubrimiento de una nueva oportunidad.

De allí fueron a la casa de Lisandro, hablaron, se conocieron y reconocieron. Escucharon música y él la dejó elegir una pared para pintar un Norte. Además, cocinó para ella. Se comportaban como adolescentes que necesitan tomarse de las manos o darse besos breves y también de los otros, en medio de momentos completamente ajenos a la pasión.

—Es muy difícil —dijo Lisandro.

—¿Qué cosa?

—No enamorarse de ti.

—No puedo explicar lo que me pasa desde la razón, pero aquí estoy en tu casa sintiendo lo mismo que tú. Y eso es lo que más me gusta: que lo que sea que ocurre entre nosotros es recíproco, es al mismo tiempo.

—¿Estás segura de eso? Porque en este mismo momento ya

quiero dejar esta cena sin terminar y llevarte a mi cama —no dejaba de mirarla. Sus latidos se aceleraban. Elina lo imaginó desnudo a su alcance.

—Quizá debería decir que no será hoy, pero no lo haré… no puedo —se animó a confesar. Se puso de pie y, sin que pudiera darse cuenta, Lisandro la encerró entre sus brazos y beso a beso la llevó hasta el dormitorio.

Sus manos la desvistieron con suave urgencia. Elina no podía dejar de tocarlo y sentirlo. No había nada en su mente, solo él y ese momento. Había logrado centrarse en su presente. Entonces, algo sucedió con su cuerpo. Como si los comandos de sus reacciones le pertenecieran, su intimidad húmeda se arqueaba suplicante ante el recorrido que Lisandro y su boca hacían por el mapa de su piel. La penetró sin decir una palabra, porque no podía dejar de mirarla. Ella jadeó. Lo sentía dentro de sí y no había rastro alguno de sequedad, en su lugar, solo ese dolor que da el placer y seduce. Se detuvo.

—¿Qué ocurre? ¿Estás bien?

—No salgas de mí. Es solo que…

—¿Qué?

—Mi síndrome, suelo tener que utilizar un gel para… —él la besó.

—¿Quieres que lo busque? ¿Te duele?

—No. Eso es lo que sucede, tú has hecho que no lo necesite.

—No, cariño. Tú, has sido tú —se balanceó sobre ella y la vio estallar en un orgasmo al tiempo que besaba su piel

completamente entregado a darle lo mejor de sí mismo. Segundos después, se unieron en la magia de sentir que juntos podían ser mejores que sus sueños. La tibieza fue excitante para los dos. Lisandro la tocó en su centro completamente mojado con movimientos agudos y firmes, y ella tuvo otro orgasmo.

Se quedaron dormidos, pero cuando Lisandro despertó, Elina no estaba allí.

CAPÍTULO 64

Realidad

No hay nada más surreal que la realidad.
Salvador Dalí

GUADARRAMA, ESPAÑA.

Gonzalo, ya instalado en Guadarrama, se había encontrado con Lorena y le había agradecido que, aun sabiendo que él no la amaba, no le hubiera negado la chance de ser padre. No era un inicio convencional, pero estaban juntos en esa espera. Luego, el tiempo haría su trabajo y definiría si había para ellos otra oportunidad. Gonzalo se había enfocado en su nuevo rol y en disfrutarlo, era la mejor manera que el destino podía haberle ofrecido al tiempo que lo había enfrentado a perder al amor de su vida. Recordaba a Elina, la añoraba y la pensaba más veces de las que hubiera deseado. Habían hablado cuando ella le agradeció a París, pero él había preferido cortar pronto. Pensaba que, evidentemente, la película del avión, *Nace una estrella*, lejos de ser el anuncio de una historia de amor, había sido casi un presagio de la suya. Les quedaba la música. Siempre sería *Always rememeber us this way* la canción de ambos, la de despedida, el anuncio de ese final, separados. Para la memoria de otros tiempos quedaba la magia de *Never ending story*, paradójica por su nombre, pero recuerdo al fin.

La tríada estaba feliz con su regreso y con la noticia. Frankie invitaba a Lorena a diario, sin previo aviso a Gonzalo. Ella a veces iba y otras no, pero se habían convertido en un clan familiar. No el típico, pero sí uno que se adecuaba a la realidad. Todos amaban ese ser que se anunciaba y se cuidaban entre sí.

Secretamente, Lorena no perdía las ilusiones de volver a ser una mujer importante en la vida de pareja de Gonzalo, pero aun si eso no ocurriera nunca, agradecía esa familia ensamblada que había sanado su soledad. Frankie le contó que no había funcionado la relación de Gonzalo con Elina y eso le daba esperanzas. Había un "quizá" latiendo junto al ser que habían concebido.

Esa mañana, antes de ir a la posada, Gonzalo observó a su tía Teresa leyendo. Parecía que el viaje a Montevideo había ocurrido hacía tanto tiempo, pero no. Sucedía que la unidad de medida de sus horas había cambiado igual que su brújula vital había modificado su Norte a la fuerza.

–¿Qué lees, tía?

–A Gabriel. Escucha: *Mis mujeres están mucho más enraizadas en la realidad que los hombres. Tienen los pies bien*

plantados; son sólidas, pacientes, constantes. Los hombres son criaturas quiméricas, capaces de acciones locas y grandiosas, pero incapaces de la paciencia y la constancia, débiles en la adversidad, buscando el apoyo de la mujer que en la adversidad será firme como las rocas —leyó textual y lo miró desde su pequeño gran mundo. Él sonrió.

—Sabes lo que dices, ¿verdad? —dijo y tomó su mano. Siempre estaba allí la comunicación de las emociones, esa no se olvidaba.

—Gabo dijo que ha sido grandioso que viajes a Montevideo.

—¿Hablaste con él? —preguntó mientras besó su frente en un impulso sin soltarle la mano.

—Claro.

—¿Y que más te dijo, tía?

—Que el amor nace, a veces, de la constancia y la paciencia —apretó la mano de su sobrino. Era el lenguaje de los gestos al margen de la memoria y en el altar de las emociones—. ¿Hace frío? —cambió bruscamente de tema, el Alzheimer no se iba del todo—. ¿De qué hablábamos? ¿Por qué me olvido? —preguntó. Gonzalo la abrazó. Él entendía sus mensajes enlazados a una inédita confusión que, paradójicamente, siempre le daba una respuesta. Gonzalo pensó que ojalá su tía tuviera razón.

—No hace frío. Olvidas porque no sabemos cómo funciona la memoria y, entonces, no la controlamos. Pero aquí estamos para contarte lo que a ti se te aleja de los recuerdos.

—¿Y qué ocurrirá cuando no pueda recordar nada?

—No lo sé. Pero estoy seguro de que podrás olvidar detalles, momentos y hechos, pero nunca, jamás, dejarás de sentir

quiénes somos —la miró a los ojos y ella vio en ellos recuerdos fragmentados. Supo quién era.

Desayunaron juntos y Gonzalo se fue a la posada.

* * *

Elina estaba recostada en su casa, intentando comprender la reacción de su cuerpo junto a Lisandro. ¿Acaso meditar y equilibrar sus energías en favor de revertir sus síntomas había funcionado? No había un Sjögren igual a otro. Pero la sequedad en sus relaciones había existido y, sin embargo, la noche anterior no estuvo allí. Necesitaba entender. Se había ido porque no era capaz de ponerle palabras a lo que Lisandro le había hecho sentir y se había asustado. Tenía ganas de estar con él, pero a la vez, era demasiado perfecto.

Lisandro la llamó en cuanto despertó.

—¿Estás bien?

—Sí.

—¿Por qué te fuiste?

—Porque me da miedo sentir tanto —confesó.

—Entiendo eso perfectamente —dijo con honestidad—. Aun así, quiero estar contigo.

—También yo, pero no será hoy. Todas las cuestiones sin resolver que olvidé a tu lado, ahora me persiguen. Necesito mi pasado para poder abordar mi presente.

—No puedo darte eso, pero puedo estar contigo mientras llegas a tus respuestas.

—No lo sé, Lisandro, estoy confundida.

—Me enamoré de ti. Solo quiero que sepas eso.

Elina no fue capaz de responder lo que sintió antes de cortar la comunicación, pero le sucedía algo muy fuerte, tan inmenso era que mezclaba su corazón, su cuerpo, su alma y sus sueños. ¿Era amor?

* * *

Observando desde la cama el atril, Elina no podía dejar de sentir. Controló su respiración y pensó todo lo que quería en su vida. Se asombró al ver que la lista era corta: verdad, amor y paz. No era un mensaje navideño, era su necesidad, parecida a la de todo el mundo, seguramente.

El resto de la habitación estaba llena de cosas, pero su mirada estaba centrada en esa imagen. Absorta, esperaba que le gritara de pronto una respuesta. Quería pintar y terminarla, pero a la vez, no quería moverse ni interrumpir ese estado de armonía que la abrazaba cuando París dormía pegada a su cuerpo. La gata ronroneaba ante sus repetidas caricias y abría los ojitos cuando ella se detenía, como suplicándole que no lo hiciera. Amasaba la manta como Batman. Era tan dulce verla. Ita no estaba.

Desde la partida de Gonzalo, los días habían transcurrido igual que el camino que transitaba hacia sí misma: lentos y

llenos de reflexión, hasta que Lisandro había arrasado con sus sentimientos y le había mostrado una Elina que podía ser feliz, que ocupaba un lugar real en el mundo y que había huido asustada.

Estaba tan abstraída en sus pensamientos, en observar la pintura que había sido su desahogo el día que se incendió Notre Dame, en sentir que Lisandro era una respuesta, en recordar, en pensar dónde habría guardado su madre la carta del sobre rosado, en pensar si estaba loca por creerle a sus sueños, si la meditación comenzaba a dar batalla a su enfermedad autoinmune y si se había convertido en un ser místico, que no escuchó el timbre hasta que volvió a sonar y París a ronroneó molesta por el ruido.

—¡Ya voy! ¡Ya voy! —gritaba fastidiosa.

París se estiró sobre la cama antes de dar un salto y llegar enseguida al lado de sus pies descalzos. Bajaron la escalera. Abrió con la gata en brazos.

—¿Elina Fablet? —preguntó un joven.

—Sí —respondió mientras veía una camioneta de un correo privado estacionada delante de su puerta.

—Tengo una entrega para usted. ¿Me podría mostrar su identificación?

—¿Qué es? —preguntó mientras lo veía ir a buscar algo al vehículo.

—No lo sé, señora, pero es grande y tengo prisa. Necesito su documento para poder dejárselo —insistió.

—Ya regreso —respondió. *Maldita burocracia*, pensó, *es mi*

domicilio y digo que soy yo, protestó mentalmente. ¿Dónde había dejado su identificación? Por suerte, la encontró en el tercer intento. Algunas veces era peor. Había mejorado, pero seguía siendo muy distraída. Dejó a París en su habitación. No escapaba, pero tampoco le daba chances de hacerlo.

—Toma —dijo al bajar.

—Esto es su licencia de conducir pero igual sirve. Firme aquí —agregó mientras le entregaba una planilla. Con la otra mano sostenía un paquete cuadrado, grande, que había apoyado en el suelo.

Elina hizo lo que le indicaba. Miraba el envoltorio y su tamaño, y se le erizó la piel. ¿Gonzalo? ¿Otra sorpresa? ¿Podía ser lo que adivinaba? Con prisa, subió las escaleras. Se sentó en su cama y observó el paquete embalado como estaba. Se había quedado sin reacción. La felicidad tenía forma de silencio y sonido de gratitud. En ese momento ella era la primavera, todo su ser cambiaba de adentro hacia afuera. Se anunciaba la vida y sus colores. París caminaba sobre el paquete. La corrió. Comenzó a abrirlo. Lo extrajo de una caja de cartón dentro de la que estaba el embalaje. Sacudió la caja y un sobre cayó sobre su cama. Lo abrió.

Amor de mi vida:

Empiezo así esta carta porque es lo que siento, eres el amor de mi vida. Sé que soy importante para ti, pero no estoy seguro de si podremos con todo lo que nos une y lo que nos separa a la vez. Cuando leas esta carta puede

que tengamos un proyecto juntos o que seamos por lo que hemos sido. Como sea, no me arrepiento de nada.

Te miro dormir. Estamos en Colonia y he convenido con un empleado del hotel que lleve esta carta junto a tu cuadro soñado: "Ciudad del arte". Preciosa, ¡es tuyo! Yo te lo regalo. No mentí, estaba vendido porque yo lo compré para ti. Dijiste que no sabías qué veías en la imagen. Quizá lo veías todo. Agregaste que sí sabías, que lo sentías tuyo. Hasta escuchaste música al verlo. Te vi observarlo. Vi a esa pintura tocar tu alma y llegar a tu sensibilidad, incluso avasallando tu persona. Recuerdo cada una de tus palabras, sentí lo mismo la primera vez que te vi en Notre Dame y cada vez que te miré después. Hoy me doy cuenta de que tú eres mi "Ciudad del arte" y siempre lo serás.

Que se quede contigo, igual que todo lo que siento por ti.

Te amo.

Gonzalo

Elina besó el papel de carta y sintió que Gonzalo la convertía, con cada sorpresa, en una mejor persona. Pensó en él y sonrió. No tuvo ganas de llorar, sintió un inmenso deseo de dar gracias a la vida. Elevó la mirada y lo hizo. Y también, pidió al Universo que le diera a Gonzalo el amor que merecía. Que fuera feliz. Sentía emoción, pero no tristeza. Había aprendido a aceptar que el destino tenía planes propios a veces. Pensó en Lisandro, no lo podía sacar de ella.

Con lentitud y disfrutando cada avance en el proceso de

abrir el paquete, fue quitando el envoltorio. Allí estaba el acrílico de 80 x 80 cm. *Técnica mixta collage del genial artista Héctor Osvaldo Alba*. Lo acarició. Su textura era un beso a los sentidos; su olor, un desafío al olvido; y sus colores, testimonio de la magnífica magia de la creatividad: sus guitarras sonaban melodías de fiesta, sus libros pronunciaban palabras de amor, los bandoneones mezclaban la verdad del tango con los pianos y la gente parecía salir de allí para contar que la vida era bella entre esas calles y edificios, aunque fuera también difícil. Amó ser dueña de esa pintura.

Tomó su teléfono y escribió un mensaje a Gonzalo, no quería hablar con él.

ELINA:

Gracias. Tengo el mejor cuadro del mundo en mi casa. Soy feliz por eso. Solo quiero pedirte que no cierres los ojos hasta que otra imagen entre en tu corazón de la misma manera que esta pintura entró en el mío. Te deseo todo lo bueno que la vida tenga para dar. Te quiero.

Lo envió. No lo decía, pero implícitamente le respondía que no cerrara los ojos hasta que otra mujer le provocara lo mismo que ella. Había entendido con claridad la comparación. Él leyó el mensaje y sonrió.

GONZALO:

Quizá lo esté haciendo ahora.
Sé feliz. Yo, a mi modo, lo soy.

Mientras, Gonzalo miraba el monitor de un ecógrafo.

Elina tomó una fotografía de París al lado del cuadro y la envió.

ELINA:

Las dos mejores sorpresas de mi vida te las debo a ti.

Él tomó una fotografía y la envió.

GONZALO:

Es una niña.

—¿Qué haces? —preguntó Lorena.

—Cierro una historia —respondió. Tomó su mano y le guiñó un ojo sin pensar.

Ella apretó la mano de Gonzalo y regresó la mirada al monitor donde los latidos del pequeño corazón de una niña le anunciaban un antes y un después en su vida.

* * *

Elina colgó el cuadro en la pared de su habitación. Se daba maña para todo. Se recostó y desde la cama, acariciando a París, observó la pintura y el atril alternadamente hasta que se quedó dormida reviviendo la noche con Lisandro.

Otra vez los recuerdos se movían y empujaban por develarse en su sueño. Todo era igual, cada detalle, pero su ansiedad

por agregar información, por saber qué le había dicho su madre y dónde había guardado la carta, le daban velocidad a las mismas escenas que nunca había olvidado. Era como adelantar una película: fuego, humo, tos, ruido, todo transcurría aceleradamente para llegar a su madre, que repetía su nombre y balbuceaba algunas palabras cuando ella se había acercado. No pudo escucharla porque el ruido del techo desplomándose se lo impidió en el último sueño. En esta oportunidad, Elina se anticipaba al momento del estruendo y se acercaba más para poder oírla.

—No hay tiempo. Busca mi carta, debes leerla, es un sobre rosado, la puse en…

—¿Dónde mamá? —preguntaba desesperada.

—Perdóname. Nunca has sido tú, he sido yo. Te amo —le dijo con un hilo de voz—. En el bastidor, hija. Ahí la escondí —susurró—. Sal por la ventana, ¡ya! —ordenó con sus últimas fuerzas. En ese momento miró su rostro, vio su mancha, y la ráfaga de un recuerdo se le vino encima. Guardó la bendición en su alma. Dio gracias. Lo supo. La vio obedecer y cerró sus ojos.

Elina despertó con el sonido de las garras de París rasgando sobre algo. A diferencia de sus otros sueños, no estaba sobresaltada. Una inusual tranquilidad la envolvía. Le costó tomar contacto con la realidad. Vio el cuadro, recordó a Gonzalo y entonces, buscó su gata guiada por los sonidos, mientras resonaban en su mente las palabras de Renata en el sueño: *Perdóname. Nunca has sido tú, he sido yo. Te amo.* ¿Se lo había dicho? ¿La amaba? ¿Era verdad? Sentía frío.

El bastidor, recordó. Entonces, lo buscó con la mirada y colapsaron sus emociones. París rasgaba la tela por detrás y lo tiró. La enigmática pintura cayó contra el suelo. Elina fue a levantarla y se quedó paralizada frente a lo que vio. Desde un doble fondo del reverso del cuadro arañado y roto por París, asomaba el extremo de un sobre rosado.

El tiempo retrocedió, y la imagen de la noche en que Renata lloraba y Elina la vio con ese sobre invadió su memoria. Entonces tenía quince años y su madre no tenía consuelo delante de ese lienzo en blanco.

CAPÍTULO 65

Cartas

*Enviar una carta es una excelente manera
de trasladarse a otra parte sin mover nada,
salvo el corazón.*

Petronio

Amanecía en la casa y la luz iluminaba el nuevo Norte de Elina. La flor simbólica en la pared irradiaba la energía del momento previo a las definiciones. El ambiente lo sabía porque la energía allí se comunicaba sin palabras. Había días que marcaban el rumbo, y otros que lo acompañaban.

Ita despertó y se levantó en el momento en que Elina se preparaba para ir a su trabajo. La vio diferente.

—Buen día, ¿qué te pasa? —dijo, y la besó.

—Tengo el sobre.

Silencio.

—¿Dónde lo encontraste?

—No fui yo, fue París. El bastidor tenía un doble fondo.
París lo rasgó y lo rompió, y estaba allí. Pero antes de eso,
volví a soñar. Mamá tosía, me llamaba y decía palabras que no
escuché al principio, pero pude acercarme. Me pedía que buscara la carta en el lienzo. ¿Puedes creerlo? Me pedía perdón y
dijo que me amaba, que nunca había sido yo sino ella. Me
ordenó que salga del incendio. Me miró con amor, abuela.
Creo que quiso salvarme. Lo viví como si fuera real.

—Lo ha sido. El Universo te envió las señales que le estamos
pidiendo —dijo convencida con referencia a ella y su amiga
Nelly.

—Todo parece una locura, pero supongo que es el sincrodes-
tino. Yo soñaba la verdad y París, que está conectada conmigo,
buscaba en tiempo real. ¿Me estoy volviendo loca, abuela?

—No, claro que no. Nunca has estado tan cuerda. La energía
de los gatos es especial. Pudo ser casual que Batman lo tirara al
suelo la primera vez que entró o que París afilara sus garras allí
—hizo una pausa al pensarlo—. O no, quizá ambos percibían
que había algo más y querían que lo advirtieras —continuó—.
La verdad no importa. Es una cuestión de creer. Nosotras
creemos en lo mismo y hace tiempo le pedimos al Universo
respuestas. ¿No es así?

—Sí.

—Por otro lado, ¡ahora entiendo! Cuando yo le pedía a tu
madre que pintara la tela del atril, me decía que todo estaba
allí. Yo no veía nada, pero ella no se refería al cuadro, sino al
secreto que había guardado ahí dentro. Pero ¿qué dice la carta?

—No la leí. No puedo.

—¿Por qué?

—Porque hasta aquí siento que puedo seguir. Al menos su indiferencia no fue mi culpa y me amaba, pero ¿qué ocurrirá cuando la lea? Es evidente que era importante para ella lo que allí escribió. No sé si quiero saberlo. Quizá deba quedarme con saber que me salvé porque ella me ordenó que saliera por la ventana luego de un te amo. ¿Qué podía negarle yo?

—¿Dónde está la carta?

—Aquí en mi bolso —señaló.

—Tú quieres saber qué dice, si no la habrías roto o la dejarías en la casa —abrazó a su nieta.

—Abuela, me pasan cosas...

—¿Qué cosas?

—¿Cuánto tardaste en enamorarte de mi abuelo?

—Una sonrisa.

—¿Qué?

—Una sonrisa. Él sonrió mirándome y mi vida cambió para siempre. ¿Por qué lo preguntas? —le gustó recordar.

—He compartido tiempo con Lisandro y...

—¡Qué bien! —exclamó sin dejarla concluir.

—¿Cómo "qué bien"? Hace poco que Gonzalo se fue.

—¿Y desde cuándo a ti te importa el qué dirán o te has guiado por estructuras? Gonzalo es un amor, pero no funcionó entre ustedes. Aunque es obvio que su viaje cumplió una misión. Los dos necesitaban volver a verse. El amor quizá ha llegado junto con tus recuerdos. La vida te está indicando que

hay un camino feliz para ti. ¿Qué esperas para atravesarlo? No dudes, vive, Elinita. Es lo que quiso tu madre y lo que yo más deseo. Lee esa carta. Debes dar vuelta la página de una vez —aconsejó con vehemencia. No le dijo nada sobre la predicción del sol y la luna de la tarotista. No era momento, pero la recordó. *Merci Univers*, pensó. Lo decía en francés porque su amiga le había dicho que sonaba más lindo, y era cierto. Se abrazaron.

—Cuida a París. Voy a trabajar.

Ita se quedó pensativa unos minutos. De inmediato llamó a Nelly y le contó todo. Ella solo dijo que estaban en el tramo final. Le pidió que dejaran los detalles al Universo.

* * *

Las entrevistas y los informes en los expedientes la mantuvieron ocupada, aunque todo era un gran cóctel en su mente. Pidió un café a la confitería, había hecho una pausa y se batía a duelo contra el sobre entre sus manos.

Pensaba. Sentía. Imaginaba. Dudaba. Quería. Desistía. Y todo a la vez lo reflejaba la expresión de su mirada.

—Permiso, traje tu café. También un pastel de mousse de chocolate muy rico que yo preparé para ti —dijo Tinore. Sabía de su síndrome y solía convidarla con cosas dulces y esponjosas que le fueran fáciles de comer.

—Hola, Tinore. Gracias —respondió sin demasiado ánimo.

—¿Puedo ayudarte en algo?

—No. No puedes. Es mi vida entera la que está por enfrentar su capítulo más difícil y debo hacerlo sola.

—Tal vez no —dijo el hombre de manera simbólica mientras observaba el sobre rosado en sus manos—. ¿Crees en el destino?

—Supongo que sí. De otro modo no estaría en esta situación.

—Pues confía en él. Debes enfocarte en tu intuición. Yo lo hago siempre.

—¿Y aciertas?

—A veces. Y cuando no lo hago, confío en mis sentimientos.

—Gracias por tu preocupación.

—De nada. Vendré por la taza más tarde.

—Estaré aquí.

—¿Estás leyendo algo? —se volvió para preguntarle.

—Anoche leí *El viejo en el puente*, será porque allí Hemingway habla de un hombre que espera la muerte y se aferra a pensar que su gato estará bien porque los gatos saben cuidarse solos. Mi vida ha sido atravesada por dos gatos en circunstancias que no imaginas. Busqué ese cuento porque recordé que allí era relevante uno.

—En realidad, está ambientado en plena guerra civil española, en la zona del Delta del Ebro. Allí, un anciano que lo ha perdido todo a causa de la barbarie de la guerra, agotado tras andar kilómetros después de abandonar su pueblo y sus animales, espera la muerte inevitable. El narrador, un expedicionario encargado de explorar el terreno, se topa con el viejo y entabla conversación con él, e intenta convencerlo de que

continúe con su marcha para tratar de evitar la amenaza de la artillería franquista que se aproximaba, mientras lo conforta con el diálogo. Digamos que, hoy, soy tu narrador. Lo importante del cuento, para ti ahora, más allá del simbolismo del gato, es *continuar con la marcha* –remarcó. Sabía mucho de literatura y no era la primera vez que hablaban de alguna obra.

–Tinore, gracias. Tienes razón. Supongo que no supe detenerme en esa parte.

–Así es Hemingway, siempre dice más de lo que leemos y mucho de lo que necesitamos –el hombre se fue como cada día y Elina se quedó allí atrapada entre la verdad y el valor para afrontarla.

Un *bip* de su teléfono le llamó la atención. A pesar de haber puesto distancia, quería saber dónde estaba Lisandro. Era él.

LISANDRO:
Buenos Aires, San Fernando.
Lifestyle Festival. Warmichella.
Allí estaré el fin de semana.
Te espero. Lo haré siempre.

Más abajo, un link con la ubicación del lugar que refería. ¿Buenos Aires? Elina sonrió. Estaba loco. ¡Pero cómo le gustaba su locura!

Se quedó trabajando hasta más tarde. Ya todos los empleados se habían retirado. La carta en el sobre rosado gobernaba

su escritorio. Cerrada. Hasta que el tiempo se volvió perentorio. Hasta que su miedo fue cediendo. Hasta que sus manos hicieron lo que su corazón suplicaba, y sus ojos fueron en busca de esa verdad que podía ser un tesoro perdido en sus manos o el hallazgo de una ruina irreparable. Lo abrió. Extrajo la hoja del mismo color, al tiempo que recordó la conversación con su madre aquella noche de septiembre de 2004, ella con quince años, Renata encerrada en su habitación llorando con ese papel de carta en las manos.

Retrocedió en el tiempo y leyó:

Hija mía:

En medio de mi indignación y tristeza, sumergida en la culpa de mis errores, mis mentiras y mis secretos, te escribo esta carta.

Dejaré librado al azar que la verdad llegue a ti directamente o por quien encuentre estas palabras o permitiré cobardemente que eso no ocurra jamás, no lo sé. Perdóname, no tengo el valor de decirte, cara a cara, que no soy la mujer que tú ves en mí. Tú eres un ser honesto, sin reveses, y yo te he mentido.

Tu padre no era médico. No sé quién era él, pero no era médico ni se fue al extranjero, ni nada de lo que te dije sucedió. Yo mantuve una relación con un hombre casado, Elías Fridnand, el abogado dueño del estudio en el que trabajaba. Era bueno pero egoísta. Nunca me priorizó, pero yo lo amaba más que a mí misma. Él nunca

quiso dejar a su esposa y yo tomé la decisión de viajar. Me fui a París, pensando que allí podría llorar y suspirar lo suficiente como para volver y alejarme definitivamente.

Sin planearlo, algo ocurrió. Al pie de la Torre Eiffel, conocí un hombre, Santino Dumond. Él leía Hemingway (algo de verdad hubo en mi historia. "El viejo y el mar" por eso te lo regalé). Nos enamoramos, supongo. Al menos durante los días que estuvimos juntos, parecía amor para mí. Él era alguien especial que supo encontrar lo mejor en mí. Fui feliz mientras duró. A él le gustaba pintar y era un bohemio. Tiempo después de regresar de ese viaje, me enteré de mi embarazo. Tú puedes ser hija de cualquiera de ellos, de verdad no lo sé. Esta noche lloro y confieso porque Elías (el nombre que le di al falso médico) dejó a su esposa para irse a vivir con una joven abogada que trabaja con él. Solo siento que no valgo nada. Que todo lo hice mal y necesito desahogar esta angustia. No sé a quién de ellos te pareces, porque algo de los dos te habita, quizá porque ambos fueron importantes para mí y físicamente no te pareces a ninguno. He sostenido que eres hija de Elías frente a él y frente a mí misma negué a Santino como una opción. Perdóname. Esta noche desearía que hubieras sido concebida en París, sabe Dios cuánto lo deseo, pero no puedo volver el tiempo atrás.

Tú decides qué hacer con la verdad. Elías nunca quiso reconocerte y Santino, hasta que reciba una carta que escribí también esta noche, no sabe que puede ser tu

padre. Desde el principio, él quiso saber, preguntó, se interesó, pero yo le mentí. Tú decides, hija de mi vida. Le pedí a él que no te diga la verdad, que esto quede en manos de tu destino. Es más sabio que yo.

Mereces lo mejor. Siempre te amé, pero no supe cómo hacerlo y menos decírtelo. Espero que puedas perdonarme y recibas, aunque tarde, el amor que te he negado injustamente.

Mamá

Elina leyó una y otra vez la carta. Tantas veces lo hizo que sentía que la sabía de memoria. No se reconocía. El secreto sobre el que sentía que había vivido toda su vida por fin se había descubierto y le arrojaba una verdad con variables. Y no podía sentir, no podía llorar, estaba ausente. Acorralada en el silencio. Se sentó en posición de meditar contra la pared, la carta en su regazo y cerró los ojos. Trató de centrarse en su ser. No pensar en nada. Nunca supo cuánto tiempo permaneció allí, en las puertas de conocer su identidad. Hasta que escuchó una vez conocida.

—¿Estás bien?

—Tinore… —dijo al abrir los ojos.

—Veo que leíste esa carta —dijo como si conociera su contenido—. Agradezco que llegara a ti.

—¿Por qué? —preguntó sin entender muy bien por qué hablaba con él sobre eso.

–Porque el destino en el que tu madre creía así lo quiso.

Elina estaba confundida.

–Perdón. No comprendo. ¿Conociste a mi madre?

–Sí. Soy Santino Dumond. *Tinore* es un invento que une el final de mi nombre con el principio del de tu madre. Cuando recibí esta carta –dijo y le mostró un sobre igual– me mudé aquí. Necesitaba conocerte, estar cerca de ti. Era bohemio, no pertenecía a ninguna parte hasta que te vi y supe que mi lugar en el mundo era donde tú estuvieras.

Elina lo escuchaba atenta pero también aturdida.

–No sabemos si eres mi padre y Elías murió hace años, me contó mi abuela. De hecho, fue la noche del incendio en que murió mamá –recordó.

–Lo sé. Pero tú eres mi hija.

–¿Cómo lo sabes?

–Por tu mandíbula, tienes en ella la misma mancha de nacimiento que yo. Mira –dijo mientras le mostraba. Eran manchas gemelas en forma de corazón, tamaño y lugar. Idénticas.

Elina lo miraba, muda y con los ojos bien abiertos.

–¿Siempre has estado aquí? Delante de mí. ¿Por qué no me lo dijiste?

–Porque tu madre me pidió que no te diga la verdad excepto que tú la descubrieras y no hay nada que yo pudiera negarle ni en vida ni después. Yo la amaba y te amo a ti, hija –pronunció por primera vez esa palabra. Sonó a una sinfonía de orgullo.

Elina cerró los ojos y sintió el milagro.

Dos lágrimas simultáneas.

Solo dos.

Una batalla ganada a su síndrome.

Dos lágrimas.

Dos gotas de emoción.

Un modo de ser libre.

Orden.

Su mundo empezaba a acomodarse.

Había un lugar para cada cosa.

Se puso de pie. Tinore la miraba esperando su reacción. Lo abrazó tan fuerte como fue capaz. Él hizo lo mismo. La emoción no le cabía en el cuerpo y, a él, la felicidad le desbordaba el corazón. Años de silencio gritaban por su lugar en las emociones de esos seres que tenían tanto en común además de la sangre.

Renata por fin descansó en paz en la eternidad.

CAPÍTULO 66

Warmi

Todo lo que está bien.

Belén Moroni

Elina regresó a su casa caminando. Sabía que había llevado el automóvil, pero necesitaba espacio, aire para oxigenar sus emociones. Invitó a Santino a la casa a cenar, quería poder contarle todo a Bernarda antes de que él llegara. Era su padre. Se lo repetía, *mi padre*, *papá*, y la desbordaba de amor saber que jamás la había dejado. No solo había preguntado si ella era su hija al comienzo, sino que enterado de la posibilidad, quince años después, no había dudado en mudarse de país solo para tenerla cerca. Por amor a su madre había respetado su secreto. Fallecida Renata había sido muy difícil para él, pero nunca la había perdido de vista. ¿Cuándo habría reconocido en ella la mancha de nacimiento

que compartían? ¿O acaso la había sentido su hija sin necesidad de verla? No importaba.

Elina llevó a Ita a su habitación, se sentaron en la cama y le dio hasta el más mínimo detalle de lo sucedido. Estaba exultante, eufórica, perpleja y feliz a la vez.

—Abuela, ¿lo puedes creer? Él siempre estuvo ahí para mí.

—Claro que puedo creerlo.

—¿Y por qué no reaccionas?

—Porque la felicidad es más grande de lo que puedo expresar. Estoy convencida de que nada es azar. Las respuestas llegan, solo hay saber pedir y preguntar. ¿Cómo es él?

—Bueno... se ganó mi cariño muy rápido, hace años. Siempre conversábamos y él me ha preparado el café casi cada día. Lee Hemingway, ¡cómo yo! No me veo parecida físicamente, pero le gusta pintar, es bohemio... ¿Crees que deba hacerme un ADN? —preguntó de pronto invadida por esa inquietud.

—¿Tienes dudas?

—No, ninguna. Tenemos la misma mancha de nacimiento. Este corazón, aquí en mi mandíbula —dijo y lo señaló.

—Entonces, creo que no es necesario. De todas maneras, nada te urge ahora. Ya no hay misterios, Elinita. ¡*Merci Univers*! —exclamó.

—Es cierto. ¡*Merci Univers*!, como tú dices.

París dormía sobre la tela rota del bastidor.

—¿Qué harás con la pintura?

—No lo sé. Al fin mi intuición era cercana, no solo utilicé el lienzo que escondía la carta que cambiaría mi vida, sino que pinté los ecos del fuego de mi pasado y de Notre Dame, un hombre, una maleta, un sobre… París siempre latente, como la pista más cercana a mis respuestas. De allí vengo y allí regresé. ¿Crees que mamá me guio?

—Me gusta pensar que sí. Y ya sabes, frente a lo inverificable, siempre se enfrenta la fe. Todo es posible.

Mientras conversaban, Ita comenzó a observar cómo, por inercia, Elina guardaba la ropa en el armario y acomodaba el dormitorio. Ubicaba el atril en su espacio y guardaba el calzado deportivo. No pudo evitar sumergirse en un silencio reparador y simbólico ante lo que veía cuando tendió su cama y, sobre ella, acomodó los cojines que estaban en el suelo. Su gata caminó sobre ellos. La habitación cambiaba radicalmente ante su mirada. Y era maravilloso porque no era el dormitorio, era el interior de Elina. Su corazón.

—¿Por qué me miras así, Ita? Te callaste de repente —interrogó.

—Porque estás ordenando… ¿Dejarás el caos? ¿O acaso el caos te dejó a ti?

Elina se sorprendió de sí misma. No lo había hecho a conciencia. ¿Acaso ordenar las emociones la había convertido en un ser asemejado al otoño? La naturaleza cambiaba entonces, todo desde afuera hacia adentro. Era tan significativo como un cambio estacional. Había avanzado en su vida, en su crecimiento personal y los hechos acompañaban ese sentimiento. Empezaba a amigarse con el orden y se sintió bien.

—Yo no me di cuenta de que lo hacía… —París se restregó

contra sus pies descalzos–. Ven mi amor, tú sí que eres bien especial –le dijo, la tomó en brazos y la besó repetidas veces.

–¿Qué harás con él, Elinita?

–¿Con quién?

–Con Lisandro.

El recuerdo de su viaje a Buenos Aires la invadió junto con enormes deseos de ir a buscarlo. ¿Qué se lo impedía?

–Él viajará a Buenos Aires a un festival el fin de semana.

–¿Te invitó?

–Sí.

–Pues más vale que vayas. La vida no siempre da dos oportunidades.

–Debo hacer algo primero. Iré al cementerio –dijo y se calzó.

Miró su reloj y se fue de prisa. Antes, miró la simbólica y preciosa flor en la pared. Su nuevo Norte, más Norte y más nuevo que nunca. La felicidad trepaba por sus pies y tenía como objetivo su corazón.

* * *

Compró flores de colores de camino y llegó allí en su bicicleta. Oscurecía y estaban cerrando, pero el sereno la dejó entrar al escuchar su historia. La conocía.

Parada delante de la tumba de Renata, suspiró. Colocó las flores en un florero pequeño que siempre tenía agua y permaneció callada un rato. Recordando. La luna asomaba

en un cielo que se volvía azul ante sus ojos. Salpicado de estrellas que iluminaban el momento. Por fin pudo hablar.

—Hola, mamá… —se aclaró la garganta—. Escribiste que merezco lo mejor, que siempre me amaste, pero no supiste cómo hacerlo ni demostrarlo… —suspiró—. Ojalá te hubieras esforzado más por conocerme, por intentarlo… no es un reproche, pero me hiciste falta —cerró los ojos buscando sentir su espíritu. El tiempo pareció detenerse—. Te perdono —dijo por fin y se sintió más liviana—. Vine a decírtelo y a buscar el amor que me negaste injustamente según tus palabras. Ojalá pudieras dármelo… —hizo una pausa, la brisa acercó unos pétalos de rosa color blanco hasta sus pies—. ¿Eres tú? Tal vez… solo pétalos desgajados de algún ramo cercano, no importa. Estoy aquí, y aunque tarde y de una manera rara, encontré la salida. Dios escuchó tu deseo, fui concebida en París —sonrió segura de ser escuchada por Renata—. Es cierto, no podemos volver el tiempo atrás, pero decidimos qué hacer con el presente y lo que aprendimos del pasado… —continuó Elina luego de una pausa—. Seré feliz. *Soy* feliz —se corrigió—. Gracias, mamá, tu amor me llega hoy. Me gustaría que me abrazaras… —pudo decir antes de que alguien terminara la frase por ella.

—No lo hará ella sino yo, en nombre de los dos —dijo la voz de Tinore que estaba parado detrás—. Tu abuela me dijo en dónde estabas.

Elina giró sobre sí misma y se entregó a los brazos de su padre. Se sintió protegida y amada. Cuando se separaron,

elevó una mirada al cielo y dio las gracias por lo bueno y por lo malo. Se reconcilió con la vida y sus imperfecciones. Todas ellas la estaban transformando en esa mujer más fuerte capaz de no sentir miedo, la habían cambiado. En el lugar de su viejo yo, habitaba un ser conectado con la esencia vital. Le gustaba en quién se estaba convirtiendo, le gustaba mucho.

* * *

Elina caminaba por el aeropuerto de Montevideo. Tenía algún tiempo de espera. Compró una revista pero no la leyó. La ansiedad le ganaba la partida. Se sentía bien. Había ido a sus controles y si bien el síndrome estaba en los resultados, ella había logrado domar sus síntomas. Estaba tan convencida de que meditar y tratar a su cuerpo como un campo energético había ayudado, que las mejorías llegaban a sorprenderla.

Un *bip* de Lisandro le enviaba su ubicación. Ya estaba en Argentina.

LISANDRO:
Te sigo esperando.

ELINA:
No lo olvido, ni a ti.

Había reservado alojamiento en San Fernando a través de una agencia de viajes. El taxi desde el aeropuerto hasta allí,

demoró bastante. Más que el vuelo. Era absurdo, pero no importaba. Alojada en el hotel, preguntó cómo llegar al Parque Náutico. Desarmó su equipaje y se recostó con la revista que había comprado a descansar un poco. Un título llamó su atención "Esperar". Lo leyó.

ESPERAR

¿Qué es esperar? ¿Tener la esperanza de conseguir algo? ¿Creer que ha de suceder alguna cosa? ¿Desear que ocurra? ¿Permanecer en un sitio donde se cree que ha de ir alguna persona o ha de ocurrir un suceso? ¿Detener una actividad hasta que suceda lo anhelado?

Así esperamos conseguir un buen trabajo o que llueva intensamente o que alguien se cure o a alguien en el café de siempre o no hacemos lo que teníamos previsto porque esperamos que una persona llegue. Esas son las acepciones del concepto, pero ¿qué es "algo" en esos contextos y "quién" es ese alguien que justifica la espera? Podrían ser infinitas las variables a considerar. Pero eso lo sabrá cada una.

Yo me quiero referir a lo más importante de todas las esperas, a eso que va vinculado indefectiblemente a la posibilidad concreta de que los hechos puedan acontecer y que estemos allí para ver y sentir. ¿Han pensado que para decidir esperar hay que tener la certeza de que se tiene el tiempo necesario? Yo no. Hasta hace un momento.

¿Cómo saber que somos capaces de la espera si no podemos tener seguridad de que nos será dado el tiempo necesario

para sobrellevarlas? Tampoco de lo que sentiremos o nos pasará durante ese pretendido tiempo. Resulta tremendista, lo sé. Pero sepan ustedes que es también verdad. Hay que ganarle al tiempo la ventaja del azar. Ser feliz cuando se puede, comer cuando tenemos ganas, sonreír cuando hay motivos, abrazar cuando los seres están, decir cuando pueden escucharnos y callar solo cuando nos piden compañía en silencio. Amar cuando así se siente sin prejuicios.

Hay que ganarles a las esperas el tiempo robado, a las mujeres que no pudieron darse cuenta de que solo pueden aguardar las que saben hacerlo. Las que nada pierden, entretanto, porque ninguna razón las detiene. Porque no sufren el trayecto, sino que crecen y se fortalecen gracias a él. Mujeres que pueden no olvidarse de sí mismas, mientras derraman alguna lágrima.

Para las otras, para las que supimos del miedo, la culpa, la muerte, el abandono, las dudas y la angustia, para ellas, escribo esta columna. Porque la espera en esos casos se convierte en llanto amargo, en desilusión, en prejuicios, en frustraciones o en todo eso a la vez. En síntesis, en la postergación de lo que la vida nos ofrece para ser felices.

Hoy, he decidido no esperar más. Por la simple razón de que comprendí que "aquí y ahora" es todo lo que tengo y me he ganado el derecho de disfrutar o llorar o las dos cosas, sin esperar.

Tú, ¿seguirás aguardando o pondrás fin a los plazos de espera?

Isabella López Rivera

Terminó la lectura y la urgencia la avasalló, no quería esperar un minuto más. Bajó de la habitación y tomó un taxi. Esa Isabella, retuvo el nombre, sabía de lo que escribía.

Se había puesto su overol de jean pintado con flores, calzado deportivo blanco y camiseta del mismo color. Había sol, llevaba puestas sus gafas. Miraba a su alrededor por primera vez, literal porque nunca había estado allí, pero de manera diferente respecto de lo que ya conocía. No era lo mismo ver el cielo abierto y caminar entre la gente sabiendo quién era y lo que quería. Pisaba firme, ya no había un gran secreto debajo de sus pies que volviera inestable todos sus pasos.

Minutos después, el vehículo se detuvo y pudo sentir la magia. No sabía qué era ese lugar concretamente, pero supo que la envolvía en una energía única que abrazaba su ser y le mostraba todo lo que estaba bien. Había yates alineados y escuchó con placer el sonido del agua en un ramal del río. Pensó en Lisandro. Su corazón empezó a acelerarse, tenía tanto para contarle y en realidad no quería hablar nada con él hasta después del beso que imaginaba de mil maneras.

Caminó hacia la entrada de *Warmichella*. Unas jóvenes sonrientes le dieron la bienvenida. A pocos metros una *W* gigante destacaba por sus colores y las personas se tomaban fotografías con sus teléfonos celulares. *W* de *Warmichella*, pero también de *Welcome*, de *Wake*, de *Want*, de *Win*, o, dicho en su idioma, de bienvenidos, de despertar, de querer, de ganar. Y en eso estaba su ser.

Enseguida vio un gran espacio abierto en su contorno,

pero techado, lleno de stands con pequeños emprendedores. Caminó obnubilada por la precisión del talento y la creatividad que se respiraba. Tanto se distrajo que por un instante no pensó en el motivo por el que estaba allí: Lisandro. ¿Su hermana había organizado todo eso? Era una elegida del Universo. Así de simple y rotundo. Quería disfrutar cada espacio, sentir la plenitud de cada objeto que tomaba entre sus manos y sentir lo que los vendedores le explicaban. Había personas vestidas con libertad, y eso le encantó.

Había un gran playón repleto de *food trucks* que ofrecían gran variedad de comidas, helados, waffles, lo que se le pudiera ocurrir. La calle central les daba espacio a artistas en vivo. ¡Así de perfecto era ese festival! Pintaban allí, al aire libre y vendían sus obras. Había flores por todas partes, el color reinaba. Además, diferentes espacios creados para tomarse fotografías con una dinámica de recuerdo y aprendizaje. "Algo nos une", "Gracias crisis", decían algunos carteles. Entonces, escuchó música country, siguió el sonido y vio un escenario con dos mujeres que cantaban con sus sombreros y botas texanas, mientras abajo dos bailarinas animaban a la gente a aprender los pasos. No podía dejar de disfrutar. Las sonrisas eran los súbditos de los colores. Eso era el alma abierta al cielo de un palacio de libertad. Era todo lo que estaba bien. Quería todo, pero algo tenía claro: no lo deseaba en soledad. Se detuvo, tomó su teléfono y envió su ubicación a Lisandro. Pasaron unos minutos, empezó a ponerse nerviosa, él no aparecía ni le respondía. Esperó.

No quería esperar, pero siguió haciéndolo sin moverse.
Analizó sus opciones, podía lamentarse por haberlo perdido, por el desencuentro y pensar lo peor o simplemente, continuar. Ella nunca había sido y, menos en ese momento, mujer de príncipe, jamás, ni de pequeña imaginó que un hombre la rescataría de una torre en su caballo blanco. Había aprendido que nadie salva a nadie, solo uno mismo. Toda su vida había querido la verdad, no cuentos inventados.

—Universo, te dejo a ti los detalles de este viaje —expresó al aire.

De inmediato, tomó una decisión: viviría el momento. No esperaría a nadie. Se entregó al plan cósmico. Respiró hondo y caminó nostálgica, pero bien. Se detuvo delante de un kimono estampado en tonos de naranja y camel. Se lo probó y se enamoró de la vida de esa prenda, la compró. Se lo dejó puesto. Enseguida vio un sector de cestería y le encantó un sombrero y, también, un canasto que tenía un corazón aplicado en el centro. "Warmi", decía. Los compró, se dejó puesto el sombrero y metió su pequeña mochila dentro del canasto.

—¿Qué es "Warmi"? —preguntó con curiosidad a una atractiva mujer que estaba allí.

—"Warmi" significa mujer en quechua. Fue lo que me transformó, ¿sabes? —le comentó de manera increíblemente empática, no parecía una vendedora—. Esa palabra transformó mi vida cuando comprendí su sentido. Me liberó. "Warmi" fue el principio de un camino hacia mi interior que me hizo evolucionar, crecer y sobre todo conectar... —agregó. Elina

asimilaba cada término como si fuera su propio camino del que hablaban.

—¿Tú trabajas aquí?

—Podría decirse. Soy Belén Bless, organizo esta comunidad de emprendedores que confían en un país mejor. No lo hago sola, tengo un gran equipo. Un *equipazo* —remarcó.

Elina sonrió. *Merci Univers,* como decía su abuela.

—¿Eres la hermana de Lisandro? ¿La tía de Dylan?

La mujer la miró sorprendida.

—Sí, esa soy y tú eres…

—Soy Elina —no dijo nada más.

—¡Bienvenida! Lisandro fue hasta mi casa a buscar algo que le encargué y… ¿puedes creer? Se llevó mi celular y me dejó el de él. Son iguales. Pero no tarda en regresar. Tú eres "Ella" para él.

—No entiendo.

—Enviaste un link con tu ubicación a su celular y yo lo miré pensando que era el mío. Así te ha agendado: "Ella". Eso me dice que eres importante, pero no voy a meterme en esto, ¿o sí?

—No, no lo harás, Belu —dijo Lisandro que las había mirado conversar mientras caminaba hacia ellas, sin poder dar crédito a la imagen.

Las dos se dieron vuelta. Belén se fue de allí y ellos ni se dieron cuenta.

—¿Aún me esperas?

—No. A partir de ahora solo me ocuparé de no dejarte ir.

Elina lo besó. El sombrero cayó y él lo sostuvo con su mano contra la espalda de ella. No podían separar sus bocas. Cuando lograron hacerlo, se miraron muy cerca un rostro del otro.

—Quiero todo contigo —dijo él.

—Queremos lo mismo —respondió—. No será fácil —anticipó.

—Pero será.

Epílogo

Ser diferente y capaz de desafiar los límites para vivir mejor.

Sentir que soy parte de una historia que conozco.

Convivir con las certezas que he logrado con el tiempo.

Poner a diario palabras al silencio y entender que nada fue ni casual ni personal.

Mirar el mundo y sentir que sé quién soy y adónde pertenezco.

Recordar mi niñez y haber sanado. Mi madre cerca, aun desde la eternidad.

No sucumbir ante lo inevitable. Crecer en lugar de sufrir.

Aceptar mi síndrome transformada en una mujer más fuerte. Creer en el origen emocional de las enfermedades y buscar sobrellevarla desde ese lugar. Revertir síntomas.

Estar convencida de que todo tiene sentido.

Amar. Abrazar la incertidumbre con ese amor.

Descansar de noche y disfrutar cada día.

Dar batalla, porque todo lo que necesitamos para ser felices está esperando la oportunidad de mostrar que nada es lo que parece y que allí donde vemos oscuridad hay también luz.

Mi nombre es Elina Dumond Fablet y esta es mi historia. Doy gracias a la vida por mi destino, por mi abuela, por mi madre, por mi padre, por París, por haber comenzado a

518 pintar el cuadro que cambió mi vida el día en que se incendió parte de la Catedral de Notre Dame y, con ella, las señales y respuestas que necesitaba comenzaron a buscarme guiadas por los ecos del fuego.

AGRADECIMIENTOS

Terminar una historia y escribir los agradecimientos es un momento que me conmueve. Me siento más viva que nunca, bendecida por un don que me da una chance única de ser el otro, de ir a lugares donde nunca estuve y de comunicar a través de una ficción que todos somos protagonistas de la vida y podríamos serlo de cualquier libro. Por eso, gracias infinitas:

A mis amados seres, Miranda, Lorenzo, Marcelo, Mami, Papi, Esteban y Brian, mi equipo, mi familia, por estar y ser perfectos en nuestras imperfecciones. Por acompañar mis sentimientos mientras escribía y enseñarme, cada uno a su modo, el valor de amar más y mejor cada día.

A Oishi, Apolo, Akira y Takara, mi mini zoo, por las intensas horas de escritura en que no se apartaron ni un momento de mi lado. Por su lealtad infinita.

A mis abuelos, Josefina Eito (Aie) y Libero Macrelli; Elina Ferreyra y Humberto Giudici; y a mis tías abuelas maternas Alile Eito, Ethel Eito y su esposo José Lamanuzzi, por la vejez que aprendí observando primero y siendo parte de sus cuidados en otra etapa. Ellos fueron la inspiración de mis amados mayores de esta historia. Donde estén, presumo que juntos: gracias, no los olvido.

A mi amiga, Andrea Vennera, por darle un sentido muy nuestro a la vida y estar conmigo siempre. Juntas escribimos nuestra propia historia desde que tengo memoria.

A María Eugenia Napolitano, por no haberme dejado, aunque ya no esté aquí. No debe ser lejos la eternidad porque oí tu risa y tus consejos cada día. Tu luz me iluminó durante todo el proceso de creación.

A Eli Chiliguay, ella y yo sabemos por qué. Espero de corazón que esta historia se quede en ti como lo hizo en mí.

A Flor Trogu, Verónica Edén y Susana Macrelli (mi mamá), por leer capítulo a capítulo esta novela que significó reinventarme, volver y partir de mí, para crecer y conectar con lo esencial.

A mis amigos, Guillermo Longhi y Stella Maris Carballo, porque además de estar pendientes del progreso de esta historia, me hacen bien. Porque creemos en lo mismo.

A mi amiga Valeria Pensel, por toda su ayuda para que yo pueda escribir y cumplir con mis plazos de entrega.

A mis amigos, Ángela Becerra y Alejandro Mansilla, por nuestros momentos hablando de esta historia y de la vida, por estar en mí cada día a pesar de la distancia.

A Héctor Osvaldo Alba, amigo querido, por pintar *Ciudad del Arte* y al Universo por guiarme a descubrir esa obra como una señal. La primera de muchas que me indicaron que el camino de mis ideas era el que debía seguir. A su esposa, Adriana Jofré, por contarme como era vivir con alguien que pinta y tantos detalles más, que me sirvieron para construir mi personaje. A ambos, por el cariño y por cada conversación durante el proceso de escritura.

A Analía Wetzel, amiga que me habló de lo que significa pintar para ella, del olor de los acrílicos y la textura de las emociones. Gracias por tu arte.

A Belén Moroni, por su energía, por unir nuestros caminos y por su mágico Festival "Warmichella". Encontré, en un mismo espacio, la definición de "todo lo que está bien". Energía positiva, colores, música, naturaleza, flores, arte, sonrisas, armonía y, por sobre todo, respiré el sentimiento común de los mejores resultados consecuencia de creer, trabajar y amar lo que se hace.

Al grupo de Síndrome de Sjögren Argentina de Facebook, por permitirme formar parte y responder mis preguntas sabiendo que trabajaba en esta ficción. Lo valoro mucho.

A todo el equipo de VR Editoras, Marcela Aguilar, Abel Moretti, María Inés Redoni, Natalia Yanina Vázquez, Mariana González de Langarica, Marianela Acuña y Florencia Cardoso, por creer en mi idea y apoyar esta historia. Por hacerme sentir que la editorial es mi casa y que allí pertenezco. A todos los demás, que, desde sus diferentes roles, trabajan en favor de un resultado final que me hace muy feliz.

A todo el equipo de VR Editoras México por hacer brillar mis libros en ese hermoso país.

A Jessica Gualco, mi correctora, porque seguir trabajando juntas es algo que nunca dejaré de agradecer, porque da su experiencia y luz única a lo que escribo aportando sugerencias que son las que la historia y yo dejamos en sus manos. Por su emoción y palabras al terminar de leer.

A Cristián Maluini, por confiarme la lectura de su Diario de Viaje "Zig Zag" y permitirme utilizar su manera perfecta de describir el simbólico Norte como entrada y cierre de un capítulo. También a Gonzalo Scigliotti y Luciano Otranto, por la creatividad y por esa juventud talentosa que los une y me llena de esperanza.

A Carmen de Llopis, por todo, que es más de lo que creí posible y a Marcela Favereau, por estar atenta a cada uno de mis llamados y sumar lo mejor de su parte.

A Mariela Giménez, Brianna Callum y Magda Tagtachian, por nuestro abrazo en cada encuentro y nuestras palabras a la distancia. Iniciamos juntas un camino, formamos nuestro "Equipo VeRa" y me siento feliz por lo que ellas significan en mi vida y por el apoyo que han dado a este proceso de escritura.

A quienes me leen, por esperar mis novelas y recibirlas con tanto cariño, por darme la posibilidad de acompañarlos y en muchos casos, de reflexionar juntos. Por los muchísimos emails y mensajes que me escriben por privado y por cada comentario público. Sepan que sus recomendaciones hacen posible mi realidad de hoy.

A todos los Grupos de Lectura y de Facebook por cada palabra, cada evento y por las imágenes que hablan por sí mismas, no solo en favor de mis libros sino en beneficio de la lectura porque leer educa, salva y nos hace libres. Gracias por leer tanto.

A Olivier Rodríguez, porque leyendo una publicación suya de la cual tomé información, conocí la escultura del artista Roberto Reula, a través de la cual la ciudad de Guadarrama en Madrid rinde homenaje a los mayores de España y del mundo. Una escena muy emotiva llegó a mí en ese momento. Amé ser Teresa y ser Frankie. El amor no olvida.

A la mujer que me habita porque se animó a ser mi personaje, abordando un gran desafío, el de una enfermedad autoinmune. Por visibilizar un síndrome de manera directa y necesitar compartirlo con todos los que lean esta historia. Saber incluye. Este es mi humilde aporte en favor de la investigación que se impone del síndrome de Sjögren, que seamos cada vez más los que conozcamos su existencia.

A París y a los ecos del fuego de Notre Dame porque me inspiraron de una manera inequívoca. Sentí la historia de Elina Fablet mientras las noticias informaban sobre el incendio.

A la vida, que me sigue dando tantos motivos.

Los quiero a todos y pido que no se rindan, sea cual sea el motivo que los preocupe.

Y por último, comparto con ustedes, que si bien he investigado en profundidad las características del Síndrome de Sjögren, y he tratado de reflejar sus manifestaciones de manera fidedigna, la presente obra es enteramente ficción y en virtud de ello he adaptado situaciones a las escenas.

Laura G. Miranda

LAURA G. MIRANDA

Después
del abismo

¿En qué momento volver a CREER
después de un engaño?
¿Existe la CALMA entre el ayer y el mañana?
¿Es posible aprender del pasado
y AMAR OTRA VEZ?

Después del abismo narra la vida de una mujer
que tuvo que alejarse de su familia
y que confió en la persona equivocada
pero se atrevió a resistir y a cambiar.

*A veces, la felicidad es animarse
a soltar.*

Elegí esta historia pensando en **ti**
y en todo lo que las mujeres románticas
guardamos en lo más profundo
de **nuestro corazón** y solo en contadas
ocasiones nos atrevemos a compartir.

Y hablando de compartir, me gustaría
saber qué te pareció el libro...

Escríbeme a
vera@vreditoras.com
con el título de esta novela
en el asunto.

VeRa

yo también
creo en el amor